VERLAG ANTJE
KUNSTMANN

Jesmyn Ward

Singt, ihr Lebenden und ihr Toten, singt

Roman

Aus dem Englischen
von Ulrike Becker

Verlag Antje Kunstmann

Für meine Mutter, Norine Elizabeth Dedeaux, die mich liebte, noch bevor ich den ersten Atemzug tat. Das lässt sie mich in jeder Sekunde meines Lebens spüren.

Wen suchen wir, wen suchen wir?
Equiano suchen wir.
Ist er an den Fluss gegangen? Dann soll er wiederkommen.
Ist er auf die Felder gegangen? Dann soll er zurückkehren.
Equiano suchen wir.

Gesang der Kwa

[Das Gedächtnis] ist etwas Lebendiges – und als solches vergänglich. Doch wenn der Moment kommt, strömt alles Erinnerte zusammen und erwacht zum Leben – Alt und Jung, Vergangenheit und Gegenwart, Lebende und Tote.

Eudora Welty

The Gulf shines, dull as lead. The coast of Texas
glints like a metal rim. I have no home
as long as summer bubbling to its head
boils for that day when in the Lord God's name
the coals of fire are heaped upon the head
of all whose gospel is the whip and flame,
age after age, the uninstructing dead.

Derek Walcott

1. Kapitel

JOJO

ICH STELL MIR GERNE VOR, dass ich weiß, was der Tod ist. Ich stell mir gerne vor, dass er etwas ist, dem ich ins Auge sehen kann. Als Pop zu mir sagt, ich soll ihm helfen, und ich das schwarze Messer seh, das hinter seinem Gürtel steckt, folge ich ihm nach draußen und versuche, den Rücken durchzustrecken und die Schultern so gerade wie einen Kleiderbügel zu halten; so geht Pop. Ich tu so, als wär die Sache ganz normal und langweilig, damit Pop denkt, dass ich mir diese dreizehn Jahre verdient hab, damit er weiß, dass ich bereit bin zu tun, was getan werden muss, Eingeweide von Muskeln zu trennen, Organe aus ihren Höhlen zu schälen. Ich will Pop zeigen, dass ich mit Blut klarkomme. Heute ist mein Geburtstag.

Ich halte die Tür fest, damit sie nich zuknallt, dann lasse ich sie ganz leise einklicken. Mam und Kayla sollen nich aufwachen, wenn keiner von uns im Haus is. Besser, sie schlafen. Besser, meine kleine Schwester Kayla schläft weiter, denn in den Nächten, wenn Leonie arbeiten is, wird sie jede Stunde wach, setzt sich im Bett auf und schreit. Besser, Großmutter Mam schläft weiter, denn die Chemo hat sie ausgetrocknet und ausgezehrt, so wie die Sonne und die Luft es bei den Wassereichen machen. Pop schlängelt sich zwischen den Bäumen durch, aufrecht und schlank und braun wie eine junge Kiefer. Er spuckt auf die trockene rote Erde, und die Baumkronen winken im Wind. Es ist kalt. Dieser Frühling ist stur, an den meisten Tagen lässt er keine Wärme durch. Die Kälte bleibt einfach da, so wie Wasser in einer verstopften Badewanne. Ich hab mein Hoodie auf dem Fußboden in Leonies Zimmer liegen lassen, wo ich schlafe, und mein T-Shirt ist dünn, aber ich reibe mir trotzdem nich die Arme. Wenn ich mich von der Kälte ärgern lasse und dann die Ziege sehe, werd ich ganz bestimmt zusammenzucken oder die Stirn runzeln, wenn Pop ihr die Kehle durchschneidet. Und wie ich Pop kenne, wird er es merken.

»Wir lassen die Kleine lieber schlafen«, sagt Pop.

Pop hat unser Haus selbst gebaut, vorne schmal und lang, dicht an der Straße, damit er den Wald auf dem Rest des Grundstücks stehen lassen konnte. Die Ställe für seine Schweine, Ziegen und Hühner hat er auf kleine Lichtungen zwischen die Bäume gesetzt. Zu den Ziegen müssen wir am Schweinestall vorbei. Die Erde dort ist schwarz und matschig vom Kot, und seit Pop mich, als ich sechs war, mal verprügelt hat, weil ich ohne Schuhe im Schweinegehege rumgelaufen bin, war ich nie wieder barfuß hier draußen. *Du kannst dir dabei Würmer holen*, hatte Pop gesagt. Später an dem Abend hat er mir Geschichten von sich und seinen Geschwistern erzählt, als sie noch klein waren und immer barfuß gespielt haben, weil jeder nur ein Paar Schuhe besaß, und das war zum in die Kirche gehen. Sie haben alle Würmer gekriegt, und wenn sie aufs Plumpsklo gingen, haben sie sich die Würmer aus dem Po rausgezogen. Ich hab es Pop nicht gesagt, aber das hat besser gewirkt als die Schläge.

Pop wählt die unglückliche Ziege aus, legt ihr den Strick wie eine Schlinge um den Hals und führt sie aus dem Stall. Die anderen blöken und stubsen ihn an, rammen ihm ihre Köpfe in die Kniekehlen und lecken an seiner Hose.

»Heh, weg da!«, sagt Pop und tritt nach ihnen. Ich glaub, die

Ziegen verstehn sich; ich seh das an den bockigen Kopfstößen, daran, wie sie sich in Pops Hose verbeißen und am Stoff zerren. Ich glaub, sie wissen, was die lose Schlinge um den Hals der einen bedeutet. Der weiße Bock mit dem dunkelgefleckten Fell tänzelt hin und her, er wehrt sich, als ob er schon ahnt, wo es für ihn hingeht. Pop zieht ihn an den Schweinen vorbei, die zum Zaun gerannt kommen und Pop angrunzen, weil sie Futter wollen, und dann den Weg runter zum Schuppen, der dichter am Haus steht. Zweige klatschen an meine Schultern, kratzen mich und hinterlassen dünne weiße Schrammen auf meinen Armen.

»Wieso hast du hier nicht mehr gerodet, Pop?«

»Zu wenig Platz«, sagt Pop. »Und keiner brauch zu sehn, was ich da hinten hab.«

»Man kann die Tiere doch vorn hören. Von der Straße aus.«

»Und wenn einer versucht, sich herzuschleichen und sich an meine Tiere ranzumachen, dann hör ich ihn durch diese Bäume kommen.«

»Du meinst, die Tiere würden sich klauen lassen?«

»Nein. Ziegen sind garstig, und Schweine sind schlauer, als man denkt. Und gemein. So'n Schwein beißt jeden, von dem es nich gewohnt is, Futter zu kriegen.«

Pop und ich gehen in den Schuppen. Pop bindet den Ziegenbock an einen Pfahl, den er in den Boden gerammt hat, und der Bock blökt ihn an.

»Kennst du irgendwen, der seine Tiere draußen hat?«, sagt Pop. Und Pop hat recht. Keiner in Bois lässt seine Tiere frei rumlaufen, weder auf den Feldern noch vorne vor dem Haus.

Der Bock wirft den Kopf hin und her, stemmt sich nach hinten. Versucht, den Strick abzuschütteln. Pop schwingt ein Bein über das Tier, zwängt es ein und schiebt ihm seinen Arm unters Kinn.

»Big Joseph«, sage ich. Als ich das sage, würde ich am liebsten rausgucken, über meine Schulter auf den hellen grünen Tag draußen, aber ich zwinge mich, den Blick auf Pop zu richten, auf den Bock, dem zum Sterben der Hals gestreckt wird. Pop schnaubt verächtlich. Ich wollte den Namen eigentlich gar nicht aussprechen. Big Joseph ist mein Weißer Opa, Pop mein Schwarzer. Ich wohne seit meiner Geburt bei Pop; meinen Weißen Opa hab ich zwei Mal gesehen. Big Joseph ist rund und groß und sieht ganz anders aus als Pop. Er sieht noch nicht mal so aus wie Michael, mein Vater, der schlank ist und überall Tattoos hat. Die hat er sich als Andenken bei Möchtegern-Künstlern machen lassen, in Bois und draußen auf dem Wasser, als er offshore gearbeitet hat, und im Gefängnis.

»Na also«, sagt Pop.

Pop ringt mit dem Bock wie mit einem Mann, und der Bock knickt ein. Er fällt vorwärts in den Sand und dreht den Kopf zur Seite, sodass er mich anguckt und mit der Wange über die schmutzige Erde und den blutbefleckten Schuppenboden schabt. Er zeigt mir sein sanftes Auge, aber ich gucke trotzdem nich weg, zucke mit keiner Wimper. Pop macht den Schnitt. Der Bock gibt einen überraschten Laut von sich, ein Blöken, das von einem Gurgeln erstickt wird, und dann ist überall Blut und Schlamm. Die Beine des Tiers werden schlapp wie Gummi, und Pop kämpft nicht mehr. Mit einer schnellen Bewegung steht er auf, bindet die Fesseln mit einem Strick zusammen und zieht dann den Tierkörper hoch zu einem Haken, der am Dachsparren hängt. Das Auge: noch feucht. Es schaut mich an, als wäre ich derjenige, der ihm die Kehle aufgeschlitzt hat, als wäre ich derjenige, der ihn ausbluten lässt, bis sein Gesicht ganz rot und blutdurchtränkt ist.

»Könn' wir?«, fragt Pop. Dann schaut er mich kurz an. Ich nicke. Meine Stirn schlägt Falten, mein Gesicht ist verkrampft. Ich versuche, mich zu entspannen, während Pop an den Beinen entlangschneidet, dem Ziegenbock Hosennähte verpasst, Hemdnähte, Schlitze überall.

»Hier festhalten«, sagt Pop. Er zeigt auf einen Schlitz am Bauch des Tiers, also greife ich mit den Fingern hinein und packe zu. Es ist noch warm, und nass. *Bloss nicht abrutschen,* ermahne ich mich. *Nicht loslassen.*

»Jetzt ziehen«, sagt Pop.

Ich ziehe. Die Ziege wird von innen nach außen gekehrt. Schleim und Gestank überall, irgendwas riecht muffig und beißend, wie ein Mann, der tagelang nicht geduscht hat. Das Fell lässt sich abschälen wie eine Bananenschale. Ich staune jedes Mal, wie leicht es abgeht, sobald man nur dran zieht. Pop zieht kräftig auf der anderen Seite, und dann schneidet und reißt er das Fell an den Hufen ab. Ich ziehe die Haut auf meiner Seite über das Tierbein bis zum Fuß, kriege sie aber nicht so gut ab wie Pop, deshalb übernimmt er das Abschneiden und Abreißen.

»Andere Hälfte«, sagt Pop. Ich greife in den Schlitz in der Nähe des Herzens. Dort ist die Ziege sogar noch wärmer, und ich frage mich, ob ihr Herz in der Panik so schnell geschlagen hat, dass die Brust ganz heiß geworden ist, aber dann schaue ich zu Pop, der schon dabei ist, die Haut am Fuß abzutrennen, und merke, dass ich durch das Grübeln langsam geworden bin. Ich will nicht, dass er mein Trödeln für Angst hält oder für Schwäche, so als wär ich nich alt genug, um dem Tod ins Gesicht zu sehen wie ein Mann, also packe ich zu und ziehe mit Wucht. Pop trennt das Fell am Fuß ab, und dann baumelt das Tier von der Decke und besteht nur noch aus rosa Muskeln, die das bisschen Licht, das in den Schuppen fällt, einfangen und im Dunkeln glänzen. Von der Ziege ist nur noch das haarige Gesicht übrig, und irgendwie ist dieser Anblick noch schlimmer als der Moment, bevor Pop ihr die Kehle durchgeschnitten hat.

»Hol den Eimer«, sagt Pop, also hole ich den Metallbottich vom Regal hinten im Schuppen und schiebe ihn unter das Tier. Ich hebe das Fell, das schon anfängt, steif zu werden, auf und stopfe es in den Bottich. Alle vier Stücke.

Pop macht einen Schnitt in der Bauchmitte, die Eingeweide rutschen raus und fallen in den Bottich. Während er weiterschneidet, stinkt es überwältigend, schlimmer als Schweinekot im Gesicht. Es riecht wie tote Tiere, die tief im Wald verwesen und auf die nur dieser Gestank und die kreisenden, hinabstürzenden Bussarde hinweisen. Es stinkt wie platt gefahrene Opossums oder Gürteltiere, die auf dem heißen Asphalt vor sich hin faulen. Nur schlimmer. Dieser Geruch ist noch schlimmer; es ist der Todesgestank von etwas, das bis gerade lebendig war, das noch heiß ist von Blut und Leben. Ich schneide eine Grimasse, würde am liebsten Kaylas Stinkgesicht machen, das sie immer macht, wenn sie sauer oder ungeduldig ist. Für andere sieht es aus, als hätte sie was Ekliges gerochen: Sie kneift ihre grünen Augen zusammen, rümpft die Nase zu einem Pilz, zeigt alle zwölf winzigen Milchzähne. So ein Gesicht möchte ich ziehen, weil ich durch die gekräuselte Nase vielleicht den Geruch wieder rausquetschen oder abmildern könnte, den Todesgestank vielleicht sogar ganz aussperren könnte. Ich weiß, dass es der Magen und die Gedärme sind, aber ich sehe bloß Kaylas Stinkgesicht vor mir und das sanfte Auge des Ziegenbocks, und dann kann ich nicht mehr hinschauen, kann nicht mehr an mich halten, dann bin ich raus durch die Schuppentür und übergebe mich ins Gras. Mein Gesicht brennt heiß, aber meine Arme sind kalt.

Pop kommt mit einem Rippenstück in der Hand aus dem Schuppen. Ich wisch mir den Mund ab und schau ihn an, aber er schaut nicht zu mir, sondern in Richtung Haus und weist mit einem Nicken dorthin.

»Ich glaub, ich hab das Baby weinen hören. Du solltest mal nach den beiden sehen.«

Ich stecke die Hände in die Hosentaschen.

»Brauchst du mich denn nich mehr?«

Pop schüttelt den Kopf.

»Ich komm jetzt klar«, sagt er, aber dann schaut er mich zum ersten Mal richtig an, und sein Blick ist nicht mehr streng. »Geh du schon mal rein.« Und er dreht sich um und geht zurück in den Schuppen.

Pop muss sich verhört haben, denn Kayla ist noch gar nich wach. Sie liegt in ihrer Unterhose und ihrem gelbem T-Shirt auf dem Boden, den Kopf zur Seite gedreht, die Arme ausgebreitet, als ob sie die Luft umarmen will, die Beine gespreizt. Auf ihrem Knie sitzt eine Fliege; ich verjage sie und hoffe, sie hat nicht die ganze Zeit, als ich mit Pop im Schuppen war, auf Kayla draufgesessen. Fliegen fressen Aas. Als ich noch kleiner war, als ich Leonie noch *Mama* genannt hab, hat sie mir erzählt, dass Fliegen einen vollscheißen, wenn sie auf einem landen. Das war, als es noch mehr Gutes als Schlechtes gab, als Leonie mich auf der Schaukel, die Pop an einem der Pekannussbäume im Vorgarten aufgehängt hatte, angeschubst hat oder neben mir auf dem Sofa saß, mit mir Fernsehen guckte und mir dabei über den Kopf strich. Bevor sie mehr weg war als da. Bevor sie anfing, zerdrückte Tabletten zu schniefen. Bevor die Gemeinheiten, die sie zu mir gesagt hat, sich immer mehr aufgehäuft haben und sich wie Splitt in einem aufgeschürften Knie festgesetzt haben. Damals hab ich Michael noch *Pop* genannt. Das war, als er bei uns gewohnt hat, bevor er wieder bei Big Joseph eingezogen ist. Bevor die Polizei ihn vor drei Jahren abgeholt hat, kurz vor Kaylas Geburt.

Jedes Mal, wenn Leonie was Gemeines zu mir gesagt hat, hat Mam ihr gesagt, sie soll mich in Ruhe lassen. *Ich hab doch nur Spaß gemacht*, meinte Leonie dann, lächelte jedes Mal ganz breit und fuhr sich mit der Hand über die Stirn, um ihr kurzes, gesträhntes Haar glattzustreichen. *Ich wähle Farben, die meiner Haut schmeicheln*, hat sie Mam erklärt. *Die dieses Schwarz zur Geltung bringen.* Und dann: *Michael steht total drauf.*

Ich ziehe die Decke hoch, bis über Kaylas Bauch, und leg mich neben sie auf den Fußboden. Ihr kleiner Fuß fühlt sich in meiner Hand warm an. Im Schlaf strampelt sie die Decke wieder ab, greift nach meinem Arm und zieht ihn auf ihren Bauch, sodass ich sie umarme, ehe ich wieder still liege. Ihr Mund geht auf, ich wedele die freche Fliege weg, und Kayla lässt einen kleinen Schnarcher los.

Als ich wieder raus in den Schuppen gehe, hat Pop schon sauber gemacht. Er hat die stinkenden Eingeweide im Wald vergraben, das Fleisch, das wir Monate später essen werden, in Plastik eingepackt und in den kleinen Gefrierschrank in der Ecke gelegt. Er macht die Schuppentür zu, und als wir an den Ställen vorbeigehen, weicht mein Blick ganz von alleine den Ziegen aus, die an den Holzzaun kommen und blöken. Ich weiß, sie fragen nach ihrem Freund, dem, den ich mit getötet habe. Dem, von dem Pop ein paar Stücke bei sich hat: die zarte Leber für Mam, die er nur kurz anbraten wird, gerade so lange, dass Mam das Blut beim Essen nicht übers Kinn läuft, wenn er mich zu ihr reinschickt, um sie damit zu füttern, und für mich die Keulen, die er stundenlang kochen und danach räuchern und grillen wird, um meinen Geburtstag zu feiern. Ein paar der Ziegen wenden sich ab und grasen.

Zwei Böcke schliddern ineinander, dann versetzt einer dem anderen einen Kopfstoß, und sie fangen an zu kämpfen. Als einer weghumpelt und der Sieger, der ein schmutzig-weißes Fell hat, sich über eine kleine graue Ziege hermacht und versucht, sie zu besteigen, ziehe ich meine Hände in die Ärmel. Die Ziege tritt nach dem Bock und blökt. Pop bleibt neben mir stehen und schwenkt das frische Fleisch durch die Luft, um die Fliegen zu verjagen. Der Bock beißt der Ziege ins Ohr, die Ziege macht einen Laut, der wie ein Knurren klingt, und schnappt zurück.

»Ist es immer so?«, frage ich Pop. Ich hab schon gesehen, wie Pferde sich aufbäumen und besteigen, wie brünstige Schweine sich im Schlamm bespringen, gehört, wie wilde Katzen nachts schreien und fauchen, wenn sie Katzenbabys machen.

Pop schüttelt den Kopf und hebt die ausgesuchten Fleischstücke in meine Richtung hoch. Er lächelt halb, der Mundwinkel, der ein paar Zähne entblößt, wird messerscharf, dann ist das Lächeln wieder verschwunden.

»Nein«, sagt er. »Nicht immer. Manchmal ist es auch das hier.«

Die Ziege versetzt dem Bock einen Stoß in den Nacken und schreit. Der Bock schliddert rückwärts. Ich glaube Pop. Wirklich. Ich seh ihn ja mit Mam. Aber ich seh auch Leonie und Michael, so klar und deutlich, als stünden sie hier vor mir, bei ihrem letzten großen Streit, bevor Michael uns verlassen hat und wieder zu Big Joseph gezogen ist, vor drei Jahren, kurz bevor er ins Gefängnis kam: Michael hat damals seine Pullover, seine Camouflage-Hosen und seine Jordans in große schwarze Müllsäcke gestopft und alles nach draußen geschleppt. Ehe er wegging, hat er mich umarmt, und von so nah konnte ich nur seine Augen sehen, die grün waren wie die Kiefern, und die roten Flecken, die auf seinem Gesicht erschienen: an den Wangen, um den Mund herum, an den Nasenflügeln, wo die Adern unter der Haut kleine lila Strahlen waren. Er legte die Arme um mich und tätschelte mir ein, zwei Mal den Rücken, aber seine Berührungen waren so leicht, dass es sich gar nicht wie eine Umarmung anfühlte, obwohl sein Gesicht total angespannt aussah, irgendwie komisch, so als hätte er überall Klebeband unter der Haut. Als würde er gleich anfangen zu weinen. Leonie war schwanger mit Kayla, und sie hatte schon Kaylas Namen ausgesucht und mit Nagellack auf den Autositz geschrieben, der früher mein Autositz gewesen war. Ihr Bauch wurde langsam größer; es sah aus, als hätte sie sich einen Kinder-Basketball unter ihr T-Shirt geschoben. Sie lief hinter Michael her nach draußen auf die Veranda, wo ich stand und immer noch die beiden kleinen Klapse auf meinem Rücken spürte, so sanft wie eine schwache Brise, und Leonie packte Michael von hinten am Kragen, zog ihn zu sich und versetzte ihm einen Schlag an den Kopf, der so laut schallte, dass es nass klang. Er drehte sich um, packte sie am Arm, und dann schrien und keuchten und schubsten und zerrten die beiden sich gegenseitig über die ganze Veranda. Sie waren so dicht zusammen, an Hüften, Brust und Gesicht, dass sie eins waren und sich trippelnd fortbewegten, wie ein Einsiedlerkrebs, der unbeholfen über den Sand hoppelt. Dann schoben sie sich noch dichter aneinander und sagten etwas, aber ihre Worte klangen wie Stöhnen.

»Ich weiß«, sagte Michael.

»Du weißt überhaupt nichts«, sagte Leonie.

»Wieso drängst du mich so?«

»Mach doch, was du willst«, sagte Leonie, und dann weinte sie, und die beiden küssten sich und lösten sich erst voneinander, als Big Joseph in die sandige Auffahrt gefahren kam und anhielt, sodass sein Lieferwagen nicht mehr auf der Straße, sondern gerade so auf dem Hof stand. Er hupte nicht und winkte nicht und gar nichts, er saß einfach nur da und wartete auf Michael. Und dann ließ Leonie Michael stehen, knallte die Tür und war wieder im Haus verschwunden, und Michael schaute nach unten auf seine Füße. Er hatte vergessen, Schuhe anzuziehen, und seine Zehen waren ganz rot. Er holte einmal tief Luft und griff dann nach seinem Gepäck. Dabei kamen die Tattoos auf seinem weißen Rücken in Bewegung: der Drache auf seiner Schulter, die Sense am Oberarm. Ein grimmiger Sensenmann zwischen den Schulterblättern. Mein Name, *Joseph*, am Nackenansatz, zwischen Umrissen von meinen Babyfüßen.

»Ich komme wieder«, sagte er, sprang kopfschüttelnd von der Veranda, warf sich die Müllsäcke über die Schulter und ging zu dem Lieferwagen, in dem sein Daddy, Big Joseph, der Typ, der nie, kein Mal, laut meinen Namen gesagt hat, wartete. Ein Teil von mir hätte ihn am liebsten ausgepfiffen, als er in der Auffahrt zurücksetzte, aber ein größerer Teil von mir hatte Angst, Michael könnte noch einmal aus dem Wagen springen und mich verprügeln, deshalb ließ ich es bleiben. Damals war mir noch nicht klar, dass Michael manchmal alles mitkriegte und manchmal nichts, dass er mich mal wahrnahm, und dann wieder tage- oder wochenlang nicht. Dass ich in dem Moment keine Rolle spielte. Michael hatte sich nicht mehr umgedreht, nachdem er von der Veranda gesprungen war, hatte noch nicht mal hochgeguckt, nachdem er seine Säcke auf die Ladefläche des Pick-ups geworfen hatte und vorne eingestiegen war. Er schien sich immer noch auf seine nackten roten Füße zu konzentrieren. Pop sagt, ein Mann soll einem anderen Mann in die Augen sehen, also stand ich da und schaute Big Joseph an, während er den Rückwärtsgang einlegte, und Michael, der nur auf seinen Schoß guckte, bis sie von der Auffahrt runter waren und davonfuhren. Dann spuckte ich aus, so wie Pop es macht, sprang von der Veranda und rannte ums Haus rum zu den Tieren, zu ihren geheimen Ställen hinten im Wald.

»Na komm, Junge«, sagt Pop. Als er in Richtung Haus losgeht, folge ich ihm und versuche, die Erinnerung an Leonies und Michaels Streit abzuschütteln, sie in der feuchten, kühlen Luft draußen hängen zu lassen wie einen Nebel. Doch sie verfolgt mich, sogar noch, als ich der warmen, weichen Blutspur folge, die Pop im Sand hinterlässt, einer Spur, die ebenso eindeutig von Liebe zeugt wie die Brotkrumen, die Hänsel im Wald fallen ließ.

Der Geruch der Leber in der heißen Pfanne sitzt schwer in meiner Kehle, trotz des Bacon-Fetts, mit dem Pop sie vorher beträufelt hat. Als Pop sie auf den Teller schiebt, riecht die Leber immer noch, aber die Soße, die er dazu gemacht hat, verläuft um sie herum zu einem kleinen Herz, und ich frage mich, ob das wohl Absicht war. Ich trage den Teller bis an Mams Türschwelle, aber Mam schläft noch, also bringe ich ihn zurück in die Küche, und Pop legt ein Papiertuch drüber, um das Essen warm zu halten, und dann schaue ich zu, wie er das Fleisch und die Gewürze, Knoblauch, Sellerie, Paprikaschoten und Zwiebeln, von denen mir die Augen tränen, schneidet und alles zum Kochen aufsetzt.

Wären Mam und Pop am Tag von Leonies und Michaels Streit zu Hause gewesen, hätten sie die Rauferei gestoppt. *Der Junge braucht das nicht mitanzusehen*, hätte Pop gesagt. Oder Mam hätte gesagt, *Euer Kind soll doch nicht denken, dass man andere Menschen so behandelt.* Aber sie waren nicht zu Hause. Ich kann nicht behaupten, dass das oft vorkam. Sie waren nicht da, weil sie erfahren hatten, dass Mam Krebs hatte, und Pop deshalb immer wieder mit ihr zum Arzt fuhr. Soweit ich mich erinnern konnte, war es das erste Mal, dass sie sich darauf verließen, dass Leonie auf mich aufpasste. Nachdem Michael mit Big Joseph weggefahren war, fühlte es sich äußerst seltsam an, Leonie am Tisch gegenüberzusitzen und mir ein Bratkartoffelsandwich zu machen, während sie ins Leere starrte, die Beine übereinanderschlug, mit dem Fuß wippte und Zigarettenrauch zwischen ihren Lippen hervorquellen ließ, bis er ihren Kopf wie einen Schleier umhüllte, obwohl Mam und Pop es nicht leiden konnten, wenn sie im Haus rauchte. Mit ihr allein zu sein. Sie aschte in eine leere Coladose, die sie gerade ausgetrunken hatte, und machte auch die Kippen darin aus, und als ich in mein Sandwich biss, sagte sie: »Das sieht ja eklig aus.«

Nach dem Streit mit Michael hatte sie sich die Tränen abgewischt, aber man konnte noch die getrockneten, glänzenden Spuren in ihrem Gesicht sehen.

»Pop isst das auch immer so.«

»Musst du Pop alles nachmachen?«

Ich schüttelte den Kopf, weil sie das zu erwarten schien. Aber die meisten Sachen, die Pop tat, fand ich richtig gut, zum Beispiel die Art, wie er dastand, wenn er redete, die Art, wie er sein Haar kämmte, aus dem Gesicht raus nach hinten, und es mit Gel glatt strich, sodass er wie einer der Choctaw- oder Muskogee-Indianer aus den Büchern aussah, die wir in der Schule lasen, oder dass er mich im Traktor auf seinem Schoß sitzen und hinten auf unserem Grundstück rumfahren ließ, oder seine Art, schnell und sauber zu essen, und natürlich die Geschichten, die er mir vor dem Einschlafen erzählte. Als ich neun war, machte Pop einfach alles richtig gut.

»Sieht aber ganz so aus.«

Statt zu antworten, schluckte ich kräftig. Die Kartoffelscheiben waren salzig und dick, die Mayonnaise und der Ketchup zu dünn aufgestrichen, deshalb rutschten die Kartoffeln nicht so gut runter.

»Hört sich sogar eklig an«, sagte Leonie. Sie ließ ihre Zigarette in die Coladose fallen und schob die Dose dann über den Tisch zu mir rüber. »Wirf das weg.«

Sie ging aus der Küche ins Wohnzimmer, nahm eins von Michaels Baseball-Caps, das er auf dem Sofa liegen gelassen hatte, und zog es sich tief ins Gesicht.

»Ich komm bald wieder«, sagte sie.

Mit dem Sandwich in der Hand trottete ich hinter ihr her. Die Tür schlug zu, und ich stieß sie wieder auf. *Willst du mich etwa ganz alleine hierlassen*, wollte ich sie fragen, aber das Sandwich saß mir wie ein Kloß im Hals und unterdrückte die Panik, die wie Blasen aus meinem Bauch aufstieg; ich war noch nie allein zu Hause gewesen.

»Mama und Pop sind bestimmt bald zurück«, sagte sie, bevor sie die Autotür zuschlug. Sie fuhr einen weinroten Chevrolet Malibu, den Pop und Mam ihr zum Highschool-Abschluss gekauft hatten. Leonie fuhr aus der Auffahrt und ließ eine Hand aus dem Fenster baumeln, entweder um sich Luft zuzuwedeln oder um zu winken, schwer zu sagen, und dann war sie weg.

Irgendwie war mir ganz allein in dem zu stillen Haus unheimlich, deshalb setzte ich mich raus auf die Veranda, aber dann hörte ich einen Mann singen, mit einer hohen Stimme, die ganz falsch klang, und er sang immer wieder den gleichen Text. *Oh Stag-o-lee, why can't you be true?* Das war Stag, Pops ältester Bruder, mit einem langen Spazierstock in der Hand. Seine Sachen sahen hart und ölig aus, und er schwenkte den Stock wie eine Axt. Immer, wenn ich ihn traf, ergab das, was er sagte, für mich überhaupt keinen Sinn; es war so, als würde er eine fremde Sprache sprechen, obwohl ich wusste, dass es Englisch war: Jeden Tag lief er in Bois Sauvage herum, sang und schwenkte seinen Stock. Er ging genauso aufrecht wie Pop, wirkte genauso stolz wie Pop. Hatte die gleiche Nase wie Pop. Aber alles andere an ihm war ganz anders als bei Pop, eher so, als hätte man Pop wie einen nassen Lappen ausgewrungen und dann in der falschen Form wieder trocknen lassen. Das war Stag. Einmal hab ich Mam gefragt, was mit ihm los war, warum er immer so nach Gürteltier roch, und sie hat die Stirn gerunzelt und gesagt: *Er is nicht ganz richtig im Kopf, Jojo.* Und dann: *Frag Pop lieber nicht danach.*

Ich wollte nicht, dass er mich sah, darum sprang ich von der Veranda und rannte hinters Haus in den Wald. Es war tröstlich, die Schweine schnüffeln und die Ziegen rupfen und fressen zu hören, die Hühner picken und scharren zu sehen. Ich fühlte mich nicht mehr so klein und allein. Ich hockte mich ins Gras und schaute den Tieren zu, glaubte fast zu hören, wie sie mit mir redeten, wie sie kommunizierten. Manchmal, wenn ich das fette Schwein mit den schwarzen Matschflecken an der Seite anschaute, grunzte es und schlackerte mit den Ohren, und ich dachte, es will mir sagen: *Kratz mich hier, Junge.* Wenn die Ziegen mir die Hand leckten und mich mit dem Kopf anstubsten, während sie blökend an meinen Fingern knabberten, hörte ich: *Das Salz ist so schön scharf und lecker – noch mehr Salz.* Wenn das Pferd, das Pop hält, den Kopf neigte und so lange mit den Hufen scharrte und buckelte, bis seine Flanken wie der feuchte rote Mississippi-Lehm glänzten, verstand ich: *Ich könnte über deinen Kopf springen, Junge, und ach, dann würde ich losrennen, würde rennen und rennen und wäre nicht mehr zu sehen. Ich könnte dich zum Zittern bringen.* Es erschreckte mich, sie zu verstehen, ihnen zuzuhören. Weil Stag das auch tat; Stag stand manchmal mitten auf der Straße und führte lange Gespräche mit Casper, dem schwarz gescheckten Nachbarshund.

Aber die Tiere nicht zu hören, war unmöglich, denn ich brauchte sie nur anzuschauen, da verstand ich sie schon – es war so, als würde ich einen Satz anschauen und die Wörter verstehen, als würden sie alle auf einmal auf mich einstürmen. Nachdem Leonie weggefahren war, saß ich eine Weile hinten bei den Ställen, hörte den Schweinen und dem Pferd zu und dem Gesang vom alten

Stag, der aufbrauste und abflaute wie ein launischer Wind. Ich ging von einem Stall zum anderen, schaute immer wieder zur Sonne hoch, um zu schätzen, wie lange Leonie schon weg war, wie lange Mam und Pop schon weg waren, wie lange es wohl dauern würde, bis sie wiederkamen und ich zurück ins Haus gehen konnte. Ich ging mit hochgerecktem Kopf, lauschte auf das Knirschen von Autoreifen, deshalb sah ich den scharf gezackten Dosendeckel nicht, der vor mir aus der Erde ragte, sah nicht, dass ich im Gehen den Fuß daraufsetzte und instinktiv mein Gewicht verlagerte. Der Deckel sank tief ein. Ich schrie auf, fiel hin, hielt mir das Bein und wusste, dass die Tiere mich in diesem Moment auch verstanden: *Lass mich los, großer Zahn! Verschone mich!*

Stattdessen brannte und blutete es, ich saß weinend auf der Pferdelichtung, schmeckte Ketchup und etwas Saures hinten in der Kehle und umklammerte meinen Knöchel. Ich traute mich nicht, den Deckel herauszuziehen, und endlich hörte ich, wie eine Autotür zuschlug, dann erst mal nichts mehr, bis Pops Stimme nach mir rief und ich antwortete und er mich auf der Erde sitzen sah, schluchzend und japsend, ohne mich darum zu scheren, dass mein Gesicht ganz nass war. Pop kam zu mir und fasste mein Bein an, so wie er es bei unserem Pferd immer macht, wenn er das Hufeisen prüft. Mit einem kurzen Ruck zog er den Deckel raus, und ich brüllte laut auf. Das war das erste Mal, dass ich dachte, Pop hat was gemacht, was nicht gut war.

Als Leonie an dem Abend nach Hause kam, hat sie kein Wort gesagt. Ich glaub nicht, dass ihr mein Fuß überhaupt aufgefallen ist, bis Pop sie anschrie, *Verdammt noch mal, Leonie!, verdammt noch mal,* immer wieder. Ich war schläfrig von dem Schmerzmittel, kribbelig von dem Antibiotikum, mein Fuß weiß verbunden, ganz fest umwickelt, und sah bloß zu, während Pop mit der flachen Hand an die Wand schlug, um jede Silbe zu unterstreichen:

Leonie! Sie zuckte zusammen, wich einen Schritt vor ihm zurück und sagte dann kleinlaut: *Du hast in seinem Alter unten bei den Docks Austern geöffnet, und Mam hat Windeln gewechselt.* Und dann: *Er is alt genug.* Sie sagte: *Alles okay, oder, Jojo?* Und ich guckte sie an und sagte: *Nein, Leonie.* Das war was Neues für mich: Ihre Hände, die sie ständig rieb, und die schiefen Zähne in ihrem plappernden Mund anzugucken und in meinem Kopf nicht *Mama* zu hören, sondern ihren Namen: *Leonie.* Als ich ihn aussprach, lachte sie; der Laut brach aus ihr hervor, als wäre er mit einem harten Spaten herausgehackt worden. Pop sah aus, als würde er ihr gleich eine runterhauen, aber dann veränderte sich sein Gesichtsausdruck, und er schnaubte nur, so wie er es macht, wenn eine Saat nicht aufgeht oder eine seiner Säue mehr tote als lebendige Ferkel wirft: enttäuscht. Er setzte sich mit mir auf eins der beiden Sofas im Wohnzimmer. Das war die erste Nacht, in der er Mam allein im Bett schlafen ließ. Ich schlief auf dem Zweisitzer, er auf dem großen Sofa, wo er, nachdem Mam immer kränker wurde, schließlich auch blieb.

Die Ziege riecht beim Kochen wie Rind. Im Topf sieht sie sogar so aus, dunkel und faserig. Pop drückt mit einem Löffel auf das Fleisch, um zu prüfen, wie weich es ist, und legt dann den Deckel schief auf, sodass Dampf herausquillt.

»Pop, erzählst du mir noch mal von dir und Stag?«, frage ich.

»Was denn?«, fragt Pop.

»Parchman«, sage ich. Pop verschränkt die Arme. Beugt sich vor, um am Ziegenfleisch zu riechen.

»Hab ich dir das nich schon alles erzählt?«, fragt er.

Ich zucke die Achseln. Manchmal finde ich, dass ich um Nase und Mund herum Stag ähnlich sehe. Stag und Pop. Ich will hö-

ren, wie sie sich unterscheiden. Wie wir uns alle unterscheiden.
»Schon, aber ich möchte es trotzdem noch mal hören«, sage ich.

Das macht Pop immer, wenn wir abends allein sind und noch spät im Hof oder im Wald sitzen. Er erzählt mir Geschichten. Wie sie früher Rohrkolben gegessen haben, wenn sein Daddy in den Sümpfen gewesen war und welche geholt hat. Wie seine Mama und ihre Leute Louisianamoos gesammelt und damit ihre Matratzen gestopft haben. Manchmal erzählte er mir die gleiche Geschichte drei oder sogar vier Mal. Wenn er erzählt, gibt mir seine Stimme das Gefühl, als würde er eine Hand nach mir ausstrecken und mir den Rücken kraulen und als könnte ich allem entkommen, was mir sonst das Gefühl gibt, dass ich niemals mit so stolz erhobenem Haupt dastehen werde wie Pop, mir meiner selbst niemals so sicher sein werde wie er. Ich gerate ins Schwitzen und klebe förmlich an meinem Stuhl in der Küche fest, wo es von dem kochenden Ziegenfleisch auf dem Herd so warm geworden ist, dass die Fenster dick beschlagen sind und die Welt auf mich und Pop in diesem Raum zusammengeschrumpft ist.

»Bitte«, sage ich. Pop bearbeitet das Fleisch, das noch in den Topf muss, mit dem Fleischklopfer, damit es weich und zart wird, und räuspert sich. Ich lege die Ellbogen auf den Tisch und höre zu:

Ich und Stag, wir haben den gleichen Papa. Meine anderen Geschwister haben andere Daddys, weil mein Papa jung gestorben ist. Glaub, er war so Anfang vierzig. Ich weiß nich genau wie alt, weil er selbst nich wusste, wie alt er war. Er meinte, seine Maman und sein Daddy sind den Behörden immer aus dem Weg gegangen, ham ihre Fragen nie richtig beantwortet, die Zahl ihrer Kinder falsch angegeben, die Geburten gar nich beim Amt gemeldet. Sie glaubten, die wollten nur bei ihnen rumschnüffeln und sich die Informationen besorgen, um sie unter Kontrolle zu kriegen, um sie einzusperren wie Vieh. Deswegen haben sie das ganze offizielle Zeugs nich mitgemacht, sondern lieber nach den alten Sitten gelebt. Papa hat uns einiges davon beigebracht, bevor er starb: Jagen und Spurensuchen, wie man Tiere hält, ein paar Sachen über Ausgewogenheit und über das Leben. Ich hab gut zugehört. Ich hab immer gut zugehört. Aber Stag hat nie zugehört. Selbst als er noch klein war, rannte Stag nur mit den Hunden rum oder ging zum Badeloch, war viel zu beschäftigt mit sowas, um sich mal hinzusetzen und zuzuhören. Und als er älter wurde, hing er ständig im Juke Joint rum. Papa meinte, er sähe zu gut aus, er würde er sich schnell Ärger einhandeln, weil er so hübsch wie ein Mädchen auf die Welt gekommen war. Weil die Leute hübsche Sachen mögen und ihm alles zu leicht gemacht wurde. Maman machte Schschscht, wenn Papa das sagte, sie meinte, Stag würde nur zu viel fühlen, weiter nichts. Meinte, deswegen fiel es ihm schwer, stillzusitzen und nachzudenken. Ich hab nix gesagt, aber ich fand, sie hatten beide nich recht. Ich glaub, Stag fühlte sich innen drin tot, deswegen konnte er nich stillsitzen und zuhören, deswegen musste er immer auf den höchsten Felsen klettern und kopfüber ins Wasser springen, wenn wir am Fluss baden waren. Deswegen ging Stag, sobald er achtzehn oder neunzehn war, fast jedes verfluchte Wochenende in den Juke Joint und trank, deswegen lief er mit einem Messer in jedem Schuh rum, und noch einem in jedem Ärmel, deswegen verletzte er Leute und kam selbst oft mit Schnittwunden nach Hause – er brauchte das, um sich lebendiger zu fühlen. Und er hätte ewig so weitermachen können, wenn nicht dieser Kerl von der Navy da aufgekreuzt wäre, mit noch ein paar andern Weißen Männern aus dem Norden, die auf Ship Island stationiert waren. Wollte sich wohl'n bisschen mit den Farbigen amüsieren, doch dann traf er an der Theke auf Stag, ein Wort gab das andere, und schließlich zog der Mann Stag eine Flasche über den Schädel, und da hat Stag zugestochen, nich tief genug, um ihn zu töten, aber tief genug, um ihm wehzutun, damit Stag Zeit gewinnen und weglaufen konnte, aber weit is er nich gekommen, weil die Freunde des Weißen sich Stag griffen und ihn zusammenschlugen. Ich war allein zu Haus, als Stag ankam, Maman war ein paar Häuser weiter und kümmerte sich um ihre Schwester, und Papa war draußen auf dem Feld. Als die Weißen Männer Stag holen kamen, fesselten sie uns beide und nahmen uns mit. Ihr zwei werdet jetzt lernen, was Arbeit bedeutet, sagten sie. Was es heißt, nach den Gesetzen von Gott und den Menschen zu leben, sagten sie. Euch Bengel schicken wir nach Parchman.

Ich war fünfzehn. Aber ich war noch nicht mal der Jüngste dort, sagt Pop. *Das war Richie.*

Kayla wacht plötzlich auf, rollt sich auf den Bauch, stemmt sich hoch und lächelt. Ihr Haar steht wild ab und ist so zerzaust wie die Lianen an den Ästen der Kiefern. Ihre Augen sind grün wie Michaels, und ihre Haarfarbe schwankt irgendwo zwischen Leonies und Michaels, mit einer Spur von Strohblond.

»Jojo?«, sagt sie. Das sagt sie immer, sogar wenn Leonie im Bett neben ihr liegt. Darum kann ich jetzt nicht mehr auf dem Zweisitzer bei Pop im Wohnzimmer schlafen; Kayla hat sich als kleines Baby so dran gewöhnt, dass ich ihr nachts das Fläschchen bringe. Darum schlaf ich neben Leonies Bett auf dem Fußboden, und in den meisten Nächten kommt Kayla irgendwann zu mir runter, weil Leonie meistens weg ist. Kayla hat was Klebriges am Mundwinkel. Ich spucke auf den Saum von meinem T-Shirt und reibe damit über ihre Wange, und sie schüttelt meine Hand ab und krabbelt auf meinen Schoß: Sie ist klein für ihre drei Jahre, und wenn sie sich an mich kuschelt, hängen ihre Füße nicht mal über meine Oberschenkel. Sie riecht nach in der Sonne getrocknetem Heu, warmer Milch und Babypuder.

»Durst?«, frage ich.

»Mhm«, macht sie leise.

Als sie ausgetrunken hat, lässt Kayla ihre Schnabeltasse auf den Boden fallen.

»Singen«, sagt sie.

»Was soll ich denn singen?«, frage ich, obwohl sie mir das nie sagt. Genau wie ich mir zu gerne Pops Geschichten anhöre, hört Kayla mir zu gerne beim Singen zu. »›Die Räder am Bus‹?«, schlage ich vor. Das kenne ich aus dem Head-Start-Programm in der Vorschule: Manchmal sind die Nonnen aus dem Ort zu uns in die Klasse gekommen, mit ihren akustischen Gitarren, die sie wie Jagdgewehre geschultert hatten, und haben uns was vorgespielt. Ich singe das Lied leise, damit Mam nicht aufwacht, und meine Stimme ist holprig und krächzend, aber Kayla schwenkt trotzdem die Arme und marschiert im Zimmer herum. Als Pop den Kochtopf sich selbst überlässt und ins Wohnzimmer kommt, bin ich außer Puste, und meine Arme tun weh. Ich singe gerade »Funkel, funkel, kleiner Stern«, auch ein Hit aus der Vorschule, werfe Kayla dabei in die Luft, fast bis an die hohe Decke, und fange sie wieder auf. Wenn sie ein Kreischkind wäre, würde ich das nicht machen, denn dann würde Mam garantiert aufwachen. Aber während sich jetzt der Duft von in Butter gedünsteten Zwiebeln und Knoblauch, Paprikaschoten und Sellerie im Zimmer ausbreitet, fliegt Kayla mit glänzenden Augen hoch und fällt wieder runter, die Arme ausgebreitet, den Mund zu einem breiten Lächeln verzogen, sodass es so aussieht, als würde sie aus vollem Hals schreien.

»Noch mal«, keucht sie. »Noch mal«, sagt sie jedes Mal ächzend, wenn ich sie auffange, um sie erneut hochzuwerfen.

Pop schüttelt den Kopf, aber ich mache weiter, denn ich sehe an der Art, wie er seine Hände am Geschirrtuch abtrocknet und sich an den hölzernen Türbogen lehnt, den er eigenhändig geschliffen und vernagelt hat, dass er nichts dagegen hat. Er hat die Decke absichtlich so hoch gebaut, gut dreieinhalb Meter, weil Mam ihn darum gebeten hatte. Sie meinte, je mehr Platz zwischen Fußboden und Dach ist, desto kühler ist es im Haus. Er weiß, dass ich Kayla nicht wehtun werde.

»Pop«, sage ich schnaufend, als Kayla mehr auf meiner Brust als in meinen Armen landet. »Erzählst du mir den Rest, bevor du das Fleisch zum Räuchern rausbringst?«

»Das Baby«, sagt Pop.

Ich fange Kayla auf und drehe mich einmal mit ihr im Kreis. Sie schmollt, als ich sie absetze und ein Spielset von Fisher-Price, das früher mir gehört hat, unter dem Sofa hervorziehe. Ich puste den Staub ab und schiebe es ihr hin. Zum Set gehörten eine Ziege und zwei Hühner, und eine der roten Scheunentüren ist kaputt, aber trotzdem geht Kayla in die Hocke und legt sich dann auf den Bauch, um die Plastiktiere hüpfen zu lassen.

»Guck, Jojo!«, sagt Kayla und lässt die Ziege auf und ab springen. »Baa baa«, sagt sie.

»Macht doch nichts«, sage ich. »Sie hört uns gar nich zu.«

Pop setzt sich hinter Kayla auf den Fußboden und lässt die noch heile Scheunentür auf und zu schnappen.

»Die ist ganz klebrig«, sagt er. Dann schaut er nach oben an die raue Decke und bringt seufzend einen Satz hervor, und dann noch einen. Er erzählt mir die Geschichte noch einmal.

Richie, so wurde er genannt. Sein richtiger Name war Richard, und er war gerade mal zwölf Jahre alt. Hatte drei Jahre gekriegt, weil er Essen geklaut hatte: Salzfleisch. Ne Menge Leute waren dort, weil sie Essen geklaut hatten, denn viele waren arm und hungerten, und auch wenn die Weißen unsere Arbeitskraft nicht mehr umsonst kriegten, taten sie alles, um uns nicht einstellen und bezahlen zu müssen. Richie war der kleinste Junge, den ich je in Parchman gesehen habe. Auf der riesigen Farm waren ungefähr zweitausend Männer, verteilt auf mehrere Arbeitscamps. Fast fünfzigtausend Morgen Land, verdammt. Parchman is' ein Ort, wo einem am Anfang vorgegaukelt wird, dass es gar kein Gefängnis ist, du denkst, wird schon nicht so schlimm werden, weil's ja keine Mauern gibt. Damals warn es bloß fünfzehn Camps, jedes davon mit Stacheldraht eingezäunt. Keine Ziegel, keine Steinmauern. Wir Insassen wurden Gunmen genannt, weil wir unter Aufsicht der Trusty Shooters, der Vertrauensschützen, arbeiteten, die selbst Insassen waren, die aber vom Direktor Gewehre kriegten, um den Rest von uns zu beaufsichtigen. Diese Trusty Shooters waren die Sorte Männer, die immer als Erste den Mund aufmachen, wenn sie in einen Raum kommen. Männer, die gern die Aufmerksamkeit auf sich ziehn, groß angeben mit den Schlägereien und Messerstechereien und Morden, die sie begangen haben, um an so 'nem Ort nach oben zu kommen, weil sie sich wichtiger fühlen, wenn sie beachtet werden. Die fühl'n sich nur wie echte Männer, wenn sie bei andern Angst sehn.

Als ich zuerst nach Parchman kam, hab ich auf den Feldern gearbeitet, hab gepflanzt und Unkraut gejätet und die Ernte eingebracht. Parchman war sofort als Arbeitsfarm zu erkennen. Du siehst die weiten Felder, auf denen wir gearbeitet haben, siehst, dass man durch den Stacheldraht durchgucken kann, dass man ihn greifen, mit dem Fuß Halt finden, sich mit einer blutenden Hand daran festhalten kann, siehst, dass sie die Bäume zurückschneiden und niedrig halten, sodass das Land bis ans Ende der Welt frei und offen daliegt, und du denkst, Hier kann ich rauskommen, wenn ich es mir nur fest genug vornehme. Ich kann den Sternen nach Süden folgen und den Weg nach Hause finden. *Aber du denkst das nur, weil du die Trusty Shooters nicht siehst. Weil du den Sergeant nicht kennst. Nicht weißt, dass der Sergeant aus einer langen Reihe von Männern stammt, die darauf getrimmt wurden, dich wie ein Arbeitspferd zu behandeln, wie einen Jagdhund – und darauf getrimmt zu glauben, er könnte dich dazu bringen, es sogar noch zu mögen. Dass der Sergeant in einer langen Tradition von Aufsehern steht. Du weißt nicht, dass die Trusty Shooters wegen viel schlimmerer Sachen nach Parchman geschickt wurden, als wegen einer Schlägerei in einem Juke Joint. Weißt nicht, dass die Trusty Shooters, die Insassen-Aufseher, dort sind, weil sie Spaß am Töten haben und weil sie auf alle möglichen fiesen Arten gemordet haben, nicht nur andere Männer, sondern auch Frauen und –*

Ich und Stag kamen in verschiedene Camps. Stag wurde wegen Körperverletzung verurteilt, ich wegen Beihilfe zur Flucht. Ich hatte auch vorher schon gearbeitet, aber noch nie so hart. Noch nie von Sonnenaufgang bis Sonnenuntergang auf einem Baumwollfeld. Noch nie bei solcher Hitze. Da oben ist sie anders. Die Hitze. Da gibt's kein Wasser, das im Wind mitfliegt und einen kühlt, deswegen steht dort die Hitze wie im Backofen. Wie in einem feuchten Backofen. Schon bald wurden meine Hände dick, und meine Füße waren ganz verkrustet und blutig, und ich kapierte, wenn ich da draußen auf den Feldern bei der Arbeit war, dann musste ich es schaffen, nicht daran zu denken. Ich durfte nicht an Papa oder Stag oder den Sergeant oder die Trusty Shooters oder die Hunde denken, die am Rand der Felder bellend und mit triefenden Lefzen rumrannten und davon träumten, ihre Zähne in eine Ferse oder einen Nacken zu schlagen. Ich vergaß das alles, ich bückte mich und kam hoch und bückte mich und kam hoch und dachte nur noch an meine Mutter. An ihren langen Hals, ihre ruhigen Hände, ihr Haar, das sie immer nach vorne geflochten hat, um ihren schiefen Haaransatz zu verbergen. Die Gedanken an sie waren wie die Glut eines erloschenen Feuers in einer kalten Nacht: warm und behaglich. Nur so konnte ich meinen Geist von mir selbst losmachen, ihn dort auf diesen Feldern hoch in die Luft fliegen lassen wie einen Drachen. Das musste sein, sonst wär ich im Laufe meiner fünf Jahre in Gefangenschaft irgendwann einfach auf die schmutzige Erde gesunken und gestorben.

Richie hatte nicht annähernd die Zeit. Es ist schwer genug für einen Mann von fünfzehn, aber für einen Jungen? Einen zwölfjährigen Jungen? Richie kam gut einen Monat nach mir dort an. Er marschierte weinend in das Camp, aber er weinte lautlos, ohne zu schluchzen. Die Tränen liefen einfach über sein Gesicht und machten es nass. Er hatte einen großen Kopf, der wie eine Zwiebel geformt war und für seinen Körper viel zu groß aussah: ein Körper, der nur aus Haut und Knochen bestand. Seine Ohren standen gerade vom Kopf ab, wie Blätter von einem Ast, und seine Augen waren sehr groß für sein Gesicht. Er blinzelte nicht. Er war schnell: ging schnell, ohne zu schlurfen, nicht so wie die meisten, wenn sie im Camp ankamen, sondern er hob die Füße, zog die Knie hoch, wie ein Pferd. Sie banden seine Hände los und brachten ihn in die Baracke, zu seiner Pritsche, und er legte sich im Dunkeln neben mich, und ich wusste, dass er immer noch weinte, weil seine schmalen Schultern zwar eingeklappt waren, aber noch bebten, wie die Flügel eines Vogels, der gerade gelandet ist; doch er gab immer noch keinen Laut von sich. Wenn die Nachtwachen vor den Barackentüren eine Pause machen, dann kann einem zwölfjährigen Jungen im Dunkeln alles Mögliche zustoßen, wenn er eine Heulsuse ist.

Als er im Dunkel des nächsten Morgens aufwachte, war sein Gesicht getrocknet. Er folgte mir zu den Latrinen und zum Frühstück und setzte sich neben mich auf die Erde.

»Ganz schön jung für einen Ort wie diesen. Wie alt biste? Acht?«, fragte ich ihn.

Er sah gekränkt aus. Runzelte die Stirn und sperrte den Mund auf.

»Wie könn' Biscuits so eklig schmecken?«, fragte er und verbarg seinen Mund hinter seiner Hand. Ich dachte, er würde das Brot ausspucken, aber er schluckte und sagte: »Ich bin zwölf.«

»Immer noch reichlich jung, um hier zu sein.«

»Ich hab geklaut.« Er zuckte die Achseln. »Ich war gut. Ich klau schon, seit ich acht bin. Hab neun kleine Geschwister, die ständig nach Essen schrei'n. Und weinen, weil sie krank sind. Ihr Rücken tut weh, sagen sie, und ihr Mund ist ganz wund. Überall ham sie Ausschlag, an Händen und Füßen. Im Gesicht so dick, dass man kaum noch die Haut sieht.«

Ich kannte die Krankheit, von der er sprach. Wir nannten sie »rotes Feuer«. Hab mal gehört, wie ein Doktor gesagt hat, die meisten, die das haben, sind arm und essen nur Fleisch, Mehl und Rübensirup. Ich hätte ihm sagen können, dass sie noch gut dran waren, wenn sie so aßen: Im Delta hab ich von Leuten gehört, die sich Lehmplätzchen gebraten haben. Er war stolz auf sich, als er mir erzählte, was er getan hatte, trotzdem er erwischt wurde; ich merkte das an der Art, wie er sich vorbeugte, wie er mich ansah, als er ausgeredet hatte, so als wollte er ein Lob von mir hören. Da wusste ich, dass ich ihn nicht mehr loswerden würde, vor allem, weil er mir überall hin folgte und auf der Pritsche neben mir schlief. Weil er mich so ansah, als könnte ich ihm was geben, was ihm sonst keiner geben konnte. Die Sonne kam zwischen den Bäumen hoch, brachte den Himmel zum Leuchten wie ein frisch entfachtes Feuer, und ich spürte sie schon in den Schultern, im Rücken, in den Armen. Ich biss auf etwas, das im Brot eingebacken war und knirschte. Schnell runterschlucken – lieber nicht drüber nachdenken.

»Wie heißt du, Junge?«

»Richard. Aber alle nenn'n mich Richie. Als Witz.« Er schaute mich mit hochgezogenen Augenbrauen an und lächelte ein bisschen, so vage, dass sein Mund nur ganz leicht aufging und seine weißen, schiefen Zähne kurz zu sehen waren. Ich verstand den Witz nicht, deshalb ließ er den Kopf wieder sinken und erklärte ihn mir mit seinem Löffel. »Weil ich geklaut hab. Also bin ich reich?«

Ich schaute auf meine Hände hinab. Kein Krümel mehr drin, und trotzdem hatte ich das Gefühl, noch nicht gegessen zu haben.

»Soll ein Witz sein«, sagte er. Also gab ich Richie das, worauf er aus gewesen war. Er war ja noch ein Kind. Ich lachte.

Manchmal glaube ich, dass ich alles andere besser verstehe, als ich je Leonie verstehen werde. Sie steht vor der Haustür, kaum zu sehen hinter den Papiertüten mit den Einkäufen, hakt das Fliegengitter auf, stößt mit dem Fuß dagegen und zwängt sich dann mühsam durch die Tür. Als die Tür zuschlägt, flitzt Kayla auf mich zu; sie greift nach ihrem Saftbecher und saugt daran, ehe sie anfängt, mein Ohr zu kneten. Das rollende Kneifen ihrer kleinen Finger tut ein bisschen weh, aber es ist eine Angewohnheit von ihr, daher hebe ich sie hoch, nehme sie auf den Arm und lasse sie kneten. Mam sagt, sie macht das, um sich zu beruhigen, weil sie nicht gestillt wurde. Arme Kayla, hat Mam immer seufzend gesagt. Leonie war sauer, als Mam und Pop auch anfingen, sie Kayla zu nennen, so wie ich. *Sie hat einen Namen,* sagte Leonie, *und zwar den Namen ihres Daddys. Sie sieht aus wie eine Kayla,* sagte Mam, aber Leonie nannte sie nie so.

»Hey, Michaela, Süße«, sagt Leonie.

Erst als ich in der Küchentür stehe und zugucke, wie Leonie eine kleine weiße Schachtel aus einer ihrer Einkaufstüten zieht, kapiere ich, dass dies das erste Jahr ist, in dem Mam mir keinen Kuchen zum Geburtstag backen wird, und ich kriege ein schlechtes Gewissen, weil es mir erst so spät am Tag klar geworden ist. Pop wird das Essen kochen, aber ich hätte wissen sollen, dass Mam nicht backen kann. Sie ist zu krank von dem Krebs, der gekommen und wieder gegangen und dann wiedergekommen ist, genauso unaufhaltsam wie das Sumpfwasser in den Bayous, das mit dem Mond steigt und fällt.

»Ich hab dir einen Kuchen besorgt«, sagt Leonie, als wär ich zu blöd, um zu wissen, was in der Schachtel ist. Sie weiß, dass ich nicht dumm bin. Das hat sie selbst mal gesagt, als eine Lehrerin sie in die Schule bestellt hatte, um über mein Verhalten zu sprechen, um Leonie zu sagen: *Er sagt im Unterricht kein Wort, aber trotzdem passt er nicht auf.* Die Lehrerin sagte das vor allen anderen Kindern, die noch auf ihren Stühlen saßen und darauf warteten, entlassen zu werden und zu ihren Bussen gehen zu dürfen. Sie hatte mich an den vordersten Tisch im Klassenzimmer gesetzt, dem, der am nächsten am Lehrertisch stand, und alle fünf Minuten fragte sie mich, *Passt du auch auf?*, sodass ich andauernd beim Lernen unterbrochen wurde und mich überhaupt nicht konzentrieren konnte. Da war ich zehn und hatte schon angefangen, Sachen zu sehen, die andere Kinder nicht sahen, zum Beispiel, dass meine Lehrerin ihre Fingernägel bis aufs Fleisch abkaute, dass sie manchmal besonders viel Make-up trug, um die Spuren von Schlägen zu vertuschen; ich wusste, wie das aussah, weil die Gesichter von Michael und von Leonie manchmal auch so aussahen, wenn sie sich gestritten hatten. Ich fragte mich, ob meine Lehrerin wohl auch einen Michael zu Hause hatte. Am Tag dieses Gesprächs zischte Leonie: *Er's nich dumm. Los, Jojo, wir gehn.* Ich zuckte zusammen wegen ihrer schlampigen Aussprache und weil sie sich, ohne es überhaupt zu merken, viel zu dicht zu der Lehrerin hinbeugte, sodass die blinzelnd zurückwich vor der latenten Gewalt in Leonies Arm, die sich von der Schulter durch den Ellbogen bis in ihre Faust schlängelte.

Mam hat mir zum Geburtstag immer Red Velvet Cake gemacht. Sie fing damit an, als ich eins wurde. Als ich vier war, kannte ich den Kuchen schon gut genug, um darum zu bitten: Ich sagte roter Kuchen und zeigte im Laden auf die Packung im Regal. Der Kuchen, den Leonie gekauft hat, ist klein, ungefähr so groß wie meine beiden Fäuste zusammen. Obendrauf sind hellblaue und hellrosa Streusel verteilt und an der Seite zwei kleine blaue Schuhe. Leonie schnieft, hustet in ihren knochigen Unterarm und zieht dann eine Packung der billigsten Eiscreme aus der Tüte, die Sorte, die wie kaltes Kaugummi schmeckt.

»Geburtstagskuchen warn ausverkauft. Die Schuhe sind blau, das passt doch.«

Erst als sie es sagt, wird mir klar, dass Leonie ihrem dreizehnjährigen Sohn einen Babyparty-Kuchen gekauft hat. Ich lache, aber es fühlt sich kein bisschen warm an, in mir ist dabei überhaupt keine Freude. Ein Lachen, das kein Lachen ist und so rau klingt, dass Kayla sich im Zimmer umschaut und mich dann anguckt, als hätte ich sie verraten. Sie fängt an zu weinen.

Normalerweise mag ich an meinem Geburtstag das Singen am liebsten, weil die Kerzen alles in goldenes Licht tauchen und auf Mams und Pops Gesichter scheinen, sodass sie genauso jung aussehen wie Leonie und Michael. Wenn sie für mich singen, lächeln sie immer. Ich glaube, Kayla findet das Singen auch am schönsten, denn sie singt abgehackt mit. Kayla will unbedingt auf meinem Arm sein; sie hat so lange geweint und sich von Leonies Schulter abgestoßen und die Arme nach mir ausgestreckt, bis Leonie sie mir genervt hingehalten und »Hier« gesagt hat. Doch dieses Jahr ist das Lied für mich nicht das Schönste am Geburtstag, denn statt in der Küche sind wir alle dicht gedrängt in Mams Zimmer versammelt, und Leonie hält den Kuchen so, wie sie vorher Kayla gehalten hat, weit von sich, als wollte sie ihn gleich fallen lassen. Mam ist wach, sieht aber irgendwie nicht wach aus, ihre Augen sind nur halb offen und schauen einfach durch mich und Leonie und Kayla und Pop hindurch. Obwohl Mam schwitzt, wirkt ihre Haut blass und trocken, wie eine Schlammpfütze, die im Sommer nach mehreren Wochen ohne Regen zu einem Nichts getrocknet ist. Und eine Mücke sirrt um meinen Kopf, steuert auf mein Ohr zu, dreht wieder ab, droht mich zu stechen.

Als das Happy-Birthday-Lied losgeht, hört man nur Leonie. Sie hat eine hübsche Stimme, eine, die an den tiefen Stellen sehr schön klingt, sich bei den hohen Tönen aber überschlägt. Pop singt nicht mit; er singt nie. Als ich kleiner war, hab ich das nicht gemerkt, weil da noch die ganze Familie für mich gesungen hat: Mam, Leonie und Michael. Aber dieses Jahr, wo Mam nicht singen kann, weil sie zu krank ist, und Kayla zur Melodie einen Text erfindet und Michael weg ist, merke ich gleich, dass Pop nicht mitsingt, denn er bewegt nur die Lippen, ohne dass ein Ton herauskommt. Leonies Stimme überschlägt sich bei »lieber Joseph«, und das Licht der dreizehn Kerzen ist orangefarben. Niemand außer Kayla sieht jung aus. Pop steht zu weit vom Licht weg. Mams Augen in ihrem kalkbleichen Gesicht sind jetzt zu Schlitzen geschlossen, und Leonies Zähne sehen an den Rändern schwarz aus. Hier ist von Glück keine Spur.

»Herzlichen Glückwunsch, Jojo«, sagt Pop, aber er schaut mich dabei nicht an. Er schaut Mam an, ihre Hände, die schlapp und offen neben ihrem Körper liegen. Die Handflächen zeigen nach oben, wie tot. Ich beuge mich nach vorne, um meine Kerzen auszupusten, aber da klingelt das Telefon, und Leonie macht einen Satz; also macht auch der Kuchen einen Satz. Die Flammen flackern unter meinem Kinn und werden heißer. Wachsperlen tropfen auf die Babyschuhe. Leonie wendet sich mitsamt dem Kuchen von mir ab und schaut in die Küche, auf das Telefon, das auf der Anrichte steht.

»Lässt du jetzt den Jungen seine Kerzen ausblasen, Leonie?«, fragt Pop.

»Könnte Michael sein«, sagt Leonie, und dann ist der Kuchen nicht mehr da, weil Leonie ihn mit in die Küche genommen und neben dem Telefon mit der schwarzen Schnur abgestellt hat. Die Kerzenflammen fressen das Wachs auf. Kayla kreischt und wirft den Kopf zurück. Also folge ich Leonie in die Küche, zu meinem Kuchen, und Kayla lächelt. Sie greift nach dem Feuer. Die Mücke aus Mams Zimmer ist uns gefolgt und fliegt sirrend um meinen

Kopf, spricht über mich, als wäre ich eine Kerze oder ein Kuchen. *Mhm, schön warm und köstlich.* Ich schlage sie weg.

»Hallo?«, sagt Leonie.

Ich halte Kaylas Arm fest und beuge mich zu den Flammen hinunter. Sie wehrt sich, sie ist fasziniert.

»Ja.«

Ich puste.

»Baby.«

Die Hälfte der Kerzen geht aus.

»Diese Woche?«

Die andere Hälfte zehrt das Wachs fast bis unten auf.

»Ganz sicher?«

Ich puste noch einmal, und der Kuchen wird dunkel. Die Mücke landet auf meinem Kopf. *So lecker*, sagt sie und sticht. Ich schlage zu, und dann ist meine Handfläche blutverschmiert. Kayla streckt einen Arm aus.

»Wir kommen natürlich.«

Kayla hat eine Handvoll Glasur erwischt, und ihre Nase läuft. Ihre blonden Afrolocken stehen hoch. Sie steckt die Finger in den Mund, und ich wische ihr das Gesicht ab.

»Schon gut, Baby, schon gut.«

Michael ist ein Tier am anderen Ende der Telefonleitung, hinter einer Festung aus Beton und Gitterstäben, seine Stimme reist kilometerweit durch Kabel und über sonnengebleichte Strommasten. Ich weiß, was er sagt, genau wie bei den Vögeln, die ich im Winter auf dem Weg nach Süden schreien höre, genau wie bei jedem anderen Tier. *Ich komme nach Hause.*

2. Kapitel

LEONIE

Gestern Abend, nachdem ich mit Michael telefoniert hatte, rief ich Gloria an und bekam noch eine Schicht. Gloria ist die Besitzerin der Country-Bar oben am Waldrand, wo ich arbeite. Ein abgelegener Schuppen, aus Tuftsteinen und Sperrholz zusammengehauen und grün gestrichen. Ich hab den Laden zum ersten Mal gesehen, als ich mit Michael einen Ausflug an den Fluss machte; wir parkten meist unter einer Brücke an der Straße, die über den Fluss führt, und gingen dann zu Fuß weiter, bis wir zu einer Stelle kamen, wo man gut baden kann. *Was ist das denn?*, fragte ich und zeigte darauf. Ich dachte, ein Wohnhaus kann es kaum sein, obwohl es geschützt unter den Bäumen lag. Zu viele Autos parkten auf der sandigen Grasfläche davor. *Das ist das Cold Drink*, sagte Michael; er roch nach Hartbirnen, und seine Augen waren so grün wie die Bäume. *Wie Barq's und Coke?*, fragte ich. *Jap.* Er sagte, seine Mama sei mit der Besitzerin zusammen zur Schule gegangen. Jahre später, als Michael schon im Gefängnis war, habe ich seine Mama angerufen, und Gott sei Dank ging sie ans Telefon und nicht Big Joseph. Er hätte gleich wieder aufgelegt, statt mit mir zu sprechen, der Niggerin, mit der sein Sohn Kinder hatte. Ich erzählte Michaels Mutter, dass ich Arbeit brauchte, und bat sie, bei der Besitzerin ein gutes Wort für mich einzulegen. Es war unser viertes Gespräch überhaupt. Zum ersten Mal haben wir miteinander geredet, als Michael und ich anfingen, uns regelmäßig zu treffen, das zweite Mal war, als Jojo geboren wurde, und das dritte Mal, als Michaela geboren wurde. Trotzdem sagte sie Ja, und dann sagte sie, ich solle hinfahren, hoch zum Kill, dahin, wo Michael und seine Eltern herkommen und wo die Bar ist, und mich bei Gloria vorstellen, also machte ich das. Gloria stellte mich zuerst für eine Probezeit von drei Monaten ein. *Du bist fleißig*, sagte sie lachend, als sie mir mitteilte, dass sie mich behalten würde. Sie trug dicken Lidstrich, und wenn sie lachte, sah die Haut um ihre Augenwinkel wie ein kunstvoll gearbeiteter Fächer aus. *Sogar fleißiger als Misty, sagte sie, und die wohnt schon fast hier.* Und dann wedelte sie mit dem Arm und schickte mich wieder nach vorne in die Bar. Ich nahm mein Tablett mit den Drinks, und aus drei Monaten wurden drei Jahre. Nach meinem zweiten Tag im *Cold Drink* hatte ich kapiert, warum Misty so viel arbeitete: Sie war jeden Abend auf Droge. Lortab, Oxycodon, Koks, Ecstasy, Crystal Meth.

Als ich gestern Abend im *Cold Drink* zur Arbeit erschien, muss Misty schon einiges intus gehabt haben, denn nachdem wir gefegt und gewischt und alles dicht gemacht hatten, sind wir noch in ihr rosa MEMA-Häuschen gegangen, in dem sie seit Hurricane Katrina wohnt, und sie hat einen Eightball herausgeholt.

»Er kommt also nach Hause?«, fragte Misty.

Misty war dabei, alle Fenster aufzumachen. Sie weiß, ich höre gern die Geräusche von draußen, wenn ich high bin. Ich weiß, sie kokst nicht gern alleine, deshalb hat sie mich eingeladen und deshalb öffnete sie die Fenster, obwohl die feuchte Frühjahrsnachtluft sich im Haus breitmacht wie Nebel.

»Jap.«

»Du bist bestimmt total froh.«

Das letzte Fenster ging hoch und rastete ein, und ich starrte hinaus, während Misty sich an den Tisch setzte und mit dem Zerkleinern und Teilen anfing. Ich zuckte die Achseln. Ich war überglücklich gewesen, als der Anruf kam, als ich Michaels Stimme Worte sagen hörte, die ich mir monatelang, jahrelang, erträumt hatte, so glücklich, dass sich mein Innerstes anfühlte wie ein Teich, in dem es von Tausenden Kaulquappen wimmelt. Aber dann, kurz bevor ich aus dem Haus ging, schaute Jojo, der mit Pop im Wohnzimmer saß und eine Jagdsendung guckte, zu mir hoch, und für den Bruchteil einer Sekunde sah sein Gesicht, die Art, wie seine Züge sich in Falten legten, genauso aus wie Michaels nach einem unserer schlimmsten Streits. Enttäuscht. Todtraurig, weil ich wegging. Und ich konnte dieses Bild nicht abschütteln. Es tauchte während der gesamten Schicht immer wieder vor mir auf, setzte mir so sehr zu, dass ich Bud Light statt Budweiser oder Michelob statt Coors zapfte. Und dann ging mir Jojos Gesichtsausdruck nicht mehr aus dem Sinn, weil ich wusste, dass er insgeheim hoffte, ich würde ihn mit einem Geschenk überraschen, mit etwas anderem als diesem hastig gekauften Kuchen, irgendeinem *Ding,* das nicht nach drei Tagen weg sein würde: einem Basketball, einem Buch, einem Paar High Tops von Nike, damit er endlich ein zweites Paar Schuhe besaß.

Ich beugte mich zum Tisch hinunter. Schnupfte. Ein scharfes Brennen fuhr mir bis in die Knochen, und dann vergaß ich. Die Schuhe, die ich nicht gekauft hatte, den wachsbekleckerten Kuchen, den Anruf. Das Kleinkind, das zu Hause in meinem Bett schlief, während mein Sohn auf dem Fußboden lag, nur für den Fall, dass ich nach Hause kommen und ihn aus dem Bett werfen würde, wenn ich ins Zimmer wankte. Scheiß drauf!

»Überglücklich.« Ich sagte das Wort ganz langsam. Zog jede Silbe in die Länge. Und plötzlich war Given wieder da.

Die Kinder in der Schule zogen Given wegen seinem Namen auf. Eines Tages geriet er deswegen im Schulbus in einen Streit, prügelte sich auf den Sitzen mit einem stämmigen rothaarigen Jungen in Camouflage-Klamotten. Frustriert und mit einer dicken Lippe kam er nach Hause und fragte Mama: *Wieso habt ihr mir diesen Namen gegeben? Given? Der hat überhaupt keinen Sinn.* Geschenkt, *was soll das denn heißen?* Und Mama hockte sich vor ihn hin, strich ihm über die Ohren und sagte: *Given, weil sich das auf den Namen deines Papas reimt: River. Und Given weil ich schon vierzig war, als ich dich bekommen habe. Dein Papa war fünfzig. Wir dachten, wir könnten keine Kinder bekommen, aber dann wurdest du uns geschenkt: also Given.* Er war drei Jahre älter als ich, und als er und der Camouflage-Junge sich raufend über die Sitzreihen wälzten, holte ich mit meiner Schultasche aus und traf Camo am Hinterkopf.

Gestern Abend hat er mich angelächelt, dieser Given-nicht-Given, dieser Given, der jetzt schon fünfzehn Jahre tot ist, dieser Given, der jedes Mal auftauchte, wenn ich eine Line zog oder eine Pille einwarf. Jetzt setzte er sich auf einen der leeren Stühle zu uns an den Tisch, beugte sich vor und legte die Ellbogen auf die Tischplatte. Er beobachtete mich, wie immer. Er hatte Mamas Gesicht.

»So sehr, hm?« Misty zog den Schnodder in ihrer Nase hoch.

»Jap.«

Given rieb sich den rasierten Kopf, und ich entdeckte noch mehr Unterschiede zwischen den Lebenden und diesem chemischen Hirngespinst. Given-nicht-Given atmete nicht richtig. Er atmete überhaupt nicht. Sein schwarzes Hemd war ein stiller, von Mücken umschwärmter Teich.

»Und wenn Michael sich verändert hat?«, sagte Misty.

»Hat er nicht«, sagte ich.

Misty warf ein zusammengeknülltes Papiertuch weg, mit dem sie den Tisch abgewischt hatte.

»Was guckst du an?«, fragte sie.

»Nichts.«

»Quatsch.«

»Keiner starrt was so Cleanes so lange an, ohne was anzugucken.« Misty wedelte mit einer Hand in Richtung des Kokains und zwinkerte mir zu. Sie hatte sich die Initialen ihres Freundes auf den Ringfinger tätowieren lassen, und ganz kurz sahen sie wie Buchstaben aus, dann wie Käfer, dann wieder wie Buchstaben. Ihr Freund war schwarz, und diese Liebe über Hautfarbengrenzen hinweg war einer der Gründe, warum aus uns so schnell Freundinnen geworden waren. Misty sagte oft, dass sie beide, soweit es sie betraf, so gut wie verheiratet waren. Sie sagte, sie brauche ihn, weil ihre Mutter sich einen Dreck um sie scherte. Misty hat mir erzählt, dass sie ihre Periode gekriegt hat, als sie in der vierten Klasse war, mit zehn, und weil sie keine Ahnung hatte, was mit ihr los war, während ihr Körper sie verriet, lief sie den halben Tag mit einem blutigen Fleck hinten auf der Hose herum, der sich langsam ausbreitete wie ein Ölteppich. Ihre Mutter schlug auf dem Parkplatz der Schule auf sie ein, so peinlich fand sie das. Der Rektor rief die Polizei. *Nur ein Beispiel dafür, wie sehr ich sie enttäuscht habe,* sagte Misty.

»Ich wollte es spüren«, sagte ich.

»Weißt du, woran ich erkenne, dass du lügst?«

»Woran denn?«

»Du wirst totenstill. Alle bewegen sich die ganze Zeit, wenn sie sprechen, wenn sie schweigen, sogar im Schlaf. Schaun weg, schaun einen an, lächeln, runzeln die Stirn, sowas alles. Wenn du lügst, bist du totenstill: ausdrucksloses Gesicht, schlaffe Arme. Wie 'ne Leiche, echt. Sowas hab ich noch nicht gesehn.«

Ich zuckte die Achseln. Given-nicht-Given zuckte die Achseln. *Sie lügt nicht,* sagte er tonlos.

»Siehst du manchmal Sachen?«, fragte ich. Es ist schon raus, ehe ich die Worte denken kann. Aber in dem Moment ist Misty meine beste Freundin. Sie ist meine einzige Freundin.

»Wie meinst du das?«

»Wenn du drauf bist?« Ich wedelte mit der Hand, so wie sie es gerade getan hatte. In Richtung des Koks, das jetzt nur noch ein trauriges kleines Häufchen Staub auf dem Tisch war. Gerade noch genug für zwei oder drei Lines.

»Das ist es also? Du siehst Zeugs?«

»Nur Striche. Wie Neonlicht oder sowas. In der Luft.«

»Guter Versuch. Du hast dir sogar die Mühe gemacht, mit den Händen zu zucken. Also, was siehst du wirklich?«

Ich hätte ihr am liebsten eine geknallt.

»Hab ich doch grad gesagt.«

»Klar, und das war schon wieder gelogen.«

Aber ich wusste, es war ihr Haus, und wenn es hart auf hart kam, dann bin ich Schwarz und sie Weiß, wenn uns also jemand streiten hörte und die Polizei rief, dann wäre ich diejenige, die im Gefängnis landen würde. Nicht sie. Beste Freundin hin oder her.

»Given«, sagte ich. Es war mehr ein Flüstern als sonst irgendwas, und Given beugte sich vor, um zu verstehen, was ich sagte. Schob seine Hand über den Tisch, schob eine schlanke, knochige Hand zu mir herüber. Als wollte er mir helfen. Als könnte er zu Fleisch und Blut werden. Als könnte er meine Hand ergreifen und mich hier herausbringen. Als könnten wir nach Hause gehen.

Misty sah aus, als hätte sie in etwas Saures gebissen. Sie beugte sich vor und zog noch eine Line.

»Ich bin ja keine Expertin oder so, aber ich bin mir ziemlich sicher, dass man von diesem Zeug hier eigentlich keine Sachen sehen sollte.«

Sie lehnte sich zurück, fasste ihr Haar zu einem dicken Bündel zusammen und warf es über ihre Schulter. Bishop findet meine Haare toll, hatte sie mal über ihren Freund gesagt. *Kann die Hände kaum davon lassen.* Das war eine von den Sachen, die sie ganz unwillkürlich machte, mit ihrem Haar zu spielen, ohne zu merken, wie ungezwungen es wirkte. Wie ihr Haar das Licht reflektierte. Was für eine selbstzufriedene Schönheit es ausstrahlte. Ich hasste ihr Haar.

»Auf Acid vielleicht«, fuhr sie fort. »Oder Meth. Aber von dem hier? Nie und nimmer.«

Given-not-Given runzelte die Stirn, imitierte ihr mädchenhaftes Spiel mit ihren Haaren und formte mit den Lippen die Worte: *Was weiß sie schon?* Seine linke Hand lag immer noch auf dem Tisch. Ich konnte nicht danach greifen, obwohl alles in mir sich danach sehnte, seine Haut, sein Fleisch, seine trockenen harten Hände zu spüren. Als wir Kinder waren, hat er unzählige Male im Bus für uns gekämpft, uns in der Schule oder in der Nachbarschaft verteidigt, wenn andere Kinder mich auslachten und behaupteten, Pop sähe aus wie eine Vogelscheuche oder Mama sei eine Hexe. Dass ich genauso aussähe wie Pop: wie ein verbrannter, mit Lumpen umhüllter Stock. Mir drehte sich der Magen um wie ein Tier, das sich vor dem Einschlafen in seinem Bau wälzt, immer wieder, auf der Suche nach Trost und Wärme. Ich steckte mir eine Zigarette an.

»Echt«, sagte ich.

Jojos Geburtstagskuchen hält sich nicht gut: Am nächsten Tag schmeckt er schon, als wäre er fünf Tage alt statt einem. Er schmeckt wie nasse Pappe, aber ich esse trotzdem weiter. Ich kann nicht anders. Meine Zähne kauen und mahlen, obwohl ich nicht genug Spucke habe und meine Kehle sich gegen das Schlucken wehrt. Das Koks hat bewirkt, dass ich seit gestern Abend ununterbrochen kaue. Pop redet mit mir, aber ich kann an nichts anderes denken als an meinen Unterkiefer.

»Du brauchst die Kinder nirgendwohin mitzunehmen«, sagt Pop.

An den meisten Tagen ist Pop ein jüngerer Mann. Genauso wie Jojo für mich an den meisten Tagen immer noch fünf ist. Ich schaue Pop nicht an und sehe, wie die Jahre ihn gebeugt und zerknittert haben: Ich sehe ihn stattdessen mit weißen Zähnen und geradem Rücken und Augen, die so schwarz und glänzend sind wie sein Haar. Ich habe Mama einmal erzählt, dass ich dachte, Pop würde sich das Haar färben, und sie hat die Augen gerollt und gelacht, damals, als sie noch lachen konnte. *Ist alles echt*, hat sie gesagt. Der Kuchen ist so süß, dass er fast bitter schmeckt.

»Doch«, sage ich.

Ich könnte nur Michaela mitnehmen, das ist mir klar. Es wäre einfacher, aber ich weiß genau, wenn wir vor dem Gefängnis stehen und Michael rauskommt, dann wäre ein Teil von ihm enttäuscht, wenn Jojo nicht dabei wäre. Jojo sieht jetzt schon viel zu sehr so aus wie ich und Pop, mit seiner braunen Haut und den dunklen Augen, mit der Art, wie er geht, wie er auf den Fußballen wippt und alles an ihm aufrecht wirkt. Wenn Jojo nicht mit uns dort stehen und auf Michael warten würde, dann wäre das, na ja, nicht richtig.

»Und was ist mit der Schule?«

»Es sind doch nur zwei Tage, Pop.«

»Schule ist wichtig, Leonie. Der Junge muss was lernen.«

»Er is schlau genug, um zwei Tage zu verpassen.«

Pop verzieht das Gesicht, und solange die Grimasse anhält, sehe ich doch das Alter in seinem Gesicht. Die Falten des Alters, das ihn unerbittlich hinabzieht, genau wie Mama. In die Gebrechlichkeit, die Bettlägerigkeit, auf die Erde, ins Grab. Es geht abwärts.

»Es gefällt mir nicht, dass du ganz allein mit den beiden auf die Straße willst, Leonie.«

»Die Strecke ist nicht kompliziert, Pop. Wir fahren immer nach Norden und dann wieder zurück.«

»Man kann nie wissen.«

Ich presse die Lippen zusammen und spreche durch die Zähne. Mein Kiefer schmerzt.

»Uns wird nichts passieren.«

Michael ist jetzt drei Jahre im Gefängnis. Drei Jahre und zwei Monate. Und zehn Tage. Er hat fünf Jahre gekriegt, mit der Möglichkeit zur vorzeitigen Entlassung. Aus dieser Möglichkeit ist jetzt Wirklichkeit geworden. Gegenwart. Ich zittere innerlich.

»Alles in Ordnung?«, fragt Pop. Er schaut mich so an, wie er seine Tiere anschaut, wenn etwas mit ihnen nicht stimmt, wie er sein Pferd anschaut, wenn es hinkt und neu beschlagen werden muss, oder wenn eins seiner Hühner sich seltsam und wie toll aufführt. Er erkennt den Defekt und ist fest entschlossen, ihn auszumerzen. Die empfindlichen Hufe des Pferdes zu panzern. Das Huhn zu isolieren. Ihm den Hals umzudrehen.

»Jep«, sage ich. Mein Kopf fühlt sich an wie mit Auspuffgas gefüllt: leicht und heiß. »Alles okay.«

Manchmal glaube ich, ich weiß, warum ich jedes Mal Given-nicht-Given sehe, wenn ich high bin. Als ich zum ersten Mal meine Periode hatte, setzte sich Mama mit mir an den Küchentisch, nachdem Pop zur Arbeit gegangen war, und sagte: »Ich habe dir etwas zu sagen.«

»Was denn?«, sagte ich. Mama sah mich streng an. »Ja Ma'am«, sagte ich da und schluckte meine ursprünglichen Worte hinunter.

»Als ich zwölf war, kam die Hebamme Marie-Therese zu uns nach Hause, um meine jüngste Schwester auf die Welt zu holen. Sie saß kurz in der Küche, wies mich an, Wasser zu kochen, und packte ihre Kräuter aus, und da fing sie an, auf die Bündel zu zeigen und wollte von mir wissen, was ich glaubte, welche Wirkung die verschiedenen getrockneten Pflanzen hatten. Ich sah sie mir an, und ich wusste es, also sagte ich: *Das hier hilft bei der Nachgeburt, das hier stillt die Blutung, das wirkt gegen die Schmerzen, und das hier lässt die Milch schneller einschießen.* Als würde mir jemand ins Ohr summen und mir verraten, wozu die Kräuter gut waren. Sofort erklärte sie, ich hätte eine besondere Gabe in mir. Während meine Mama nebenan hechelte, legte Marie-Therese ganz in Ruhe ihre Hand auf mein Herz und betete zu den Müttern, zu Mami Wata und zu Maria, der Gottesmutter, dass ich lange genug leben möge, um zu sehen, was ich sehen sollte.«

Mama legte eine Hand auf ihren Mund, als hätte sie etwas erzählt, das sie lieber nicht verraten sollte, so als könnte sie ihre Worte wieder einfangen und in sich aufsaugen, damit sie durch ihre Kehle nach unten rutschten und sich im Magen in nichts auflösten.

»Und?«, fragte ich.

»Ob ich sehe?«

Ich nickte.

»Ja«, sagte Mama.

Ich hätte am liebsten gefragt: *Und was siehst du?* Aber ich tat es nicht. Ich hielt den Mund und wartete, dass sie weitersprach. Vielleicht hatte ich Angst vor dem, was sie mir erzählen würde, wenn ich fragte, was sie sah, wenn sie mich anschaute. Würde ich jung sterben? Vergeblich nach Liebe suchen? Oder falls ich lange lebte, würde ich von harter Arbeit und einem schweren Leben gebeugt sein? Alt und bitter werden, die Lippen verzerrt vom Geschmack dessen, was mir das Leben aufgetischt hatte: Senfblätter und unreife Kakifrüchte mit dem beißenden Aroma unerfüllter Versprechen und schlimmer Verluste?

»Kann sein, dass du's auch hast«, sagte Mama.

»Wirklich?«

»Ich glaub, man hat's im Blut, wie Schlick im Flusswasser. Sammelt sich in den Kurven und Windungen, lagert sich auf versunkenen Baumstämmen ab.« Sie wedelte mit den Fingern. »Kommt im Lauf der Generationen immer wieder an die Oberfläche. Meine Mama nicht, aber ich hab sie mal drüber reden hören, dass Tante Rosalie, ihre Schwester, die Gabe hatte. Dass sie von Schwester zu Kind zu Cousine wandert. Um gesehen zu werden. Und genutzt. Zeigt sich meist so richtig, wenn man zum ersten Mal blutet.«

Mama zupfte mit den Fingernägeln an ihrer Lippe herum und klopfte dann auf den Küchentisch.

»Marie-Therese selbst hat Sachen gehört. Brauchte eine Frau bloß anzusehen, und schon hörte sie das Singen: Ob sie schwanger war, konnte ihr sagen, wann sie ein Kind kriegen würde, welches Geschlecht das Baby haben würde. Konnte ihr sagen, ob ihr Probleme bevorstanden und wie sie die vermeiden konnte. Konnte einen Mann ansehen und ihm sagen, ob der Schnaps schon seine Leber zerfressen und seine Eingeweide getrocknet hatte wie Würste, erkannte es am Gelb in seinen Augen, am Zittern seiner Hände. Und noch was anderes hat sie gesagt. Dass alle Lebewesen für sie von tausend Stimmen umgeben waren und dass sie immer den lautesten folgte, weil die am wahrscheinlichsten waren. Dass sich die klarsten Stimmen vom Gewirr der restlichen abhoben. Sie hörte Laute, die vom Gesicht einer Frau im Haushaltswarenladen kamen: *Flip hat mir die Wange aufgeschlitzt, weil ich mit Ced getanzt habe.* Vom Ladenbesitzer, bei dem das eine Bein sang: *Das Blut wird schwarz und staut sich, die Zehen faulen.* Hörte, wie der Bauch einer Kuh sagte: *Das Kalb kommt mit den Füßen zuerst raus.* Dass sie die Stimmen zum ersten Mal gehört hat, als sie in die Pubertät kam. Und als sie es so erklärt hat, wurde mir klar, dass ich auch schon Stimmen gehört hatte. Als ich noch jünger war, beklagte sich meine Mama, weil sie Bauchweh hatte, von den Magengeschwüren. Ich konnte sie hören, sie sagten, *Wir essen und fressen, essen und fressen*; ich war verwirrt und fragte Mama immer wieder, ob sie hungrig war. Marie-Therese gab mir Unterricht, sie brachte mir alles bei, was sie wusste, und als dein Pop und ich geheiratet haben, war das meine Arbeit. Ich war damit beschäftigt, Babys auf die Welt zu holen und Leute zu behandeln und Gris-Gris-Beutel zu nähen, als Schutz.« Mama rieb sich die Hände wie beim Waschen. »Aber jetzt ist nicht mehr viel. Außer den Alten kommt keiner mehr zu mir.«

»Du kannst ein Kind auf die Welt holen?«, fragte ich sie. Das andere, was sie gesagt hatte, über die Gris-Gris-Beutel, stand unausgesprochen zwischen uns auf dem Tisch, so selbstverständlich wie eine Butterdose oder eine Zuckerdose. Sie lächelte, blinzelte und schüttelte den Kopf, und das alles bedeutete nur eins: *Ja.* In dem Moment wurde Mama für mich mehr als meine Mutter, mehr als die Frau, die mich anhielt, vor dem Schlafengehen den Rosenkranz zu beten, und mich ermahnte: *Vergiss nicht, zu den Müttern zu beten.* Sie hatte mehr getan als ihre Mutterpflicht, als sie mich mit selbstgemachter Salbe einrieb, wenn ich Ausschlag hatte, oder mir besonderen Tee kochte, wenn ich krank war. Dieses kleine Lächeln war ein Hinweis auf die Geheimnisse in ihrem Leben, all die Dinge, die sie gelernt und gesagt und gesehen und erlebt hatte, die Heiligen und die Geister, mit denen sie gesprochen hatte, als ich noch zu klein war, um ihre Gebete zu verstehen. Das kleine Lächeln verzog sich zu einem Stirnrunzeln, als Given zur Tür hereinkam.

»Junge, wie oft soll ich dir noch sagen, zieh die dreckigen Stiefel aus, wenn du ins Haus kommst.«

»Sorry, Ma.« Er grinste, beugte sich zu ihr, gab ihr einen Kuss, richtete sich dann wieder auf und ging rückwärts wieder nach draußen. Er war ein Schatten hinter der Fliegengittertür, während er sich mit den Füßen die Schuhe abstreifte. »Dein Bruder hört nicht mal, was ich zu ihm sage, ganz zu schweigen von dem, was die Welt singt. Aber du vielleicht schon. Wenn du anfängst, Sachen zu hören, sagst du mir Bescheid«, sagte sie.

Given hockte sich auf die Treppe und schlug seine Schuhe gegen das Holz, um den Lehm abzuklopfen.

»Leonie«, sagt Pop.

Ich wünschte, er würde mich anders nennen. Früher hat er mich »Mädchen« genannt. Wenn wir die Hühner gefüttert haben: *Mädchen, ich weiß, dass du die Körner noch weiter werfen kannst.* Wenn wir im Gemüsegarten Unkraut gejätet haben und ich stöhnte, weil mir der Rücken wehtat: *In deinem Alter weißt du gar nicht, was Schmerzen sind, Mädchen, bei deinem jungen Rücken.* Wenn ich Zeugnisse mit mehr Einsen und Zweien als Dreien nach Hause brachte: *Bist ein kluges Mädchen.* Er lachte, wenn er es sagte, manchmal lächelte er auch nur, und manchmal sagte er es mit einem neutralen Gesichtsausdruck, aber es fühlte sich nie wie ein Tadel an. Jetzt nennt er mich nur noch bei meinem Vornamen, und jedes Mal, wenn er ihn ausspricht, klingt es wie eine Ohrfeige. Ich werfe den Rest von Jojos Geburtstagskuchen in den Müll, fülle ein Glas mit Leitungswasser und trinke es sofort aus, um Pop nicht ansehen zu müssen. Ich spüre, wie mein Kiefer bei jedem Schluck knackt.

»Ich weiß, du willst nett sein und den Jungen abholen. Aber dir ist schon klar, dass er sonst in den Bus gesetzt wird, oder?«

»Er ist der Daddy von meinen Kindern, Pop. Ich muss ihn abholen.«

»Und seine Mama und sein Papa? Was, wenn die ihn abholen wollen?«

Daran hatte ich nicht gedacht. Ich stelle das leere Glas ins Waschbecken und lasse es dort stehen. Pop wird sich beschweren, weil ich mein Geschirr nicht abwasche, aber meistens schimpft er mit mir nicht wegen zwei Sachen auf einmal.

»Wenn sie ihn abholen wollten, hätte er mir das gesagt. Hat er aber nicht.«

»Warte doch, bis er wieder anruft, ehe du dich entscheidest.«

Ich erwische mich dabei, wie ich mir den Nacken massiere, und höre damit auf. Mir tut alles weh.

»Nein, das geht nicht, Pop.«

Pop geht einen Schritt von mir weg und schaut an die Küchendecke.

»Du musst mit deiner Mama reden, ehe du losfährst. Ihr sagen, dass du wegfährst.«

»Ist es so ernst?«

Pop greift sich einen Küchenstuhl und ruckelt daran, rückt ihn gerade, wird dann still.

Given-nicht-Given blieb den ganzen Abend bei mir, als ich bei Misty war. Er folgte mir sogar noch zum Auto und setzte sich auf den Beifahrersitz, stieg einfach durch die Tür ein. Als ich von Mistys Schotterauffahrt auf die Straße fuhr, blickte Given geradeaus. Auf halbem Weg nach Hause, auf einer der dunklen zweispurigen Landstraßen, wo der Asphalt so abgefahren ist, dass die

Reifen knirschten und ich dachte, die Straße sei gar nicht gepflastert, wich ich einem Opossum aus. Es erstarrte mit buckligem Rücken im Scheinwerferlicht, und ich hätte schwören können, dass ich es fauchen hörte. Als meine Brust sich wieder entspannte, sich nicht mehr wie ein Kissen voller heißer Stecknadeln anfühlte, schaute ich wieder zum Beifahrersitz rüber, und Given war nicht mehr da.

»Ich muss hin. Wir müssen hin.«

»Warum?«, sagt Pop. Es klingt fast sanft. Die Sorge um uns macht seine Stimme eine Oktave tiefer.

»Weil wir seine Familie sind«, sage ich. Eine brennende Linie zieht sich von meinen Zehenspitzen über den Bauch hoch bis in meinen Hinterkopf, ein Hauch von dem, was ich gestern Abend gespürt habe. Und dann geht es weg, und ich bin starr, still, in einem Tief. Pop presst die Lippen fest zusammen, und er wird zu einem Fisch, der am Haken zieht, an der Angelschnur, gegen etwas kämpft, das viel stärker ist als er. Und dann ist es vorbei, und er blinzelt und schaut weg.

»Er hat mehr als eine, Leonie. Die Kids haben auch mehr als eine«, sagt Pop, und dann entfernt er sich von mir und ruft nach Jojo. »Junge«, sagt er. »Junge. Komm mal her.«

Die Hintertür knallt zu.

»Wo bist du, Junge?«

Es klingt wie eine Umarmung, so als würde Pop es singen.

»Michael kommt morgen raus.«

Mama drückt die Handflächen aufs Bett, zieht die Schultern hoch und versucht, ihr Becken zu heben. Sie verzieht das Gesicht.

»Tatsächlich?« Ihre Stimme ist leise. Nur ein Hauch.

»Ja.«

Sie lässt sich zurück ins Bett fallen.

»Wo ist dein Pop?«

»Draußen, mit Jojo.«

»Ich brauche ihn.«

»Ich muss noch einkaufen. Ich sag ihm Bescheid.«

Mama kratzt sich am Kopf und atmet hörbar aus. Ihre Augen schließen sich zu Schlitzen.

»Wer holt Michael ab?«

»Ich.«

»Und wer noch?«

»Die Kinder.«

Jetzt schaut sie mich wieder an. Ich wünschte, ich könnte das zischende Brennen wieder spüren, aber ich bin jetzt ganz runter und fühle mich nur noch leer. Hohl und ausgetrocknet. Beraubt.

»Deine Freundin fährt nicht mit?«

Sie meint Misty. Unsere Männer sind im gleichen Gefängnis, daher fahren wir alle vier Monate zusammen hoch. Ich hatte gar nicht dran gedacht, sie zu fragen.

»Ich hab sie nicht gefragt.«

Hier auf dem Land aufzuwachsen, hat mich einiges gelehrt. Zum Beispiel, dass nach dem ersten großen Überschwang des Lebens die Zeit an allem nagt: Sie lässt Maschinen rosten, Tiere so altern, dass sie Fell und Federn verlieren, sie lässt Pflanzen welken. Etwa einmal im Jahr sehe ich es auch bei Pop, sehe, wie er mit den Jahren immer schlanker wird, wie die Sehnen hervortreten und mit jedem Jahr fester und steifer werden. Wie seine indianischen Wangenknochen deutlicher hervortreten. Aber seit Mama krank ist, habe ich gelernt, dass Schmerzen das auch bewirken können. Sie können einen Menschen auffressen, bis er nur noch Haut und Knochen ist, mit einer Maserung aus Blut. Können einem die Eingeweide wegzehren und einen an den falschen Stellen anschwellen lassen: Mamas Füße unter der Decke sehen aus wie Ballons, die zum Bersten voll mit Wasser sind.

»Solltest du tun.«

Ich glaube, Mama versucht, sich auf die Seite zu drehen, ich sehe, wie sie sich anstrengt, aber dann rollt einfach nur ihr Kopf zur Seite, und sie schaut die Wand an.

»Mach den Ventilator an«, sagt sie, also rücke ich Pops Stuhl weg und schalte den Kastenventilator ein, der im Fenster klemmt. Die Luft bläst heulend durchs Zimmer, und Mama dreht das Gesicht wieder mir zu.

»Du fragst dich bestimmt…«, sagt sie und hält inne. Ihre Lippen sind dünn. Daran erkenne ich es am deutlichsten. An ihren Lippen, die immer voll und weich waren, vor allem, als ich noch ein kleines Mädchen war und sie mich auf die Schläfe geküsst hat. Oder auf den Ellbogen. Die Hand. Manchmal, nach dem Baden, sogar auf die Zehen. Jetzt sind diese Lippen in dem eingesunkenen Areal ihres Gesichts nur noch farblich abweichende Hautstellen.

»… warum ich nicht schimpfe.«

»Ein bisschen«, sage ich. Sie schaut auf ihre Zehen.

»Pop is stur. Du bist stur.«

Ihr Atem geht stotternd, und mir wird klar, dass es ein Lachen ist. Ein mattes Lachen.

»Ihr regt euch immer auf«, sagt sie.

Sie schließt wieder die Augen. Ihr Haar ist so schütter, dass ich ihre Kopfhaut sehen kann: blass, von blauen Adern durchzogen, wellig und furchig, uneben wie eine selbstgetöpferte Schale.

»Du bist jetzt erwachsen«, sagt sie.

Ich setze mich hin und verschränke die Arme. Dadurch treten meine Brüste leicht hervor. Ich erinnere mich an den Schrecken mit zehn, als sie anfingen zu wachsen, vorstanden wie kleine Steine. Wie ich diese fleischigen Knoten als Verrat empfand. Als hätte mich jemand angelogen darüber, wie das Leben sein würde. Als hätte Mama mir nie gesagt, dass ich erwachsen werden würde. In ihren Körper hineinwachsen würde. Zu ihr heranwachsen würde.

»Du liebst, wen du liebst. Du machst, was du willst.«

Mama schaut mich an, und nur ihre Augen sehen in dem Moment voll aus, so rund wie immer, wenn ich mich nah genug zu ihr beuge, beinahe nussbraun, und in den Augenwinkeln sammelt sich Wasser. Das Einzige, was die Zeit nicht aufgefressen hat.

»Du wirst fahren«, sagt sie.

Jetzt weiß ich es. Weiß, dass meine Mutter Given folgen wird, dem Sohn, der zu spät gekommen und zu früh gegangen ist. Ich weiß, dass meine Mutter im Sterben liegt.

Given spielte in seinem letzten Schuljahr, im Herbst vor seinem Tod, leidenschaftlich und zielstrebig Football. Jedes Wochenende kamen Scouts von regionalen und staatlichen Colleges, um ihn spielen zu sehen. Er war groß und muskulös, und sobald er das Leder in der Hand hatte, flogen seine Füße nur so über den Boden. Obwohl er es mit dem Football sehr ernst meinte, war er, wenn er nicht auf dem Platz war, äußerst gesellig. Er hat zu Pop mal gesagt, seine Teamkameraden, Schwarze und Weiße, wären wie Brüder für ihn. Dass es ihm so vorkam, als zöge die Mannschaft jeden Freitagabend in den Krieg, als würden sie gemeinsam zu etwas Neuem werden, etwas, das größer war als sie selbst. Pop schaute auf seine Schuhe und spuckte ein braunes Rinnsal in den Sand. Given sagte, er wollte mit seinen weißen Teamkameraden hoch zum Kill fahren, zu einer Party, und Pop riet ihm davon ab: *Sie schaun dich an und sehn das Fremde, Junge. Spielt keine Rolle, was du siehst. Kommt nur drauf an, was sie tun*, hatte Pop gesagt und dann den ganzen Priem ausgespuckt. Given hatte mit den Augen gerollt, sich an die Kühlerhaube des 77er Nova gelehnt, den sie gerade für ihn reparierten, und gesagt: *Okay, Pop.* Zu mir hochgeschaut und mir zugezwinkert. Ich war nur froh, dass Pop mich nicht reingeschickt hatte, froh, dass ich ihnen Werkzeuge reichen und Wasser holen und beim Arbeiten zusehen durfte, denn ich wollte auf keinen Fall ins Haus gehen, weil ich fürchtete, Mama könnte mir mal wieder eine ihrer Lektionen in Pflanzenkunde erteilen wollen. *Kräuter und Arzneien*, hatte sie zu mir gesagt, als ich sieben wurde, *das kann ich dir beibringen.* Ich hoffte, irgendjemand, Big Henry oder einer der Zwillinge, würde vorbeikommen, von der Straße oder aus dem Wald auftauchen, damit noch jemand da wäre, mit dem wir reden konnten.

Given hörte nicht auf Pop. Ende des Winters, im Februar, beschloss er, mit den Weißen Jungs oben im Kill jagen zu gehen. Er sparte Geld und kaufte sich einen schicken Bogen. Er hatte mit Michaels Cousin gewettet, dass er mit Pfeil und Bogen schneller einen Bock erlegen könnte, als der mit einem Gewehr. Michaels Cousin war ein kleiner Typ mit einem schielenden Auge, der Cowboystiefel und Bier-T-Shirts wie eine Uniform trug; er war der Typ, der mit Highschool-Kids rumhing und mit Schülerinnen ausging, obwohl er schon Anfang dreißig war. Given trainierte mit Pop. Übte stundenlang hinten auf dem Grundstück schießen, obwohl er lieber Hausaufgaben hätte machen sollen. Fing an, genauso aufrecht wie Pop zu gehen, jede Faser in ihm so straff gespannt wie sein Bogen, bis er schließlich mit dem Pfeil genau in die Mitte der zwischen zwei Kiefern gespannten Leinwand traf, die fünfzig Meter entfernt war. Er gewann seine Wette in der Morgendämmerung eines kalten, bedeckten Wintertages, teils weil er richtig gut war, teils weil alle anderen, die ganzen Jungs, mit denen er Football spielte, in der Umkleide raufte und auf dem Spielfeld bis zum Umfallen gemeinsam schwitzte, an diesem Morgen schon zum Frühstück statt Orangensaft Bier getrunken hatten, weil sie glaubten, Given würde verlieren.

Damals kannte ich Michael noch nicht; ich hatte ihn ein paar Mal in der Schule gesehen, mit seinen dicken blonden Locken, die fast schon verfilzt aussahen, weil er sie nie kämmte. Seine Ellbogen, Hände und Füße waren aschfahl. Michael ging an dem Morgen nicht mit zum Jagen, weil er keine Lust hatte, so früh aufzustehen, aber er hörte davon, als sein Onkel mitten am Tag zu Big Joseph kam, während der Cousin langsam wieder nüchtern wurde und ein Gesicht machte, als habe er etwas Faules gerochen, eine vergiftete Ratte, die die Winterkälte ins Haus getrieben hatte, und der Onkel sagte: *Er hat den Nigger erschossen. Dieser verdammte Blödmann hat den Nigger erschossen, weil er ihn besiegt hat.* Und dann, weil Big Joseph jahrelang Sheriff gewesen war: *Was machen wir jetzt?* Michaels Mama sagte, sie sollten die Polizei rufen. Big Joseph beachtete sie gar nicht, und sie fuhren alle zusammen zurück in den Wald, liefen eine Stunde lang tief hinein und fanden Given, der ausgestreckt und reglos auf den Kiefernnadeln lag, in einer Pfütze aus dunklem Blut. Um ihn herum überall Bierdosen, die die Jungs hastig weggeworfen hatten, als sie abgehauen waren, nachdem der Cousin mit dem Schielauge gezielt und abgedrückt und der Schuss die Stille zerrissen hatte. Sie waren in alle Richtungen geflohen, wie die Kakerlaken vor dem Licht. Der Onkel hatte seinem Sohn eine runtergehauen, und dann noch eine. *Du verdammter Idiot,* hatte er gesagt. *Es ist nicht mehr so wie früher.* Und der Cousin hatte die Hände gehoben und gemurmelt: *Er hätte verlieren sollen, Pa.* Hundert Meter weiter lag der Bock auf der Seite, einen Pfeil im Hals, einen zweiten in der Flanke, genauso kalt und steif wie mein Bruder. Ihr Blut schon fast geronnen.

Jagdunfall, sagte Big Joseph, als sie wieder zu Hause waren und am Tisch saßen, das Telefon in der Hand, ehe der Vater des Cousins, genauso klein wie sein Sohn, aber mit synchronen Augen, die Polizei anrief. *Jagdunfall*, sagte der Onkel am Telefon, während das Licht der kühlen Mittagssonne durch die Vorhänge schnitt. *Jagdunfall*, sagte der schieläugige Cousin vor Gericht, das gute Auge auf Big Joseph gerichtet, der hinter dem Anwalt des Jungen saß, mit einer Miene so reglos und hart wie ein Porzellanteller. Aber sein schwaches Auge schweifte zu Pop und mir und Mama herüber; wir saßen alle nebeneinander hinter dem Staatsanwalt, einem Staatsanwalt, der sich auf einen Deal einließ, bei dem der Cousin zu drei Jahren in Parchman und zwei Jahren Bewährung verurteilt wurde. Ich frage mich, ob Mama wohl ein Summen von dem kranken Auge des Cousins vernommen hat, in seinem Umherwandern Reue gespürt hat, aber sie schaute nur durch ihn hindurch, während ihr ununterbrochen die Tränen über die Wangen liefen.

Ein Jahr nach Givens Tod pflanzte Mama einen Baum für ihn. *An jedem Todestag einen*, sagte sie mit vor Kummer brechender Stimme. *Wenn ich lang genug lebe, wird hier ein Wald stehn*, sagte sie, *ein raunender Wald. Der von Wind und Blütenstaub und Schädlingsbefall erzählt.* Dann schwieg sie, setzte den Baum in die Mulde und fing an, die Erde um die Wurzeln festzuklopfen. Ich hörte sie durch ihre Fäuste: *Die Frau, die Marie-Therese unterrichtet hat – die konnte sehen. Alte Frau, sah fast Weiß aus. Tante Vangie. Sah die Toten. Marie-Therese hatte die Gabe nich. Ich auch nich.* Sie grub ihre roten Fäuste tief in die Erde. *Ich träum davon. Ich träum davon, Given zu sehn, wie er in seinen Stiefeln zur Tür reinkommt. Aber dann wach ich auf. Und sehe nichts.* An der Stelle fing sie an zu weinen. *Dabei weiß ich, dass es da is. Gleich hinter dem Schleier.* Sie kniete so lange dort auf dem Boden, bis ihre Tränen versiegt waren, dann richtete sie sich auf und wischte sich übers Gesicht, beschmierte es überall mit Blut und Erde.

Vor drei Jahren, nach dem Koksen, habe ich Given zum ersten Mal gesehen. Es war nicht meine erste Line, aber Michael war gerade ins Gefängnis gekommen. Ich hatte mir angewöhnt, es oft zu tun; jeden zweiten Tag beugte ich mich über einen Tisch, schob Lines zusammen und inhalierte. Ich weiß, das war falsch: Ich war schwanger. Aber ich war wehrlos gegen das Verlangen, zu spüren, wie mir der Koks in die Nase stieg, direkt ins Gehirn schoss und allen Kummer und alle Verzweiflung über Michaels Abwesenheit wegbrannte. Als Given zum ersten Mal auftauchte, war ich auf einer Party im Kill, und mein Bruder kam einfach hereinspaziert, ohne Kugellöcher in der Brust oder im Hals, unversehrt und langgliedrig wie immer. Aber nicht grinsend. Er trug kein Hemd, und sein Nacken und Gesicht waren gerötet, so als wäre er gerannt, aber seine Brust war reglos wie Stein. So reglos wie er gewesen sein muss, nachdem Michaels Cousin ihn erschossen hatte. Ich dachte an Mamas kleinen Wald, an die zehn Bäume, die sie in einer immer größer werdenden Spirale bislang gepflanzt hatte, einen an jedem Todestag. Ich starrte Given an und knirschte mit den Zähnen, bis mein Zahnfleisch wund wurde. Ich verschlang ihn mit meinen Blicken. Er versuchte, mit mir zu reden, aber ich verstand ihn nicht, und er wurde immer frustrierter. Er setzte sich vor mir auf den Tisch, direkt auf den Spiegel mit dem Koks darauf. Ich konnte mich nicht mehr runterbeugen, ohne mit dem Gesicht in seinem Schoß zu landen, also saßen wir nur da und starrten uns an, und ich versuchte, mir nichts anmerken zu lassen, damit meine Freunde nicht dachten, ich hätte den Verstand verloren. Sie grölten die Countrysongs mit, knutschten unbekümmert wie Teenager in dunklen Ecken oder liefen mit untergehakten Armen in Zickzackreihen nach draußen in die Dunkelheit.

Given guckte mich an wie damals, als wir klein waren und ich die neue Angelrute zerbrochen hatte, die er gerade erst von Pop bekommen hatte: mordlüstern. Als ich runterkam, rannte ich fast zu meinem Auto. Ich zitterte so stark, dass ich kaum den Schlüssel ins Zündschloss bekam. Given stieg neben mir ein, auf den Beifahrersitz, wandte den Kopf und starrte mich mit steinerner Miene an. *Ich höre auf*, sagte ich. *Ich schwöre, ich werde es nie wieder tun.* Er fuhr mit mir bis nach Hause, und ich ließ ihn im Auto sitzen, während die Sonne aufging und den Rand des Horizonts in weiches Licht tauchte. Ich schlich in Mamas Schlafzimmer und betrachtete sie im Schlaf. Staubte ihren Altar ab: ihren Rosenkranz, der über der Marienfigur in der Ecke hing, machte mich an den blaugrauen Kerzen, den Flusskieseln, den drei getrockneten Rohrkolben und der einzelnen Yamswurzel zu schaffen. Als ich Given-nicht-Given zum ersten Mal sah, erzählte ich meiner Mama nichts davon.

Durch einen Telefonanruf bei Michaels Eltern würde ich alles erfahren, was ich wissen musste. Ich könnte einfach zum Hörer greifen, die Nummer wählen und beten, dass Michaels Mutter ranging. Es wäre unser fünftes Gespräch, und ich würde sagen: *Hallo, Mrs Ladner, ich weiß nicht, ob Sie Bescheid wissen, aber Michael kommt morgen raus, und ich und die Kinder und Misty fahren ihn abholen, Sie brauchen also nicht hin, okay, Ma'am, auf Wiederhören.* Aber ich will nicht, dass Big Joseph rangeht und einfach auflegt, nachdem ich nur in die Sprechmuschel geatmet habe, ohne ein Wort zu sagen, während er auch kein Wort sagt. Immerhin könnte ich dann sicher sein, dass er Mrs Landner rangehen lassen würde, wenn ich es noch mal versuchte, damit sie sich mit dem Anrufer rumschlagen müsste, wer es auch sein mochte: Witzbold,

Geldeintreiber, verwählt, die Schwarze Kindsmutter von seinem Sohn. Aber ich will mit alldem nichts zu tun haben: will weder in abgehackten Sätzen mit Michaels Mutter reden noch Big Josephs bleiernes Schweigen ertragen. Deshalb fahre ich landeinwärts zum Kill, den Kofferraum mit großen Wasserkanistern und Baby-Feuchttüchern und Schlafsäcken und Taschen mit Klamotten vollgepackt, um eine Nachricht in den Briefkasten am Ende ihrer Auffahrt zu stecken, eine atemlose Nachricht. Dasselbe, was ich hastig gesagt hätte. Ohne Punkt und Komma. Unterschrieben mit: Leonie.

Michael hatte noch nie ein Wort mit mir gesprochen. Eines Tages in der Schule, ein Jahr nach Givens Tod, setzte sich Michael in der Mittagspause neben mich auf den Rasen, berührte meinen Arm und sagte: *Tut mir leid, dass mein Cousin so ein blöder Idiot ist.* Ich dachte, das war's. Dass Michael nach dieser Entschuldigung weggehen und nie wieder mit mir sprechen würde. Aber so war es nicht. Er fragte mich ein paar Wochen später, ob ich mit ihm Angeln gehen wollte. Ich sagte Ja und spazierte einfach durch die Haustür hinaus. Es war nicht mehr nötig, mich wegzuschleichen, meine Eltern waren völlig in ihrer Trauer versunken. Auf die Spinne fixiert: blind für das Netz. Als Michael und ich uns zum ersten Mal trafen, gingen wir mit unseren Angeln auf den Pier hinaus, weg vom Strand; ich hatte Givens Angel dabei und trug sie vor mir her wie eine Opfergabe. Wir redeten über unsere Familien, über seinen Vater. Er sagte: *Er's alt – 'n alter Dickschädel.* Mehr brauchte er nicht zu sagen, ich wusste auch so, was er meinte. *Er wäre stocksauer, wenn er wüsste, dass ich mit dir hier bin und dass ich dich küssen werde, bevor der Abend rum ist.* Oder, kürzer gesagt: *Nigger bleiben für ihn Nigger.* Und ich schluckte die bittere

Galle, dass sein Vater so war, und ließ sie durch mich hindurchgleiten, denn *der Vater ist nicht der Sohn*, dachte ich. Denn wenn ich Michael in der scheckigen Dunkelheit unter dem Laubendach am Ende des Piers anschaute, konnte ich den Schatten von Big Joseph in ihm erkennen; ich betrachtete seinen langen Hals und seine langen Arme, seinen schlanken, muskulösen Körper, den schmalen Brustkorb, und ich konnte sehen, wie die Jahre ihn aufweichen und seinem Vater angleichen würden. Wie Fett ihn umlagern würde, wie er sich in seinem stattlichen Knochengerüst einrichten würde, ähnlich wie ein Haus sich in die Erde schmiegt. Ich musste mir immer wieder sagen: *Sie sind nicht gleich.* Michael beugte sich über unsere Angeln, und seine Augen veränderten ihre Farbe wie die Wolkenberge am Himmel vor einem Unwetter: tiefdunkles Blau, Wassergrau, Spätsommergrün. Er war gerade so groß, dass sein Kinn, wenn er mich umarmte, auf meinem Kopf lag und ich unter ihm geborgen war. Als gehörte ich dorthin. Und ich wollte Michaels Mund auf mir spüren, denn von dem Moment an, als ich im Schatten des Schulschildes gesessen hatte und ihn über den Rasen auf mich zukommen sah, hatte er mich gesehen. Hatte durch Haut in der Farbe von Kaffee ohne Milch, durch schwarze Augen und durch pflaumenbraune Lippen hindurchgeschaut und mich gesehen. Sah die wandelnde Wunde, die ich war, und kam, um Balsam für mich zu sein.

Big Joseph und Michaels Mutter wohnen auf einem Hügel, in einem niedrigen Landhaus mit weißen Wänden und grünen Rollläden. Es wirkt groß. In der Auffahrt stehen zwei Lieferwagen, strahlen neue, glänzende Pick-ups, die die Sonne reflektieren und Lichtblitze in alle Richtungen schicken. Ein roter Lieferwagen und ein weißer. Drei Pferde grasen auf den parzellierten Wiesen, die ans Haus angrenzen, und eine Schar Hühner rennt über den Hof, duckt sich unter die Pick-ups und verschwindet hinter dem Haus. Ich fahre rechts ran und halte kurz vor ihrem Briefkasten; der grasbewachsene Seitenstreifen am Straßenrand ist hier nicht so breit und grenzt an einen mindestens hüfttiefen Graben, sodass ich aussteigen und zu Fuß zum Briefkasten gehen muss, statt einfach dicht ranzufahren und meinen Zettel vom Wagen aus einzuwerfen. Es ist ein paar Tage her, seit es zuletzt geregnet hat. Als ich zum Kasten gehe, knirscht das trockene Gras unter meinen Füßen. Es sind keine anderen Autos auf dieser Straße unterwegs. Sie wohnen weit oben im Kill, wo bloß noch wenige Häuser und Wohnwagen auf den weiten Feldern stehen, am Ende einer Sackgasse.

Gerade als ich die Briefkastenklappe öffne, höre ich ein Summen, das zu einem Brummen anschwillt, aus dem ein Dröhnen wird, und dann kommt ein Mann auf einem riesigen Aufsitzrasenmäher mit Verdeck ums Haus gefahren, eins von diesen superteuren Modellen, die so groß wie ein Traktor sind. So einer kostet so viel wie mein Auto. Ich lege den Zettel in den Briefkasten. Der Mann fährt auf das nördliche Ende der Grasfläche zu, biegt nach links ab und fährt langsam in Richtung Straße. Er will anscheinend den Rasen von oben nach unten mähen, in langen, geraden Streifen.

Ich fasse den Türgriff an, ziehe die Autotür auf, und sie quietscht, als Metall gegen Metall schabt. »Mist.«

Er schaut hoch. Ich steige ins Auto.

Der Rasenmäher wird schneller. Ich drehe den Schlüssel um. Der Motor stottert und geht aus. Ich drehe den Schlüssel zurück, starre auf das Armaturenbrett, als könne ich den Motor zum Anspringen bringen, wenn ich nur lange genug hinschaue. Vielleicht hilft Beten.

»Mist, Mist, Mist.«

Ich drehe den Schlüssel erneut um. Der Motor heult auf und springt an. Der Mann, der, wie ich jetzt erkenne, Big Joseph ist, hat seinen Plan, zuerst den oberen Teil des Gartens zu mähen, aufgegeben und fährt jetzt diagonal über die Grasfläche, um schneller bei mir und dem Briefkasten zu sein. Und dann zeigt er mit dem Finger, und ich sehe das Schild, das knapp einen Meter vom Briefkasten an einen Baum genagelt ist. Betreten verboten.

Er beschleunigt.

»Verdammt noch mal!«

Ich schalte auf Drive, schaue nach hinten, ob die Straße frei ist, und sehe ein Auto kommen, einen grauen SUV. Angst steigt in mir auf, bis zu den Schultern, dann den Nacken hoch, brodelnd und erstickend. Ich weiß gar nicht, wovor ich mich fürchte. Was kann er schon machen, außer mich zu beschimpfen? Was kann er tun? Ich bin nicht in seiner Auffahrt. Gehört der Straßenrand nicht dem County? Aber bei dem Tempo, mit dem er mich mit dem Rasenmäher ansteuert, der Art und Weise, wie Big Joseph auf den Baum zeigt, wie dieser Baum, eine Sumpfeiche, aufragt und seine Äste, die fast schwarzen Äste mit den Millionen von dunkelgrünen Blättern bis über die Straße ausbreitet, der Entschlossenheit, mit der dieser Mann auf mich zugerast kommt, muss ich unweigerlich an Gewalt denken. Ich steige aufs Gaspedal und lenke den Wagen auf die Straße, das Auto hinter mir schlingert und hupt, aber das ist mir egal. Die Automatik wechselt jaulend von einem Gang in den nächsten. Ich schwenke herum und beschleunige. Der graue SUV ist in eine Auffahrt gefahren, aber der Fahrer winkt aus dem Fenster, und Big Joseph fährt unter dem Baum durch, hält am Briefkasten, wo ich gerade gewesen bin, klettert von seinem Mäher und geht mit großen Schritten auf den Kasten zu. Er hat vom Mähersitz etwas mitgenommen, ein Gewehr, das dort gelegen hat, etwas, das er immer dabei hat und mitnimmt, falls er im Wald auf rammelnde Wildschweine stößt. Aber nicht ihretwegen diesmal. Meinetwegen.

Als ich an ihm vorbeifahre, strecke ich meinen linken Arm aus dem Fenster. Balle die Hand zur Faust. Hebe den Mittelfinger. Ich sehe meinen Bruder auf seinem letzten Foto: eins von seinem achtzehnten Geburtstag, auf dem er mit dem Rücken an der Küchentheke lehnt, während ich ihm den Süßkartoffel-Pekannusskuchen, seinen Lieblingskuchen, hinhalte, damit er die Kerzen ausblasen kann; er hat die Arme vor der Brust verschränkt, das Lächeln in seinem schwarzen Gesicht ist weiß. Wir lachen alle. Ich beschleunige so stark, dass die Reifen durchdrehen, es nach verbranntem Gummi riecht und eine Qualmwolke aufstiebt. Ich hoffe, Big Joseph kriegt einen Asthmaanfall. Ich hoffe, er erstickt daran.

3. Kapitel

JOJO

Zum Frühstück gabs heut kalte Ziege mit Soße und Reis: Obwohl mein Geburtstag schon zwei Tage her ist, war der Topf noch halb voll. Als ich aufgewacht bin, stieg Leonie grade über mich rüber. Sie hatte eine Tasche über der Schulter und nahm Kayla hoch. »Aufstehn«, sagte Leonie, ohne mich anzugucken, runzelte aber die Stirn, als Kayla beim Aufwachen quengelte. Ich stand auf, putzte mir die Zähne, zog mir meine Basketballshorts und ein T-Shirt an und trug meine Tüte raus zum Auto. Leonie hatte eine richtige Tasche, irgendwas aus Baumwolle und Segeltuch, auch wenn sie schon ein bisschen ramponiert aussah und an den Kanten aufging. Meine Tasche war eine Einkaufstüte aus Plastik. Ich brauchte nie eine Reisetasche, also hatte Leonie mir nie eine gekauft. Wir fahren zum ersten Mal mit ihr in den Norden zum Gefängnis. Ich wollte das Ziegenfleisch warm essen, es in der kleinen braunen Mikrowelle heiß machen, von der Pop sagt, sie würde unser Essen mit Krebs verseuchen, weil die Emaille innen drin abblättert wie Farbe. Pop macht nie was darin warm, und Leonie will nicht die Hälfte bezahlen, um eine neue zu kaufen. Als ich das Essen grade in die Mikrowelle stellen wollte, kam Leonie vorbei und sagte: »Dafür is keine Zeit.« Also füllte ich die Reste meines Geburtstagsessens in eine Styroporschüssel, schlich ins Zimmer, um der schlafenden Mam einen Kuss zu geben, die im Schlaf zuckte und *Babys* murmelte, und ging dann raus zum Auto.

Pop wartete auf uns. Er sah aus, als hätte er in seinen Kleidern geschlafen, in den gestärkten Khakihosen und dem kurzärmligen Hemd mit Knopfleiste, alles in Grau-Braun, genau wie er selbst. Er passte zum Himmel, in dem die Wolken tief hingen, ein silbernes Küchensieb, zum Überlaufen voll. Es nieselte. Leonie warf ihre Tasche auf den Rücksitz und marschierte zurück ins Haus. Misty spielte mit den Knöpfen am Radio, und der Motor lief schon. Pop schaute mich stirnrunzelnd an, deshalb schlurfte ich zu ihm hin. Schaute auf meine Füße. Meine Basketballschuhe gehörten Michael; ein altes Paar, das ich unter Leonies Bett gefunden hatte und das mir zwei Nummern zu groß war. Das war mir egal. Es waren Jordans, also trug ich sie trotzdem.

»Könnte heftig regnen unterwegs.«

Ich nickte.

»Weißt du noch, wie man einen Reifen wechselt? Ölstand und Kühlflüssigkeit prüft?«

Ich nickte wieder. Pop hatte mir das alles beigebracht, als ich zehn war.

»Gut.«

Ich hätte Pop am liebsten gesagt, dass ich gar nicht mitfahren wollte, dass ich wünschte, Kayla und ich könnten zu Hause bleiben, und vielleicht hätte ich das auch getan, wenn er nicht so wütend ausgesehen hätte, wenn sein finsterer Gesichtsausdruck nicht ausgesehen hätte, als wäre er förmlich in Mund und Stirn eingemeißelt, wenn Leonie nicht grade mit Kayla herausgekommen wäre, die sich die Augen rieb und weinte, weil sie im grauen Dämmerlicht geweckt wurde. Es war sieben Uhr morgens. Also sagte ich, was ich konnte.

»Ist schon gut, Pop.«

Da glättete sich seine Miene ganz kurz, lange genug, um zu sagen: »Pass auf sie auf.«

»Mach ich.«

Leonie richtete sich auf, nachdem sie Kayla hinten auf ihrem Sitz angeschnallt hatte.

»Beeil dich, wir müssen los.«

Ich trat einen Schritt auf Pop zu und umarmte ihn. Ich konnte mich nicht erinnern, wann ich das zum letzten Mal gemacht hatte, aber es schien mir wichtig, es jetzt zu tun, die Arme um ihn zu legen und meine Brust an seine zu drücken. Ihm mit den Fingerspitzen ein, zwei Mal auf den Rücken zu klopfen und ihn dann loszulassen. *Er ist mein Pop,* dachte ich. *Er ist mein Pop.*

Er legte seine Hände auf meine Schultern und drückte sie, dann schaute er meine Nase an, meine Ohren, mein Haar und schließlich, als ich einen Schritt zurücktrat, in meine Augen.

»Du bist ein Mann, hörst du?«, sagte er. Ich nickte. Er drückte mich noch einmal, den Blick auf die vergessenen Schuhe gesenkt, die ich trug und die neben seinen Arbeitsstiefeln schlabbrig und albern aussahen, und der Boden in der Auffahrt war sandig, das Gras abgewetzt von Leonies Auto, und der Himmel hing schwer über uns allen, sodass alle Tiere, die ich zu verstehen glaubte, still waren, unter dem sich sammelnden Frühjahrsregen kleinlaut schwiegen. Das einzige Tier, das ich vor mir sah, war Pop, Pop mit seinen geraden Schultern und dem langen Rücken; sein flehender Blick war alles, was in diesem Moment zu mir sprach und mir verriet, was er ohne Worte sagte: *Ich hab dich lieb, Junge. Hab dich lieb.*

Jetzt regnet es, es gießt in Strömen, das Wasser schlägt heftig gegen unser Auto. Kayla schläft, eine leergesaugte Tüte Capri-Sonne in einer Hand, einen halben Cheeto-Stick in der anderen, das Gesicht orange verschmiert. Ihre blonden Afro-Locken kleben am Kopf. Misty summt den Song im Radio mit; sie trägt ihr Haar in einem Dutt. Ein paar Strähnen haben sich gelöst und hängen im Nacken. Ihr Haar wird langsam dunkel vom Schweiß. Es ist heiß im Auto, und ich sehe zu, wie die Haut an ihrem Haaransatz feucht wird und sich Tropfen bilden, die wie Regenwasser an der Säule ihres Halses herunterlaufen und in ihrem Ausschnitt verschwinden. Je länger wir fahren, desto wärmer wird es, und Mistys T-Shirt, das am Hals weit und tief ausgeschnitten ist, dehnt sich noch mehr, sodass der Rand ihres BHs zum Vorschein kommt, und da ich groß bin, kann ich ihn vom Rücksitz aus sehen, wenn ich diagonal durchs Auto schaue. Er ist neonblau. Die Fensterscheiben beschlagen allmählich.

»Findet ihr es nich heiß?« Misty fächelt sich mit einem Stück Papier, das sie aus Leonies Handschuhfach genommen hat, Luft zu. Sieht aus, als wären es Leonies gefälschte Autoversicherungspapiere. Die Leute zahlen Misty zwanzig Dollar, um Kopien von solchen Ausweisen zu machen und ihre Namen darauf einzutragen, damit sie, falls sie von einer Polizeistreife angehalten und kontrolliert werden, so tun können, als wären sie versichert.

»Ein bisschen«, sagt Leonie.

»Du weißt ja, ich kann Hitze nicht ab. Sie bringt meine Allergien zum Ausbruch.«

»Und das sagt eine, die in Mississippi aufgewachsen ist.«

»Sehr witzig …«

»Ich sag ja nur, dass du im falschen Staat lebst, wenn du keine Hitze abkannst.«

Mistys Haar ist am Ansatz dunkel, überall sonst blond. Sie hat Sommersprossen auf den Schultern.

»Vielleicht sollte ich nach Alaska ziehen«, sagt Misty.

Wir fahren den ganzen Weg Landstraße. Nachdem ich mich hinter ihr auf den Rücksitz gesetzt hatte, hat Leonie mir den Straßenatlas auf den Schoß geworfen und gesagt: »Lies die Karte.« Sie hat die Strecke mit einem Stift nachgezeichnet; sie führt durch ein Gewirr von zweispurigen Highways in Richtung Norden und ist an manchen Stellen, wo Leonie mit dem Finger über die Fläche des Bundesstaats gefahren ist, verschmiert. Die Markierung ist dunkel, deshalb kann ich die Straßennamen kaum lesen, weil die Buchstaben und Nummern übermalt sind. Aber ich erkenne den Namen des Gefängnisses, dasselbe, wo Pop war: Parchman. Manchmal frage ich mich, wer dieser *parched man*, der ausgedörrte Mann, wohl war, der Mann, der nach Wasser schmachtete und nach dem die Stadt und das Gefängnis benannt wurden. Frage mich, ob er wohl wie Pop ausgesehen hat, aufrecht von Kopf bis Fuß, mit brauner Haut, die rötlich schimmerte, oder wie ich mit meiner Mischfarbe, oder wie Michael, mit einer Haut wie Milch. Frage mich, was der Mann gesagt hat, bevor er an ausgetrockneter Kehle gestorben ist.

»Ich auch«, sagt Leonie. Gestern Abend hat sie ihr Haar gelöst und im Küchenwaschbecken ausgespült, sodass es jetzt so glatt und flaumig ist wie Mistys. Misty hat vor ein paar Wochen Leonies Haarspitzen im gleichen Blondton gefärbt wie ihre eigenen, und als Leonie sich über das Becken beugte, ihre Haare spülte und hörbar die Luft einsog, als das Wasser über ihre Kopfhaut lief, über die von den Chemikalien verbrannten Stellen, die kleinen, runden Schorfplättchen, die ich später sehen sollte, da kam mir ihr Haar so vor, als würde es gar nicht zu ihr gehören, so schlapp und fließend und orange-blond, wie es da im Becken hing. Jetzt bauscht und kräuselt es sich allmählich wieder.

»Mir gefällt's hier.«, sage ich. Die beiden beachten mich gar nicht. Es stimmt. Ich mag die Hitze. Ich mag es, wie der Highway die Wälder durchschneidet, sich zuverlässig und abwechselnd auf und ab in Richtung Norden über die Hügel schlängelt. Ich mag die Bäume, die bis zu den Straßenrändern reichen, die Kiefern, die hier oben dicker und höher sind, weil sie von dem peitschenden Wind verschont bleiben, der die Bäume an der Küste dürr und brüchig macht. Doch das hält die Leute nicht davon ab, sie zu fällen, um ihre Häuser bei Sturm zu schützen oder ihre Geldbeutel zu füttern. Zwischen diesen Bäumen könnte echt viel passieren.

»Wir müssen mal anhalten«, sagt Leonie.

»Wieso?«

»Tanken«, sagt Leonie. »Und ich hab Durst.«

»Ich auch«, sage ich.

Als wir auf dem Schotterstreifen bei der kleinen Tankstelle zum Stehen kommen, gibt mir Leonie die gleichen dreißig Dollar, die sie heute Morgen, das hab ich beim Einsteigen ins Auto gesehen, von Misty bekommen hat, und guckt mich an, als hätte sie nicht gehört, dass ich Durst hab.

»Fünfundzwanzig für Benzin. Hol mir eine Cola und bring das Wechselgeld zurück.«

»Kann ich auch eine?«, drängele ich. Ich stell mir die dunkle, brennende Süße vor. Ich schlucke, und meine Kehle ist so rau wie Klettband. Ich glaub, ich weiß, wie sich der *parched man* gefühlt hat.

»Bring mir das Wechselgeld.«

Ich will nich weggehn. Ich will weiter in Mistys Ausschnitt schauen. Ihr BH blitzt wieder grellblau auf, ein Blau, das ich bisher nur auf Fotos gesehen habe, die Farbe des tiefen Wassers draußen im Golf von Mexiko. Das gleiche Blau wie auf den Bildern, die Michael gemacht hat, als er auf der Ölplattform vor der Küste gearbeitet hat, wo das Wasser eine lebende nasse Landschaft war und mit dem Himmel zusammen eine riesige blaue Schüssel ergab.

Das Licht drinnen im Laden ist noch trüber als der fade Glanz des Frühlings draußen. Eine Frau sitzt hinter der Ladentheke, und sie ist hübscher als Misty. Schwarzer Afro, die Lippen von der Klimaanlage pink bis bläulich, der Mund wie ein umgekehrtes U. Sie hat meine Hautfarbe und ist auch molliger als Misty, und ich spüre in der Brust ein Aufglühen, so als hätte mich ein gekapptes, Funken sprühendes Stromkabel getroffen.

»Hi«, murmelt sie und spielt dann weiter auf ihrem Handy. Alle Wände sind mit Metallregalen vollgestellt, und die Metallregale sind voller Staub. Ich gehe in den dunkleren hinteren Teil, als wäre ich schon mal da gewesen, als würde ich mich auskennen, als wüsste ich, was ich wollte und wo es ist. So wie ein Mann gehen würde. So wie Pop gehen würde. Meine Augen brennen, und dann entdecke ich den Glasschrank mit den Getränken im vorderen Ladenteil. Ich starre die Scheibe an, stelle mir vor, wie kühl und nass so ein sprudelnder Softdrink wäre, und schlucke gegen meine ausgedörrte, zugeschnürte Kehle an: trocken wie ein Felsbach bei Dürre. Meine Spucke ist dicker Brei. Ich schaue zu der Angestellten, und sie beobachtet mich, also nehme ich die größte Cola und versuche nicht mal, mir noch eine zweite in die Tasche zu schieben. Ich gehe nach vorne.

»Ein Dollar dreißig«, sagt sie, und ich muss mich vorbeugen, um sie zu verstehen, denn es donnert mit lautem Knall, und dann schüttet der Himmel Wasser über dem Blechdach des Gebäudes aus: Es trommelt und dröhnt. In ihren Ausschnitt kann ich nicht gucken, aber ich denke daran, als ich draußen im Regen stehe, mir den hinteren Teil meines T-Shirts über den Kopf ziehe, als würde mich das schützen, obwohl ich durch und durch nass bin, der Benzingeruch sich mit dem aufsteigenden Dunst der feuchten Erde mischt und der Regen mir die Augen verschließt und an meiner Nase herunterläuft. Ich habe das Gefühl, keine Luft zu kriegen. Gerade noch rechtzeitig fällt es mir ein, und ich lege den

Kopf in den Nacken, halte den Atem an und lasse den Regen durch meine Kehle laufen. Kühl wie eine schmale Messerklinge, als ich schlucke. Einmal. Zweimal. Dreimal, weil die Pumpe so schwach ist. Der Regen drückt mir die Augen zu, massiert sie. Ich höre ein Wispern, ein hingehuschtes Wort, aber dann ist es weg, als der Zapfstutzen einrastet und der Schlauch schlaff wird. Das Auto ist nah und warm, und Kayla schnarcht.

»Wenn du solchen Durst hattest, hätte ich dir was zu trinken kaufen können«, sagt Misty. Ich zucke die Achseln, und Leonie lässt den Motor an. Ich ziehe mein Shirt aus, das so schwer ist wie ein nasses Handtuch, und lege es auf den Boden, ehe ich mich bücke, um in meiner Tasche nach einem anderen zu wühlen. Als ich es überstreife, bemerke ich, dass Misty mich im Spiegel der Sonnenblende des Beifahrersitzes anschaut, während sie Lipgloss aufträgt und ihre Lippen statt des trockenen Rosa einen glänzenden Pfirsichton annehmen; als sie sieht, dass ich sehe, wie sie guckt, zwinkert sie mir zu. Mir läuft ein Schauer über den Rücken.

Ich war elf, als Mam mich aufgeklärt hat. Da war sie schon so krank, dass sie jeden Tag mitten am Tag mehrere Stunden im Bett verbrachte, mit einem dünnen Laken um die Taille einschlief und immer wieder hochschreckte. Sie war wie eins von Pops Tieren, das sich im Schuppen oder in einem der Unterstände an der Seite versteckt, um der Hitze zu entkommen. Doch an diesem Tag schlief sie nicht.

»Jojo«, rief sie, und ihre Stimme hatte was von einer Angelrute, die so schwach ausgeworfen wird, dass der Wind sie einfängt. Der Bleihaken sank trotzdem in meine Brust, und ich blieb auf dem

Weg zur Hintertür, zu Pop, der draußen am Arbeiten war, stehen und ging in Mams Zimmer.

»Mam?«, sagte ich.

»Das Baby?«

»Schläft.«

Mam schluckte, und es sah aus, als täte es ihr weh, deshalb reichte ich ihr Wasser.

»Setz dich«, sagte sie, also zog ich den Stuhl näher an ihr Bett, froh, dass sie wach war, und da holte sie ein dünnes, breites Buch unter ihrer Bettdecke hervor und schlug es bei den peinlichsten Abbildungen auf, die ich je gesehen hatte: schlaffe Penisse und Eierstöcke, die wie Sternfrüchte aussahen; sie fing an, mir alles über die menschliche Anatomie und Sex zu erklären. Als sie über Kondome redete, wäre ich am liebsten unters Bett gekrochen und auf der Stelle gestorben. Mein Gesicht und mein Nacken und mein ganzer Rücken brannten immer noch wie Feuer, als sie das Buch neben sich an die Wand legte, Gott sei Dank so, dass ich es nicht mehr sehen konnte.

»Sieh mich an«, sagte sie.

Sie hatte neuerdings, seit dem Krebs, Falten, die von ihrer Nase bis runter zu ihren Mundwinkeln verliefen. Sie lächelte vage.

»Ich hab dich in Verlegenheit gebracht«, sagte sie.

Ich nickte. Die Scham schnürte mir die Kehle zu.

»Du wirst älter. Du musst Bescheid wissen. Ich habe das alles auch deiner Mama erklärt.« Sie schaute durch mich hindurch, zum Türrahmen hinter mir, und ich drehte mich um und erwartete, Pop zu sehen, oder Kayla, tapsig und quengelig nach einem zu kurzen Mittagsschlaf, aber dort war nichts außer dem Licht aus der Küche, das eine leuchtende Fußmatte erzeugte. »Auch deinem Onkel Given, und der war noch röter im Gesicht als du.«

Unmöglich.

»Dein Pop weiß nicht, wie man eine Geschichte richtig erzählt. Verstehst du? Er erzählt den Anfang, aber nicht das Ende. Oder er lässt in der Mitte was Wichtiges aus. Oder er erzählt dir den Anfang, ohne vorher zu erklären, wie alles dahin gekommen ist. So war er schon immer.«

Ich nicke.

»Ich musste mir immer selbst zusammenreimen, was er mir erzählt hat, um ein vollständiges Bild zu kriegen. Musste die Fetzen wie ein Puzzle zusammenbasteln. Als wir uns gerade erst kennengelernt hatten, war es noch schlimmer. Ich wusste, dass er ein paar Jahre weg gewesen war, oben in Parchman. Ich wusste es, weil ich etwas mitangehört hatte, was ich eigentlich nicht hören sollte. Ich war erst fünf, als er verhaftet wurde, aber ich hörte von dem Streit im Juke Joint, und dass er und sein Bruder Stag danach verschwunden waren. Er ging weg und kam jahrelang nicht zurück, und als er wiederkam, zog er zu seiner Mama ins Haus, um sich um sie zu kümmern, und arbeitete. Er war schon ein paar Jahre wieder da, ehe er anfing, zu uns zu kommen und meinem Daddy und meiner Mama bei kleinen Sachen am Haus zu helfen. Erledigte einen kleinen Auftrag nach dem anderen, ehe er sich überhaupt bei mir vorgestellt hat. Ich war neunzehn, und er war neunundzwanzig. Eines Tages saßen er und ich auf der Veranda von meiner Mama und meinem Daddy, und wir hörten Stag von Weitem, wie er die Straße raufkam und sang, und River sagte: *Es gibt Sachen, die einen Mann bewegen. Wie innerliche Wasserströme. Sachen, für die er nichts kann.* Je älter ich wurde, desto mehr schien mir das zuzutreffen. *Was Stag in sich hat, ist Wasser, das so schwarz und tief ist, dass man den Grund nicht sieht.* Stag lachte jetzt. Aber dann sagte Pop: *Parchman hat mir das Gleiche in mir selbst gezeigt, Philomène.* Ein paar Tage später verstand ich, was er damit sagen wollte, nämlich dass erwachsen werden bedeutet, zu lernen, wie man durch diese Ströme durchkommt: wann man sich festhalten muss, wann man den Anker werfen soll, wann man sich am besten mitreißen lässt. Es kann was ganz Einfaches sein, wie Sex, oder was Kompliziertes, wie sich Verlieben, oder so etwas, wie mit seinem Bruder ins Gefängnis zu gehen und zu glauben, man könnte ihn beschützen.« Der Lüftungskasten im Fenster summte. »Verstehst du, was ich dir sagen will, Jojo?«

»Ja, Mam«, sagte ich. Ich hatte keine Ahnung. Mam ließ mich gehen, und ich ging raus auf den Hof, wo Pop gerade den Schweinen Futter hinschüttete. »Erzählst du es mir noch mal?«, bat ich ihn. »Was passiert ist, Pop? Als du im Gefängnis warst?« Und er hielt inne, ein Ruck unterbrach den gleichmäßigen Schwung des Eimers, und er erzählte mir seine Geschichte.

Dieser zwölfjährige Junge, von dem ich dir erzählt habe? Richie? Den ham sie in die lange Arbeitskette gesteckt. Von Sonnenaufgang bis Sonnenuntergang war er da draußen auf den Baumwollfeldern, beim Hacken, Pflügen, Pflanzen und Ernten. Wenn einer an so'nen Punkt kommt, kann er nich mehr denken. Nur noch fühlen. Er spürt, dass er sich nich mehr rühren will. Spürt, dass sein Magen knurrt und er essen will. Spürt, dass sein Kopf wie Watte ist, übervoll mit Baumwolle, und er schlafen will. Spürt, dass seine Kehle wie zugeschnürt ist und seine Arme und Beine wie Feuer brennen, sein Herz fast aus seiner Brust springt und er nur noch abhauen will. Aber war nix mit Abhauen. Wir warn Gunmen, den verdammten Trusty Shooters mit ihren Gewehren ausgeliefert. Das war unsere ganze Welt: die lange Kette. Überall auf den Feldern reihenweise Männer, am Rand die Trusty Shooters, der Treiber auf seinem Maultier, die Stimme des Vorsängers, der der Sonne entgegenruft, sein Arbeitslied in die Weite hinausschleudert. Wie ein Fischernetz. Und wir zappeln drin und quäln uns. Meine Großmutter hat mir mal von ihrer Urgroßmutter erzählt. Die war über den Ozean gekommen, wurde verschleppt und verkauft. Sie sag-

te, die Urgroßmutter hätte ihr erzählt, dass sie zu Hause in ihrem Dorf Angst aßen. Meinte, die Angst hätte ihnen das Essen im Mund zu Sand gemacht. Hat erzählt, dass alle von dem Todesmarsch an die Küste wussten, von den Schiffen gehört hatten, auf die Männer und Frauen verfrachtet wurden. Manche hatten gehört, dass es noch schlimmer war für die, die wegsegelten, die in der Ferne versanken. Weil, so sah es aus, wenn das Schiff den Horizont überquerte: als würde es davonsegeln und dann Stück für Stück im Wasser versinken. Ihre Großmutter hat erzählt, dass sie abends nie rausgegangen sind und sogar am Tag möglichst im Schatten ihrer Häuser blieben. Trotzdem hat man sie geholt. Sie am helllichten Tag aus ihrem Haus verschleppt. Sie hierhergebracht, und so hat sie erfahren, dass die Schiffe nicht an irgendeinem wässrigen Ort versanken, von weißen Geistern gesteuert. Sie hat erfahren, dass auf dem Schiff schlimme Sachen passierten, die ganze Fahrt über, bis es anlegte. Dass ihre Haut um die Ketten herumwuchs. Dass ihr Mund sich dem Maulkorb anglich. Dass sie unter dem hellen, heißen Himmel, demselben Himmel, unter dem auch ihre Familie lebte, weit weg, in einer anderen Welt, zum Tier gemacht wurde. Ich wusste, was das hieß, zum Tier gemacht zu werden. Bis dieser Junge raus in die Arbeitskette kam, bis ich merkte, dass ich wieder angefangen hatte zu denken. Mir Sorgen machte um ihn. Ihn aus dem Augenwinkel beobachtete, wie er sich zögernd voranschleppte wie eine Ameise, die ihre Spur verloren hat.

❁

Erst eine Stunde später, als ich denke, mein Shirt ist jetzt so trocken, wie es in dem feuchten Auto werden kann, entdecke ich es. Ein kleines Säckchen, so klein, dass zwei davon in meine Handfläche passen würden, versteckt in meinem Kleiderbündel. Wie der stecknadelgroße Blutfleck in der Mittel eines Eigelbs: Leben, aus dem Leben geworden wäre, aber nicht ist. Es ist glatt und warm, fühlt sich weich an. Wie Leder, und es ist mit einem festen Lederband zusammengebunden. Ich schaue hoch. Misty döst auf dem Vordersitz, ihr Kopf fällt nach vorne, kommt ruckartig hoch, nur um gleich wieder nach vorne wegzuknicken. Leonie hat beide Hände am Steuer, ihre Finger bewegen sich im Rhythmus des Countrysongs aus dem Radio; ich kann Country nicht ausstehen. Wir sitzen jetzt schon etwas über zwei Stunden im Auto, deshalb können wir den Schwarzen Sender von der Küste seit mindestens einer Stunde nicht mehr empfangen. Leonie streicht sich mit einer Hand über das Haar in ihrem Nacken, so als könnte sie es durch das Streichen glatt machen, dann trommelt sie wieder mit den Fingern ans Lenkrad. Ich beuge mich über meinen Schoß nach vorne und drehe mich zur Tür, um meinen Körper zum Abschirmen zu benutzen, als Sichtschutz. Ich ziehe an dem Band. Der Knoten gibt nach, und ich ziehe das Säckchen auf.

Darin ist eine weiße Feder, kleiner als mein kleiner Finger, mit einer blauen Spitze und einem schwarzen Streifen. Dann etwas, das zuerst wie ein weißes Bonbonstück aussieht, aber als ich es in die Hand nehme und es von Nahem anschaue, ist es eine Art Tierzahn, in den Kaurillen schwarz gefärbt und so scharf wie bei einem Raubtier. Er stammt auf jeden Fall von einem Tier, das Blut kennt, das feste Muskelstränge zerreißen kann. Dann entdecke ich einen kleinen Flusskiesel, perfekt gerundet. Ich stecke den Zeigefinger ins Dunkel des Säckchens, bewege ihn suchend und ziehe dann ein Stück Papier hervor, das fingernageldünn zusammengerollt ist. Schräg und zittrig mit blauer Tinte geschrieben steht dort: *Behalt das immer bei dir.*

Es ist entweder Pops oder Mams Schrift. Ich weiß das, denn ich habe diese Schrift mein Leben lang gesehen, auf den katholischen Wandkalendern, in den Küchenschränken, neben dem

Kühlschrank, wo eine Liste mit wichtigen Adressen und Telefonnummern hängt, ganz oben Leonies. Auf Einverständniserklärungen und Zeugnissen, wenn Leonie keine Zeit hatte oder nicht da war, um sie zu unterschreiben. Und weil Mam seit Wochen das Bett nicht mehr verlassen hat und keinen Stift halten kann, weiß ich, dass es Pop war, der mir diese Nachricht geschrieben hat, Pop, der die Feder, den Zahn und den Stein gesammelt und das Ledersäckchen genäht hat und der mir sagt: *Behalt das immer bei dir.*

Meine Knie stoßen an Leonies Sitzlehne. Ich kann nichts dafür; ich bin so groß geworden, dass der Rücksitz von Leonies Fließheck-Auto für mich schon sehr eng ist. Leonie schaut in den Rückspiegel.

»Hör mit dem Getrampel auf.«

Ich lege meine Handflächen wie eine warme, umgekehrte Schüssel auf meinen Schoß, über das kleine Häufchen mit den Sachen, die Pop mir mitgegeben hat.

»Wollt ich nicht«, sage ich.

»Du könntest dich wenigstens entschuldigen«, sagt Leonie.

Ich frage mich, ob Pop so etwas je für sie getan hat, die anderen Male, als sie diese Fahrt gemacht hat. Ob er sich morgens, wenn sie noch schlief, um neun oder um zehn nach draußen geschlichen und etwas in ihrem Auto versteckt hat, eine kleine Sammlung von Sachen, von denen er glaubte, sie könnten sie beschützen, auf sie aufpassen, solange er es nicht konnte, dafür sorgen, dass ihr auf ihren Fahrten in den Norden von Mississippi nichts zustieß. Einige meiner Schulfreunde haben Verwandte, die da oben wohnen, in Clarksdale oder in der Nähe von Greenwood. Was sie sagen: *Du denkst, hier unten ist es schlimm.* Was sie tun: *Sie runzeln die Stirn.* Was sie meinen: *Da oben? Im Delta? Da ist es noch schlimmer.*

Vor uns werden die Bäume am Straßenrand langsam weniger,

und plötzlich gibt es Werbetafeln. Ein Bild von einem Baby im Mutterleib: eine rot-gelbe Kaulquappe mit so dünner Haut, dass das Licht durch den Körper hindurchscheint wie durch ein Gummibärchen. *Leben schützen,* steht auf dem Plakat. Ich stecke die Feder, den Stein und den Zahn wieder in das Säckchen. Rolle Pops Zettel so klein zusammen, dass er ein Mäusestrohhalm sein könnte, und stecke ihn dazu, ehe ich das Säckchen zubinde und in die kleine viereckige Tasche schiebe, die in den Bund meiner Basketballshorts eingenäht ist. Leonie schaut mich nicht mehr an.

»'tschuldigung«, sage ich.

Sie schnaubt.

Ich glaube, ich weiß, was meine Freunde meinen, wenn sie über Nordmississippi reden.

Pop hat mir einige Teile von Richies Geschichte immer wieder erzählt. Den Anfang hab ich jedenfalls schon so oft gehört, dass ich nicht mehr mitgezählt habe. In der Mitte gibt es Teile, zum Beispiel über den Outlaw-Helden Kinnie Wagner und den bösen Hogjaw, die ich erst zweimal gehört hab. Das Ende hab ich noch nie gehört. Ich hab schon mal versucht, die einzelnen Teile aufzuschreiben, aber es kamen nur schlechte Gedichte dabei raus, die sich hinkend über die Seite schleppen: *Ein Pferd trainiert.* Nächste Zeile. *Cutting mit dem Knie.* Manchmal hatte ich auch die Nase voll von Pop. Zuerst hat er mir die Geschichten im Wohnzimmer erzählt, wenn wir spät abends noch wach waren. Aber nach ein paar Monaten fing er immer an, mir einen Teil von der Richie-Geschichte zu erzählen, wenn wir eigentlich gerade was ganz anderes machten: Wenn wir rote Bohnen mit Reis aßen, uns nach dem Mittagessen auf der Veranda mit Zahnstochern die Zähne sauber machten, oder nachmittags im Wohnzimmer vor dem

Fernseher saßen und einen Western guckten. Dann schnitt Pop plötzlich dem Cowboy im Fernsehen das Wort ab, um was über Parchman zu sagen: *Es war Mord. Massenmord.* Als Pop mir von dem kleinen Beutel erzählte, den er an einer Gürtelschlaufe bei sich trug, war es kalt draußen, und er spaltete gerade Holzscheite für den Holzofen, mit dem wir das Wohnzimmer heizten. Das Gas war an dem Wochenende alle. Mam war mit allem, was im Haus war, zugedeckt, mit Häkeldecken, Steppdecken, Laken und Spannbettlaken, und trotzdem stöhnte sie: *Meine Knochen.* Sie hatte ihre Hände bis an den Hals hochgezogen, rieb sie aneinander, und die Haut war rau und schuppig-weiß, obwohl ich ihr die Hände jede Stunde eincremte. *Mir ist so kalt.* Ihre Zähne klapperten so laut, als hätte sie den Mund voller Würfel.

»In allem ist Kraft.«

Er traf einen Holzblock.

»Das hat mir mein Urgroßvater beigebracht.«

Der Block fiel auseinander.

»Er sagte, alles ist beseelt. Die Bäume, der Mond, die Sonne, die Tiere. Sagte, die Sonne ist am wichtigsten, und gab ihr einen Namen: Aba. Doch man braucht sie alle, braucht den Geist und die Seele von allem, um ein Gleichgewicht zu erzeugen. Damit die Ernte wächst, die Tiere sich vermehren und dick werden, sodass man sie essen kann.«

Er legte noch einen Block auf den Stumpf, und ich blies in meine hohlen Hände und wünschte, ich hätte eine Mütze auf den Ohren.

»Hat's mir so erklärt: Bei zu viel Sonne und zu wenig Regen vertrocknet die Ernte. Bei zu viel Regen verfault sie in der Erde.«

Er holte wieder aus.

»Der Geist muss im Gleichgewicht sein. Beim Körper, hat er mir erklärt, ist es genauso.«

Die Scheite fielen.

»Siehst du. Ich bin stark. Ich kann dieses Holz spalten. Aber wenn ich vielleicht noch etwas von der Kraft des Ebers hätte, ein bisschen vom Fangzahn des Wildschweins, etwas, das mir ein bisschen was vom Geist dieser Tiere gibt, dann könnt ich das vielleicht«, er schnaubte, »noch besser. Es würde mir vielleicht etwas leichter fallen. Vielleicht wär ich stärker.«

Er spaltete noch einen Klotz.

»Aber auf keinen Fall mehr, als ich gebrauchen kann. Der Eber teilt nur eine bestimmte Menge, ich nehm nur eine bestimmte Menge. Keine Verschwendung. Reste verderben. Zu viel von dem einen oder dem andern stört das Gleichgewicht.« Er stützte sich auf den Axtstiel. »Hol mir noch einen Klotz.«

Ich kam vom Holzstapel zurück, stellte den Klotz auf den Stumpf und brachte ihn gerade so ins Gleichgewicht. Zog schnell die Hand weg, als Pop die Axt hob und die Klinge fallen ließ, genau mittendurch.

»Oder ein Specht könnte mir auch was abgeben. Eine Feder, zum Zielen.«

Mein Finger kribbelte, weil die Klinge so nah dran gewesen war, weil Pop so knapp an meiner Hand vorbeigehackt hatte.

»Das hast du also in deinem Beutel?«, fragte ich. Der kleine Beutel war mir schon aufgefallen, als ich vier oder fünf war, und ich hatte ihn gefragt, was da drin war. Er hat es mir nie gesagt.

Pop lächelte.

»Nicht ganz«, sagte er. »Aber sowas Ähnliches.«

Als der nächste Klotz in zwei Teile zerfiel, schaute ich zu Pop hoch und zitterte, spürte das Splittern bis in meine Baseball-Knie, meine Schläger-Wirbelsäule, meinen Handschuh-Schädel. Fragte mich, was für eine Kraft durch ihn durchging. Wo sie herkam.

Ich lege den Kopf auf den Sitz von Leonies Auto, befühle den

Beutel von Pop und frage mich, ob er jemand anderem auch schon mal so ein kleines Säckchen mit Gleichgewichts-Sachen geschenkt hat. Seinem Bruder Stag? Mam? Onkel Given? Oder sogar diesem Jungen, Richie? Und dann höre ich Pop:

Richie war nich fürs Arbeiten gebaut. Er war eigentlich für gar nichts gebaut, weil er noch so jung war. Er konnte nich mit der Hacke umgehn, hatte nich genug Jahre auf'm Buckel für Armmuskeln, wusste nich, wie man die Erde richtig aufreißt oder wie viel Kraft man einsetzen muss, um die Kapseln sauber abzuziehn, statt sie durchzubrechen und kleine weiße Baumwollflocken am Stiel zurückzulassen. Er war nich wie du; du wirst langsam fülliger, breiter im Rücken, kriegst längere Beine. Du bist wie ich gebaut, wie mein Daddy – gute Anlagen. Aber wer sein Daddy auch war, er muss dürr gewesen sein, mit schwachen Muskeln. Vielleicht klein. Richie war ein schlechter Arbeiter. Ich hab versucht, ihm zu helfen. Hab versucht, beim Hacken seine Reihe aufzubrechen, seine Furchen bisschen tiefer zu machen. Hab beim Ernten rübergegriffen und seine Pflanzen gründlicher abgestreift. Hab sein Unkraut rausgezogen. Und meins. Und eine Weile, ein paar Monate, hat das geklappt. Da konnt ich ihn beschützen, ihn vor Schlägen bewahrn. Ich hab so hart gearbeitet, dass ich schon schlief, bevor ich richtig auf der Pritsche lag. Bin schon beim Hinlegen eingeschlafen. Ich hab den Blick immer am Boden gehalten. Hab den Himmel gar nicht beachtet, diese riesige Weite, die sich auf mich niedersenkte und die Angst in meiner Brust anschwellen ließ wie eine aufgeblähte, krächzende Kröte. Aber dann eines Sonntags, als wir Wäsche wuschen, unsere Sachen auf den Waschbrettern mit einer Seife schrubbten, die so schwach war, dass danach alles zwar ein bisschen weniger muffigfeucht roch, aber noch lange nich gut, kam Kinnie Wagner mit den Hunden vorbeigeritten.

Kinnie war der Insasse, der sich um die Hunde kümmerte. Er war schon damals eine Legende. Ich hatte von Kinnie gehört. Hatten wir alle. Man sang Lieder über ihn im Hügelland von Tennessee und bis runter ins Delta und an die Küste. Er war ein Schmuggler, ein Schläger, ein Dieb und ein Mörder. Der beste Schütze, den ich je gesehn hab. Obwohl er schon mal aus Parchman ausgebüxt war, und auch aus einem von den ausbruchsicheren Gefängnissen in Tennessee, haben sie ihm trotzdem die Hunde anvertraut. Obwohl er mehr als einen Gesetzeshüter umgelegt hatte. Arme Weiße im gesamten Süden verehrten ihn deswegen, liebten ihn, weil er dem Auge des Gesetzes eins ausgewischt hatte. Es geblendet hatte. Weil er ein Gesetzloser im gesetzlosen Süden war, wo es schlimmer zuging als an der Frontier, weil er sich wie David zur Wehr setzte an diesem Ort aus dem Alten Testament, wo vor Parchman ein Jahrhundert lang das Gesetz so funktionierte, Jojo: Auge um Auge, Zahn um Zahn, Hand um Hand und Fuß um Fuß. Ich glaub, sogar die Sergeants hatten Achtung vor ihm. Wie auch immer, Kinnie und ein paar von den Männern, die er zu seinen Helfern gemacht hatte, warn unterwegs, um mit den Hunden zu trainieren, Spurensuchen und Wittern zu üben. Und einer der Männer, die mit den Hunden rannten, hinkte. Vielleicht war er krank. Vielleicht war er ausgepeitscht worden. Ich weiß es nich, aber der kleine Mann fiel hin, und seine Hunde rissen sich los, rannten weg von seinem sandverschmierten Gesicht, seinem eingefallenen Bauch und kamen zu mir. Hüpften um mich rum wie bellende Riesenkaninchen. Ließen die Zunge raushängen. Kinnie, der ein großer Weißer Mann war, eins neunzig groß und wahrscheinlich fast dreihundert Pfund schwer, lachte. Sagte zu dem Schwarzen, der im Dreck kniete: Nigger, du machst mehr Ärger, als du wert bist. Und dann zeigte er mit einem seiner dicken Wurstfinger auf mich und sagte: Du siehst dürr genug aus. Ich hängte die Hose, die ich grad ausgewrungen hatte, auf dem Weg zu ihm noch auf die Leine. Ließ mir so viel Zeit wie möglich, denn er war einer von der Sorte, die erwarten, dass man gleich losrennt. Ehrfürchtig buckelt vor seiner kraftstrotzenden Weißen Gestalt. Als ich zu ihm ging, kamen die Hunde mit, schlackerten mit den Ohren und rollten ihre großen schwarzen Augen. So glücklich wie Schweine im Mist. Kannst du rennen, Junge?, fragte Kinnie. Ich sah zu ihm hoch; sein Pferd war groß und dunkelbraun, aber mit Rotschimmer. So als könnte man sehen, wie das Blut dicht unter dem Fell kochte, ein Strom aus Blut, von Haut umschlossen, von Knochen und Muskeln in Form gehalten. So ein Pferd hatte ich mir immer gewünscht. Ich stand nah genug bei Kinnie, um zu zeigen, dass ich gekommen war, aber weit genug weg, dass er nich nach mir treten konnte. Ja, sagte ich. Da lachte Kinnie, aber unter dem Lachen blitzte eine Klinge auf, denn dann sah er mich mit seinen blauen Augen an und sagte: Aber kennst du auch deinen Platz? Rückte sein Gewehr so hin, dass die Mündung auf mich zeigte. Ein riesiges schwarzes Zyklopenauge. Was meinen Platz betraf, sollte er denken, was er wollte, aber ich sagte: Ja, Sir. Und hasste mich ein kleines bisschen dafür. Einer der Hunde leckte mir die Hand. Sie mögen dich, sagte Kinnie, und ich brauche einen neuen Hundeführer. Ich sagte nichts. Tiere waren schon immer zu mir gekommen. Mama hatte mir erzählt, dass sie mich mal in einem Korb auf dem Hühnerschlachtklotz hinter dem Haus abgestellt hat, als ich ein kleines Baby war, einen Monat alt vielleicht, und kurz reingegangen ist, um einen Schleifstein für ihr Messer zu holen; als sie wieder rauskam, leckte eine Ziege mir das Gesicht und die Hand. Als würde sie mich kennen. Also sah ich nur Kinnies Kopf an, sein buschiges blondes Haar. Er schaute auf meinen Hals und sagte: Komm mit. Dann wendete er sein Pferd, gab ihm die Sporen und ritt los.

Einmal haben wir einen Gunman fünfzehn Kilometer weit durch den Sumpf bis zu einer verlassenen Hütte verfolgt, und ich hab gesehen, wie Kinnie dem rennenden Mann aus zweihundert Meter Entfernung eine Kugel in den Kopf gejagt hat: Sein Schädel explodierte rich-

tig. Kinnie hatte ihn bei Sonnenuntergang getötet, also schlugen wir an einem Flusslauf ein Lager auf. Wolken zogen auf, und die Nacht war doppelt schwarz und von Mücken vernebelt. Wir ließen das Feuer rauchen; alle Insassen, die für Kinnie arbeiteten, lehnten sich in den Rauch. Alle außer mir und Kinnie. Ich schmierte mich gegen die Stiche mit Schlamm ein. Der heiße Rauch weichte Kinnies Gesicht auf, machte es unkenntlich, aber ich spürte trotzdem, dass er mich im Dunkeln beobachtete. Wusste es, als er mit seiner Geschichte über die Polizistin, die ihn in Arkansas festgenommen und wieder zurück nach Parchman geschickt hatte, fertig war und dann sagte: Ich könnte nie einer Frau was zuleide tun; das haben sie gewusst. Und dann ruht sein Blick auf mir. Ich hab zurückgeschaut. Jeder hat'n Schwachpunkt – irgendwas, wo man ihn zu fassen kriegt, sagte er. Ich dachte an Richie, wie er mit seiner Hacke über die Erde kroch. Jeder, sagte Kinnie, und spuckte seinen Priem ins Feuer.

Als ich wach werde, ist es mitten am Vormittag, und Leonie ist vom Highway runtergefahren. Dem Atlas nach sollten wir bis weit rauf in den Norden auf Highway 49 bleiben, bis ins Herz von Mississippi, und dann abfahren und noch ein Stück bis zum Gefängnis fahren, das Leonie auf der Karte des Bundesstaats mit einem schwarzen Stern markiert hat, aber wir fahren jetzt nicht mehr nach der Karte. Wir kommen an einem Geschäft vorbei, an einer Fleischerei. Dann an einem schiefen Gebäude mit Flachdach, vor dem ein verwittertes Schild steht: Holzgroßhandel. Die Häuser werden weniger und die Bäume mehr, bis wir zu einem Stoppschild kommen, wo weit und breit nur noch Bäume sind, und als wir die Kreuzung überquert haben, ist die Straße nur noch ein steiniger Sandweg.

»Bist du sicher, dass wir hier richtig sind?«, fragt Leonie Misty.

»Ja, bin ich«, sagt Misty. Der Regen hat aufgehört, und die Luft ist dunstig. Misty kurbelt ihr Fenster runter und hält ihr Handy nach draußen. Außer dem Tuckern und Schubbern von Leonies Auto ist alles still; still stehen die hohen Bäume. Links vom Auto sind die Stämme braun und gesund, das Unterholz spärlich. Rechts vom Auto sieht es so aus, als hätte der Wald vor Kurzem gebrannt. Die Stämme sind bis zur Hälfte schwarz, und das Unterholz ist dicht und hellgrün. Ich staune über die Stille. Wir sind die einzigen Tiere, die sich hier durchwühlen …

»Hier is echt tote Hose«, sagt Leonie.

»Wenn ich Empfang hätte, könnt ich ihn anrufen, zu deiner Beruhigung, aber wir sind zu weit draußen.« Misty wischt ihr Telefon an ihrem T-Shirt ab und schiebt es in ihre Hosentasche. »Ich war schon mal mit Bishop hier. Ich kenn mich aus.«

»Wo fahrn wir'n hin?«, frage ich nach vorne. Leonie dreht sich halb um, deswegen sehe ich, wie sie Misty stirnrunzelnd anguckt, ehe sie sich wieder zur Straße wendet.

»Kurzer Zwischenstopp. Paar Freunde besuchen«, sagt Misty über die Schulter und dreht sich kaum um. »Danach fahr'n wir wieder auf den Highway.«

Wir biegen um eine Kurve, vor uns tut sich zwischen den Bäumen eine Lücke auf, und dann sind wir plötzlich mitten in einer kleinen Ansammlung von Häusern. Manche haben eine Verkleidung wie Mam und Pops Haus, manche haben nur eine Papierdämmung, keine Verkleidung. Eins ist ein Wohnmobil, das aussieht, als wäre es jahrelang nicht mehr auf der Straße gewesen; eine Glyzinie zieht sich übers Dach und an einer Seite runter. Es sieht aus, als hätte der Wagen lebendiges grünes Haar. Hühner rennen in Scharen herum, und jetzt taucht ein Pitbull mit graublauem Fell auf, der mit klaffendem Maul hinter ihnen herjagt. Die Hühner stieben auseinander. Ein Junge, wahrscheinlich vier

Jahre alt, sitzt vor der Verandatreppe eines Hauses ohne Verkleidung auf der Erde und stochert mit einem Stock im Lehmboden herum. Er trägt einen Babybody, der ihm wie ein T-Shirt passt, eine gelbe Unterhose und keine Schuhe. Er wischt sich mit der Hand über das Gesicht, als Leonie anhält und den Motor abstellt, und dadurch wechselt seine Hautfarbe von milchweiß zu schwarz.

»Hab dir ja gesagt, ich kenn mich aus«, sagt Misty. »Hup mal.«

»Was?«

»Du sollst hupen. Ich steig bestimmt nicht aus, solange der Hund da frei rumläuft.«

Leonie hupt, und der Hund, der inzwischen aufgehört hat, die Hühner zu jagen, und zum Auto herübergetrottet ist, um an den Reifen zu schnüffeln und dann dranzupinkeln, fängt an zu bellen. Ich weiß, was er sagt. *Haut ab.* Einatmen. *Haut ab!* Einatmen. *Ihr habt hier nichts zu suchen!* Kayla wacht auf und fängt an zu weinen.

»Nimm sie raus«, sagt Leonie, also schnalle ich sie ab.

Der kleine Weiße Junge wedelt mit dem Stock herum, dann nimmt er ihn in beide Hände und zielt damit wie mit einem Gewehr. Sein blondes Haar klebt an seinem Kopf, ein paar Strähnen winden sich wie Würmer bis in seine Augen. »Peng, peng«, sagt er. Er schießt auf uns.

Leonie lässt den Motor an.

»Wir müssen uns nicht …«

»Doch, müssen wir. Mach aus. Hup noch mal.«

Leonie lenkt ein. Sie stellt den Motor nicht ab, aber sie hupt noch einmal, lange und laut, sodass Kayla noch doller weint und ihren Kopf an meiner Brust vergräbt. Ich versuche, sie zu beruhigen, aber sie hört mich gar nicht bei dem Hundegebell, dem schießenden Jungen und der Stille auf dieser Lichtung in dem Kiefernwald, die so schwer und laut ist wie die anderen Geräusche, nur anders. Ich würde am liebsten mit Kayla aus dem Auto springen, vor diesem Jungen und seinem Hund und dem unechten Gewehr wegrennen und uns beide zu Fuß nach Hause bringen. In mir fühlt es sich an, als wollte ich kämpfen.

Eine Weiße Frau tritt aus der Tür des unverkleideten Hauses und geht an dem dreckigen Kind vorbei. Die beiden haben die gleichen rötlich-blonden Haare, genauso gelockt. Die der Frau sind lang, bis zur Taille, und abgesehen von ihrer Nase, die geschwollen wirkt und knallrot ist, ist sie hübscher als Misty. Sie ist ebenfalls barfuß. Ihre Zehen sind pink. Sie hustet, und es klingt wie ein Kratzen in ihrer Kehle, und jetzt kommt sie zum Auto herüber. Der Hund rennt zu ihr, aber sie beachtet ihn nicht. Immerhin hört er auf zu bellen. Misty macht die Autotür auf und schiebt den Oberkörper nach draußen, hält sich aber am Rahmen fest.

»Na du Miststück?«, sagt Misty, als wäre das ein Kosewort. Die Frau lächelt und hustet zugleich. Der Nebel legt sich wie Tau auf ihr Haar und macht es weiß. »Hab doch gesagt, dass wir kommen.« Der Junge schießt immer noch mit seinem Stockgewehr auf uns, während ihm der Hund das Gesicht leckt. Ich will nur nach Hause rennen. Leonie streicht sich mit den Fingern durchs Haar über ihrem rechten Ohr und kratzt sich dabei den Kopf. Das macht sie immer, wenn sie nervös ist. *Du wirst dich noch blutig kratzen,* hat Mam mal zu ihr gesagt, aber ich glaube, Leonie merkt es gar nicht, wenn sie das macht. Sie kratzt so doll, dass es sich anhört, als ob jemand Nägel über eine Leinwand zieht. Misty umarmt die Frau, die jetzt ins Auto schaut. Als Leonie ihre Tür aufmacht und aussteigt und Hallo sagt, höre ich das kaum wegen Kaylas Geschrei. Sie kratzt sich noch einmal. Der kleine Junge hüpft die Betontreppe hinauf und verschwindet im Haus. Als Leonie zu der Frau geht und alle drei anfangen, sich zu unterhalten, hängen ihre Hände schlapp an der Seite runter.

Die Fußböden sind uneben. In der Mitte jedes Zimmers in dem nackten Haus sind sie am höchsten und fallen dann zu den vier schattenschwarzen Ecken hin ab. Das Innere des Hauses liegt dunkel hinter der Veranda, die mit Kartons so vollgestellt ist, dass nur ein schmaler Durchgang zum Wohnzimmer frei bleibt, das düster und auch mit Kartons vollgestellt ist. Hier stehen außerdem zwei Sofas und ein Fernsehsessel, und in dem sitzt der schießende Junge. Er isst ein Gurken-Eis am Stiel. Der Fernseher steht auf einem Karton statt auf einem Fernsehständer, und es läuft eine Art Reality-Show über Leute, die Inseln kaufen, um darauf Ferienanlagen zu bauen.

»Hier lang«, sagt die Frau zu Misty und Leonie, die ihr folgen. Leonie hält mich mit einem erhobenen Arm im Wohnzimmer auf.

»Ihr bleibt hier«, sagt sie, beugt sich dann vor, gibt Kayla mit dem Zeigefinger einen Stups auf die Nase und lächelt. Kaylas Gesicht ist noch tränennass, aber sie schnieft und hält sich an meinem Nacken fest und starrt den schießenden Jungen an, als wollte sie etwas zu ihm sagen, deshalb lass ich sie runter. »Ich mein's ernst«, sagt Leonie, ehe sie zu der Frau und Misty in die Küche geht, die der hellste Raum im Haus ist und von einem Kronleuchter an der Decke erleuchtet wird, der mit Glühbirnen überladen ist. Über der Türöffnung hängt ein Vorhang, und die Frau zieht ihn halb zu, hustet und signalisiert Misty und Leonie mit einer Handbewegung, dass sie sich an den Tisch setzen sollen. Sie öffnet den Kühlschrank. Ich setze mich auf die Sofakante, damit ich den schießenden Jungen im Fernsehsessel und Kayla beobachten kann, die mit den Händen im Schoß knapp einen Meter vor ihm hockt, und zugleich durch den Spalt im Vorhang die Frauen in der Küche im Blick habe.

»Hi«, sagt Kayla und zieht das Wort in die Länge, als würde es aus zwei langen Silben bestehen. Ihre Stimme gleitet dabei auf und ab, wie über einen Hügel. Das Gleiche sagt sie auch morgens nach dem Aufwachen zu ihrer Babypuppe und zum Pferd und zum Schwein und zur Ziege und zu Leonie, wenn sie sie zum ersten Mal sieht. Das Gleiche sagt sie auch zu Pop. Mit Mam spricht sie nicht viel: Wenn ich sie ins Zimmer bringe, um Mams still daliegenden Körper zu besuchen, kuschelt Kayla sich auf dem Arm in mich hinein, macht ein tapferes Gesicht, und nach fünf Minuten, in denen sie sich von Mam weggeduckt und einen Zeigefinger auf den Mund gelegt hat, um *Schschscht* zu machen, sagt sie *raus*. Zu mir sagt sie nie Hallo. Sie setzt sich nur auf oder krabbelt zu mir hin, legt ihre Arme um meinen Hals und lächelt.

Der Junge schaut Kayla an, als wäre sie sein Hund, und Kayla rutscht näher.

»Hi«, sagt sie noch einmal. Dem Jungen kriecht eine Rotzraupe aus der Nase. Er springt auf die Sitzfläche des Sessels und scheint einen Entschluss zu fassen, denn er lächelt und zeigt seine Zähne, die mit Silber überkront sind; das Metall soll wohl verhindern, dass sie verfaulen und ausfallen. Er fängt an, auf dem Sessel herumzuhüpfen wie auf einem Trampolin, und ein paar der Kartons in der Nähe wackeln.

»Nich draufsteigen, Kayla.« Sie werden beide runterfallen. Das seh ich kommen. Kayla ignoriert mich, schwingt ein Bein auf den Sessel, zieht sich hoch, und dann fangen die beiden an, sich hüpfend zu unterhalten. Ich schnappe einzelne Wörter auf: *Sessel, Fernsehen, Bonbons, alle, los.* Ich lege eine Hand ans Ohr, schaue zu den Frauen in der Küche, beobachte ihre Lippen und versuche zu verstehen.

»Hab gepennt. Deswegen hab ich euch erst nich gehört. Wir warn hier alle krank.«

»Das kommt vom Wetter«, sagt Misty. »Mal isses eiskalt, dann wieder fast dreißig Grad. Verdammter Frühling in Mississippi.«

Die Frau nickt, trinkt irgendwas aus einem Plastikbecher, räuspert sich.

»Wo's Fred?«, fragt Misty.

»Hinten, am Arbeiten.«

»Läuft der Laden noch?«

»Das Geschäft boomt, Schätzchen«, sagt die Frau und hustet.

Leonie bearbeitet mit ihren Fingern die Tischplatte.

»Je wärmer es wird, desto besser läuft's.«

»Aber wir sind klar?«, sagt Misty.

Die Frau nickt.

»Wollt ihr was trinken?«, fragt sie.

»Hast du was Kaltes?«, fragt Misty. Die Frau reicht ihr eine Sprite. Ich merke wieder, was für einen Durst ich habe, aber ich sage lieber nichts. Leonie würde mich umbringen.

»Nein, danke«, sagt Leonie, und ich weiß nur, dass sie das gesagt hat, weil ich ihre Lippen lese und sie den Kopf schüttelt. So leise spricht sie.

»Sicher?«, fragt Misty sie.

Leonie schüttelt den Kopf.

»Wir müssen gleich wieder los.«

An der Wand sind Kisten mit Getränken aufgestapelt: Cola, Dr Pepper, Barq's und Fanta. Als wir ankamen, hätte ich im Leben nicht mit so viel Überfluss in einem einzigen Haus gerechnet: Alles steht voll mit Essen und allen möglichen Vorräten, riesige Mengen – Kisten voller Suppe, Cracker, Toilettenpapier und Küchenpapier, drei neue, noch verpackte Mikrowellen, Reiskocher, Waffeleisen, Töpfe. So viel Essen, dass die Kartonstapel im Wohnzimmer bis an die Decke reichen. Haushaltsgeräte bis oben zur Küchenlampe. Ich habe Hunger und Durst: Meine Kehle ist wie eine Hand, die sich schließt, mein Magen eine brennende Faust. Und Leonie da am Tisch, Leonie, der es sonst total egal ist, ob wir von Leuten Essen annehmen oder nicht, die normalerweise nur zu gerne nimmt, was sie kriegen kann – sagt jetzt Nein. Ausgerechnet jetzt, wo die Ziege und der Reis, die ich gegessen habe, längst bloß noch Schlamm in meinem Bauch sind.

Stirnrunzelnd legt die Frau eine Hand auf ihre Brust. Sie versucht, den Husten drinnen zu halten, aber er bahnt sich stoßweise einen Weg nach draußen. Sie schüttelt den Kopf, und ich weiß, was sie denkt, ich seh das an der Art, wie sie dasteht und Leonie anstarrt. *Unhöflich.*

Wenn Pop hier wäre, würde er diesen Jungen nicht *Schlingel* nennen. Auch nicht *Nichtsnutz.* Und ganz bestimmt würde er ihn nicht *Junge* nennen. Er würde ihn *kleines Arschloch* nennen. Weil er eins ist. Er hat keine Lust mehr, mit Kayla fangen zu spielen, also hat er aufgehört wegzurennen. Er hockt sich vor den Fernseher, schaltet eine von seinen vier Spielkonsolen ein und fängt an, ein Videogame zu spielen. Es ist Grand Theft Auto, und er weiß nicht, wie es geht. Er fährt das Auto über den Mittelstreifen, in Schaufenster, steigt an roten Ampeln aus und läuft weg. Kayla ist gelangweilt. Sie kommt wieder zu mir, klettert auf meinen Schoß und fängt an, mir ernsthaft zu erklären, dass sie Saft und Kekse haben will, deshalb kann ich die Frauen nicht mehr sehen, auch nicht das Glas Wasser, das Leonie jetzt trinkt, nachdem die beiden sie gedrängt haben, etwas zu nehmen, kann auch nicht sehen, wie Misty und die Frau sich über den Tisch hinweg sich etwas zuflüstern. Wie sie mit den Fingern Bilder auf die Tischplatte zeichnen.

Der Junge brüllt den Fernseher an. Sein Videogame ist eingefroren.

»Nein! Nein!«, schreit er, und seine Stimme klingt, als wäre seine Nase voller Rotze.

Das Auto des Jungen ist von der Straße, die sich an einer Klippe entlangschlängelt, abgekommen. Ist durch die Brüstung geflogen und hängt jetzt in der Luft. Das Auto ist rot mit einem weißen Streifen in der Mitte, der es in zwei Hälften teilt. Der Junge drückt auf alle Knöpfe der Fernbedienung, aber das Spiel reagiert nicht.

»Mach's aus«, ruft die Frau aus der Küche.

»Nein!«

»Du musst es neu starten«, sagt die Frau und beugt sich dann wieder zu Misty.

Der Junge wirft die Fernbedienung in Richtung Fernseher. Sie trifft und fällt klappernd zu Boden. Er beugt sich vor und fängt an, die Konsole zu bearbeiten, drückt alle möglichen Knöpfe, aber nichts passiert.

»Ich will aber genau da weitermachen!«, schreit er.

Die Frauen beachten ihn gar nicht.

Kayla springt von meinem Schoß, hebt einen blauen Plastikball vom Boden auf, der etwa so groß ist wie ihre beiden Fäuste zusammen, und fängt an, damit zu spielen.

»Wenn du ausmachst, kannst du genau da weitermachen. Die Stelle wird gespeichert«, sage ich.

Ich weiß das, nicht, weil ich eine Spielekonsole habe, sondern weil ich auf Michaels gespielt hab, als er noch bei uns gewohnt hat, und daher weiß, wie sie funktionieren. Er hat sie mitgenommen, als er wegging. Der Junge ignoriert mich. Er gibt etwas von sich, das halb Weinen und halb Knurren ist, eine Art gurgelnden Jammerlaut, und als er sich vor dem Regal mit den Spielekonsolen hochrappelt, dreht er sich nicht um, um wieder mit Kayla zu spielen. Er hebt nicht einen anderen Ball vom Fußboden auf, den schwarzen, den grünen oder den roten, die ich herumliegen sehe, und rollt ihn in unsere Richtung. Stattdessen steht er auf und schlägt auf den Fernseher ein. Er haut zuerst mit der rechten, dann mit der linken, dann wieder mit der rechten Faust und wirbelt dabei mit den Armen, sodass seine kleinen Fäuste so hart auf das Gehäuse treffen, dass es sich anhört, als würde das Plastik zersplittern. Es zersplittert tatsächlich. Seine Faust trifft wieder, und ein Feuerwerk aus Weiß, Gelb und Rot explodiert über dem Auto und bleibt da. Er haut noch mal mit links zu, und nichts passiert, aber dann trifft er wieder mit rechts, und ein zweites Feuerwerk explodiert auf dem Auto. Es bleibt da.

»Was machst du da?«, schreit die Frau aus der Küche. Sie ist halb vom Stuhl aufgestanden. »Wehe, du machst wieder mit den Kartons rum!«

Der Junge schlägt mit links zu. Nichts.

»Was hab ich gesagt!«, schreit die Frau, die jetzt ganz aufgestanden ist. Der Junge bückt sich, greift nach einem T-Ball-Schläger und holt aus. Dann ein lautes Krachen, das Geräusch von splitterndem Glas und Kunststoff, und ganz kurz geht das gesamte Auto in einem bunten Feuerwerk auf, ehe der Fernseher schwarz wird und auf dem Bildschirm nichts mehr ist, aber vor dem Bildschirm stehen die Frau und der Junge. Sie steigt über Kayla hinweg, die sich schnell auf meinen Schoß rettet und mit beiden Händen an meinem T-Shirt festkrallt, und treibt den Jungen vor dem Fernseher in die Enge. Er schwenkt mit dem Schläger in der Hand herum und versetzt ihr einen Schlag ans linke Bein.

»VerFLUCHT noch mal!« schreit sie hustend, dann reißt sie ihm den Schläger aus der Hand. Sie hebt den Jungen am Arm hoch, den Schläger in der anderen Hand, und brüllt: »Was hast du gemacht?« Jedes Wort ist ein Schlag. Und bei jedem Schlag strampelt der Junge kreischend in der Luft auf der Stelle. »Was hast du gemacht!«

Die Beine des Jungen sind rot an den Stellen, wo sie ihn mit dem Schläger trifft. Er springt vor der Frau davon wie ein Pferd auf einem Karussell, sein Gesicht sieht so aus: offener Mund, erstarrte Grimasse. Sie haut ihn so oft, dass seine Schreie verstummen, aber der Mund steht immer noch offen. Ich verstehe, was er sagt: *Aua, bitte nicht mehr wehtun, bitte.* Die Frau lässt den Schläger und den Jungen gleichzeitig los, der Schläger fällt gerade auf den Boden, der Junge sackt zu einem Häufchen zusammen.

»Warte, bis dein Daddy aus der Scheune kommt. Er wird dich umbringen.«

Leonie geht durchs Wohnzimmer und nimmt mir Kayla ab. Als sie etwas sagt, schaut sie Misty an, die immer noch in der Küchentür steht und den Vorhang zur Seite hält.

»Wir müssen echt bald wieder los.«

»Er kommt sicher gleich«, sagt die Frau keuchend.

»Gibt's hier eine Toilette?«, frage ich.

»Die is kaputt«, sagt die Frau. Sie ist verschwitzt und wischt sich mit einer Hand das Haar aus der Stirn. »Wir benutzen die Toilette in der Scheune, aber wenn du nur pinkeln musst, gehst du am besten einfach raus auf den Hof.«

Als ich rausgehe, ist der Junge wieder auf den Fernsehsessel geklettert, hat sich dort zusammengerollt und weint laut. Kayla streckt die Arme nach mir aus, als ich die Tür aufmache, aber Leonie hält sie fest im Arm und geht mit ihr zurück in die Küche, weg von dem weinenden Jungen und dem zersplitterten Fernseher, so als müsste sie Kayla vor beidem beschützen. Die Frau ist schon da, nippt an einer Limo und schüttelt den Kopf. »Schon der zweite, den er so zugerichtet hat«, sagt sie. »Der Kleine is'n echtes Verhütungsmittel«, sagt Misty. Die Frau hustet.

Der Hof vor dem Haus liegt immer noch im Nebel und ist immer noch menschenleer. Der Hund ist verschwunden, aber trotzdem brennen meine Hände, als ich zum Auto renne, und der Schweiß kommt in Schüben, zusammen mit der Angst vor den scharfen Zähnen. Aber nichts verfolgt mich, und am Auto reiße ich beide Türen an der Fahrerseite auf, als Schutzschilde, und pinkle dann neben den Fahrersitz. Ein bisschen hoffe ich, dass Leonie reintreten wird. Ich ziehe den Reißverschluss hoch, lasse die Türen wieder einklicken und frage mich, wo die ganzen Leute, die in diesem Kreis aus Häusern wohnen, wohl sind. Nichts ist hinter mir her, als ich auf das Haus schaue, die geschlossene Haustür betrachte und als ich ums Haus nach hinten schleiche. Dort steht eine Scheune, braun, mit einem dunklen Blechdach, genau wie das Haus mit wetterfester Folie isoliert, aber ohne richtige Verkleidung. Durch ein paar Spalte in einem der mit Alufolie verdunkelten Fenster dringt Licht. Drinnen hört jemand Countrymusik, und als ich durch einen Spalt spähe, sehe ich einen Mann mit Bart und nacktem Oberkörper. Er hat Tattoos, so wie Michael, aber sein Kopf ist rasiert. In dem Raum stehen Tische mit Glasgefäßen und Schläuchen darauf, auf dem Boden Zwanzig-Liter-Eimer und leere Ein-Liter-Flaschen von Softdrinks, und ich weiß, dass ich das schon mal gesehen habe, ich erkenne den Geruch, denn als Michael sich im Wald hinter Mam und Pops Haus einen Unterschlupf gebaut hatte, hat es da auch so ausgesehen und gerochen wie hier. Das war der Grund für den Streit mit Leonie, der Grund für sein Weggehen, der Grund, warum er im Gefängnis ist. Der Mann kocht, bewegt sich so entspannt und selbstsicher wie ein echter Koch, aber hier gibt es nichts zu essen. Mein Magen brennt. Ich schleiche mich zurück nach vorne, taste nach Pops Säckchen in meiner Tasche, frage mich, ob der Zahn wohl von einem Waschbär stammt, ob er mich so leise und schnell machen kann, dass selbst der Hund mich nicht hört, wenn ich ums Haus rum zur Haustür renne und hineinschlüpfe.

Als wir eine Viertelstunde später wegfahren, bin ich nicht nervös, und ich schwitze auch nicht. Misty versucht, so zu tun, als hätte sie keine in eine Plastiktüte eingewickelte Papiertüte bei sich; sie hält ihren Arm stocksteif an ihrer Seite, während die Tüte beim Gehen knistert und raschelt. Leonie schaut überall hin, nur nicht zu Misty. Sie gibt Kayla nicht ab, sondern schnallt sie selbst an. Als wir diesen traurigen Häuserkreis mit dem ganzen Überfluss darin hinter uns lassen, beugt Misty sich nach unten, macht sich an den Fußmatten des Autos zu schaffen, und die Tüte verschwindet. Ich schiebe eine Packung Salzcracker und zwei Flaschen Saft, die ich aus dem Haus geklaut habe, in meine eigene Plastiktüte. Sobald wir das Wäldchen mit den halb verbrannten Kiefern verlassen haben und wieder auf dem gepflasterten Highway sind, macht Leonie das Radio an und stellt es so laut wie noch nie. Ich mache meine geklaute Flasche auf und trinke den Saft aus, dann gieße ich die Hälfte der anderen Flasche in Kaylas Schnabeltasse. Ich reiche Kayla einen Cracker und schiebe mir selbst einen in den Mund. So essen wir: einer für mich, einer für sie. Ich lasse die Cracker auf der Zunge ganz weich und breiig werden, ehe ich kaue und sie runterschlucke, damit man es nicht hört. Ich bin auf meine Art still und verstohlen. Keine der Frauen auf dem Vordersitz beachtet uns. Also esse und trinke ich, und noch nie hat mir irgendwas so gut geschmeckt.

4. Kapitel

LEONIE

Am Abend von Jojos Geburtstag hat Misty gesagt: *Wenn wir das machen, ist die Reise bezahlt.* Und dann: *Du und Michael habt dann genug für eine Anzahlung. Ihr könnt euch was Eigenes besorgen. Du sagst doch immer, das Problem wärn eure Eltern. Deine, weil ihr bei ihnen wohnt, seine, weil sie Arschlöcher sind.* Given wurde noch stiller, als sie das sagte, er versteinerte förmlich. Durch Mistys schmales Küchenfenster konnte ich sehen, wie die Farbe der Baumkronen sich von samtigem Dunkelgrau zu Orange veränderte, von blassem Orange zu einem Rosa, das aussah wie das Innere meines Munds. *Was glaubst du, wovon ich die ganzen Fahrten rauf zu Bischop bezahlt habe? Etwa von Trinkgeld?* Sie schüttelte den Kopf und schnaubte verächtlich. *Nutz doch die Chance.*

Jetzt höre ich diese vier Worte immer wieder, als wir ins Auto steigen und ich zusehe, wie Misty das Päckchen in das Versteck unter der Fußmatte legt. *Nutz doch die Chance.* Sie sagte den Satz so, als hätten Entscheidungen keine Folgen, denn natürlich ist für sie alles viel einfacher. So wie sie das gesagt hat, *nutz die Chance*, hätte ich ihr am liebsten eine runtergehauen. Die Sommersprossen, die schmalen rosa Lippen, das blonde Haar, das dämliche Milchweiß ihrer Haut – für sie ist es leicht, schon immer gewesen, sich die Welt zum Freund zu machen.

Bevor Michael ins Gefängnis ging, hat er das Fach im Boden meines Autos eingebaut. Er hat das Auto mit dem Wagenheber aufgebockt, ist mit seinem Schweißgerät daruntergekrochen und hat ein perfekt aussehendes Quadrat aus dem Wagenboden geschnitten, eine zweite Metallplatte mit einem Scharnier eingefügt, das Scharnier befestigt und den Boden wieder zusammengeschweißt. *Zwei Türen*, hatte er gesagt, und mich zweimal geküsst. *Eine zum reintun, die andere zum abwerfen. Wenn es sein muss.* Damals war er schon sechs Monate von der Bohrinsel zurück, und wir hatten wieder zu Mama und Pop ziehen müssen. Sein Erspartes hatten wir durchgebracht, und die Abfindung auch. Er war Schweißer auf der *Deepwater Horizon* gewesen. Nachdem die Bohrinsel explodiert war, ist er mit seiner Abfindung und seinen Albträumen nach Hause gekommen. Damals hatte ich ihn überredet, für unsere neue Wohnung ein Doppelbett zu kaufen, *damit wir immer eng zusammen schlafen*, sagte ich, egal, wie wir uns bewegen, und deshalb wurde ich jedes Mal, wenn er im Schlaf mit den Füßen trat, wenn er zuckte oder etwas murmelte und plötzlich die Arme in die Luft warf, um vor irgendwas zurückzuweichen, wach. Die Tage nach dem Unglück hatte ich mit Jojo zu Hause vor dem Fernseher verbracht, CNN geguckt, zugesehen, wie das Öl in den Ozean strömte, und mich schuldig gefühlt, weil ich diese Bilder gar nicht sehen wollte, schuldig, weil mir die blöden Pelikane scheißegal waren, schuldig, weil ich nur Michaels Gesicht, seine Schultern, seine Hände sehen wollte, schuldig, weil ich mir nur um ihn Sorgen machte. Er hatte mich, kurz nachdem die Nachricht raus war, angerufen, um mir zu sagen, dass er in Sicherheit war, aber seine Stimme war ganz schwach gewesen, von Rauschen und Knistern verzerrt, unwirklich. *Ich kannte die Männer – alle elf. Wir haben alle zusammengelebt*, sagte er. Als er nach Hause kam, war ich glücklich. Er nicht. *Was solln wir denn jetzt machen?*, fragte er, aß zwei Löffel Maisgrütze und ließ den Rest dann auf dem Teller zu Gummi werden. *Uns fällt schon was ein,* sagte ich. Als er immer dünner wurde, dachte ich, es läge an den Albträumen. Als seine Wangenknochen so deutlich hervorstachen wie Steine im Wasser, dachte ich, es läge daran, dass er sich wegen des Geldes sorgte. Als seine Wirbelsäule unter der Haut sichtbar wurde, die Knochen sich wie eine Kette über seinen Rücken zogen, dachte ich, das käme vom Kummer und davon, dass er keinen neuen Job als Schweißer fand, in ganz Mississippi nicht und auch nicht in Alabama oder Florida oder Louisiana oder im Golf von Mexiko. Aber schließlich fand ich die Wahrheit heraus. Schließlich kapierte ich, dass ihm ganz ohne mich was eingefallen war.

»Du brauchst nicht nervös zu sein«, sagt Misty.

»Ich bin nicht nervös.«

»Ich hab das nich zum ersten Mal gemacht.«

»Ich weiß.«

»Ich mein mit Bishop.«

Misty nippt an einem der Softdrinks, die sie aus dem Haus ihrer Freunde mitgenommen hat. Die Frau hieß Carlotta, und ihr Mann, der, der gekocht und uns die Tüte gegeben hatte, war Fred.

»Das erste Mal war, als ich Sonny besucht hab, meinen Ex.«

»Daher kennst du sie?«

»Genau. Beim ersten Mal hatte ich eine Scheißangst. Wie du jetzt. Aber dann wurde es jedes Mal leichter.«

Ich werfe einen Blick in den Rückspiegel. Michaela schiebt sich einen blauen Ball in den Mund und brabbelt drumherum irgendwas, während ihr Bruder versucht, ihr das Ding wegzunehmen. Sein Gesicht ist nah an ihrem, seine Stimme leise und ernst: »Nein, nicht in den Mund stecken, Kayla; das ist eklig, das war auf dem Fußboden.« Michaela grinst, spuckt den Ball in seine Hand, klatscht in die Hände und sagt: Eklig, is eklig. Jojo sieht aus, als würde er sich ganz auf Michaela konzentrieren, aber ich weiß, das es nicht so ist. Daran, wie er sich rüberbeugt und noch mal das gleiche zu Michaela sagt: »Der Fußboden war eklig«, erkenne ich, dass er versucht, mitzukriegen, was wir sagen, obwohl er sich alle Mühe gibt, so zu tun, als wär's nicht so. Misty und ich haben das gleich besprochen, als ich sie abgeholt habe: Wir werden es auf keinen Fall beim Namen nennen, mit keinem Wort verraten, was in der Tüte ist, die wir hier mit uns in den Norden schmuggeln: Meth, Crystal, Ice. Wir haben verabredet, drumherumzureden, dem Thema auszuweichen wie einem üblen Kunden in der Bar, der schon zu besoffen ist, um noch mehr zu trinken, der süßlich riecht, nach Diesel und vergärtem Alkohol, aber trotzdem jedes Mal nach meiner Hand greift, wenn ich vorbeigehe, und sowas Abgefucktes wie *Noch eins, du süße schwarze Schlampe* zu mir sagt. Und wenn wir es irgendwie benennen müssen, dann nehmen wir einen möglichst peinlichen Namen, damit Jojo ganz sicher das Interesse verliert.

»Wenn wir gestoppt werden und sie die gottverdammten Tampons finden, dann bring ich dich um, Misty.«

Das dürfte Jojo vom Lauschen kurieren. Auch wenn der Satz keinen Sinn macht, egal. Er ist ein Junge, und die Periode gehört zu den körperlichen Erscheinungen, von denen er möglichst wenig wissen will: Nierensteine, Pickel, Furunkel. Krebs.

»Jojo, ich brauch die Karte.«

Ich hab mich nicht getäuscht. Er zuckt zusammen, bevor er sich nach dem Buch umdreht, es mir über die Sitzlehne nach vorne reicht und versucht, meinen Blick im Rückspiegel aufzufangen. Als seine braunen Augen meine schwarzen nicht finden, nimmt Misty ihm den Atlas ab. Er lässt sich auf den Rücksitz zurückfallen und schaut weiter zu Boden. Michaela ruft ihn, *Jojo*, und er beugt sich wieder zu ihr rüber.

»Wo sind wir?«, frage ich.

»Ich such's gerade«, murmelt Misty.

Ich halte Ausschau nach Meilenschildern. Unser Stopp bei Carlotta und Fred war kurz hinter Hattiesburg, im North Forest County.

»Mendenhall. Wir sind in Mendenhall«, sagt Misty. Vor uns ist eine Ampel, deshalb werde ich langsamer. Sie schaut nicht auf die Karte.

»Woher weißt du das?«

Misty zeigt nach oben, und ich sehe eine Werbetafel. *Mendenhall*, steht darauf, *Home of Mississippi's Most Beautiful Courthouse.*

»Das Gerichtshaus will ich sehen.«

Die Ampel wird grün. Ich steige aufs Gas.

»Ich nicht.«

»Warum denn nicht? Vielleicht ist es echt hübsch?«

Auf dem Rücksitz bewegt Jojo den Mund, als würde er auf irgendetwas rumkauen. Er schaut weg von Michaela, hoch zu mir, und seine Augen sind so dunkel wie meine. Ich war kleiner in seinem Alter, schmächtiger, mit zierlicheren Knochen und Gelenken. Er sieht aus wie Given, aber er macht nie Witze. Manchmal, wenn Jojo mit Michaela spielt oder in Mamas Zimmer sitzt und ihre Hände reibt oder ihr hilft, sich im Bett umzudrehen, schaue ich ihn an und sehe ein hungriges Mädchen.

»Ich wette, es ist so eins mit dicken Säulen und so. Bestimmt größer als das in Beauvoir«, sagt Misty.

»Nein«, sage ich und lasse es dabei.

Michael hat mir nie etwas über die Gewalt im Gefängnis geschrieben, über die Dinge, die nachts in dunklen Ecken und hinter verschlossenen Türen passieren: die Messerattacken, das Aufhängen, die Überdosen und die Prügel. Aber ich habe ihm gesagt, er muss es mir erzählen. In einem Brief habe ich geschrieben: *Wenn du mir nicht erzählst, was abgeht, dann stelle ich mir das Schlimmste vor.* Im nächsten Brief schrieb er mir also, wie sie einem in der Dusche aufgelauert und ihn grün und blau geprügelt haben. In dem danach erzählte er mir, sein Zellengenosse hätte sich mit einer Wärterin eingelassen, die beiden würden sich heimlich treffen und Sex haben, es wie die Ratten in den Ecken treiben, versessen darauf, sich fortzupflanzen. Und im nächsten Brief berichtete er, wie die Wärter einen achtzehnjährigen Jungen zusammengeschlagen hatten, den man verurteilt hatte, weil er in einer Wohnwagensiedlung ein fünfjähriges Mädchen entführt und erwürgt haben soll. Sie hörten ihn schreien, dann wurde es still, und später erfuhren sie, dass er in seiner Zelle verblutet ist wie ein Schwein. *So viel*, würde ich am liebsten zu Misty sagen, *zu deinem hübschen Gerichtshaus*. Aber ich sage nichts. Ich schaue auf die Straße, die sich wie ein breites schwarzes Band vor mir erstreckt, und ich denke an Michaels letzten Brief, bevor er mir gesagt hat, dass er nach Hause kommt: *Das hier ist kein guter Ort, für keinen. Egal, ob Schwarz oder Weiß. Macht keinen Unterschied. Das hier ist ein Ort für Tote.*

Michaela geht's nicht gut. Die erste Stunde, nachdem wir an dem Haus im Wald losgefahren sind, war sie still, aber dann hatte sie einen Hustenanfall, und am Ende hat sich der Husten in ihrer Kehle verfangen, und sie musste würgen. Seit einer halben Stunde weint sie und wehrt sich gegen ihren Sicherheitsgurt, versucht, aus dem Sitz zu klettern. Ich reiche Jojo eine Handvoll Servietten, und jedes zweite Mal, wenn ich in den Rückspiegel schaue, sehe ich, wie er sich über sie beugt und ihr mit besorgtem Gesicht den sabbernden Mund abwischt. Die Servietten sind sofort durchgeweicht. Wir wollten heute eigentlich den Rest der Strecke fahren und bei Michaels und Bishops Rechtsanwalt in der vorletzten Stadt vor dem Gefängnis übernachten, aber bei Michaelas vielem Weinen habe ich das Gefühl, als würde jemand mein Gehirn zusammenquetschen, immer fester, immer stärker. Ich kriege kaum Luft. Dann hustet und würgt sie noch mal, und als ich nach hinten schaue, ist ihre Brust ganz orange und lila. Sie hat ihre gepufften Cheetos ausgespuckt, schon halb zu Brei verdaut, und all die vorsichtigen kleinen Bissen von ihrem Schinkenbrot. Das Fleisch hat das, was nicht gelb ist, rosa gefärbt. Jojo hält in jeder Hand eine Serviette, wie erstarrt. Er sieht verstört aus. Michaela weint jetzt lauter.

»Wir müssen anhalten«, sage ich und fahre rechts an den Straßenrand.

»Puh, Scheiße«, sagt Misty und wedelt mit der Hand vor ihrem Gesicht herum, als wollte sie Mücken verscheuchen. »Bei dem Gestank muss ich mich auch gleich übergeben.«

Ich könnte sie ohrfeigen, obwohl mir von dem aufdringlichen, stechenden Geruch der Magensäure in dem kleinen Auto auch schlecht wird. Ich will sie anbrüllen: *Blöde Zicke, hast bei der Arbeit dauernd mit Besoffenen zu tun und kriegst bei so'n bisschen Kotze gleich zu viel?* Aber ich lasse es bleiben. Sobald wir am Straßenrand stehen und ich mit den Servietten, die ich Jojo abgenommen habe, das klumpige Erbrochene wegwische, vollführt die Übelkeit in meinem Magen Saltos und Flipflops wie ein Kind auf dem Trampolin. Jojo sieht jetzt nicht mehr verstört aus. Er fasst mit beiden Händen in die Kotze, die sich über Michaelas Vorderseite ergießt, und macht ihren Brustgurt auf. Sie hört auf mit ihren krampfhaften Versuchen, sich freizustrampeln, streckt ihre kleine Brust noch einmal vor bis an den Gurt, um einen Dankesschrei auszustoßen, dann fängt sie an, ungeduldig am Beckengurt zu zerren, damit er den auch schnell aufmacht und sie ganz befreit. Er runzelt die Stirn. Er öffnet den letzten Verschluss und zieht sie heraus, und ehe ich überhaupt dazu komme, ihn zu ermahnen, in scharfem Ton seinen Namen zu sagen, »Jojo«, klebt Michaela schon an seiner Brust und schlingt ihre Arme um seinen Hals, drückt sich zitternd und wimmernd mit dem ganzen Körper an ihn, und er flüstert: »Schon gut, Kayla, ist ja gut, Jojo ist da, ich bin ja da, schschscht.«

»Bist du bald fertig?«, fragt Misty. Sie schleudert die Worte über ihre Schultern nach hinten, als wären sie ein Stück klebriges Hamburgerpapier.

»Ich hab die Nase voll von dieser Scheiße«, sage ich. Keine Ahnung, warum ich das sage. Vielleicht weil ich keine Lust mehr habe zu fahren, weil ich die endlose Straße vor mir, bei der Michael immer am anderen Ende ist, egal, wie weit ich gehe, egal, wie weit ich fahre, nicht mehr ertragen kann. Vielleicht auch, weil ein Teil von mir sich gewünscht hatte, Michaela würde in meine Arme springen, mir die Bluse mit orangefarbener Kotze beschmieren, während ihr kleiner brauner Körper meinen suchte, immer wieder meinen suchte, unsere Herzen nur durch die dünnen Knochen unserer Brustkörbe getrennt, während wir im Gleichklang aus- und einatmen, unser Blut synchron fließt. Vielleicht weil ich mir wünsche, sie würde sich an mich kuscheln und bei mir Trost suchen statt bei ihrem Bruder. Vielleicht weil Jojo mich nicht mal anschaut, seine Aufmerksamkeit voll und ganz dem kleinen Körper auf seinem Arm schenkt, dem kleinen Menschen, den er beruhigen will, während meine eigene Aufmerksamkeit überall ist. Selbst jetzt ist meine Zuwendung: unbeständig.

Ich wische den Rest des Schleims auf ihrem Sitz ab, werfe die Servietten auf das Pflaster, hole ein paar Feuchttücher heraus und fahre damit über den Sitz, sodass er nach Magensäure und Blütenduft riecht.

»Jetzt riecht es besser«, sagt Misty. Sie lehnt sich halb aus dem Autofenster, ihre eben noch wedelnde Hand liegt jetzt wie eine Maske auf ihrer Nase.

Die Fahrt zur nächsten Tankstelle kommt mir meilenweit vor, und die Sonne bricht durch die Wolken und strahlt senkrecht auf uns herunter.

Als wir auf den Tankstellenparkplatz rollen, sitzt die Verkäuferin auf der Veranda des Holzgebäudes und raucht eine Zigarette. Sie hebt sich von der Wand, an der sie lehnt, kaum ab, denn ihre Haut hat das gleiche Braun wie die gebeizten Bretter. Sie macht mir die Tür auf und folgt mir nach drinnen, und die Kette mit silbernen Glöckchen über der Tür bimmelt.

»Nicht viel los heute«, sagt sie, als sie hinter die Ladentheke geht. Sie ist dünn, fast so dünn wie Mama, und ihr zugeknöpftes Arbeitshemd hängt an ihr herunter wie ein Bettlaken auf der Wäscheleine.

»Ja«, sage ich und wandere rüber zu den Kühlschränken im hinteren Teil. Ich nehme zwei Flaschen Powerade und stelle sie auf die Theke. Die Frau lächelt, und ich sehe, dass ihr die beiden Vorderzähne fehlen und dass sich eine zackige Narbe über ihre Stirn zieht. Ich frage mich, ob sie einfach schlechte Zähne hat oder ob die fehlenden von dem, der ihr die Narbe verpasst hat, ausgeschlagen wurden.

Misty wandert auf dem Parkplatz herum und hält dabei ihr Handy über ihren Kopf, auf der Suche nach einem Empfangssignal. Alle Autotüren stehen offen, und Jojo sitzt seitlich auf dem Rücksitz, während Michaela auf ihm herumrutscht, ihr Gesicht immer wieder an seinem Hals vergräbt und wimmert. Er streichelt ihren Rücken, und beiden klebt das Haar am Kopf. Ich gieße eine halbe Flasche Powerade in eine von Michaelas Schnabeltassen und strecke die Arme aus.

»Gib sie mal her.«

»Los, Kayla«, sagt Jojo. Er schaut weder mich noch den feuchten Tag oder die leere Straße an, sondern nur Kayla, die anfängt zu weinen und sich so fest an seinem T-Shirt festklammert, dass ihre kleinen Handknöchel weiß werden. Als ich sie an mich ziehe und mich mit ihr auf den Vordersitz setze, lässt sie das Kinn auf ihre Brust fallen, schluchzt mit geschlossenen Augen weiter und schiebt ihre Fäuste unter ihr Kinn.

»Michaela«, sage ich. »Komm schon, Baby. Du musst was trinken.« Jojo steht vor mir, die Hände in den Hosentaschen, und schaut Michaela eingehend an. Sie hört mich nicht. Sie hat Schluckauf und jammert. »Michaela, Baby.«

Ich schiebe den Schnabel ihrer Schnabeltasse zwischen ihre Lippen, aber sie beißt die Zähne zusammen und wirft den Kopf zur Seite. Ich packe sie fester, um sie ruhig zu stellen, und ihre kleinen weichen Muskeln werden unter meinen Fingern schlapp, weich wie Wasserbomben. Wir kämpfen miteinander, sie steht auf, setzt sich hin, reckt sich nach hinten und zappelt und sagt immer wieder dieselben zwei Wörter.

»Nein. Jojo.«

Mir reicht's.

»Verdammt noch mal, Michaela! Kriegst du sie dazu, hiervon was zu trinken?«, frage ich.

Jojo nickt, und ich reiche sie ihm bereits rüber. Ohne sie fühlen sich meine Arme leicht und leer an.

Michaela trinkt ein Viertel der Tasse aus, dann schlingt sie einen Arm um Jojos Hals, lässt sich auf seiner Schulter hängen und reibt seinen Nacken. Ich warte eine Viertelstunde, und gerade, als Misty sich auf dem Fahrersitz anschnallt und wir weiterfahren wollen, übergibt sich Michaela zum zweiten Mal. Diesmal ist es knallblau, die Farbe von Powerade.

»Kannst dich gleich wieder abschnallen«, sage ich zu Misty. Sie rollt die Augen, klickt den Gurt wieder auf und setzt sich dann auf einen Betonblock im Schatten, um eine zu rauchen. »Wir bleiben noch ein bisschen hier.«

Ich will nicht, dass Michaela sich noch mal im Auto übergibt, dass sie auf dem Rücksitz würgt, während ich vorne angeschnallt bin. Wir müssten sowieso bloß wieder anhalten, damit ich sie sauber machen kann. Die Hitze steigt vom Asphalt des Parkplatzes auf, zusammen mit dem Dunst vom Regen. Jojo sitzt seitlich, die Füße auf dem Boden, Michaela hängt an ihm.

»Willst du dich hinlegen, Kayla?«, fragt er. »Vielleicht fühlst du dich dann besser.« Er schiebt die Hände unter ihre Achseln und versucht, sie von sich zu lösen und auf den Sitz zu legen, aber sie hängt an ihm wie eine borstige Klette: Arme und Beine fest um ihn geschlungen. Er gibt auf und streichelt ihr den Rücken.

»Tut mir leid, dass dir schlecht ist«, sagt Jojo, und Michaela fängt an zu weinen. Er streichelt ihren Rücken, und sie streichelt seinen Rücken, und ich stehe dabei und schaue zu, wie meine Kinder sich gegenseitig trösten. Meine Hände kribbeln, wollen etwas tun. Ich könnte die Arme ausstrecken und sie beide umarmen, aber ich tue es nicht. Jojo wirkt teils verwirrt, teils stoisch, teils sieht er aus, als würde er gleich anfangen zu weinen. Ich brauche eine Zigarette. Ich hocke mich neben Misty auf den Betonblock und schnorre eine: das Menthol gibt mir eine Stütze, stapelt Sandsäcke entlang meiner Wirbelsäule auf. Ich schaffe das. Ich warte, bis das Nikotin sich wie ein stiller See in meinem Innern ausbreitet, dann gehe ich wieder zum Auto.

»Gib ihr was zu trinken«, sage ich zu Jojo.

Eine halbe Stunde später spuckt sie auch das wieder aus. Ich warte eine Viertelstunde, dann sage ich erneut zu Jojo: »Gib ihr was zu trinken.« Obwohl Michaela mittlerweile ununterbrochen wimmert und die Tasse in der Hand ihres Bruders verdutzt anguckt, tut Jojo, was ich sage. Zwanzig Minuten später übergibt sie sich erneut. Michaela ist fix und fertig, hängt an Jojo und blinzelt mich nur an, als ich zur Autotür gehe und Jojo noch mehr Elektrolyte reiche.

»Sie soll trinken«, sage ich wieder, aber Jojo sitzt nur da, als ob er mich gar nicht hört, die Schultern bis an die Ohren hochgezogen, als ob er weiß, dass ich mit meiner Geduld am Ende bin, dass ich ihn am liebsten schlagen würde. »Jojo«, sage ich. Er zuckt nur zusammen, ohne mich zu beachten. Michaela reibt ihre Rotznase und ihren sabbernden Mund an seiner Schulter. »Jojo nein«, sagt sie. Die Verkäuferin kommt mit einer schon brennenden Zigarette raus auf die Veranda.

»Alles okay bci cuch?«, fragt sie.

»Haben Sie was gegen Erbrechen? Für Kinder?«

Sie schüttelt den Kopf, und ihre geglätteten Haare bewegen sich an den Schläfen im Wind, winken wie Insektenfühler in alle Himmelsrichtungen.

»Nein. Der Besitzer will sowas nicht. Nur Grundbedarf, sagt er. Aber Sie würden sich wundern, wie viele Leute hier durchkommen, die reisekrank sind und ein Medikament brauchen.«

Am Rand der Tankstelle wächst büschelweise Unkraut; lila, gelbe und weiße Blüten stehen nickend am Rand des Kiefernwalds. Ich lege Michaela, die sich auf Jojos Arm zusammengekauert hat, eine Hand auf den Nacken. Jojo sitzt auf dem Kofferraum meines Autos, wackelt mit dem Knie und betrachtet mich und Misty mit finsterem Blick.

»Warte kurz«, sage ich und gehe über den Parkplatz zum Waldrand hinüber.

Mama hat immer gesagt, wenn ich gut genug hinschaue, dann finde ich draußen in der Welt alles, was ich brauche. Als ich sieben wurde, fing sie an, mit mir Spaziergänge durch den Wald hinter unserem Haus zu machen, auf Pflanzen zu zeigen, die sie ausgrub oder von denen sie die Blätter abstreifte und mir erklärte, wie sie wirken, welche heilen können und welche schaden. Der Wind rauschte oben in den Bäumen, aber unten war alles still, außer mir und Mama, die sagte: *Das da is ein Bärenklau. Die jungen Blätter kannst du zum Kochen nehmen, wie Sellerie, aber die Wurzeln sind wertvoller. Daraus kannst du einen Sud zubereiten, der gut is gegen Erkältung und Grippe. Und wenn du einen Wickel draus machst, helfen sie bei Prellungen, Arthritis und Geschwüren.* Mit einer kleinen Schaufel, die sie immer auf die Spaziergänge mitnahm, grub sie einen Kreis um die Wurzel herum aus und zog dann die ganze Pflanze an den Blättern aus der Erde, knickte sie auf halbe Größe zusammen und schob sie in den Beutel, den sie quer über der Schulter trug. Dann wanderte ihr Blick wieder über den Waldboden, bis sie eine andere Pflanze entdeckte und sagte: *Dies hier's Giersch. Nich als Medizin geeignet, aber du kannst ihn kochen, wie Spinat. Sind viele Vitamine drin, is also gesund. Dein Daddy mag ihn gern gedünstet, mit Reis, und er sagt, seine Mama hat aus den gemahlenen Samen Brot gebacken. Hab ich allerdings nie ausprobiert.* Wenn wir mit unserer Ausbeute auf dem Rückweg waren, stellte sie mir Fragen. Je älter ich wurde, desto leichter fiel es mir, mir die Sachen zu merken und ihre Fragen sofort zu beantworten, während wir uns um Wurzeln und Baumstämme herum unseren Weg suchten. *Wurmkraut*, sagte ich. *Hilft gegen Würmer, wenn man das Essen damit würzt.* Aber es war schwer, mir alles zu merken. Jeden Tag zeigte Mama mir eine Pflanze, von der manche

Teile besonders Frauenleiden lindern konnten, denn es waren hauptsächlich Frauen, die zu ihr kamen und ihren Rat und ihre Hilfe brauchten. Sie sagte dann: *Merk dir, aus den Blättern kannst du einen Tee kochen, der bei Krämpfen hilft. Und er kann auch eine Regelblutung auslösen.* Ich schaute dann weg und richtete den Blick nach oben zu den Bäumen, wünschte, ich säße vor dem Fernseher, statt draußen mit meiner Mama durch den Wald zu trotten und über Regelblutungen zu reden. Aber jetzt, als ich über diese Lichtung gehe und am Waldrand nach Seidenpflanzen Ausschau halte, wünschte ich, ich hätte besser zugehört. Ich wünschte, ich könnte mich an mehr erinnern als daran, dass sie helllila oder rosa Blüten haben. Und obwohl Seidenpflanzen an solchen Stellen wie dieser hier wachsen und im Frühling blühen, kann ich die weißbeperlten flaumigen Blätter nirgends entdecken.

Kurz nachdem Mama klar geworden war, dass mit ihr ernsthaft etwas nicht stimmte, dass ihr Körper sie verraten und Krebs entwickelt hatte, fing sie an, sich mit Kräutern selbst zu behandeln. Wenn ich an diesen Frühlingsmorgen nach Hause kam, stellte ich fest, dass ihr Bett leer war. Sie war im Wald unterwegs, pflückte große Büschel von jungen Kermesbeertrieben und zog sie hinter sich her nach Hause. Jedes Mal sagte sie: *Glaub mir, das wird mich heilen.* Ich nahm ihr die Sträucher ab, legte einen Arm um ihre Taille, half ihr die Stufen hoch ins Haus und setzte sie in der Küche auf einen Stuhl. Ich stand immer noch unter Strom vom Abend vorher, und während ich hackte und wusch und kochte, Krug um Krug mit Tee für sie machte, summte der Rausch noch durch meine Adern wie eine misstönende Melodie. Doch der Tee half nicht. Ihr Körper brach im Laufe der Jahre immer mehr zusammen, bis sie schließlich bettlägerig wurde und ich vieles von dem, was sie mir beigebracht hatte, wieder vergaß. Ich ließ ihr Gedankengut aus mir abfließen, damit sich stattdessen die Wahrheit ansammeln konnte. Manchmal gibt die Welt einem eben nicht, was man braucht, ganz egal, wie gründlich man sucht. Manchmal verweigert sie es einfach.

Wenn die Welt ein guter Ort wäre, einer für die Lebenden, ein Ort, an dem Männer wie Michael nicht im Gefängnis landen, dann würde ich jetzt Walderdbeeren finden. Danach würde Mama suchen, wenn sie keine Seidenpflanzen finden könnte. Ich könnte die Blätter im Haus von Michaels Anwalt abkochen, wo wir übernachten, ehe wir morgen früh Michael abholen. Ein bisschen Zucker reintun, ein bisschen Lebensmittelfarbe, wie Mama es immer gemacht hat, wenn ich als Kind Bauchweh hatte, und Michaela sagen, es wäre Saft.

Aber so ist die Welt nicht. Hier am Straßenrand gibt's keine Walderdbeeren. Der Boden ist hier nicht moorig genug. Aber vielleicht ist diese Welt doch ein Ort, der den Geringsten wenigstens ein kleines bisschen Glück zugesteht, sich manchmal doch ein kleines bisschen gnädig zeigt, denn nachdem ich eine Weile am Straßenrand entlanggegangen bin, außer Sichtweite der Tankstelle, nachdem ich Misty, die mit einem Arm durchs Fenster winkte und schrie: »Verdammt, jetzt komm endlich«, einfach sitzen gelassen habe, finde ich wilde Brombeeren. Mama hat mir immer gesagt, dass man die auch gegen Magenbeschwerden nehmen kann, allerdings nur bei Erwachsenen. Aber wenn gar nichts anderes da ist, sagte sie, könnte ich auch einen Tee machen und ihn einem Kind geben. Nicht zu viel, höre ich sie noch sagen. Aus den Blättern. Oder aus den Ranken? Oder den Wurzeln? Die Hitze drückt so stark, dass ich mich nicht genau erinnern kann. Ich vermisse die kühle Luft des Spätfrühlings.

So eine Welt ist die Welt. Eine, die einem eine Brombeerpflanze gibt, ein matschiges Gedächtnis und ein Kind, das nichts bei sich behält. Ich hocke mich am Straßenrand hin, fasse eine der dornigen Ranken so dicht am Boden, wie ich kann, und ziehe; die Ranke sticht mich in die Finger, kratzt an meiner Haut, macht kleine blutige Risse, die verschmieren. Meine Handflächen brennen. *Es ist eine Welt,* hat Mama zu mir gesagt, als ich mit zwölf meine Periode bekam, *die aus den Lebenden Narren macht und sie zu Heiligen erklärt, sobald sie tot sind. Und sie die ganze Zeit ärgert und fertigmacht.* Obwohl diese Worte hart waren, sah ich Hoffnung in ihrem Gesicht, als sie sie aussprach. Sie dachte, wenn sie mir so viel wie möglich über die Heilkraft der Kräuter beibrachte, wenn sie mir eine Landkarte der Welt mitgab, wie sie sie kannte, einer Welt, die nach Gottes Plan ordentlich ausgestaltet war und in der alles Geist und Seele besaß, dann würde ich mich darin zurechtfinden. Doch als ich jung war, nahm ich ihr das alles übel, lehnte ihre Lektionen und ihre unangebrachte Hoffnung ab. Und später nahm ich ihr übel, dass sie immer noch an das Gute glaubte in einer Welt, die sie mit Krebs geschlagen hatte, die sie wie einen alten Lappen ausgewrungen und sie dann einfach dem Verfall überlassen hatte.

Ich gehe wieder in die Knie und setze mich auf meine Fersen. Der Tag pulsiert wie eine zum Bersten gefüllte Ader. Reibe mir die Augen, schmiere mir Schmutz ins Gesicht und mache mich blind.

5. Kapitel

JOJO

KAYLA MUSS WAS ESSEN. Ich merk das daran, dass sie immer wieder weint, immer wieder zusammensackt und dann plötzlich den Kopf nach hinten wirft, den Rücken durchstreckt und sich steif gegen ihre Sitzlehne stemmt, sobald wir wieder unterwegs sind. Und schreit. Ich weiß, dass mit ihrem Bauch was nicht stimmt. Er tut ihr immer noch weh. Sie muss ihn mit irgendwas füllen, deswegen schnalle ich sie ab und nehme sie auf den Schoß, weil ich hoffe, dass es ihr dann besser geht, aber das hilft nicht. Sie weint ein bisschen leiser, nicht mehr so schrill und durchdringend. Der messerscharfe Schmerz wird stumpfer. Aber sie haut immer noch mit dem Kopf an meine Brust, und ihr kleiner Schädel fühlt sich dünn an auf dem Knochen, wo meine Rippen sich treffen, er wirkt gegen mein steinernes Brustbein so zerbrechlich wie eine Porzellanschüssel. Leonie hat ihre Pflanzen auf die Armlehne zwischen sich und Misty gelegt, und mit jeder Minute, mit jedem Kilometer werden die Brombeerblätter welker und die Wurzeln faseriger, sodass die Erde in Klumpen abfällt. Kayla brüllt und heult. Ich will nich, dass Leonie ihr das gibt. Ich weiß, sie denkt, sie muss das tun, aber sie ist nicht Mam. Sie ist nicht Pop. Sie hat in ihrem ganzen Leben noch nie irgendwas geheilt oder zum Wachsen gebracht, und sie hat keine Ahnung.

Als ich sechs war, hat sie mir einen Kampffisch gekauft, nachdem ich ihr immer wieder, jeden Tag, von den Wasserbecken bei uns in der Schule erzählt hatte, mit den Kampffischen drin, die rot und lila, blau und grün waren, träge im Wasser herumschwammen und manchmal glitzerten und manchmal nicht. Eines Sonntags brachte sie einen mit nach Hause, nachdem sie das ganze Wochenende weg gewesen war. Ich hatte sie seit dem Freitag nicht gesehen, seit sie zu Mam gesagt hatte, sie würde kurz zum Laden fahren, um Milch und Zucker zu holen, und dann nicht zurückgekommen war. Als sie schließlich wiederkam, stand ihr Haar wie ein bauschiger Heiligenschein vom Kopf ab, und sie roch nach nassem Heu. Der Fisch war grün, so wie Kiefernnadeln, und hatte am Schwanz Streifen in der Farbe von rotem Lehm. Ich nannte ihn Bubby Bubbles, weil er den ganzen Tag Blasen machte, und wenn ich mich über sein Becken beugte, konnte ich hören, wie er das Fischfutter kaute, von dem Leonie eine Probentüte mitgebracht hatte. Sogar damals stellte ich mir schon vor, wie ich mich eines Tages über sein Glas beugen würde, und statt der Kaugeräusche würden aus den Blasen, die an die Oberfläche stiegen, kurze Wörter herausplatzen. *Großer Kopf. Licht.* Und *Liebe.* Aber als die Fischfutterprobe alle war und ich Leonie bat, mir neues Futter zu kaufen, versprach sie es und vergaß es dann immer wieder, bis sie irgendwann sagte: *Gib ihm einfach 'n bisschen altes Brot.* Ich dachte mir, auf altem Brot könnte er nicht so gut herumkauen, wie er es brauchte, deshalb nervte ich sie weiter wegen dem Futter, und Bubby wurde immer dünner, seine Blasen wurden immer kleiner, bis ich eines Tages in die Küche kam und er oben auf dem Wasser trieb, die Augen weiß und schleimig wie Fett und keine Stimme in seinen Blasen.

Leonie tötet Sachen.

Draußen vor den Autofenstern werden die Bäume spärlicher und sehen anders aus, die Stämme werden kürzer, die Kronen voller und grüner, nicht mit spitzen dunklen Nadeln, sondern voll, beinah verschwommen. Sie stehen in lichten Reihen zwischen den Feldern, schlammgrünen Feldern, die mit borstigen, niedrigen Pflanzen bewachsen sind. Der Himmel verdunkelt sich. Der Wald und die Felder um uns herum werden schwarz. Ich lege die Lippen an Kaylas Ohr und erzähle ihr eine Geschichte.

»Siehst du die Bäume da hinten?« Sie grunzt. »Guck mal die Erde unter den Bäumen an, da is ein Loch.« Sie stöhnt. »In diesen Löchern wohnen Kaninchen. Eins is ein Kaninchenmädchen, die kleinste von allen. Sie hat braunes Fell und kleine Zähne, so weiß wie Kaugummi.« Sie ist kurz still. »Sie heißt Kayla, genau wie du. Und weißt du, was sie macht?« Kayla zieht die Schultern hoch und sinkt dann wieder an meine Brust. »Sie is die Beste im Löchergraben. Gräbt am tiefsten und am schnellsten. Eines Tages war es ganz dunkel, und ein großer Sturm zog auf, und das Loch der Kaninchenfamilie war voll Wasser, deshalb fing Kayla an zu graben. Grub und grub, immer weiter. Und weißt du, was sie gemacht hat?« Kayla schluchzt abgehackt, dann dreht sie mir das Gesicht zu, legt den Mund an mein T-Shirt und holt noch mal Luft. Ich reibe ihren Rücken, immer im Kreis, so als könnte ich die Krämpfe, die Schmerzen, was immer sie krank macht, einfach wegreiben. »Sie grub und grub und grub, und ihr Tunnel wurde immer länger. Das Wasser kam gar nich bis dahin, wo Kayla grub, aber sie machte immer weiter, bis sie plötzlich aus der Erde auftauchte, und weißt du was?« Kayla gräbt ihre Fingernägel in meinen Arm, kommt ein Stückchen hoch, um aus dem Fenster zu schauen, und zeigt auf die dunklen Felder, auf die dünne Baumreihe mit dem Kaninchenloch unten drunter. »Wird dunkel«, sagt sie. Dann lehnt sie sich wieder an mich und sackt zusammen. »Uh-hum. Das Kaninchenmädchen hat die graue Scheune und das fette Schwein und das rote Pferd und Mam und Pop gesehn. Sie hatte sich bis zu unserm Haus durchgegraben, Kayla. Und als sie Mam und Pop sah, da hat sie sie gleich liebgehabt und hat beschlossen, dazubleiben. Und wenn wir nach Hause kommen, wartet sie schon auf uns. Willst du sie kennenlernen?«, frage ich. Doch Kayla ist eingeschlafen. Sie zuckt, und ganz kurz stell ich mir vor, was sie träumt, aber dann hör ich damit auf. Sie riecht scharf nach Schweiß und Erbrochenem, aber ihr Haar riecht nach Kokosnuss, von dem Öl, dass Mam ihr immer reingemacht hat, das gleiche, das ich jetzt benutze, wenn ich ihr Haar in zwei Pferdeschwänzchen teile: zwei kleine Wattebäusche an den Seiten ihres Kopfs. Ich verscheuche das Bild von ihr in der feuchten Erde, wie sie in Kaninchengröße ein Loch gräbt. Von diesem Traum will ich nichts wissen.

Als wir vom Highway ab und auf die Landstraße fahren, ist der Himmel dunkelblau, kehrt uns den Rücken zu und zieht sich ein schwarzes Tuch über die Schultern. Die Welt schrumpft auf den Lichtschein vom Auto zusammen, ein Hörnerpaar, das uns durch die Dunkelheit führt, unser Auto ein altes Tier, das humpelnd die nächste Lichtung im Wald ansteuert. Pop hat mir oft gesagt, man kann drauf vertrauen, dass Tiere genau das tun, wofür sie geschaffen sind: sich im Dreck suhlen, übers Feld galoppieren oder fliegen. Egal, wie zahm ein Tier ist, sagt Pop, seine wilde Natur wird immer wieder durchkommen. Bei Kayla kommt das Animalische jetzt voll durch, sie is wie eine wurmgeplagte Katze auf meinem Schoß. Als wir endlich auf einen Hof fahren und die Bäume sich lichten, ist es ein ganz anderer Ort. Nich so wie der geduckte Häuserhaufen in Forrest County. Hier steht nur ein Haus, und das ist ziemlich breit. Vorne hat es mehrere Fenster, und hinter jedem scheint warmes gelbes Licht. Leonie hält an. Misty steigt aus und signalisiert, dass wir ihr folgen sollen. Ich gehe mit der schlafenden Kayla, die schnarcht und durch den Mund atmet, auf dem Arm zur Veranda und sehe von Nahem, dass die Farbe in dünnen Streifen abblättert und unten drunter bleistiftdünne Linien von Braungrau sichtbar werden. Die Fenster sehen ein bisschen beschlagen aus, so ähnlich wie das trübe Wasser, in dem mein Fisch gestorben ist. Die Glyzinie, die auf beiden Seiten der Treppe wächst, hat ihre Wurzeln fest in der Erde verankert, der Stamm is so dick wie ein muskelbepackter Männerarm, schlängelt sich am Treppengeländer hoch und rankt sich dann wie ein dichter Vorhang vorne an der Veranda lang. Hier kommt das Tier durch. Misty klopft an die Tür.

»Hereinspaziert«, säuselt eine Männerstimme, und man hört Musik.

Der Mann ist groß und kräftig. Wir entdecken ihn in der Küche, wo er gerade Spaghetti kocht. Mein Mund wird ganz wässrig. Ich hatte noch nie so großen Hunger.

»Riecht gut, oder?«, sagt er, als er uns entgegenkommt. Er geht wippend, wie auf Zehenspitzen. Er trägt ein weißes Hemd mit langen Ärmeln, allerdings bis zu den Ellbogen aufgekrempelt. Das Hemd ist so wie seine Veranda, der Stoff ist am Hals ein bisschen abgewetzt, vorne sind Flecken drauf, wie's aussieht von grüner Farbe. Seine Küche ist grün gestrichen. Ich hab noch nie eine grüne Küche gesehen. Und jetzt rieche ich die Sauce. Sie blubbert auf dem Herd vor sich hin und bespritzt seinen Arm, als er sie umrührt. Er leckt die Flecken ab. Die Nudeln, die er grade ins Wasser getan hat, sinken langsam nach unten, verschwinden langsam im Topf, als der untere Teil weich wird. Ich runzele die Stirn, als er seinen behaarten Unterarm ableckt. Sein Haar ist hinten zu einem kleinen, abstehenden Pferdeschwanz zusammengebunden, der so kurz is wie Kaylas. »Ich dachte, ihr seid bestimmt hungrig«, sagt er. Er ist der weißeste Weiße Mann, den ich je gesehn hab.

»Richtig gedacht.« Misty umarmt den Mann, als sie das sagt, dreht ihr Gesicht, sodass sie in sein farbbekleckertes Hemd spricht. »Wir haben länger gebraucht, weil der Kleinen schlecht geworden ist.«

»Ach ja, das kleine Mädchen!«, sagte er. Leonie sieht aus, als wollte sie ihn zum Schweigen bringen, aber sie tut es nicht. »Sie ist …« Er hält inne. »Bisschen verklebt.« Jetzt macht Leonie ein Gesicht, als würde sie am liebsten auf ihn losgehen. *Ihr bockiger Blick*, sagt Pop. »Ist dem jungen Mann auch übel?« Schon mag ich ihn ein bisschen lieber, obwohl ich, als er mich anschaut, eine Art Traurigkeit in seinem Gesicht entdecke und nicht weiß, warum sie da ist.

»Nein«, sagt Leonie. Sie verschränkt dabei die Arme. »Wir haben keinen Hunger.«

»Unsinn«, sagt der Mann.

»Leonie«, sagt Misty und schaut Leonie an. Ich weiß, es ist so ein Blick, der noch was andres sagen will, ohne Worte, aber ich kann Mistys Augenbrauen und Lippen und ihr Nicken, bei dem ihr die langen Ponyfransen in die Augen fallen, nicht deuten. Was Misty ihr auch sagen wollte, Leonie versteht und antwortet mit einem Nicken.

»Wir essen mit.« Leonie räuspert sich. »Ich wollte fragen, ob ich mal deinen Herd benutzen kann. Ich muss etwas abkochen.«

»Aber natürlich, meine Liebe, kein Problem.«

Aus der Nähe riecht der Mann, als hätte er ein paar Tage nicht geduscht, aber es ist kein muffiger Geruch. Es riecht süßlich und ungut zugleich, wie süßer Likör, der draußen im Warmen gestanden hat und langsam zu Essig wird.

»Entschuldige meine Ausdrucksweise, Al, aber ich hab echt einen Scheißhunger.« Misty lächelt.

Als ich mich ins Wohnzimmer setze, schläft Kayla einfach weiter und bläst ihren heißen Atem schnaufend in mein T-Shirt. Der Raum hat hohe Decken, und an allen Wänden stehen Bücherregale. Es gibt keinen Fernseher. In der Küche steht ein Radio, und Misty hat sich dort auf einen Barhocker an der Küchentheke gesetzt und trinkt Wein, den Al ihr in ein Marmeladenglas eingeschenkt hat. Die Musik, von Geigen und Cellos, schwillt an und flaut wieder ab, so ähnlich wie das Wasser draußen im Golf vor einem großen Sturm. Als Leonie vom Auto wieder reinkommt, mit ihren Zweigen in der Hand, stolpert sie über die Kante des Teppichs, der auf dem Holzboden liegt, einer mit rot-orange-weißem Muster und Fransen, und dabei fällt eine zerknitterte braune Papiertüte aus ihrem T-Shirt, landet auf dem Teppich, und der Inhalt gleitet heraus. Es ist ein durchsichtiges Päckchen mit kleinen Glasscherben drin, und ich hab sowas schon mal gesehen. Ich weiß, was es ist. Der Mann lacht gerade über irgendwas, was Misty gesagt hat, und Leonie weicht meinem Blick aus, als sie das Päckchen aufhebt, wieder in die Tüte gleiten lässt und sich über die Küchentheke beugt, bevor sie es Misty hinschiebt, die die Tüte an Al weitergibt. Er nimmt sie, wirft sie in die Luft und lässt sie verschwinden wie ein Zauberkünstler.

Al ist Michaels Rechtsanwalt.

»Der Junge is ungefähr so alt wie er«, sagt er, schiebt seine Ärmel hoch und runzelt die Stirn, nachdem er auf mich gezeigt hat, »und sie dachten, er würde in der Schule Gras verkaufen.«

Misty schwenkt ihren Wein.

»Und weißt du, was sie mit ihm gemacht haben?«

Sie zuckt die Achseln.

»Haben ihn mit zwei Gleichaltrigen ins Büro des Rektors geschleift. Seinen Freunden. Haben sie gezwungen, die Hosen runterzulassen und sich auszuziehen, damit sie sie filzen konnten.«

Misty schüttelt den Kopf, und ihr Haar schwingt um ihr Gesicht herum.

»'ne echte Schande«, sagt sie.

»Illegal ist das. Ich vertrete ihn pro bono, und die Schule wird vermutlich mit einer Ermahnung seitens des Gerichts davonkommen, aber ich konnte nicht anders, ich musste annehmen«, sagt er achselzuckend und trinkt einen Schluck aus seinem Glas. »Der lange moralische Bogen des Universums und so.«

Misty nickt, als wüsste sie genau, wovon er spricht. Sie hat ihren Pferdeschwanz aufgemacht und lässt ihr Haar offen hängen, und jedes Mal, wenn sie nickt oder den Kopf schüttelt, macht sie das so heftig, dass ihre Haare so leicht und schön wie Louisianamoos über ihren Rücken schwingen. Sie hat ihren T-Shirt-Ausschnitt nach unten gezogen, sodass er weiter ist und ihre Schulter wie eine glänzende Kugel im Wohnzimmerlicht schimmert. Al hat alle Lampen an. Je mehr Misty trinkt, desto mehr schwingt ihr Haar.

»Man tut, was man kann.« Al lächelt, berührt ihre Schulter und hebt sein Weinglas. »Wie findest du den? Gut, oder? Hab ja gesagt, es ist ein guter Jahrgang.«

»Und was tust du für meinen Kerl?« Misty beugt sich zu ihm vor, zieht die Augenbrauen hoch und lächelt.

»Schon gut, schon gut«, sagt Al, lehnt sich zurück und lacht, ehe er sich ihr wieder entgegenbeugt und gestikuliert, ihr mit den Händen erklärt, was auch immer es ist, was er tut, um Bishop freizubekommen.

Leonie sitzt neben mir auf dem Sofa, die Schnabeltasse in der Hand. Sie hat ungefähr eine halbe Stunde gebraucht, um die Brombeerzweige zu zerkleinern, die Wurzeln und Blätter abzukochen. Die Wurzeln hat sie in einem und die Blätter in einem andern Topf gekocht, während ich mich über meinen Teller gebeugt und mir Spaghetti in den Mund geschaufelt hab, fast ohne zu kauen. Dann ließ sie es abkühlen. Stand mit verschränkten Armen vor der Arbeitsfläche, kniff die Augen zusammen, sprach mit sich selbst und goss dann die Hälfte aus dem einen und die Hälfte aus dem anderen Topf in Kaylas Tasse. Es war grau. Ich schob mir den Rest von meinem Essen in den Mund, spülte meinen Teller ab und stellte ihn in die Spülmaschine, die säuerlich roch, und sah zu, wie sie Al fragte, ob er Lebensmittelfarbe und Zucker dahatte. Hatte er. Sie tat ein paar Löffel Zucker und ein paar Tropfen Farbe in die Tasse und schüttelte, bis das Zeug wie trübes Kool-Aid aussah. Jetzt sitzt sie neben Kayla, die noch ausgestreckt auf der Couch liegt und schläft, und versucht, sie wachzurütteln. Jedes Mal, wenn sie zu Kayla *Aufwachen* sagt, sie auf Ohr und Hals küsst, streckt Kayla ihre Arme aus und legt sie um Leonies Hals, als ob sie sie zu sich runterziehen will, damit sie sich mit ihr schlafen legt. Als ob sie gar nicht geweckt werden will.

Das macht mir Angst.

»Komm schon, Michaela«, sagt Leonie und zieht Kayla hoch. Kayla öffnet die Augen und sackt vornüber, so wie Leonie vorhin in der Küche, als sie das Tütchen weitergereicht hat, wimmert und will sich wieder hinlegen. »Hast du Durst?«, flüstert Leonie und hält Kayla die Tasse hin. »Hier, trink das«, sagt sie.

»Nein«, sagt Kayla und schlägt nach der Tasse. Sie fliegt aus Leonies Hand und rollte über den Boden.

»Sie will nicht«, sage ich.

»Spielt keine Rolle, ob sie will«, sagt Leonie und verdreht die Augen. »Sie braucht es.«

Ich würde am liebsten sagen: *Aber du kennst dich gar nich aus.* Und dann: *Du bist nich Mam.* Aber ich tu's nicht. Die Sorge sprudelt in mir wie kochendes Wasser, das über den Topfrand spritzt, aber die Sätze bleiben in meiner Kehle stecken. Sie könnte mich schlagen. Als ich noch kleiner war, mit acht oder neun, da hab ich viel geredet, auch wenn andere da warn. Und dann hat sie mich eines Tages geohrfeigt, und das hat sie von da an jedes Mal getan, wenn ich den Mund aufgemacht und was gegen sie gesagt hab. Hat mich so doll geschlagen, dass es sich wie Boxhiebe anfühlte. So doll, dass ich den Kopf verdreht und mir mit der Hand das Gesicht gehalten hab. Dass ich mich bei Walmart mal mitten im Gang auf den Boden setzen musste. Also hab ich damit aufgehört. Aber sie weiß nich, wie man aus Pflanzen Medizin macht, und ich hab Angst um Kayla. Vor zwei Jahren, als ich so schlimm Magen-Darm-Grippe hatte, dass ich fast nich mehr vom Sofa hochkam, um ins Bad zu laufen, sagte Mam zu Leonie, sie sollte in den Wald gehen, eine bestimmte Pflanze holen und mir aus der Wurzel einen Tee kochen. Hat sie gemacht. Und weil Mam es ihr gesagt hatte, hab ich ihr vertraut und ihn getrunken, obwohl er wie Gummi schmeckte. Leonie muss die falsche Pflanze erwischt oder sie falsch zubereitet haben, jedenfalls hat das, was sie mir gegeben hat, mich nur noch kränker gemacht. Sie hat die matschige bittere Brühe draußen neben die Hintertreppe geschüttet, und ein paar Tage später, nachdem ich mit ihrem Gebräu und mit dem Virus fertiggeworden war, lag an der Treppe eine tote Katze, die mit Geschwüren übersät war. Sie hatte aus der Pfütze getrunken, in die Leonie das Zeug geschüttet hat.

Leonie hat die Tasse aufgehoben und hält sie Kayla an die Lippen.

»Du hast Durst«, sagt sie, als Antwort, nicht als Frage. Kayla hustet und greift nach der Tasse. Meine Unterarme kribbeln und schwitzen, ich will ihr die Tasse wegnehmen und sie durchs Zimmer schleudern, genau wie sie es gemacht hat, und sie aus Leonies lockerer Umarmung reißen. Aber ich tu's nicht. Und dann saugt sie am Schnabel, kippt ihre Tasse und trinkt, und ich hab das Gefühl, bei einem Spiel verloren zu haben, bei dem ich gar nich mitgespielt habe.

»Sie muss sich einfach gesund schlafen«, sagt Misty da. »Kommt bestimmt bloß vom Autofahren.«

Kayla hat wirklich Durst. Sie hat schon halb ausgetrunken und saugt immer noch kräftig an der Tülle, mit spitzen Lippen, als wär's eine Flasche. Als sie fertig is, lässt sie die Tasse auf den Boden fallen, krabbelt übers Sofa auf meinen Schoß, greift nach meiner Hand und sagt »Runter«, was hoch bedeutet. Sie will, dass ich ihr eine Geschichte erzähle. Ich beuge mich zu ihr.

»In der Küche habe ich noch einen besseren Jahrgang«, sagt Al und schaut Leonie an. »Vielleicht können wir den heute Abend verkosten.«

»Klingt gut«, sagt Misty.

»Ich weiß nicht«, sagt Leonie. Sie betrachtet Kayla, die auf meinem Schoß hockt, Kayla, die jetzt ungeduldig wird, weil ich noch nicht mit der Geschichte angefangen habe. Sie fängt wieder an, sich zu winden und zu weinen, wie im Auto, ehe sie gespuckt hat. »Ihr geht's nich gut.«

»Ich sag dir, das kommt vom Autofahren. Sie muss sich gesund schlafen«, sagt Misty. »Das wird schon.« Und dann schaut sie Leonie an, als würde sie zwei Sachen gleichzeitig sagen, eine mit dem Mund und eine mit den Augen. »Du bist den ganzen Tag gefahren. Ne kleine Pause und ein bisschen Ablenkung würden dir bestimmt guttun.«

Ich kann sie noch nicht lesen. Leonie streckt die Hand aus und streicht Kaylas Haar glatt, aber es steht sofort danach wieder genauso ab wie vorher. Kayla rückt von ihr weg.

»Wahrscheinlich hast du recht«, sagt Leonie.

»Weißt du, wie oft ich als Kind den Kopf aus dem Fenster gesteckt und mich übergeben hab? Unzählige Male. Sie wird schon wieder«, sagt Misty.

Sieht so aus, als hätte Misty diesmal das Richtige gesagt, denn Leonie lehnt sich zurück. Zwischen uns ist eine Mauer.

»Michael wird auch immer reisekrank. Er kann noch nicht mal auf dem Rücksitz mitfahren, ohne dass ihm total schlecht wird.« Jetzt hat Leonie eine Erklärung gefunden. »Sie hat's wahrscheinlich von ihm.«

»Siehst du?«, sagt Misty und nickt. Al nickt. Sie nicken alle drei, stehen auf und gehen in die Küche. Ich bringe Kayla in das Schlafzimmer, das Al uns vorhin gezeigt hat, mit zwei Einzelbetten. Ich ziehe Kayla das T-Shirt aus, das wie Säure riecht, gehe ins Badezimmer nebenan und mache einen Waschlappen nass und seifig und reibe Kayla damit ab. Sie is heiß. Sogar ihre kleinen Füße. Unheimlich heiß. Ich ziehe ihr alles bis auf die Unterhose aus und lege mich mit ihr in eins der Betten, und sie legt mir ihr dünnes Ärmchen auf die Schulter und zieht mich zu sich, so wie sie es immer morgens macht, wenn wir zusammen aufwachen. »Do-do«, sagt sie.

Ich liege so da, bis die Musik in der Küche verstummt und ich höre, wie sie nach draußen auf die hintere Veranda gehen. Kein Gläserklirren, kein Wein. Ich schätze, sie machen das Päckchen auf, das Leonie mitgebracht hat. Ich liege da, bis ich nich mehr kann, dann trage ich Kayla ins Bad und stecke ihr einen Finger in den Mund, bis sie sich übergibt. Sie wehrt sich, haut auf meine Arme, weint gegen meine Hand, schluchzend, aber ohne irgendwelche Wörter zu sagen, aber trotzdem mache ich es drei Mal, lasse sie knallrote, süßlich riechende Kotze auf meine Hand spucken, so heiß wie ihr kleiner Körper, bis mir die Tränen kommen und sie nur noch kreischt. Dann mache ich das Licht aus, gehe wieder ins Zimmer und wische ihr mit meinem T-Shirt den Mund ab, ehe ich mich mit ihr aufs Bett lege, voller Angst, dass Leonie gleich reinkommt und das ganze rote Zeug im Bad entdeckt, merkt, dass ich Kayla gezwungen habe, ihre Medizin wieder auszuspucken. Aber es kommt niemand. Kayla schnieft und döst ein, hat im Schlaf noch Schluckauf, und dann wische ich alles mit Wasser und Seife auf, bis das Bad wieder so weiß ist wie vorher. Die ganze Zeit pocht mein Herz so laut, dass ich es in den Ohren höre, weil ich verstanden habe, was Kayla zu mir gesagt hat. Ich wusste es.

Ich hab dich lieb, Jojo. Warum tust du das, Jojo? Jojo! Bruder! Bruder.

Ich habe sie verstanden.

Ich versuche einzuschlafen, stundenlang, aber es geht nicht. Ich kann nur daliegen und auf Kaylas Atem hören. Draußen, weit weg, irgendwo im dunklen Wald, bellt ein Hund. Es is ein abgehacktes Bellen, voller Wut und scharfer Zähne. Im Kern: Angst. Als ich klein war, hab ich mir ein Hundebaby gewünscht. Ich bat Pop darum, und er sagte, seit seiner Zeit in Parchman könnte er keinen Hund mehr haben. Er sagte, dass er es versucht hat, als er wieder draußen war, aber jeder Hund, den er sich anschaffte, ob Straßenköter oder Jagdhund, war innerhalb eines Jahres gestorben. Als er in Parchman war, erzählte Pop, und angefangen hatte, mit den Spürhunden zu arbeiten, die das Gefängnis zum Verfolgen von Geflohenen hielt, hat er nur noch Hundekot gerochen, egal, ob beim Essen, beim Einschlafen oder wenn er wach war, nichts anderes mehr. Hörte nichts anderes mehr als die Hunde, die jaulten, winselten und bellten, immer erpicht aufs Jagen und Reißen. Pop meinte, er hat versucht, Richie den Umgang mit den

Hunden beizubringen, um ihn von der Feldarbeit wegzuholen, aber es hat nicht geklappt. Ich mache die Augen zu und stelle mir vor, wie Pop auf dem Lehnstuhl in der Zimmerecke sitzt. Pop mit dem geraden Rücken und den Händen wie Baumwurzeln, der mir noch mehr Geschichten erzählt, mich in den Schlaf redet.

War einer von den Tagen, wo die Sonne so heiß auf uns runterknallte, dass es sich anfühlt, als würde sie einem das Innerste nach außen kehren, und man nur verbrennt. Einer von den schweren Tagen. Hier bei uns isses anders: Wir ham hier den Wind, der die ganze Zeit vom Wasser herweht, und der machts leichter. Aber da oben, da ham sie den nich, da gibt's nur die endlosen Felder und viel zu kleine Bäume mit zu wenig Blättern, nirgends echten Schatten, und alles beugt sich tief unter der Hitze dieser Sonne: Männer, Frauen, Maultiere, alles tief gebeugt vor Gott. War so ein Tag, als der Junge seine Hacke zerbrochen hat.

Ich glaub nich, dass er's absichtlich getan hat. Er war bloß ein dürrer Spund, kleiner als du, hab ich ja schon erzählt, also ist er wohl einfach auf einen Stein gestoßen oder hat sich falsch aufgestützt, und dadurch isses passiert. Kinnie hatte mir aufgetragen, mit den Hunden an den Feldern langzulaufen, um ihren Spürsinn zu trainieren. Ich umrundete gerade Richies Feld, als ich sah, wie er die zwei Teile in der Hand hielt und den Stiel einfach hinter sich herzog, sodass sich hinter ihm eine dünne Furche abzeichnete. Der Treiber, der Mann, der den Arbeitsrhythmus für den Tag vorgab, so eine Art Aufseher, sah Richie. Richtete sich auf seinem Maultier hoch auf und beobachtete den Jungen von hinten, und er sah immer wütender aus, wie eine Schlange, die sich vor dem Angriff duckt und einrollt. Ich ging ums Feld herum, bis ich nah genug dran war, um Richie was zuzuzischen.

»Heb den Stiel auf, Junge. Der Treiber sieht dich«, sagte ich.

»Er schlägt mich sowieso«, sagte Richie, aber er hob den Stiel auf.

»Wer sagt das?«

»Er sagt das.«

Der Junge zitterte um die Augen rum, obwohl er so ging, als hätte er keine Angst. Die Spuren, die ich an ihm gesehn hatte, als er in Parchman ankam, sagten mir, dass er wusste, was Schläge bedeuten, ob nun seine Mama mit der Gürtelschnalle auf ihn losgegangen war oder irgendein Mann. Aber ich wusste, dass der Junge nich auf die Peitsche vorbereitet war. Ich wusste, er war nich auf Black Annie vorbereitet.

Ich hatte recht. Die Sonne ging unter, und nach dem Essen band ihn der Sergeant an die Pfosten, die am Rand des Camps standen. War so heiß, dass man meinte, die Sonne würde noch hoch stehen, und der Junge lag da auf der Erde im Schmutz, alle viere von sich gestreckt, Hände und Füße an die Pfosten gefesselt. Als die Peitsche durch die Luft knallte und seinen Rücken traf, klang er wie ein junger Hund. So laut jaulte er auf. Und das machte er jedes Mal, immer wieder. Jaulte nur bei jedem Hieb, bäumte sich am Boden auf und drehte den Kopf, als wollte er zum Himmel schauen. Schrie wie ein ertrinkender Hund. Als sie ihn losbanden, war sein Rücken voller Blut, die sieben Schnitte klafften auseinander wie filetierte Fische, und Sergeant befahl mir, ihn zu verarzten. Also machte ich ihn sauber, während er mit dem Gesicht im Dreck lag und sich übergab. Hab ihm nich gesagt, dass er aufhören soll. Sergeant gab ihm einen Tag zum Heilen, aber als sie ihn wieder aufs Feld schickten, waren die Wunden auf seinem Rücken kein bisschen verheilt, und sie nässten und bluteten durch sein T-Shirt.

Ich kann Pop fast hören in dem halbdunklen Zimmer, das sich feucht und eng anfühlt, wegen dem vielen heißen Wasser, das ich hab laufen lassen, um Kaylas Würgen zu übertönen, und hinterher, um sauber zu machen. Er regt sich, stützt sich auf dem Ellbogen ab, und seine Stimme steigt wie Rauch aus dem Dunkel auf. Ich streiche Kayla das Haar aus dem Gesicht und merke, dass sie schwitzt. Immer, wenn Pop davon erzählte, wie Richie ausgepeitscht wurde, sprach er auch von Kinnie, seinem Chef, der die

Spürhunde betreute und am Tag, nachdem sie Richie den Rücken zerfetzt hatten, ausgebrochen war.

Kinnie Wagner unternahm an dem Tag seinen letzten Fluchtversuch. Das war 1948. Marschierte einfach zum Vordertor raus, mit einem Maschinengewehr, das er aus der Waffenkammer geklaut hatte. Der Direktor war stocksauer.

»Ich steh da wie ein Volltrottel«, sagte er, »der Gefängnisleiter, der den verfluchten Kerl zum dritten Mal entkommen lässt. Wenn Sie Ihren Job behalten wollen, kann ich Ihnen nur raten, ihn zu erwischen. Nehmen Sie die Hunde«, sagte er zum Sergeant.

Sergeant sah mich an, und ich holte die besten des Rudels: Axe, Red, Shan und Moon, alles Hunde, die Kinnie selbst getauft hatte, und ich ließ sie los und nahm seine Spur auf. Aber die Hunde wollten den Mann, der sie fütterte, nich jagen, den Mann, der sie als Erster berührt und der sie großgezogen hatte. Liefen nur langsam und traurig im Kreis unter dem schweren Himmel, schlichen förmlich zwischen den dünnen Bäumen herum, und ich hinterher, sah deutlich Kinnies Spur, wurde aber von den Tieren ausgebremst, sodass ich am Ende des Tages zurückgehen und dem Sergeant erklären musste, dass die Hunde ihren Herrn nicht verfolgen wollten.

Er und die anderen beiden Sergeants und eine Bande Trusty Shooters kamen am nächsten Tag mit, und es war das gleiche Spiel. Die Hunde witterten den Hurensohn und dachten, er wär ihr Daddy. Konnten nich über ihn herfallen, denn nachts, wenn sie schliefen, dann träumten sie von ihm, von seinen großen roten Händen und dem grauen Mund. Sein stinkender Schweiß von der vielen Hitze roch für sie so süß wie die Ohren ihrer Mama.

Ich weiß genau, dass Leonie nich geschlafen hat. Sie is letzte Nacht gar nich mehr zu uns ins Zimmer gekommen, und heut

Morgen läuft die Musik auf Als Stereoanlage immer noch, und sie sehn alle drei ganz knittrig aus: ihre Kleider, ihr Haar, ihre Gesichter. Leonie betrachtet den leeren Stuhl vor sich, deshalb sieht sie nicht, wie ich hereinkomme, mit Kayla auf dem Arm, ihr Kopf auf meiner Schulter. Normalerweise würde Kayla ein *Dog* wollen (sie isst gern Hotdogs zum Frühstück) oder nach draußen zeigen und an meiner Hand ziehen und *Pop* sagen. Aber ich bin wach geworden, als sie mich direkt unterm Auge im Gesicht berührt hat, und sie hat ganz ernst geguckt, ohne zu lächeln. Ihre kleine Hand war wie ein Stock, der gebrannt hat und jetzt Hitze abgibt, rot und schwarz. Während ich in die Küche gehe, haucht Kayla kleine Atemstöße an meinen Hals. Ich reibe ihr den Rücken, und endlich bemerkt Leonie uns.

»Auf dem Herd ist Haferbrei«, sagte Leonie. Alle drei trinken Kaffee, schwarz und stark. »Hat sie noch mal gespuckt?«

»Nein«, sage ich. Leonie schaut wieder zu dem leeren Stuhl hinüber. »Aber sie is ganz heiß.«

Leonie nickt, aber sie schaut mich nicht an. Sie schaut den Stuhl an. Zieht die Augenbrauen hoch, als hätte einer was Überraschendes gesagt, aber Al und Misty sitzen dicht beieinander und flüstern. Leonie is gar nich Teil von dem Gespräch. Ich gehe rüber zum Topf und sehe den Haferbrei, der krustig und verbrannt an den Topfrändern klebt und in der Mitte wie kaltes Gelee aussieht.

»Los, holn wir deinen Mann ab«, sagt Misty, und alle stehen auf.

»Aber sie haben noch nichts gegessen«, sagt Al. »Sie müssen doch Hunger haben.«

»Ich nicht«, sage ich, und mein Mund fühlt sich wie altes, zu Brei gekautes Kaugummi an. Ich habe vor, auf dem Weg zum Gefängnis hinten im Auto was von meinem geklauten Essen zu essen, um das Knurren und Ziehen im Magen wegzukriegen. Und Kayla geb ich was ab, wenn sie es nimmt. Sie ist ganz heiß, ihr Hals liegt an meinem Hals, ihr kleines Kinn gräbt sich in mein Schlüsselbein. Ihre Beine hängen schlaff runter, leblos wie ein Tierkadaver am Haken.

»Los, holn wir euern Vater ab«, sagt Leonie.

Das Gefängnis besteht aus flachen Betongebäuden und Stacheldrahtzäunen, die im Zickzack über die Felder verlaufen. Die Straße geht weiter, erstreckt sich endlos in die Ferne, und eine Zeitlang führt uns nur diese Straße zu den Männern, die dort untergebracht sind. Andere Hinweise gibt es nicht, auf den Feldern ist nichts zu sehen: keine Kühe, keine Schweine, keine Hühner. Es wächst dort etwas, Reihen von kleinen Pflänzchen, aber sie sehen kümmerlich aus, so als würden sie nie groß werden. Nur über den Himmel zieht ein riesiger Schwarm Vögel, der auf und ab gleitet und kreist und sich so elegant bewegt wie eine Qualle. Ich beobachte das, während Kayla an meinem Ohr wimmert, während wir jetzt an einem Schild aus verwittertem Holz vorbeifahren, auf dem *Welcome to Parchman, Ms.* steht. Und dann: *Coke is it!* Doch als wir schließlich auf dem Parkplatz halten und aus dem Auto steigen, sind die Vögel nach Norden abgebogen und über den Horizont geflogen. Ich höre noch ihr entferntes Zwitschern, die vielen Stimmen, die gleichzeitig rufen, und ich wünschte, ich könnte ihre Aufregung spüren, die Freude, hochzusteigen, sich in die Luft zu schwingen, den großen Flug anzutreten, die Rückkehr nach Hause, aber ich spüre bloß einen dicken Kloß in der Magengegend, so schwer wie ein Hammerkopf.

Als wir beim Gefängnisgebäude ankommen, tragen Leonie und Misty unsere Namen in ein Buch ein, und dann werden wir in einen Raum mit gelb gestrichenen Ziegelwänden geführt. Misty folgt einem Wärter durch eine Tür am Ende des Raums, wo wir uns an einen Tisch setzen, der mit niedrigen Bänken umringt ist, so als könnten wir hier ein Picknick machen, während wir auf Michael warten, aber es gibt kein Essen und auch keine Picknickdecke, und über uns ist eine weiße, pockennarbige Zimmerdecke: kein Himmel. Leonie reibt sich die Arme, obwohl es hier drinnen ziemlich warm ist, wärmer als draußen. Fühlt sich an, als hätten sie keine Klimaanlage. Sie beugt sich vor und reibt an ihren Augen herum, streicht sich das Haar aus dem Gesicht, sodass ich ganz kurz Pop sehe, seine flache Stirn, seine Nase, seine Wangen. Der Hammerkopf in meinem Bauch dreht sich, und dann runzelt Leonie die Stirn, ihr Haar fällt zurück nach vorne, und sie ist nur noch Leonie, und Kayla fängt wieder an zu wimmern, und ich will nach Hause.

»Saft«, sagt Kayla. Ich schaue Leonie an, stelle die Frage wortlos: Brauen hochgezogen, Stirn in Falten, Augen weit offen. Leonie schüttelt den Kopf.

»Sie muss warten.«

Sie streckt eine Hand nach Kayla aus, fährt mit den Fingern über ihren Nacken, aber Kayla sagt Nein und vergräbt den Kopf tiefer in meiner Brust, ihr Schädel ist hart, die Nase platt in mein T-Shirt gedrückt, sie versucht, Leonies Hand auszuweichen. Ich starre so konzentriert auf Leonies gerunzelte Stirn, dass ich gar nicht mitkriege, wie Michael hinter der Tür auftaucht, von zwei Wärtern eingerahmt, die stehen bleiben und ihn durch die Tür, die aufgeht und wieder zufällt, hindurchgehen lassen, und dann steht er plötzlich vor uns. Michael ist da.

»Baby«, sagt er. Ich weiß, dass er nicht mich oder Kayla meint, sondern nur Leonie, denn sie ist diejenige, die ihren Arm fallen lässt und sich umdreht, aufsteht und steifbeinig auf ihn zugeht, diejenige, die er umarmt, um die er seine Arme legt, so fest verschränkt wie ein verwickeltes Laken, immer fester, bis die beiden eins werden und dort nur noch eine Person zu stehen scheint statt zwei. Er wirkt breiter, als ich ihn in Erinnerung habe, breiter am Nacken und an den Schultern und Armen als damals, als die Polizei ihn mitgenommen hat. Sie zittern beide, sie sprechen so leise miteinander, dass ich nichts verstehe, sie flüstern und schwanken wie ein Baum, der sich im Wind wiegt.

Es geht schneller, als ich dachte, Michael zu entlassen. Vielleicht hat er die ganzen Formulare schon vorher ausgefüllt. Misty ist noch in einem anderen Raum und spricht mit Bishop, aber Michael sagt: »Ich halt's hier keine Minute länger aus. Komm, wir gehen.« Ehe ich mich's versehe, sind wir schon auf dem Weg nach draußen in das schwache Frühjahrslicht. Leonie und Michael haben jeder einen Arm um die Taille des andern gelegt. Als wir wieder auf dem Parkplatz sind, bleiben sie stehen und fangen an sich zu küssen, feucht, mit offenem Mund, ihre Zungen fahren über ihre Gesichter. Er sieht ganz anders aus als früher, aber unter der Oberfläche ist er noch derselbe Michael, im Nacken, in den Händen, die Leonies Rücken kneten, so wie Mam früher Keksteig geknetet hat. Kayla zeigt auf die Felder, Felder, die mit Nebel bedeckt sind, und sagt: »Jojo.« Ich gehe mit ihr über den Parkplatz, näher an die Felder ran.

»Was siehst du da, Kayla?«, frage ich.

»Viele Vögel«, sagt sie und hustet.

Ich schaue über die Felder, aber ich sehe keine Vögel. Ich kneife die Augen zusammen, und einen Moment lang sehe ich Männer, reihenweise gebückte Männer, die in der Erde stochern und aussehen wie eine riesige Krähenschar, die dort gelandet ist und laut krächzend Würmer aus der Erde pickt. Einer, kleiner als die anderen, steht aufrecht und schaut mich direkt an.

»Guck, der Vogel, siehst du?«, fragt Kayla und legt dann ihren Kopf auf meiner Schulter ab. Ich blinzele, und die Männer sind verschwunden, nur noch der Nebel zieht in Schwaden über die Felder, die sich endlos in die Weite erstrecken. Und dann höre ich Pop, wie er den Rest seiner Geschichte erzählt, alles, was er mir über diesen Ort verraten will.

Nachdem der Sergeant Richie geschlagen hatte, sagte ich zu ihm: »Du musst deinen Rücken sauber halten.« Ich besorgte saubere Tücher, legte sie ihm auf und ließ Nachschub aus dem Vorrat für die Hunde mitgehen, wenn sie gewechselt werden mussten. Ich band sie in langen Streifen um Richies Brust. Seine Haut war heiß und nässte.

»Hier is zu viel Dreck«, sagte Richie. Seine Zähne klapperten, sodass er beim Reden stotterte. »Er is überall. Auf den Feldern. Nicht nur auf meinem Rücken, Riv. Auch im Mund, sodass ich gar nichts schmecke, und in den Ohren, sodass ich gar nichts höre, und in der Nase, überall in meiner Nase und meiner Kehle, sodass ich fast keine Luft kriege.«

Dann fing er an zu keuchen und rannte aus der Baracke, in der unsere Gruppe von Trusty Shooters einquartiert war, und übergab sich auf die Erde, und mir wurde wieder klar, wie jung er war, dass seine großen Zähne an manchen Stellen gerade erst durch das Zahnfleisch brachen.

»Ich träum davon. Ich träum, wie ich ihn mit einem großen langen Silberlöffel esse. Wie er beim Schlucken ins falsche Loch rutscht, in die Lunge. Den ganzen Tag da draußen auf'm Feld tut mein Kopf weh. Und ich kann nich aufhörn zu zittern.«

Ich berührte seinen schmalen Rücken, drückte einen der Schnitte zusammen, um zu sehen, ob Eiter kam, ob er entzündet war, ob Richie deswegen Fieber und Schüttelfrost hatte, aber es lief nur klare Flüssigkeit raus, nichts weiter.

»Irgendwas stimmt nicht«, sagte ich zu mir selbst, aber der Junge kniete nur vor seinem Erbrochenen auf der Erde, hörte zu, wie die

Trusty Shooters sich auf ihren Kontrollgängen Sachen zuriefen, und schüttelte den Kopf, als hätte ich ihm eine Frage gestellt, von rechts nach links und wieder zurück, immer weiter. Und dann sagte er:

»Ich geh nach Hause.«

❁

»Vögel, siehst du?«, fragt Kayla.

»Ja, Kayla, ich seh sie«, sage ich zu ihr.

»Alle Vögel fliegen vorbei«, sagt Kayla und lehnt sich dann vor, reibt mit beiden Händen über mein Gesicht, und ganz kurz denke ich, gleich wird sie mir was Verrücktes erzählen, ein Geheimnis, etwas, das direkt von Gott kommt. »Mein Bauch«, sagt sie. »Ich hab Bauchweh, Jojo.«

Ich streichle ihr den Rücken.

»Ich hatte noch gar nich Gelegenheit, euch richtig Hallo zu sagen«, tönt eine Stimme, und als ich mich umdrehe, ist es Michael. Er schaut Kayla an.

»Hallo«, sagt er.

Kayla verspannt sich, schlingt ihre kurzen Beine fest um mich, packt mich an beiden Ohren und zieht.

»Nein«, sagt sie.

»Ich bin dein Papa, Michaela«, sagt Michael.

Kayla schiebt ihr Gesicht in meinen Hals und fängt an zu zittern, und ich spüre es bis in meine Eingeweide, wie ein kleines Erdbeben. Michael lässt seine Hände fallen. Ich zucke die Achseln und gucke an Michaels Gesicht vorbei, das frisch rasiert und blass ist, mit lila Ringen unter den Augen, Sonnenbrand auf der Stirn. Er hat Kaylas Augen. Leonie steht hinter ihm, lässt seine Hand los, um den Arm um seine Taille zu legen. Er greift hinter sich und streichelt sie.

»Sie muss sich erst an dich gewöhnen«, sage ich.
»Ich weiß«, sagt er.

❂

Als wir zum Auto zurückkommen, zieht Leonie ihre kleine Kühltasche hervor und verteilt Sandwiches, die der Rechtsanwalt gemacht haben muss, ehe ich und Kayla aufgewacht sind; dunkles Brot mit Nüssen drin, belegt mit streng riechenden Käsescheiben und Putenbrust, die so dünn geschnitten ist wie Papiertücher. Ich esse meins so schnell auf, dass ich dabei kaum atmen kann, und kriege schon beim Essen einen Schluckauf, von den großen Bissen, die mir in der Kehle stecken bleiben. Leonie guckt mich finster an, aber Michael ist derjenige, der etwas sagt.
»Lass dir Zeit, mein Sohn.«
Er sagt das so einfach. *Mein Sohn.* Er hat den Arm auf die Lehne des Fahrersitzes geschoben, seine Hand liegt auf Leonies Nacken, und er drückt sanft die Finger zusammen. Es ist so ähnlich wie Mam mich manchmal am Nacken festgehalten hat, wenn wir einkaufen warn, als ich noch klein war und wir beide gehen konnten und im Supermarkt die Gänge rauf- und runtergelaufen sind. Wenn ich zu aufgeregt war, zum Beispiel an der Kasse, beim Anblick der ganzen Süßigkeiten, dann hat sie meinen Nacken gedrückt. Nur ganz sanft. Gerade doll genug, um mich daran zu erinnern, dass wir in einem Laden waren, unter lauten Weißen Leuten, und dass ich auf mein Benehmen achten musste. Und daran: dass sie hinter mir war, bei mir, mich liebte. Da war.
Wenn ich nicht dauernd hicksen müsste, würde ich zu Michael rüberstarren, aber der Schluckauf ist so schlimm, dass ich kaum Luft kriege. Ich denke an Richie und frage mich, ob er sich wohl in den staubigen Reihen auf dem Feld so ähnlich gefühlt hat, den-

ke, wie endlos sie ihm vorgekommen sein müssen, als würden sie bis ans Ende der Welt reichen, als würde das Gefängnis endlos weitergehen. Aber obwohl ich würgen muss und wie wild versuche, an dem Essen vorbeizuschlucken und mehr Luft zu kriegen, während mich wieder ein Schluckauf durchschüttelt, weiß ich, dass es für den Jungen noch schlimmer gewesen sein muss.

Es fängt an zu regnen, ganz leicht, wie ein Sprühnebel aus einer Wasserflasche, und die Luft wird davon weiß, und alles sieht diesig aus. Ich möchte noch ein Sandwich, aber Michael sitzt jetzt auf Mistys Platz, und er isst sein Sandwich langsam, reißt jeden Bissen erst mit den Fingern ab, ehe er ihn in den Mund steckt. Das ist eine von den Sachen, die ich gehört hab, als Michael bei uns eingezogen ist; Pop hat zu Mam gesagt: *Mike isst, als wenn er zu vornehm für das Essen wär.* Sie hat nur den Kopf geschüttelt, noch eine Pekannuss geknackt und den Kern herausgepult. Wir saßen nebeneinander auf der Verandaschaukel. Ich hab immer noch so großen Hunger, dass ich diese Pekans förmlich schmecken kann, den bitteren Staub, der die Nuss umgibt, aber die Nuss selbst feucht und süß. Mam wusste Bescheid, aber sie sagte nie was, wenn ich ein paar Nüsse stahl, sie ließ mich einfach essen. In der Tüte ist nur noch ein Sandwich von dem Rechtsanwalt, und Misty hat ihrs noch nicht gegessen, also schlucke ich.

»Ham wir Wasser?«, frage ich.

Leonie reicht mir eine Flasche Wasser, die der Rechtsanwalt ihr gegeben haben muss. Sie ist aus dickem Plastik, und vorne sind Berge aufgemalt. Das Wasser ist eher warm als kalt, aber ich habe so großen Durst und meine Kehle ist so verstopft, dass mir das egal ist. Der Schluckauf geht weg.

»Hat deine Schwester aufgegessen?«, will Leonie wissen.

Kayla ist in ihrem Kindersitz eingeschlafen, den ich in die Mitte versetzen musste. Misty ist wieder bei uns und sitzt jetzt mit mir hinten, weil Michael da ist. Kayla hat ein halbes Sandwich in der Hand, das sie fest in den Fingern hält. Ihr heißer Kopf ist nach hinten gefallen. Sie schwitzt auf der Nase, und ihre Locken sind ganz strähnig. Ich zupfe an dem Sandwich in ihrer Hand, und es lässt sich herausziehen, also esse ich es auf, obwohl es an einigen Stellen ein bisschen matschig ist.

»Das meiste«, sage ich.

»Sie sieht schon viel besser aus.« Leonie lügt. Sie sieht überhaupt nicht viel besser aus. Ein bisschen vielleicht, aber nicht viel. »Ich wusste, die Brombeeren würden helfen.«

»Was hat sie denn? Is sie krank?«, fragt Michael. Seine Hand bewegt sich nicht mehr, und er dreht sich zu uns um. Ich höre auf zu kauen. In dem diesigen grauen Licht und in dem geschlossenen Auto sehen seine Augen knallgrün aus, so grün wie die Bäume, wenn sie im Frühling neue Blätter austreiben. Leonie sieht enttäuscht aus, weil er sie nicht mehr streichelt, und lehnt sich auf dem Sitz zu ihm rüber.

»Bloß ein Magen-Darm-Virus, glaub ich. Oder ihr is vom Autofahren schlecht geworden. Ich hab ihr eins von Mamas Hausmitteln gemacht. Is schon besser.«

»Bist du sicher, Baby?« Michael schaut Kayla genauer an, und ich schlucke den letzten Bissen von ihrem Sandwich runter. »Ich finde, sie sieht noch ziemlich gelb aus.«

Leonie stößt einen halbherzigen Lacher aus und wedelt in Kaylas Richtung.

»Natürlich is sie gelb. Sie is unser Baby.« Und dann lacht Leonie, und obwohl es jetzt ein Lachen ist, klingt es nicht so. Es ist kein Glück darin, nur trockene Luft und harter roter Lehm, in dem kein Gras wachsen will. Sie dreht sich wieder um, ignoriert uns alle und schaut durch die Windschutzscheibe, die mit Insekten verklebt ist, nach draußen, sodass sie gar nich sieht, wie Kayla hochschreckt, die Augen aufreißt und sich übergibt, wie braungelbe klumpige Masse aus ihrem Mund schießt und überall auf der Rückenlehne des Vordersitzes, auf ihren Beinchen und auf ihrem rot-weißen Schlumpf-T-Shirt landet, und auf mir, denn ich hebe sie aus ihrem Sitz heraus und nehme sie auf den Schoß.

»Ist ja gut, Kayla, ist ja gut«, sage ich.

»Ich dachte, du hättest ihr was dagegen gegeben«, sagt Misty.

»Baby, ich hab dir doch gesagt, sie sieht nicht gut aus«, sagt Michael.

»Verdammte Scheiße, ihr könnt mich mal«, sagt Leonie, und ein dünner dunkler Junge mit scheckigem Afro und langem Hals steht auf meiner Seite des Autos, schaut erst Kayla an und dann mich. Kayla weint und winselt.

»Der Vogel, der Vogel«, sagt sie.

Der Junge drückt sich ans Fenster und verschwimmt an den Rändern. Er sagt: »Ich geh nach Hause.«

6. Kapitel

RICHIE

Der Junge ist Rivers. Ich weiß es. Ich habe ihn gerochen, kaum dass er auf den Feldern angekommen war, kaum dass sein kleines rotes verbeultes Auto auf den Parkplatz gefahren war. Das Gras trillerte und ächzte um uns herum, als ich seinem Geruch folgte und ihn aufspürte, den dunklen Jungen mit dem lockigen Haar auf dem Rücksitz. Auch wenn er nicht den Geruch von Blättern an sich gehabt hätte, die auf dem Grund eines Flusses zu Schlamm verrotten, nicht das Aroma des Bayou-Beckens, schwer und voll mit Wasser, Ablagerungen und den Skeletten kleiner toter Tiere, Krebse, Fische, Schlangen und Krabben, hätte ich trotzdem an seinem Aussehen erkannt, dass er von River ist. Die schmale Nase. Die Augen so dunkel wie der Sumpfgrund. Die Knochen gradlinig wie bei River: so aufrecht und unbeugsam wie eine Zypresse. Er ist Rivers Kind.

Als er zum Auto zurückkommt und ich mich ankündige, weiß ich schon wieder, dass er Rivers ist. Ich sehe es daran, wie er das kleine kranke goldhäutige Mädchen trägt: als glaubte er, er könnte sich um sie herumwinden, seine Knochen und sein Fleisch in ein Haus verwandeln, um sie vor den Erwachsenen zu schützen, vor dem riesigen, ausladenden Himmel, der unendlichen Weite der grasbedeckten Erde, die flach und voller Gräber ist. Er beschützt, so wie River beschützt. Ich möchte ihm sagen: *Junge, das kannst du nicht*. Aber ich lasse es bleiben.

Stattdessen mache ich mich klein und setze mich auf den Boden des Autos.

❁

Am Anfang wachte ich an einem bewölkten Tag im Zwielicht zwischen jungen Kiefern auf. Ich konnte mich nicht erinnern, wie ich dort hingekommen war, warum ich dort auf den Kiefernnadeln kauerte, die sich weich und spitz zugleich anfühlten, wie Wildschweinborsten. Es gab dort weder Wärme noch Kälte. Gehen war wie Schwimmen in lauwarmem, grauem Wasser. Ich bewegte mich im Kreis. Ich weiß nicht, warum ich dort blieb, warum ich jedes Mal, wenn ich an den Rand der jungen Baumgruppe kam, an die Stelle, wo die Kiefern größer wurden, runde, dunkle Kronen hatten und mit einem Netz aus grünen, dornigen Ranken bedeckt waren, kehrtmachte und wieder zurückging. An diesem Tag, der nicht enden wollte, schaute ich in die schwankenden Baumkronen und versuchte, mich daran zu erinnern, wie ich dorthin gekommen war. Wer ich vorher gewesen war, vor diesem stillen Ort. Aber es gelang mir nicht. Als ich dann eine weiße Schlange sah, so dick und so lang wie mein Arm, die aus dem Schatten unter den Bäumen herausglitt, kniete ich vor ihr nieder.

Du bist hier, sagte Sie.

Die Nadeln gruben sich in meine Knie.

Möchtest du weg?, fragte Sie.

Ich zuckte die Achseln.

Ich kann dich von hier wegbringen, sagte Sie. Aber du musst es wollen.

Wohin denn?, fragte ich. Der Klang meiner Stimme überraschte mich.

Auf und davon, sagte Sie. *Und herum.*

Wieso?

Es gibt ein paar Dinge, die du sehen solltest, sagte Sie.

Sie reckte den weißen Kopf in die Luft und wiegte sich hin und her, und ganz langsam, so wie Farbe sich im Wasser verteilt, wurden ihre Schuppen schwarz, Reihe um Reihe, bis sie dieselbe Farbe hatte wie der Raum zwischen den Sternen. Aus den Seiten sprossen kleine Finger, die zu Flügeln wurden, zwei vollkommenen schwarzen schuppigen Flügeln. Zwei Krallenfüße durchstießen ihren Bauch und gruben sich in die Erde, und ihr Schwanzende schrumpfte zu einem Fächer. Sie war ein Vogel, und auch wieder kein Vogel. Keine Federn. Nur schwarze Schuppen. Ein schuppiger Vogel. Ein gehörnter Geier.

Er hüpfte hoch, um oben auf der kleinsten Kiefer zu landen, wo er sich aufplusterte und krächzte, ein rauer Ton an diesem stillen Ort.

Komm, sagte Er. *Erhebe dich.*

Ich stand auf. Eine seiner Schuppen fiel ab und schwebte federleicht zu Boden.

Heb sie auf. Halt sie fest, sagte Er. *Dann kannst du fliegen.*

Ich griff nach der Schuppe. Sie war so groß wie ein Centstück. Sie brannte in meiner Handfläche, und ich stellte mich auf die Zehenspitzen, und plötzlich war ich nicht mehr auf dem Boden. Ich flog. Ich folgte dem Schuppenvogel. Auf und auf und davon. Hinein in die schäumenden Fluten des Himmels.

Fliegen bedeutete, auf diesem wilden Wasser zu treiben. Der Vogel mal an meiner Seite, mal ein lärmender Fleck am Horizont, mal direkt über meinem Kopf wie eine Krone. Ich breitete Arme und Beine aus und spürte, wie ein Lachen in mir hochstieg, dann aber in meiner Kehle erstickte. Weil ich mich erinnerte. Mich an davor erinnerte. Ich erinnerte mich, wie ich mit ausgebreiteten Armen und Beinen im Schmutz lag, um mich herum gebückt gehende Männer und ein Teenager, der groß und aufrecht in den lang gewordenen Schatten stand. River. River, der dastand, als die Männer mir den Rücken zerfetzten, als ich schluchzte und mich übergab und die Erde in Schlamm verwandelte. Ich spürte ihn dort, wusste, dass er mich tragen würde, nachdem sie mich von der Erde losgebunden hatten. Meine Knochen fühlten sich wie Streichhölzer an, meine Lungen nutzlos. Die Art, wie er mich zu meiner Pritsche trug, wie er sich über mich beugte, löste ein sanftes, flatterndes Pulsieren in meiner Brust aus. Das war mein Herz. Er mein großer Bruder. Er, mein Vater.

Ich fiel aus dem Flug, die Erinnerung zog mich zur Erde. Der Vogel zeterte aufgebracht. Ich landete auf einem Feld mit endlosen Reihen von Baumwollpflanzen, sah gebückte Männer, die sich wie Einsiedlerkrebse vorwärtsbewegten und mit krummem Rücken pflückten. Sah andere Männer, die mit Gewehren im Kreis um sie herum patrouillierten. Sah Gebäude an den Rändern des Felds, und noch mehr Felder, bis ans Ende der Welt. Der Vogel stieß auf die Köpfe der Männer herab. Sie verschwanden. Dies ist der Ort, wo ich schuften musste. Dies ist der Ort, wo ich ausgepeitscht wurde. Dies ist der Ort, wo River mich beschützt hat. Der Vogel stürzte zu Boden, grub seinen Schnabel in die schwarze Erde, und ich erinnerte mich an meinen Namen: Richie. Ich erinnerte mich an den Ort: Parchman. Und ich erinnerte mich an den Namen des Mannes: River Red. Und dann fiel ich, tauchte in die Erde ein, die sich wie eine Welle teilte. Ich wühlte mich fest hinein. Wollte von der dunklen Hand der Erde umarmt werden. Die Männer oben vergessen. Die Erinnerung. Sie kam trotzdem. Ich war nicht mehr, und dann war ich doch wieder. Die Schuppe heiß in meiner Hand. Ich schlief ein und wachte auf und erhob mich und pickte mich durch die Gefängnisfelder, lauerte in den Baracken, schwebte über den Gesichtern der Männer. Suchte nach River. Er war nicht da. Männer gingen, Männer kamen zurück und gingen wieder. Neue Männer kamen. Ich grub mich ein und schlief und erwachte im milchigen Licht, meine Zeitrechnung wurde bestimmt vom Vorbeiziehen der vielen Schwarzen Gesichter und dem Drehen der Erde, bis der Schuppenvogel zurückkehrte und mich zu dem Auto führte, zu dem Jungen in meinem Alter, der hinten auf dem Rücksitz saß. Jojo.

Ich möchte dem Jungen sagen, dass ich den Mann kenne, der ihn gezeugt hat. Dass ich ihn schon vor diesem Jungen kannte. Dass ich ihn kannte, als er River Red hieß. Die Männer mit den Gewehren nannten ihn River, weil das der Name war, den seine Mama und sein Daddy ihm gegeben hatten, und die Männer sahen, dass er mit allem mitging, sich wie ein Fluss immer weiterwälzte, über Stümpfe und umgestürzte Bäume, durch Sturm und Sonnenschein. Doch die Männer fügten noch das Red hinzu, denn das war seine Farbe: Er hatte die Farbe des roten Lehms am Flussufer.

Es gibt so viel, was Jojo nicht weiß. Es gibt so viele Geschichten, die ich ihm erzählen könnte. Die Geschichte von mir in Parchman, wie River sie erzählt hat, ist ein mottenzerfressenes Hemd, zu Fetzen geschreddert: Die Form stimmt, aber die Einzelheiten sind ausradiert. Ich könnte diese Löcher flicken. Das Hemd wieder neu machen, abgesehen von den Zipfeln. Dem Ende. Aber ich könnte dem Jungen erzählen, was ich über River und die Hunde weiß.

Als der Direktor und der Sergeant River nach Kinnies Flucht mitteilten, dass er jetzt für die Hunde zuständig war, nahm er die Nachricht gelassen auf, so als wäre es ihm egal. Als sie River zum neuen Hundehüter ernannten, hörte ich die Männer reden, vor allem einige der alten Hasen: Sie sagten, die Hundehüter wären immer ältere Weiße Männer gewesen, solange sie dort waren, solange sie zurückdenken konnten. Obwohl einige dieser Weißen Männer wie Kinnie gewesen waren, geflohen und wieder nach Parchman zurückgeschickt worden waren, nachdem sie entweder auf der Flucht erwischt wurden oder erneut gemordet, vergewaltigt und verstümmelt hatten, wählte der Sergeant sie dennoch als Hundetrainer aus. Solange sie ein bisschen Talent dazu hatten, bekamen sie den Job. Selbst wenn bei ihnen Fluchtgefahr bestand, selbst wenn sie sowohl drinnen als auch draußen schlimme Dinge verbrochen hatten, gab man ihnen die Leinen in die Hand. Obwohl das schreckliche, gefährliche Weiße Männer waren, reagierten die alten Hasen empörter, als sie erfuhren, dass Riv ihr Jäger werden würde. Riv als Hundetrainer, das gefiel ihnen nicht. *Es ist was anderes,* sagten sie, *wenn ein Schwarzer Mann ein Trusty mit Gewehr ist.* Sie meinten: *Das ist auch unnatürlich, aber so ist Parchman nun mal.* Doch wenn ein Mann mit dunkler Haut die Hunde übernahm, dann war daran was falsch. Zwischen Hunden und Schwarzen hatte es schon immer böses Blut gegeben: Sie waren von jeher Gegner gewesen – die Sklaven rannten vor den geifernden Hunden weg, und später sind die Gefangenen ihnen ausgewichen.

Aber River konnte gut mit Tieren. Der Sergeant sah das. Ihm war es egal, dass Riv die Hunde nicht dazu bringen konnte, Kinnie zu jagen. Der Sergeant wusste, es gab keinen anderen Weißen Insassen, der mit diesen Hunden zurechtkam, also war Riv seine beste Wahl, um sie zu trainieren und sicherzustellen, dass sie scharf blieben. Die Hunde liebten Riv. Sie wurden willenlos und närrisch, wenn er auftauchte. Ich habe es gesehen, denn Riv bat darum, dass ich vom Feld zu ihm versetzt wurde, als sein Assistent. Er sah, wie schlecht es mir ging, nachdem ich ausgepeitscht worden war. Er dachte, wenn ich mit meiner Verzweiflung allein bliebe, mit meinem nur langsam heilenden Rücken, dann würde ich etwas Dummes tun. *Du bis' schlau,* sagte er. *Klein und schnell.* Er sagte dem Sergeant, es sei Verschwendung, mich auf dem Feld zu lassen.

Aber ich konnte nicht so gut mit den Hunden umgehen wie River. Ich glaube, ein Teil von mir hasste und fürchtete sie. Und sie wussten das. Die Hunde verwandelten sich in meiner Anwesenheit nicht in närrische Welpen. Sie stellten die Schwänze auf, machten den Rücken gerade und verstummten. Wenn sie Riv im Dunkel des Morgens erblickten, sprangen sie japsend herum, aber wenn sie mich sahen, erstarrten sie zu Stein. River hob die Hände, als wäre er ein Pastor und die Hunde seine Kirchengemeinde. Sie waren still und lauschten, aber er sagt gar nichts. Die Art, wie sie in der blauen Dämmerung reglos dastanden, hatte etwas Ehrfurchtsvolles. Aber wenn ich ihnen die Hand hinhielt, wie River es mir gezeigt hatte, damit sie sich an meinen Geruch gewöhnen konnten oder mir zuhörten, schnappten und knurrten sie. Riv sagte: *Nur Geduld, Richie; das wird schon.* Ich zweifelte daran. Obwohl die Hunde mich nicht leiden konnten und ich immer noch aufstehen musste, wenn die Sonne erst ein trüber Schimmer am Rand des Himmels war, obwohl ich den ganzen Tag lang Wasser und Futter schleppen und hinter den Kötern herrennen musste, war ich trotzdem glücklicher als vorher, fühlte mich trotzdem leichter, vielleicht fast schon okay. Ich weiß, dass River Jojo das nicht erzählt hat, weil ich River selbst nie erzählt habe, dass es sich, wenn ich rannte, so anfühlte, als würde die Luft mich davonfegen. Ich dachte, der Wind würde mich vielleicht hochheben und mich durch die Luft wirbeln, mich wie eine Boje über diese beschissenen Hundezwinger, diese zerfurchten Felder schweben lassen und mich mitnehmen, weg von den Gunmen und den

Trusty Shooters und dem Sergeant, nach oben in den Himmel. Dass er mich wegtragen würde. Wenn ich abends auf meiner Pritsche lag und River meine Wunden sauber machte, leuchteten diese Momente vor mir auf wie Glühwürmchen im Dunkeln. Ich fing sie mit den Händen ein und drückte sie an mich, eine Handvoll goldenes Licht, ehe ich sie herunterschluckte.

Ich würde Jojo sagen: *Das war kein Ort zum Hoffen.*

Es wurde noch schlimmer, als Hogjaw nach Parchman zurückkam. Er wurde Hogjaw genannt, weil er so dick und bleich war wie ein dreihundert Pfund schweres Schwein. Sein Kinn war ein Kasten. Sein Mund ein langer dünner Strich. Er hatte das Kinn eines Keilers, der zustößt. Er war ein Killer. Alle wussten das. Er war schon einmal aus Parchman ausgebrochen, aber dann hatte er wieder ein Gewaltverbrechen begangen, jemanden erschossen oder erstochen, und wurde zurückgeschickt. Ein Weißer Mann musste schon so etwas machen, um wieder nach Parchman zu kommen, selbst wenn er nur frei war, weil er ausgebrochen war: Ein Weißer Mann musste gemordet haben. Hogjaw hat oft gemordet, aber als er zurückkam, machte der Direktor ihn zum Hundetrainer, stellte ihn über Riv. Der Direktor sagte: »Es ist wider die Natur, dass ein farbiger Mann Herr über die Hunde ist. Ein farbiger Mann weiß nicht, wie man führt, weil er das Herrschen nicht im Blut hat.« Er sagte: »Das Einzige, was ein Nigger wirklich kann, ist schuften.«

Von da an war nichts mehr leicht. Wenn ich rannte, um etwas zu holen, fühlte es sich nicht mehr wie ein Wettlauf mit dem Wind an. Es gab keine Glühwürmchenmomente mehr, die im Dunkeln für mich leuchteten. Hogjaw stank. Sauer, wie Schweinefraß. Wie er mich ansah – mit diesem Blick stimmte etwas nicht. Ich war mir gar nicht bewusst, dass er das machte, bis wir eines Tages mit den Hunden zum Üben draußen waren und Hogjaw sagte: *Komm mit, Junge.* Ich sollte ihm in den Wald folgen, damit wir die Hunde auf Bäume hochjagen konnten. Hogjaw wies River an, dem Sergeant eine Nachricht zu überbringen und uns allein weitertrainieren zu lassen. Hogjaw legte mir seine Hand auf den Rücken, sanft. Er packte mich dauernd bei den Schultern, und seine Hände waren so hart wie Schweinefüße; meistens drückte er so fest, dass mein Rücken rund wurde, als wollte ich mich vornüberbeugen, hinknien. River sah Hogjaw durchdringend an und stellte sich an dem Tag vor mich hin und sagte: *Der Sergeant braucht ihn.* Er schaute mich an, wies mit dem Kopf in Richtung Farm und sagte: *Geh, Junge. Jetzt gleich.* Ich drehte mich um und rannte, so schnell ich konnte. Meine Füße rannten im Dunkeln. Am nächsten Morgen weckte mich Riv und sagte mir, ich wäre nicht mehr sein Hundehelfer, und dass ich wieder auf den Feldern arbeiten würde.

Ich will dem Jungen im Auto das erzählen. Will ihm sagen, dass sein Pop immer wieder versucht hat, mich zu retten, aber er konnte es nicht. Jojo drückt das goldene Mädchen an seine Brust und spricht flüsternd mit ihr, während sie mit seinen Ohren spielt, und wie er so murmelt und seine Stimme an Wellen in einer ruhigen Bucht erinnert, die leise gegen ein Boot schlagen, fällt mir auf, dass sein Blut einen anderen Geruch hat. Darin unterscheidet er sich von River. Dieser Geruch strahlt stärker als der dicke dunkle Schlamm am Grund; es ist das Salz des Meeres, das wie eine scharfe Lauge durch seine Adern strömt. Das ist ein Grund dafür, warum er mich sehen kann, während die anderen, außer dem kleinen Mädchen, es nicht können. Ich bin dieser Strömung ausgeliefert, hilflos wie ein Fischer in einem Boot ohne Motor, ohne Ruder, während die Flut ihn vorantreibt.

Aber ich sage dem Jungen nichts davon. Ich lasse mich zwischen dem zerknüllten Papier und dem Plastikmüll auf dem Boden des Wagens nieder. Ich kauere mich dort zusammen wie der Schuppenvogel. Ich halte die brennende Schuppe in der geschlossenen Faust, und ich warte.

7. Kapitel

LEONIE

WIR MÜSSEN DIE FENSTER offen lassen wegen dem Geruch. Ich hab alle Servietten, die ich ins Handschuhfach gestopft hatte, aufgebraucht, um sauber zu machen, aber Michaela sieht immer noch aus, als hätte sie jemand mit Farbe bekleckert, und Jojo ist auch von oben bis unten verschmiert, aber er will sie nicht loslassen, damit er sich das Erbrochene abwischen kann. »Ist schon gut«, hat er gesagt. »Mir geht's gut.« Aber ich merke daran, wie er es immer wieder sagt, dass es nicht stimmt. Der Teil von mir, der um Michael herumdenken kann, weiß, dass Jojo nicht die Wahrheit sagt. Dass es ihm nicht gut geht, weil er sich solche Sorgen um Michaela macht. Jojo guckt immer wieder zu Misty, die sich halb aus dem Fenster lehnt und sich über den Gestank beklagt (»Den kriegst du hier nie wieder raus«, hat sie gesagt), und ich rechne damit, dass sein Gesicht im Rückspiegel wütend aussieht, so wie vorhin, als Misty sich beschwert hat. Aber stattdessen ist da etwas Anderes, etwas ganz Anderes in seinen aufgerissenen Augen und den Lippen, die zu einem Nichts geschrumpft sind.

❁

Michael klopft an die Tür. Als Al aufmacht, stehen wir alle dicht gedrängt auf der Veranda und riechen nach Kotze und Salz und Moschus.

»Hallo. Ich staune, dass sie euch so schnell abgefertigt haben!«, sagt Al.

Er hat schon wieder einen Kochlöffel in der Hand und hat sich ein Geschirrhandtuch über die Schulter geworfen wie einen Schal. Mir tut seine Haushälterin leid, falls er eine hat, denn ich bin mir ziemlich sicher, dass er nie seine Töpfe abwäscht, er stapelt sie einfach auf der Arbeitsplatte übereinander. Immer, wenn er nicht im Büro ist, kocht er anscheinend.

»Michaela ist immer noch schlecht.« Misty schiebt sich an uns allen vorbei durch die Haustür.

»Also, das kann nicht so weitergehen«, sagt Al und tritt einen Schritt zurück, damit wir anderen nacheinander an ihm vorbeikönnen. Jojo ist der Letzte; Michaela will ihn nicht loslassen, und er will sie nicht absetzen.

»Im Schrank in der Diele sind frische Handtücher«, sagt Al. »Am besten geht ihr euch alle waschen. Ich leih mir Misty aus und fahr mit ihr zum Laden, um Medizin zu kaufen.« Misty nickt, sie wirkt erleichtert, in einem Auto mitzufahren, das nicht verkotzt ist. »In der Speisekammer ist Brot und Ginger Ale«, sagt Al. »Ich weiß gar nicht, warum ich daran gestern nicht gedacht habe.« Al betrachtet den Teppich, blickt dann hoch und fährt sich mit dem Handtuch übers Gesicht. »Ach ja, jetzt fällt's mir wieder ein.« Er lächelt mich und Michael an. »Ich war wohl geblendet von meinen Besucherinnen und ihren Mitbringseln, was?«

Michael streckt die Hand aus. Sie ist schwielig von der Farmarbeit, die er in Parchman geleistet hat: Milchkühe und Hühner betreut, Gemüsebeete gepflegt. Er hat erzählt, der Gefängnisdirektor fand, es wäre eine gute Idee, die Insassen wieder das Land bestellen zu lassen, er meinte, es wär doch schade, wenn die ganze fruchtbare Delta-Erde nicht genutzt würde, bei den vielen kräftigen Männern dort, den vielen untätigen Händen. Aber es hatte

Michael einen Floh ins Ohr gesetzt. Es machte ihm Spaß, hat er mir in seinen Briefen erzählt. Wenn er endlich nach Hause kam, wollte er, dass wir einen Garten hatten, egal, wo wir landen würden. Und wenn es nur ein paar Kübel auf einer betonierten Fläche wären. *Nichts kann mir was anhaben, wenn ich mit den Händen in der Erde wühle,* schrieb er. *Als würden meine Finger direkt mit Gott reden.* Als Hand sieht weich aus, groß, und als er Michael die Hand schüttelt, ist sein Fleisch ein Umschlag, der alles verschluckt.

»Danke«, sagt Michael. »Für alles, was du für mich und meine Familie getan hast.«

Al zuckt die Achseln, schaut auf die Hände hinunter und wird noch röter, als er schon ist.

»Das ist mein Job«, sagt Al, »für den ich anständig entlohnt werde. *Ich* danke *dir*.«

Sobald Misty und Al weg sind, ziehe ich Michaela aus und zwinge Jojo, sein T-Shirt auszuziehen, und dann werfe ich alles in Als schicke Toplader-Waschmaschine, bei der ich erst fünf Minuten lang Knöpfe drücken und Rädchen drehen muss, ehe ich sie in Gang kriege. Michaela kreischt die ganze Zeit, während sie in der Wanne sitzt, guckt augenrollend zu Jojo hinüber, und ich bin gröber zu ihr, als ich sein sollte, während ich ihren kleinen flachen Bauch, ihre Beine und ihren Rücken einseife. Stückchen aus ihren Haaren herausziehe. Ihr den Waschlappen aufs Gesicht drücke und reibe, um den Schleim und die angetrocknete Kruste und die Tränen abzuwischen, härter reibe, als ich sollte, weil ich stinksauer bin. Mama hatte ein orangefarbenes Armband, aus geflochtenem orangefarbenem Garn mit kleinen orangefarbenen Perlen dran, das sie zusammenknotete und in der Rocktasche bei sich trug, jeden Tag, und wenn ich oder Given etwas Dummes gemacht hatten, zum Beispiel als Given zum ersten Mal betrunken nach Hause kam und sich in ihre Kräutertöpfe auf der Veranda übergeben hat oder als ich einmal irgendwelche Pflanzen, die sie im Garten angebaut hatte, herausgezogen habe, weil ich sie für Unkraut hielt, dann griff sie nach dem orangefarbenen Band und fing an zu beten: *Heilige Teresa*, hörte ich sie sagen. *Unsere Liebe Frau von Candelaria*, murmelte sie. Und dann: *Oya*. Französisch kann ich nicht, nur ein paar Wörter, aber manchmal sprach sie das Gebet auf Englisch, und ich war oft genug dabei, um es zu verstehen: *Für Oya, Herrin der Winde, des Blitzes und der Stürme. Verwandle unseren Geist. Reinige die Welt mit deinen Stürmen, zerstöre sie und mach sie neu mit dem Wind deiner Röcke.* Und als ich sie fragte, was sie damit meinte, hat sie gesagt: *Hat keinen Zweck, im Zorn nur um sich zu schlagen. Man betet, der Zorn möge einen Sturm entfachen, der die Wahrheit ans Licht bringt.*

»Heilige Teresa«, murmele ich. »Oya«, sage ich und spüle Michaela ab, indem ich ihr einen Becher Wasser über den Kopf gieße. Sie heult. Ich wickele ein Handtuch um sie, das unten ins Wasser eintaucht und nass und schwer wird, ehe ich sie aus der Wanne hebe. Sie strampelt. Ich würde sie am liebsten schlagen. *Lass mich das hier nicht umsonst fühlen*, denke ich. *Gib mir ein bisschen Wahrheit.* Doch es lässt sich keine Wahrheit blicken, als ich sie abtrockne, die Lotion weglasse, weil sie so zappelt, und mich an Jojo vorbeizwänge, der sich am Waschbecken vor dem Spiegel die Brust wäscht und, das weiß ich, mich beobachtet wie eine Blauhäher-Mutter, bereit, jederzeit herabzustoßen und auf mich einzuhacken, falls ich ihr wehtun sollte. Bereit, die Schläge selbst einzustecken, falls ich doch die Beherrschung verliere und anfange, ihr auf den Po zu klatschen, der noch klamm ist vom Wasser und vom Fieber. Er ist in dem Alter, in dem dünne Jungs entweder in die Höhe schießen und noch dürrer und drahtiger werden oder in dem dünne Jungs dick werden und ihre frühen Teenagerjahre damit verbringen zu lernen, wie man einen Körper bewegt, der von den Hormonen unförmig geworden ist. Jojo ist eine Mischung aus beidem: Um den Bauch rum sammelt sich Fett an, aber Brust, Arme und Gesicht bleiben verschont. Im T-Shirt wirkt er immer noch so schlank wie als kleiner Junge. Ich seh an der Art, wie er sich wäscht, dass er sich deswegen schämt, dass er nicht so wie ich weiß, dass dieser Bauch in ein paar Jahren wieder verschwinden wird, Schicht um Schicht, während er größer und muskulöser wird, bis schließlich er selbst zum Vorschein kommt, sein Körper eine gut gebaute Maschine, so wie Michaels. Groß und aufrecht wie Pop.

»Vergiss beim Waschen die Speckfalten nicht«, sage ich. Jojo zuckt zusammen, als hätte ich ihn geschlagen. Duckt sich näher ans Waschbecken. Es fühlt sich gut an, fies zu sein, an dem Baby, das ich nicht schlagen darf, vorbeizureden und meinen Zorn an jemand anderem auszulassen. An dem, für den ich nie gut genug bin. Nie Mama bin. Bloß Leonie, ein Name aus den gleichen drei enttäuschten Lauten, die ich auch von Mama, von Pop und sogar von Given höre, schon mein ganzes verfluchtes Leben lang. Ich setze Michaela, das schreiende Bündel, auf dem Bett ab und fange an, sie abzutrocknen, und sie strampelt immer noch und heult und jammert, und jetzt ruft sie »Jojo«, und ich will ihr wenigstens einen Klaps geben, oder vielleicht auch zwei, nur genug, dass es richtig wehtut, aber ich weiß nicht, ob ich dann aufhören kann, Heilige Teresa, ich könnte nicht mehr aufhören, hilf mir. Ich lasse sie zitternd liegen, gehe zur Tür und schreie ins Badezimmer, zu Jojo, der mit den Händen in den Achselhöhlen dasteht, die Arme wie Football-Polster vor der Brust verschränkt, und uns beobachtet.

»Zieh ihr was an. Dann leg sie kurz schlafen. Und du gehst nicht aus diesem Zimmer.«

Ich knalle die Tür.

Als ich durch die Diele renne und Michael im milchigen Licht stehen sehe, verwandelt sich mein Zorn so schnell in Liebe, dass ich stehen bleibe, versteinert. Ich kann nur dastehen und zugucken, wie er in alle vier Ecken des Zimmers geht und dann die Schultern hochzieht.

»Er hat keinen Fernseher«, sagt Michael. »Da hat er so'n schönes großes altes Haus, aber keinen Fernseher.«

Ich lache, und es ist, als wäre das kleine Arschloch, das unterwegs den Fernseher kaputtgemacht hat, hier bei uns im Zimmer: Das triumphierende Zittern, das seine Bosheit in ihm ausgelöst haben muss, durchströmt mich wie Wasser.

»Er hat was viel Besseres«, sage ich.

Der Kamin ist groß, die Umrandung ist an den Rändern schwarz geworden, und die Farbe schält sich ab wie eine Schlangenhaut. Auf dem Sims sehen drei Keramikgefäße mit Deckel und Vasen in mindestens fünf Blautönen. *Wie der Ozean*, hat Al am Abend vorher gesagt. *Nicht wie euer Ozean – ich meine, im Ernst, den sollte man nicht mal Golf nennen, so schlammgrau wie der ist. Ich meine echtes Wasser. Ich meine Jamaika, Santa Lucia, Indonesien, Zypern.* Er überspielte die Beleidigung mit einem Lächeln und zeigte auf die beiden größeren Urnen an den Ecken des Kaminsims. *Mater und Pater,* sagte er. Und dann schob er die kleine Urne in der Mitte über die rußige Holzplatte und nahm sie in den Arm. *Und mein Baby: mein Liebling.* Als Al das Tütchen herausholte und sagte: *Sie will mit uns feiern*, stieß Misty vor Begeisterung einen spitzen Schrei aus. Ich hole das Tütchen heraus, und

Michael sieht aus, als wollte er kehrtmachen und weglaufen – und dann so, als hätte ich sein Lieblingsgericht, Makkaroni mit Käse, in der Hand, und er möchte essen. Stattdessen greift er nach meiner Hand, zieht mich an sich, umarmt mich und atmet schwer in die Haare an meiner Schläfe, die davon hochwehen. Fünf Minuten später sind wir high.

Es ist die Droge, und auch wieder nicht. Er besteht nur aus Augen und Händen und Zähnen und Zunge. Seine Stirn an meiner: sein Kopf geneigt. Er betet, so leise, dass ich es nicht verstehe, und dann spüre ich es. »Leonie, Loni, Oni, Oh«, sagt er, seine Stimme da, dann nichts, seine Finger da, dann nichts, dann wieder da, und meine Haut kribbelt und sticht und glüht und brennt. So lange hab ich das nicht gehabt. Meine Brust ist hohl, dann prallvoll; erst ein trockener sandiger Graben, dann ein reißender Bach nach einem plötzlichen Frühlingsregen. Eine Flut. Ohne Worte. Überall um mich, dann durch mich durch, ein Mann, betend, dann still, betend, dann still, ein Mann, der mehr ist als ein Mann, ein Mann mit glänzendem Haarschopf und klaren Augen, ein Mann, der ganz und gar Feuer ist, lodernde Lippen, flammende Hände, glühende Kohlen im V seiner Hüften. Feuer und Wasser. Versunken. Neugeboren. Selig. Gut so, ja. Gut so. Ja.

Ich pinkel in Als kaltem weißen Gästebad, lausche auf die Kinder, höre nichts. Gehe zurück ins Wohnzimmer, wo die Fensterscheiben den Staub im Licht zu Gold machen. Irgendwas stimmt nicht. Michael lächelt mich an, reibt sich den Nacken an der Stelle, wo meine Lippen waren, sagt: »Ich glaube, du hast mir einen

Knutschfleck gemacht.« Und Given-nicht-Given sitzt im schwarzen Hemd zusammengesunken am anderen Ende des Sofas. Er gestikuliert mir, ich soll mich zwischen sie setzen. Der Rausch durchströmt mich und verebbt. Ich setze mich hin, und Michael nimmt mein Gesicht in seine warmen, realen Hände, und dann treffen seine Lippen auf meine, und in mir geht alles wieder auf. Ich verliere die Sprache, verliere die Wörter. Verliere mich in diesem Gefühl, dem Gefühl, gewollt zu werden, gebraucht, berührt und gewiegt, voller Staunen darüber, dass derjenige, der das tut, auch derjenige ist, der will, der braucht, der berührt, der sieht. Dies ist ein Wunder, denke ich, also mache ich die Augen zu und ignoriere Given-nicht-Given, der mit traurigem Gesicht dasitzt, den Mund leicht verzogen, und denke an Michael, den realen Michael, und frage mich, wenn wir noch ein Baby bekämen, ob es ihm wohl ähnlicher sehen würde als Michaela. Wenn wir noch ein Baby bekämen, könnten wir es richtig machen.

Ich rechne damit, dass er weg ist, als ich meinen Mund von Michaels löse, aber Given-nicht-Given sitzt nicht mehr auf dem Sofa, sondern steht am Kamin, wirkt genauso handfest wie der Michael, auf dem ich sitze, aber auch genauso reglos wie die Urnen dort. Michael stöhnt und wischt sich mit einer Hand übers Gesicht, sein Nacken und seine Brust sind gerötet, seine Sommersprossen sehen aus wie Ameisenbisse.

»Süße, was machst du nur mit mir?«, sagt er.

Ich weiß nicht, was ich sagen soll, weil Given-nicht-Given mich genau beobachtet, auf meine Antwort wartet, also sage ich nichts und schüttle den Kopf und vergrabe mein Gesicht an Michaels Hals und sauge seinen Geruch ein. So lebendig: so da. Ich hoffe, wenn ich mich aufrichte, wird Given-nicht-Given wieder dahin verschwunden sein, wo er sich aufhält, wenn er mich nicht verfolgt, wo immer das auch ist, zurück in die unheimliche Ecke meines Gehirns, aus der er hervorgelockt wird, wenn ich high bin: das hohle Hirngespinst. Aber Given ist noch da, und er steht vor dem Flur zum Zimmer der Kinder, setzt sich auf den Fußboden und lehnt sich mit dem Rücken an die Wand. Er reibt sich mit den Händen übers Gesicht.

»Ich liebe dich«, sage ich zu Michael, und er zieht mich an sich und küsst mich noch einmal. Given-nicht-Given runzelt die Stirn und schüttelt den Kopf. Als hätte ich die falsche Antwort gegeben. Ich schaue Michael unter mir an und ignoriere das Gespenst, werfe nicht mal einen Blick zum Zimmer der Kinder, und so ist Given-nicht-Given für den Rest der anderthalb Stunden, die Misty und Al weg sind, ein Fleck in meinem Augenwinkel, der vor der Zimmertür sitzt und die Kinder bewacht. Aber Michael streichelt mir den Rücken und den Kopf, und alles andere ist unwichtig.

Sie schlafen, als wären sie eins: Michaela schlingt sich um Jojo, ihr Kopf in seiner Armbeuge, ihr Arm auf seiner Brust, ihr Bein auf seinem Bauch. Jojo drückt sie an sich: sein Unterarm unter ihrem Kopf, um ihren Hals, sein anderer Arm ein Balken über beiden, dicht an ihren Rücken gepresst. Seine Hand fest und schützend, steif wie eine Hausverkleidung. Aber ihre Gesichter lösen zwei Gefühle gleichzeitig in mir aus: ihre einander zugewandten Gesichter, vom Schlaf zu babyhafter Feistheit geglättet, so weich und offen, dass ich sie schlafen lassen möchte, damit sie fühlen können, was sie wollen. Ich denke, dass Given mich früher auch so im Arm gehalten haben muss, dass wir auch mal Mund an Mund gelegen und die gleiche Luft geatmet haben. Doch ein anderer Teil von mir würde Jojo und Michaela am liebsten wachrütteln, sich hinunterbeugen und sie anbrüllen, damit sie hochschrecken und ich nicht mitansehen muss, wie sie sich einander zuneigen wie

Pflanzen, die dem Lauf der Sonne am Himmel folgen. Sie sind füreinander das Licht.

»Aufwachen«, sage ich, und Jojo setzt sich sofort auf, Michaela noch im Arm. Given-nicht-Given war vor der Tür der beiden sitzengeblieben, bis Misty und Al zurückkamen: Es ist seltsam, ihn in der Art wiederzuerkennen, wie sich Jojos Schultern um Michaela neigen, in seinen weit geöffneten Augen, in dem Blick, der durch den Raum wandert und an der einzigen Kommode hängen bleibt, in seiner plötzlichen Reglosigkeit. »Wir fahren gleich«, sage ich.

»Nach Hause?«, sagt er.

Michael muss sich auf die Kofferraumklappe setzen, damit sie zugeht. Bei drei Leuten auf dem Rücksitz is kein Platz mehr für die Taschen, die wir mithaben, und obwohl Jojo deswegen gemault hat, habe ich gesagt, alles muss nach hinten, auch die Sandwiches, die Al uns für unterwegs mitgegeben hat. Jojo schmollt immer noch, und ich bin kurz davor, mich umzudrehen und über die Sitzlehne zu beugen, um ihm die Fratze aus dem Gesicht zu schlagen: die schmale Stirnfalte, die Schnute, die zusammengezogenen Augenbrauen, alles wegzuwischen. Durch die Schnute singt er Michaela Kinderlieder vor: Die Kleine klatscht in die Hände, bewegt die Finger wie eine kleine Spinne und sieht abwechselnd gelangweilt und begeistert aus. Bei jedem fünften Wort fasst sie Jojos Nase an. Misty schläft, nachdem sie sich eine volle Stunde lang darüber beschwert hat, dass es im Auto immer noch nach Erbrochenem riecht, und Michael fährt, also beobachte ich die Kids, wenn ich nicht gerade Michael anschaue, wenn ich nicht gerade seine Haut betrachte, die das Licht des anbrechenden Tages verschlingt.

Als er Michael die Sandwiches überreicht hat, schwitzte Al am ganzen Körper, war nass vor Schweiß und roch nach rohen Zwiebeln. Er hatte die Brote in eine kleine feste Plastiktasche gepackt, eine Kühltragetasche mit einem Chimay-Logo an der Seite. »Wir wollen aber nicht deine Tasche mitnehmen«, sagte Michael. »Ich bestehe darauf«, sagte Al, und sein Atem flatterte schnell aus ihm heraus und in ihn hinein, sein Blick wanderte ziellos umher: zum Wald, in den Garten, auf das langsam verwitternde Haus. Al war schon wieder high. »Für erbrachte Leistungen«, sagte er und lächelte mir zu. Seine Zähne waren schlecht, hatten schwarze Ränder wie eine schmutzige Badewanne, das Zahnfleisch gerötet. *Er putzt sie nie*, dachte ich. Die Männer schüttelten sich die Hände, und Michael machte eine lockere Faust um das, was Al ihm gab. Michael steckte es in die Tasche.

»Komm her«, sagt Michael. Sein Blut pocht schwer unter meinem Ohr, die Haut an seinem Arm ist wie lauwarmes Wasser. Die Straße schlängelt sich durch Wiesen und Wälder, immer weiter nach Süden, bis zum Golf, und das Licht, das durch die Fenster fällt, flattert hektisch herum. Nachdem die Straße auf den Golf trifft, führt sie kilometerweit am Strand entlang. Ich wünschte, sie würde direkt übers Wasser führen, so wie die Brücke, die ich auf Bildern gesehen habe, die die Florida Keys mit dem Festland verbindet, wünschte, sie wäre eine endlose Betonplanke, die hinausführt über die stürmischen blauen Wasser der Erde und um den ganzen Globus herum, damit ich ewig so daliegen könnte wie jetzt, die feinen Härchen an seinem Arm spüren könnte, während meine Kinder still sind, gar nicht da, seine Finger Kreise und Striche auf meinen Arm schreiben, die ich entziffere, er seinen Namen auf meine Haut schreibt, mich für sich beansprucht. Die Welt ist ein Gewirr aus Gold und Edelsteinen, das sich dreht und Lichtfunken versprüht. Ich bin bereits zu Hause.

Davon habe ich nie genug gekriegt. Als Michael und ich auf der Highschool zusammen waren, wurde ich nach knapp einem Jahr mit Jojo schwanger: Ich war siebzehn. Seitdem hatten wir immer ein Kind um uns, und die Räume zwischen uns wurden größer. Ich erinnere mich nur schubweise, meistens wenn ich high bin, an das Gefühl, als es nur Michael und mich gab, nur uns beide: wie ich nach oben schwamm und aus meinem Kummer auftauchte, wenn ich mit ihm zusammen war, wie mir alles so viel lebendiger vorkam, wenn er bei mir war. Wir parkten auf einem Feld unter dem Sternenhimmel und saßen in seinem Pick-up. Wir schlichen uns heimlich zum Stahlwandpool seiner Eltern und schwammen zusammen darin, tauchten unter und küssten uns in dem blau flimmernden Wasser. Am Strand, während die Lichter der Karussells von einem Seafood-Festival in der Ferne blinkten und aus den Lautsprechern schlechte Zydeco-Musik zu uns herüberschallte, drehte er mich im Kreis und tanzte mit mir, bis wir stolperten und in den Sand fielen.

»Das ist nicht gesund«, sagte Mama, nachdem ich Michael zum ersten Mal mit nach Hause gebracht hatte und wir auf dem Sofa saßen und fernsahen. Pop lief durchs Haus und schaute an uns vorbei. Als Michael gegangen war, fing Mama an zu kochen. Ich setzte mich an den Küchentisch und lackierte mir die Nägel pastellrosa, in der Farbe von Zuckerwatte, weil ich fand, das sah auf meinen Händen gut aus. Ich hoffte, die Farbe würde Michael dazu bringen, meine Finger in den Mund zu nehmen und zu sagen: *Da muss ich unbedingt mal von naschen.*

»Du hast nur Ohren und Augen für ihn«, sagte Mama.

»Ich hab Ohren und Augen für alles Mögliche«, sagte ich. Ich wollte mich verteidigen, aber mir war klar, dass ich log, denn wenn ich morgens aufwachte, dachte ich an Michaels Lachen, daran, wie er seine Zigarette immer zwischen den Fingern drehte, ehe er sie ansteckte, daran, wie sein Mund schmeckte, wenn er mich küsste. Und dann fiel mir Given ein. Und die Schuldgefühle, wenn es mir klar wurde.

»Immer, wenn du was sagst, guckst du ihn an wie'n Hundewelpe. Als ob du bloß drauf wartest, dass er dich streichelt.«

»Mama, ich weiß, dass ich kein Hundewelpe bin.«

»Und ob du das bist.«

Ich blies auf die Finger meiner rechten Hand, wedelte damit vor meinem Gesicht herum und atmete die heißen Küchengerüche ein: Bohnen, die auf dem Herd vor sich hin blubberten, abkühlendes Maisbrot, der Geruch des Nagellacks, von dem sich mir der Magen umdrehte, aber auf eine angenehme Art. Ehe ich mit Jojo schwanger wurde, hatte ich geschnüffelt, auf den Knien in einer Scheune auf dem Grundstück von einem der vielen Freunde von Michael, deren Eltern nie zu Hause waren. Die Welt hatte sich gedreht und in alle Richtungen geneigt, und mein Gehirn schien aus meinem Schädel auszubrechen und davonzuschweben. Michael hatte mich bei den Schultern gepackt, geerdet und dafür gesorgt, dass ich wieder zu mir kam.

»Du magst ihn also nicht?«, fragte ich.

Mama atmete schwer aus und setzte sich mir gegenüber an den Holztisch. Sie nahm meine unlackierte Hand, drehte die Handfläche nach oben und tätschelte sie beim Sprechen.

»Ich … er kann nichts dafür, wo er reingeboren wurde. In was.« Mama holte tief Luft. »In diese Familie.« Sie holte noch einmal hörbar Luft, und an der Art, wie ihr Gesicht sich in Falten legte und wieder glatt wurde, erkannte ich, dass sie an Given dachte. »Er is bloß ein Junge, er is wie alle andern in seinem Alter. Riecht zum ersten Mal die eigene Pisse und denkt mit dem Unterleib.« *Genau wie dein Bruder*, sagte sie nicht. Aber ich wusste, der Satz lag ihr auf der Zunge.

»Ich mach doch nichts Dummes.«

»Wenn du nich schon mit ihm schläfst, wirst du's demnächst tun. Sieh zu, dass du dich schützt.« Sie hatte recht, aber ich hörte nicht auf sie. Zehn Monate später war ich schwanger. Nachdem Michael den Test besorgt und ich ihn gemacht hatte, zeigte ich ihn Mama und sagte es ihr. Ich sagte es ihr an einem Samstag, weil Pop samstags arbeiten ging und ich nicht wollte, dass er dabei war. Es war ein furchtbarer Tag. Es war Anfang Frühling, und es hatte die ganze Nacht und den ganzen Morgen nur gegossen und gewittert: Manchmal war der Donner so nah dran gewesen, dass er in meinem Rachen vibrierte, mir die Kehle zuschnürte und mir das Atmen schwer machte. Ich hatte schon immer Angst vor Blitzen gehabt, immer geglaubt, dass einer mich eines Tages treffen würde, ein Brennen die Luft durchzucken und der blaue Streifen mich berühren würde wie ein Speer, der direkt auf mich gerichtet ist und dem ich hilflos ausgeliefert wäre, sobald die scharfe Spitze in mein Fleisch sank. Ich war mit dieser Paranoia aufgewachsen, hatte gedacht, die Blitze würden mich verfolgen, wenn ich im Auto saß oder wenn er an meinem Fenster rüttelte. Mama hängte gerade im Wohnzimmer Kräuter zum Trocknen auf, an einer Schnur, die Pop im Zickzack durch den Raum gespannt hatte. Die Pflanzen krümmten sich in der elektrisch aufgeladenen Luft, und Mama lachte halb und murmelte vor sich hin, und die weichen, weißen Innenseiten ihrer Arme blitzten immer wieder kurz auf: ein Kätzchen, das seinen Bauch zeigt.

»Da ist er ja. Singt schon seit Wochen.«

»Mama?«

Sie stieg von der kleinen Trittleiter aus Kiefernholz herunter, die Pop ihr gebaut hatte. In die oberste Stufe hatte er ihren Namen eingeritzt; die Buchstaben sahen wie hingehauchter Rauch aus. *Philomène.* Die Leiter war vor Jahren ihr Muttertagsgeschenk gewesen, als ich noch so klein war, dass der einzige Beitrag, den ich dazu leisten konnte, darin bestand, neben ihren Namen einen kleinen Stern zu ritzen, aus vier Strichen, die sich in der Mitte kreuzten, und Given hatte eine Rose geritzt, die wie eine Schlammpfütze aussah und inzwischen von Mamas Füßen schon ganz abgewetzt war.

»Ich hab mich schon gefragt, wie lange du wohl brauchst, bis du genug Mut zusammenhast, um es mir zu sagen«, sagte sie und klemmte sich den Tritt unter den Arm, als wollte sie ihn wegräumen, aber statt in die Küche zu gehen, setzte sie sich aufs Sofa und legte den Tritt quer über ihre Knie.

»Ma'am?«, fragte ich. Ein Donner krachte. Mir brach im Nacken und unter den Achseln der Schweiß aus, so als hätte mir jemand heißes Fett ins Gesicht und über die Brust gespritzt. Ich setzte mich hin.

»Du bist schwanger«, sagte Mama. »Hab ich vor zwei Wochen gesehen.«

Dann griff sie über das Holz auf ihrem Schoß und berührte mich, nicht mit den unbarmherzigen Fingern des Blitzes, sondern mit ihren trockenen, warmen Händen, die unter der hart gearbeiteten Hornhaut weich waren; nur eine kurze Berührung an der Schulter, als hätte sie dort einen Fussel entdeckt, den sie wegwischen wollte. Ich überraschte mich selbst, als ich mich in die Berührung hineinlehnte, mich klein machte, den Kopf auf das Holz legte, während ihre Hand mir kreisend über den Rücken strich. Ich weinte.

»Es tut mir so leid«, sagte ich. Das Holz ist hart an meinem Mund. Unnachgiebig. Nass von meinen Tränen. Mama beugte sich über mich.

»Dafür ist jetzt kein Platz mehr, Kleines.« Sie fasste mich an den Schultern, richtete mich auf und schaute mir in die Augen. »Was willst du tun?«

»Wie meinst du das?« Die nächste Abtreibungsklinik war in New Orleans. Eins der wohlhabenderen Mädchen auf meiner

Schule war von ihrem Vater, einem Rechtsanwalt, hingebracht worden, nachdem sie schwanger geworden war, daher wusste ich, dass es sie gab und dass sie teuer war. Ich dachte, wir hätten für sowas kein Geld. Ich lag richtig. Mama zeigte auf die hängenden Pflanzen, den schiefen Dschungel über unseren Köpfen, der in der kühlen, elektrisch aufgeladenen Luft raschelte.

»Ich kann dir was geben.« Sie ließ den Satz langsam ausklingen, das Ende verschwinden. Sie schaute mich an, als wäre ich ein verschmutztes Buch, das sie nur mit Mühe lesen konnte, und räusperte sich. »Das war eine der ersten Sachen, die ich gelernt hab, in meiner Ausbildung. Der einzige Tee, von dem ich nie genug Vorrat haben kann.« Dann berührte sie mein Knie; sie hatte noch eine Fluse entdeckt. Sie lehnte sich wieder zurück, und ihr Hosenrock spannte sich über ihren Knien. Jahre später sollte sie dort zuerst die Schmerzen von ihrem Krebs spüren: in den Knien. Dann wanderte er in ihre Hüften, ihre Taille, ihre Wirbelsäule, ihren Schädel. Er war eine Schlange, die sich an ihren Knochen entlangwand. Manchmal denke ich an diesen Tag zurück, an dem sie auf dem Sofa saß und mich so angefasst hat, mit kleinen Berührungen, die mich in keine Richtung beeinflussen wollten, obwohl sie Jojo, glaube ich, gewollt hat, denn ihre Trauer um Given hungerte nach Leben. Manchmal frage ich mich, ob der Krebs in dem Moment auch mit uns da gesessen hat, ob er ein zweites Ei war, ein gelbes Ei, aus Kummer gewebt, mit Einschusslöchern, das sich zuckend durch das Mark ihrer Knochen bewegte. An dem Tag trug sie eine Bluse, die sie selbst aus einem mit blassgelben Blüten bedruckten Stoff genäht hatte. Rosen, wie es aussah. »Willst du dieses Baby, Leonie?«

Ein Blitz wie ein Peitschenschlag erhellte das Haus, und ich zuckte zusammen, als der Donner krachte.

Ich verschluckte mich und fing an zu husten; Mama klopfte mir auf den Rücken. Die Feuchtigkeit erweckte ihr Haar zum Leben, ein paar Strähnen ums Gesicht herum standen ab und kringelten sich weg von ihrer buttrig schimmernden Kopfhaut. Wieder zuckte ein Blitz, diesmal klang der Donner, als wär das Gewitter direkt über uns, als hätte der Blitz unser Haus höchstens um einen Meter verfehlt, und ihre Haut war so weiß wie Stein, und ihr Haar wogte, und ich dachte an die Medusa, die ich mal vor Jahren in einem alten Film gesehen hatte, monströs, grün geschuppt, und ich dachte: *Das trifft es kein bisschen. Sie war so schön wie Mama. Diese Männer sind bei ihrem Anblick zu Stein erstarrt, weil sie geschockt waren von so viel Vollkommenheit und Leidenschaft auf der Welt.*

»Ja, Mama«, sagte ich. Es versetzt mir immer noch einen Stich, wenn ich daran denke: dass ich gezögert habe, dass ich in diesem Licht das Gesicht meiner Mama betrachtet und gespürt habe, wie ich innerlich mit dem Wunsch kämpfte, Mutter zu werden, ein Baby auf die Welt zu bringen, es ein Leben lang zu begleiten. Beim Gedanken daran, wie wir da auf dem Sofa saßen, mit geschlossenen Knien, krummen Rücken und gesenkten Köpfen, muss ich an Spiegel denken und daran, dass ich eine andere Frau sein wollte, irgendwo anders hinziehen wollte, weit weg, wahrscheinlich in den Westen, nach Kalifornien, mit Michael. Er sprach dauernd davon, in den Westen zu ziehen und als Schweißer zu arbeiten. Mit einem Baby wäre das schwieriger. Mama sah mich an und war nicht mehr aus Stein: Ihre Augen waren zerknittert und ihr Mund schief, und das sagte mir, dass sie genau wusste, was ich dachte, und ich hatte Angst, dass sie tatsächlich Gedanken lesen konnte, dass sie sehen würde, wie ich vor dem zurückwich, was sie war. Aber dann dachte ich an Michael, wie er sich freuen würde, dass ich dann immer ein Teil von ihm bei mir hätte, und mein Unbehagen zerging wie Schmalz in einer gusseisernen Pfanne. »Ich will es haben.«

»Ich wünschte, du hättest erst die Schule fertig gemacht«, sagte Mama. Noch eine Fluse, diesmal in meinem Haar, oben auf dem Kopf. »Aber jetzt ist jetzt, und wir tun, was wir tun.« Dann lächelte sie: ein schmaler Strich, keine Zähne, und ich beugte mich vor und legte wieder den Kopf in ihren Schoß, und sie strich mit den Händen an meiner Wirbelsäule entlang, über meine Schulterblätter, drückte ihre Finger in meinen Nackenansatz. Dabei machte sie beruhigend glucksende Laute, wie ein Bach, so als hätte sie das ganze Wasser, das draußen vor dem Fenster auf die Welt herabfiel, in sich aufgesogen und würde es jetzt als Rinnsal wieder ausströmen lassen, um mich zu trösten. *Je suis la fille de l'océan, la fille des ondes, la fille de l'écume,* murmelte Mama, und ich wusste Bescheid. Ich wusste, sie rief Unsere liebe Frau von Regla an. Den Stern der Meere. Beschwor Yemayá, die Göttin der Meere und des Salzwassers, mit ihrem Schsch und mit ihren Worten, und sie hielt mich wie diese Göttin, ihre Arme waren die lebenspendenden Wasser der ganzen Welt.

Ich bin eingeschlafen und merke es erst, als Michael mich wachrüttelt, seine Finger in meine Schulter gräbt. Mein Mund ist so trocken, dass meine Lippen sich wie versiegelt anfühlten.

»Die Polizei«, sagt Michael. Die Straße hinter uns ist leer, aber die Anspannung in seiner Hand und seine aufgerissenen, rollenden Augen sagen mir, dass es ernst ist. Obwohl ich sie nicht sehen kann und auch keine Sirene höre, sind sie da.

»Du hast keinen Führerschein«, sage ich.

»Wir müssen tauschen«, sagt er. »Nimm das Lenkrad.«

Ich greife es, presse meine Füße auf den Boden und hebe den Hintern, damit er ein Bein über den Beifahrersitz schieben kann, und rutsche langsam rüber. Er nimmt den Fuß vom Gas, und der

Wagen wird langsamer. Ich stelle meinen linken Fuß neben das Pedal, und dann sitze ich für einen schrecklichen, wahnsinnig komischen Moment mitten im Auto auf seinem Schoß.

»Scheiße scheiße scheiße.« Er lacht. Das macht er immer, wenn er Angst hat. Als bei mir die Wehen losgingen und im Gang mit dem Knabberzeug in einem Mini-Markt in St. Germaine meine Fruchtblase platzte, hob er mich hoch und trug mich lachend und fluchend zugleich zu seinem Lieferwagen. Er hat mir erzählt, dass einmal ein Freund von ihm, als er noch ein kleiner Junge war und sie mitten in der Nacht mit Taschenlampen zum Küheumwerfen draußen waren, von einer Kuh getreten wurde: Der Freund, ein Rothaariger mit Bleistiftarmen und faulen Zähnen, weil er sie nie putzte und Tabak kaute, stützte sich beim Fallen ab, und sein Arm knackte wie ein brechender Ast. Der Ellbogen bog sich in die falsche Richtung, ein Stück Knochen stach durch seinen Oberarm und schimmerte wie eine zackige Austernschale. Michael sagte, damals hätte ihn sein Lachen selbst erschreckt, so schrill und atemlos war es, wie bei einem kleinen Mädchen. Michael hebt mich von seinem Schoß, rutscht auf den Beifahrersitz, und ich sitze am Steuer, als ich die Lichter sehe, die hinter mir auf dem zweispurigen Highway schnell näher kommen. Blaulicht, mit stotternder Sirene.

»Hast du es?«, frage ich.

»Was?«

»Den Shit. Du weißt schon, das Zeug von Al.«

»Fuck!« Michael fummelt in seiner Tasche.

»Was ist?« Misty wacht auf dem Rücksitz auf und verrenkt sich, um nach hinten zu schauen. Ich werde langsamer. »O Scheiße«, sagt sie, als sie das Blaulicht sieht.

Ich gucke in den Rückspiegel, und Jojo guckt mich direkt an. Er ist ganz Pop: heruntergezogene Mundwinkel, Hakennase, ruhiger Blick, gerade Schulterlinie, während Michaela weinend aufwacht.

»Ich schaff's nicht so schnell«, sagt Michael. Er macht sich am Teppich zu schaffen, will das Tütchen durch die kleine Tür im Wagenboden hinausschieben, aber es ist zu viel im Weg – ein zusammengeknülltes Hemd, das ich ihm in einem Mini-Markt besorgt habe, als wir zum Tanken angehalten haben, Einkaufstüten mit Kartoffelchips und Dr Pepper und Süßigkeiten, die wir mit dem Geld von Al gekauft haben. »Und da is'n Loch drin, scheiße.« Das Tütchen ist unten aufgeraut und porös, das weiß-gelbe Crystal an den Ecken trocken und bröckelig.

Ich reiße ihm das weiße Tütchen aus der Hand. Ich stopfe es mir in den Mund. Ich sammle ein bisschen Spucke, dann schlucke ich.

Der Polizist ist jung, so jung wie ich, wie Michael. Er ist dünn, und sein Hut wirkt zu groß, und als er den Kopf ins Auto steckt, sehe ich, dass sein Gel am Haaransatz schuppig angetrocknet ist. Als er etwas sagt, riecht sein Atem nach Zimtbonbons.

»Ist Ihnen bewusst, dass Sie Schlangenlinien gefahren sind, Ma'am?«, fragt er.

»Nein Sir, Officer.« Das Tütchen steckt wie ein dicker Wattebausch in meinem Hals. Ich kriege kaum Luft.

»Geht's Ihnen nicht gut?«

»Nein, nein, Sir.« Michael spricht für mich. »Wir sind schon ein paar Stunden unterwegs. Sie is nur ein bisschen müde.«

»Sir.« Der Polizist schüttelt den Kopf. »Würden Sie bitte aussteigen, Ma'am, mit Führerschein und Wagenpapieren?« Wieder kommt sein Geruch bei mir an: Schweiß und Gewürz.

»Ja«, sage ich. Das Handschuhfach ist vollgestopft mit Servietten und Ketchup-Päckchen und Feuchttüchern. Als der Polizist weggeht, um mit einer statisch entstellten Stimme aus seinem Funkgerät zu sprechen, beugt sich Michael zu mir rüber und legt mir eine Hand auf den unteren Rücken.

»Alles okay?«

»Es ist trocken.« Ich huste und ziehe die Wagenpapiere hervor. Ich nehme die ganze Brieftasche und steige aus, um darauf zu warten, dass der Polizist wiederkommt, während alle anderen abgesehen von Michaela auf dem Rücksitz erstarrt sind. Michaela schreit und schlägt um sich. Es ist mitten am Nachmittag, und die Bäume am Straßenrand wiegen sich hin und her. Die frisch geschlüpften Frühjahrsinsekten sirren und zirpen. Der Straßenrand fällt zu einem Graben ab, der mit stehendem Wasser und einer Unmenge Kaulquappen gefüllt ist, die zappelnd herumschwimmen.

»Warum sitzt das Baby nicht im Kindersitz?«

»Sie hat sich übergeben«, sage ich. »Mein Sohn musste sie herausnehmen.«

»Wer sind der Mann und die andere Frau im Auto?«

Mein Mann, will ich sagen, als würde uns das aufwerten. Wenigstens: Mein Verlobter. Aber es fällt mir schwer genug, die Wahrheit herauszubekommen, und ich weiß, dass ich mit dem Kloß im Hals an einer Lüge auf jeden Fall ersticken werde.

»Mein Freund. Und meine Freundin von der Arbeit.«

»Wo wollen Sie hin?«, fragt der Polizist. Er hat keinen Strafzettelblock in der Hand, und ich spüre, wie die Angst aus meinem Bauch in meine Kehle hochsteigt, dort heiß wie Säure brennt und gegen das Tütchen drückt, das langsam abwärts in Richtung Magen sinkt.

»Nach Hause«, sage ich. »An die Küste.«

»Und woher kommen Sie?«

»Parchman.«

Ich erkenne den Fehler, kaum dass es raus ist. Ich hätte etwas Anderes sagen sollen, irgendwas: Greenwood oder Itta Bena oder Natchez, aber Parchman ist alles, was ich herausbringe.

Die Handschellen schnappen zu, ehe das »n« verklungen ist.

»Hinsetzen.«

Ich setze mich hin. Der Klumpen in meiner Kehle fühlt sich an wie nasse Watte, wird immer fester und dichter auf dem Weg nach unten. Der Polizist geht zurück zum Auto, lässt Michael aussteigen, legt ihm ebenfalls Handschellen an und führt ihn zu mir, damit er sich neben mich setzt.

»Baby?«, sagt Michael. Ich schüttle den Kopf, nein, die Luft ist eine andere Sorte Watte, feucht vom Frühlingsregen, und alles zusammen gibt mir das Gefühl, gleich ersticken zu müssen. Jojo steigt aus, Michaela klammert sich an ihn, drückt die Beine um seine Taille: Die Arme hat sie fest um seinen Hals gelegt. Misty klettert vom Rücksitz, mit geöffneten Handflächen, und ihre Lippen bewegen sich, aber ich kann nicht hören, was sie sagt. Der Polizist schaut von einem zum anderen, trifft eine Entscheidung und geht auf Jojo zu, das dritte Paar Handschellen in Händen. Michaela heult. Der Polizist bedeutet Misty, dass sie Michaela nehmen soll, und Michaela vergräbt das Gesicht an Jojos Hals und strampelt wie wild, als Misty sie aus Jojos Armen zieht. Sie hat Misty noch nie gemocht: Ich hab sie mal zu Misty mitgenommen, als wir im Laden am Interstate Highway Zigaretten holen waren, und als Misty durchs Autofenster schaute, um ihr Hallo zu sagen, hat Michaela nur den Kopf zur Seite gedreht, Misty gar nicht angeguckt und fragend gesagt: *Jojo?*

»Tief atmen«, sagt Michael.

Es fällt mir leicht zu vergessen, wie jung Jojo noch ist, bis ich ihn neben dem Polizisten stehen sehe. Es fällt mir leicht, ihn anzusehen, seine schmale, hochgewachsene Gestalt, den weichen runden Bauch, und zu denken, er ist erwachsen. Aber in Wirklichkeit ist er noch ein Kind. Und als er in seine Tasche greifen will und der Polizist die Pistole zieht und sie auf sein Gesicht richtet, ist Jojo bloß noch ein Kleinkind mit pummeligen Knien und O-Beinen. Ich sollte schreien, aber ich kann nicht.

»Scheiße«, flüstert Michael.

Jojo hebt die Arme zu einem Kreuz. Der Polizist brüllt ihn an, ein rohes, hallendes Bellen, und Jojo schüttelt ununterbrochen den Kopf und gerät ins Stolpern, als der Polizist ihm mit einem Fußtritt die Beine spreizt, die Pistole jetzt leicht gesenkt, aber immer noch mitten auf Jojos Rücken gerichtet. Ich senke die Lider und sehe die Kugel, wie sie in sein butterweiches Fleisch eindringt. Ich zittere. Als ich die Augen wieder aufmache, ist Jojo noch ganz. Inzwischen auf den Knien, die Pistole auf seinen Kopf gerichtet. Michaela zappelt und strampelt auf Mistys Arm.

»Verdammte Scheiße!«, schreit Misty und setzt Michaela ab, die zu Jojo rennt, sich von hinten an ihn schmeißt und ihn mit Armen und Beinen umklammert. Ihre kleinen Glieder: Bleistifte und Murmeln. Ein Schutzschild. Ich bin auf den Knien.

»Nein«, sagt Michael. »Nicht, Leonie. Baby, lass.«

Ich raste aus. Stelle mir vor, wie ich dem Polizisten die Zähne in den Hals ramme. Ich könnte ihm die Kehle aufreißen. Ich brauche keine Hände. Ich könnte ihm den Schädel zu Brei treten. Jojo fällt vornüber ins Gras, und der Cop schüttelt den Kopf, greift unter Michaela, die nach ihm tritt, um Jojo mit einer Hand die Handschellen anzulegen. Er macht eine Kopfbewegung zu Misty, die vorprescht, Michaela unter den Achseln packt und mit ihr kämpft wie mit einem Alligator.

»Jojo!«, heult Michaela. »Will Jojo!«

Der Polizist steht wieder vor mir.

»Ich brauche Ihre Erlaubnis zum Durchsuchen des Wagens, Ma'am.«

»Nehmen Sie mir die Handschellen ab.« Wenn er nah genug rankommt, könnte ich ihn mit einem Kopfstoß außer Gefecht setzen.

»Ist das ein Ja, Ma'am?«

Ich schlucke, atme ein. Luft, die so seicht ist wie eine schlammige Pfütze.

»Ja.«

Jojo hat nur Augen für Michaela. Er verdreht den Kopf, um sie sehen zu können, spricht mit ihr, seine Stimme ein Murmeln, wie das der Bäume, die sich im Wind wiegen. Die Wolken gleiten als hohe graue Wogen über den Himmel. Die Luft fühlt sich schon nass an. Michaela schlägt auf Mistys Hals ein, und bestimmt verflucht Misty sie; ich verstehe keine Worte, aber ihre Laute zerschneiden die Luft so sauber wie Schienennägel, die ins Holz getrieben werden.

»Hat er die Pistole gezogen, Baby?«, fragt Michael.

Ich nicke stöhnend.

Der Polizist wühlt sich durch den Kofferraum, in dem nichts als Müll ist. Das sehe ich jetzt, halb erstickt und in Handschellen. Die Plastiktüten mit verblichener, ausgebeulter Kleidung. Die Tüte mit den Sandwiches. Ein Reifenheber. Starterkabel. Eine alte Kühltasche voll mit leeren Chipstüten und Softdrink-Flaschen, die an den Nähten schimmelt. Das Tütchen ist runter, in meinem Magen verschwunden; der Atem kommt heftig und zischend, und ich kriege wieder Luft, aber das High von dem Meth kommt schnell. Es quetscht mich zusammen, mit riesiger Hand, und schüttelt mich durch. Eine andere Art des Erstickens. Ich schaudere, schließe die Augen, öffne sie wieder, und Phantom Given sitzt neben Jojo auf der Erde, streckt die Hand aus, als könnte er ihn anfassen. Given-nicht-Given lässt die Hand sinken. Jojos Gesicht liegt halb im Sand, aber ich kann seine gekräuselten Lippen sehen, die zitternden Mundwinkel: Es ist das Gesicht, das er als kleines Kind immer gemacht hat, wenn er gegen die Tränen kämpfte.

»Will Jojo!«, kreischt Michaela. Der Polizist richtet sich am Auto auf und geht rüber zu Misty, die Michaela hoch in die Luft hebt, um mit ihr fertigzuwerden. Phantom Given steht auf, geht zu dem Polizisten, Michaela und Misty.

»Alles klar, Babe?«, fragt Michael.

Ich schüttele den Kopf. Given-nicht-Given streckt wieder die Hand aus, diesmal nach Michaela, und es sieht so aus, als könnte sie ihn sehen, als könnte er sie tatsächlich anfassen, denn sie macht sich urplötzlich steif, und dann schießt ein goldener Strahl von Kotze aus Michaelas Mund und landet auf der uniformierten Brust des Polizisten. Misty setzt Michaela hastig ab, beugt sich vor und würgt. Phantom Given klatscht geräuschlos in die Hände, und der Polizist erstarrt.

»Fuck!«, sagt er.

Michaela krabbelt zu Jojo, und der Polizist zerrt an Jojos Hosentasche, zieht ein kleines Säckchen heraus, das Jojo bei sich hat, und schaut hinein, ehe er es Jojo praktisch ins Gesicht wirft, als wäre es eine verfaulte Bananenschale. Er stolziert zurück zu uns, baut sich vor uns auf und öffnet unsere Handschellen. Er funkelt. Die Galle schillert, das Blaulicht blinkt.

»Fahren Sie nach Hause«, sagt er. Keine Spur von Zimt mehr, auch kein Rasierwasser. Nur noch Magensäure.

»Danke, Officer«, sagt Michael. Er nimmt meinen Arm und führt mich zum Auto, und ich kann den wohligen Schauer nicht verbergen, als das Meth an mir leckt und seine Finger nach mir greifen und der Polizist Jojo die Handschellen abnimmt.

»Der Junge hatte einen gottverdammten Stein in der Tasche«, sagt der Polizist. »Fahren Sie nach Hause, und lassen Sie die Kleine so weit wie möglich im Kindersitz.«

Phantom Given schaut mich finster an, als ich mich auf den Beifahrersitz fallen lasse. Mein Körper ist schlapp. Es gelingt mir nicht, zu blinzeln. Meine Augen gehen immer wieder auf. Given-nicht-Given schüttelt den Kopf, als der echte Michael die Beifahrertür zuschlägt.

»Scheiße scheiße scheiße scheiße«, flüstert Misty auf dem Rücksitz. Jojo schnallt Michaelas Beine auf dem Kindersitz an und umarmt sie dann mitsamt der ganzen Konstruktion: inklusive Plastiklehne und Polster. Michaela krallt sich schluchzend in seinen Haaren fest. Ich rechne damit, dass er *Ist schon gut* zu ihr sagt, aber das tut er nicht. Er schließt nur die Augen und reibt sein Gesicht an ihrem. Meine Wirbelsäule ist ein Seil, das mal nach Norden, mal nach Süden gezogen wird. Michael legt den Gang ein.

»Du brauchst Milch«, sagt Michael. Phantom Given wischt sich mit dem Handrücken über den Mund, und da wird mir klar, dass mir die Spucke aus dem Mund läuft, so dick wie Schleim. Given-nicht-Given wendet sich vom Auto ab und verschwindet: Ich verstehe. Phantom Given ist ein Uhrwerk, und wenn er geht, macht der Rest der Uhr tick tack tick tack, sorgt dafür, dass die Straße sich vor uns auftut, die Bäume sich biegen, der Regen strömt, die Scheibenwischer wischen. Ich mache mich ganz klein, vergrabe meinen Mund in Ellbogen und Knien und stöhne. Wünschte, es wäre Mamas Schoß. Mein Kiefer knackt und knirscht. Ich schlucke. Ich atme. Alles köstlich und verflucht.

8. Kapitel

JOJO

ICH KANN IHN NICHT DIREKT ANGUCKEN. Nicht, wenn er im Auto auf dem Boden sitzt, eingezwängt zwischen Kaylas Kindersitz und der Vorderbank, mit dem Gesicht zu mir. Er sagt nichts, er hockt bloß da, die Arme um die Knie, den Mund auf den Handgelenken. Eine Hand zur Faust geballt. Solche Knie wie seine hab ich noch nie gesehn: wie große staubige abgenutzte Tennisbälle. Obwohl er mager ist, seine Arme und Beine klapperdürr, müsste er eigentlich zu groß sein, um in die Lücke zu passen, in die er sich gezwängt hat. Seine Umrisse sind scharf, aber irgendwie ist da zu viel von ihm, deshalb kann ich, wenn ich ihn angucke, nichts anderes denken als *Irgendwas stimmt hier nicht.* Der Satz geistert durch meinen Kopf wie eine Fledermaus, die auf dem Dachboden rumflattert und immer wieder mit den Flügeln an die Ecken stößt. Ich merke erst, dass ich eingeschlafen bin, als ich wach werde, weil der Wagen anhält, Blaulicht blinkt und ein Polizist am Autofenster zu Leonie sagt, dass sie aussteigen soll, und der Junge auf dem Boden sich noch tiefer duckt und seine Hände auf die Ohren legt.

»Sie werden dich fesseln«, sagt er.

Als der Polizist zur hinteren Tür kommt und sagt: »Aussteigen, junger Mann«, rollt sich der Junge noch weiter zusammen, wie ein Rollmops, und schneidet eine Fratze.

»Hab's dir ja gesagt«, sagt er.

Das ist das erste Mal, dass ich von der Polizei befragt werde. Kayla schreit und streckt die Arme nach mir aus, und Misty beschwert sich, ihr T-Shirt rutscht ein Stück tiefer über ihre Schulter, sodass man ihren Busenansatz sieht. Ich schaue kaum hin. Ich habe nur Augen für Kayla, die sich heftig wehrt. Der Mann befiehlt mir, mich hinzusetzen, als wäre ich ein Hund, zu dem er »Sitz« sagt. Also mach ich es, doch dann hab ich ein schlechtes Gewissen, weil ich mich nicht wehre, so wie Kayla, aber dann denk ich an Richie, und dann spür ich Pops Säckchen in meinen Shorts und will es in die Hand nehmen. Denke, wenn ich den Zahn, die Feder, den Zettel berühren kann, dann könnte ich vielleicht spüren, wie die Sachen durch mich durchströmen. Dann würde ich vielleicht nicht anfangen zu weinen. Vielleicht würde sich mein Herz nicht anfühlen, als wär es ein Vogel, der mitten im Flug auf ein Auto prallt und wie betäubt taumelt. Doch da zieht plötzlich der Polizist seine Pistole und richtet sie auf mich. Tritt mich. Brüllt, ich soll mich ins Gras legen. Legt mir Handschellen an. Fragt: »Was hast du da in der Tasche, Junge?«, und greift nach Pops Säckchen. Aber Kayla is so schnell, so klein und stürmisch, und springt auf meinen Rücken. Ich sollte Kayla beruhigen, ihr sagen, dass sie wieder zu Misty laufen soll, dass sie von mir runtergehen und mich loslassen soll, aber ich kriege kein Wort raus. Der Vogel robbt in meinem Hals nach oben, mit zuckenden Flügeln. *Und wenn er auf sie schießt?*, denke ich. *Wenn er uns beide erschießt?* Und obwohl die Handschellen mir in die Handgelenke schneiden, bemerke ich Richie, der aus dem Autofenster schaut. Er lenkt mich von dem warmen, schwülen Tag ab, von Misty, die Kayla wegzieht, aber nur ganz kurz, denn ich kann nicht anders, ich muss zu dem zurück: zu Kaylas braunen Armen und der Pistole, schwarz wie die Verwesung, und genauso grauenvoll.

Das Bild von der Pistole geht nicht mehr weg. Auch, als Kayla sich übergibt, als der Polizist meine Hose durchsucht und mich von den beißenden Handschellen befreit, sogar noch, als wir alle wieder im Auto sitzen und weiterfahren und Leonie sich vorne auf dem Sitz zusammenkrümmt, weil ihr schlecht ist, bleibt diese schwarze Pistole da. Sie is ein Kribbeln im Hinterkopf, ein Prickeln in meiner Schulter. Kayla kuschelt sich an mich und schläft schnell ein, und alles im Auto ist heiß und feucht: Misty schwitzt am Haaransatz, auf Kaylas schnarchender Nase bilden sich Schweißperlen, und ich spür, wie mir das Wasser an der Brust und am Rücken runterläuft. Ich reibe über die Dellen an meinen Handgelenken, wo die Handschellen waren, und seh die Pistole, und der Junge fängt an zu reden.

»Du nennst ihn Pop«, sagt Richie. Ich finde, es sollte eine Frage sein, aber er sagt es, als wäre es eine Feststellung. Ich schaue zu Misty hoch, die an ihren Fingern kaut und aus dem Fenster guckt, und nicke.

»Deinen Großvater«, sagt der Junge, und seine Augen schauen zu seiner Stirn hoch, zum Dach des Autos, als würde er die Wörter, die er sagt, vom Himmel ablesen. Michael kümmert sich auch nich um das, was auf dem Rücksitz vor sich geht; er fährt und streichelt Leonie den Rücken. Sie krümmt sich und stöhnt. Ich nicke noch mal.

»Mein Name?«, sagt er.

Richie, sage ich lautlos.

Er sieht aus, als wollte er lächeln, aber er tut es nicht.

»Er hat dir von mir erzählt?«

Ich nicke.

»Hat er erzählt, woher wir uns kannten? Dass wir zusammen in Parchman warn?«

Ich schnaube und nicke wieder.

»Jetzt schicken sie keine so kleinen Jungs mehr hin wie dich.«

Meine Handgelenke tun immer noch weh.

»Manchmal denke ich, es is anders geworden. Dann schlafe ich und wache auf, und es hat sich überhaupt nich verändert.«

Fühlt sich an, als hätten die Handschellen bis auf die Knochen geschnitten.

»Das is wie eine Schlange, die sich häutet. Von außen sieht's anders aus mit den neuen Schuppen, aber innen drin is alles noch gleich.«

Als hätte mein Mark einen blauen Fleck gekriegt.

»Du siehst aus wie Riv«, sagt Richie. Er legt das Kinn auf die Unterarme und keucht, so als wär er grade eine lange Strecke gerannt. Ich nehme Kayla auf den Schoß, und davon wird mir total heiß. Ich ertrag den unmöglichen Anblick nicht, wie klein zusammengeklappt der Junge da auf dem Boden hockt, deswegen starre ich aus dem Fenster, auf die hohen Bäume, die vorbeiziehn, und denke an die Pistole. Obwohl ihr Anblick mich an eisige Kälte erinnert hat, glaub ich, dass sie sich beim Anfassen heiß angefühlt hätte. So heiß, dass es mir die Fingerabdrücke weggebrannt hätte.

Nach so einer langen öden Strecke, wo man mindestens zwei Stunden lang nichts als Bäume sieht, komm' wir endlich zu einer Tankstelle, und Michael fährt von der Straße ab. Der Junge hat still dagesessen, ich hab Kayla was vorgesungen, und Misty hat mit ihrem Handy gespielt, daher gucken wir alle hoch, als wir auf den Parkplatz fahren. Die Nachmittagssonne brennt monoton und bohrend. Leonie sitzt immer noch vornübergesackt auf dem Vordersitz, aber sie stöhnt nicht mehr. Sie is so ruhig wie der Junge, nur dass sie nich stillsitzt wie er. Sie hat die Arme über der Brust verschränkt und reibt sich den Bauch und die Seiten und den Rücken, wie als ob sie knutschen würde, und gräbt dabei ihre

Finger in die schmalen Spalten zwischen ihren Rippen. Und alle fünf Sekunden oder so kippt ihr Kopf unvermittelt nach hinten, als hätte sie ein Basketball im Gesicht getroffen, so wie mich mal bei einem Spiel auf dem Platz im Park, als ich sieben war. Mein Cousin Rhett hat mir den Ball zugeworfen und zu spät *Fang* gerufen. Ich hatte nich auf ihn geachtet, auch nich auf das Spiel: Ich guckte zu den Tribünen rüber, wo Leonie mit Michael saß, Oberschenkel an Oberschenkel in der kalten Winterluft, in dicke Jacken eingepackt und aneinandergekuschelt wie Nesthennen. Als ich mich umdrehte, knallte mir der Ball auf Nase und Mund, so doll, dass ich weiße Punkte sah und meine Spucke am Ball hängen blieb. Alle lachten, und ich fand es komisch und schrecklich zugleich.

Michael wühlt in Leonies Handtasche, dann zieht er zehn Ein-Dollar-Scheine hervor und wedelt damit.

»Du musst zwei Sachen besorgen. Milch und Kohle.«

»Kayla ist eingeschlafen.«

»Deine Mama ist krank. Sie braucht das für ihren Magen.«

Ich denke an das graue Wasser, den dunklen Sud von den Blättern, den sie für Kayla gekocht hat.

»Sie hat Kayla was gegeben, was sie selbst gemacht hat. Damit sie nich mehr spucken muss. Hat sie davon nichts mehr?«

Ich frage mich, ob diese Medizin, die sie gekocht hat, was immer es auch war, Leonie jetzt helfen könnte. Ob sie davon so krank würde, dass das Gift in ihr, was immer es auch war, herauskommen würde.

»Das hat sie alles Kayla gegeben«, sagt Misty.

»Wozu brauchst du denn Kohle?«

»Jojo, redest du immer so viel, wenn dich einer bittet, etwas zu erledigen?«

Er könnte mich jederzeit schlagen. Meistens war Leonie diejenige, die schlug, aber ich wusste, dass Michael es auch konnte. Allerdings nie mit der geschlossenen Faust. Immer mit der flachen Hand, aber die fühlte sich jedes Mal an wie eine kleine Schaufel, wenn er mich auf die dünnen Schulterblätter schlug, auf die knochige Brust oder auf den Arm, wo die Muskeln nicht dick genug sind, um den Schmerz abzufedern.

»Kayla is eingeschlafen«, sage ich noch einmal und wünsche mir, dass meine Stimme fest ist, aber es kommt nur als leises Murmeln raus, und es klingt gar nich so, wie es klingen soll. Michael hört nicht *Wir brauchen dich nich*. Er hört *Ich bin schwach*.

»Setz sie in ihren Sitz.«

»Dann wacht sie auf«, sage ich. Sie schläft meist sehr tief. Plus sie fühlt sich nicht gut, das heißt, wahrscheinlich wird sie weiterschlafen. Aber ich will sie nicht rübersetzen. Ich will sie nicht in ihrem Sitz lassen, wenn Richie an ihren Füßen sitzt und ihre Zehen an seinem Kopf sind, ihre kleinen Füße neben seinem Mund baumeln. Was, wenn sie ihn sieht?

»Himmel noch mal, dann hol ich es eben«, sagt Misty und macht die Autotür auf.

»Nein«, sagt Michael. »Jojo, du kriegst jetzt gefälligst den Arsch hoch und gehst da rein und holst, was ich dir gesagt habe. Und zwar sofort.«

»Er wird dich schlagen. Mitten ins Gesicht«, sagt Richie, aber er schaut nicht hoch, hebt nicht den Kopf. Sagt es bloß und lässt den Kopf gesenkt. »Ich werd sie nich anfassen.«

»Kayla«, sage ich.

Michael wirft mir das Geld zu und schärft seine Hand zu einer Klinge. Die andere liegt auf Leonies Schulter, um sie zu beruhigen.

»Sie is zu jung, um mir zu helfen«, sagt Richie. »Ich brauch dich.«

»Ich geh schon«, sage ich.

Michael dreht sich nicht wieder um. Er sieht zu, wie ich Kayla in ihren Sitz packe, sieht zu, wie ich versuche, ihren Kopf zu fixieren, damit er nicht nach vorne fällt, damit ihr kleines Kinn sich nicht in ihre Brust bohrt, sieht zu, wie ich zu Richie auf den Boden schaue, der mit den Fingern winkt, den Kopf aber nicht hebt.

»Ich geh nich weg«, sagt Richie.

Im Laden ist es so kühl und draußen so warm und feucht, dass die Fenster beschlagen sind. Leonies Auto ist von drinnen nicht zu sehen, nur das schmierige Grau auf den Scheiben. Der Mann hinter der Theke hat einen dicken, buschigen braunen Bart, die Haare in seinem Gesicht stehen in alle Richtungen ab, aber sonst ist er dünn und gelb, sogar sein Haar, das er quer über den Kopf gekämmt hat, um die kahle Stelle darunter zu verstecken. Das klappt sogar, denn seine Kopfhaut ist genauso gelb wie der Rest von ihm, und ich kann schwer sagen, wo die Haut aufhört und die Haare sprießen.

»Alles?«, sagt er, als ich den Liter Milch und die kleinen Kohlebriketts auf den Ladentisch stelle. Er spricht gedehnt, die Wörter scheinen sich zwischen uns in der Luft zu überschlagen, und ich muss den Akzent übersetzen, um zu verstehen, was er sagt. Ich beuge mich vor. Er tritt einen kleinen Schritt zurück: kaum mehr als ein abgeschnittener Fingernagel. Nur einen Tick. Mir fällt ein, dass ich braun bin, und ich trete auch ein Stück zurück.

»Ja«, sage ich und schiebe das Geld über die Theke.

Als ich mit der Tüte zum Auto komme, ist Michael enttäuscht.

»Geh noch mal rein«, sagt er, »und besorg einen Hammer oder einen Schraubenzieher oder sowas. Guck da, wo sie die Haushaltswaren und das Autozeug haben. Irgendwas werden sie schon haben. Wie soll ich denn sonst die Briketts klein kriegen?«

»War wohl doch nicht alles?«, sagt der Mann, als ich den Reifendruckmesser über die Theke schiebe.

»Nein«, sagte ich. Er lächelt mich an, und seine Zähne sind alle grau. Sein Zahnfleisch rot. Sein Mund das einzig Lebendige an ihm, eine rote Überraschung in der Mitte des Barts. Ich nehme einen Lutscher aus dem Schauglas.

»Was kostet der?«

»Fünfundsiebzig Cent«, sagt der Mann. Seine Augen sagen was andres: Ich würde ihn dir schenken, wenn ich könnte, aber ich kann nicht. Hier sind Kameras.

»Nehm ich«, sage ich, »und den Kassenzettel brauch ich nich.«

Das Wechselgeld fühlt sich in meiner Tasche kalt an, als ich auf Michaels Seite des Autos stehen bleibe und ihm den Druckprüfer gebe.

»Und mein Wechselgeld?«

Ich hatte gehofft, er würde nich dran denken und ich könnte beim nächsten Halt mit Kayla in den Laden gehn und ein Beef Jerky und was zu trinken für mich selbst kaufen. Mein Bauch fühlt sich schon wieder wie ein Ballon an, mit nichts als Luft drin. Ich sammle das Kleingeld um das Säckchen von Pop herum zusammen, und als ich mich wieder auf den Rücksitz setze, reicht mir Michael eine schmutzige Untertasse, die Leonie unter dem Fahrersitz hatte, und ein Stück Kohle und den Druckprüfer.

»Ganz schön teuer die scheiß Kohle«, sagt er. »Mach sie klein.«

»Bonbon«, sagt Kayla und streckt die Hände nach mir aus.

»Michaela, lass deinen Bruder in Ruhe«, sagt Michael. Er streicht über Leonies Haar, beugt sich über sie, um ihr etwas ins Ohr zu flüstern, und ich schnappe ein bisschen was auf. »Schön atmen, Baby, atmen«, sagt er.

»Schsch«, sage ich zu Kayla, richte meine Knie zur Tür aus und beuge mich tief über den Teller und die Kohle. Ich schlage nur leicht auf das Kohlestück, damit der Teller nicht zerbricht. Kayla jammert, und das Jammern wird lauter. Ich rechne damit, dass sie gleich *Bonbon, Bonbon* schreien wird, aber dann dreh ich mich zu ihr um, und sie hat sich zwei Finger in den Mund gesteckt, und da sehe ich an der Art, wie sie mich anguckt, ihre kleinen Augen so rund wie Murmeln, wie sie ganz still in ihrem Sitz sitzt und mit der anderen Hand über den Verschluss ihres Sicherheitsgurts reibt, dass sie es auch hat. Wie ich. Dass sie versteht, wie ich, aber noch besser, weil sie jetzt schon weiß, wie es geht. Weil sie mich angucken kann und weiß, was ich denke, versteht, *Ich hab was, Kayla, hab ein' Lutscher für dich, aber du musst warten, bis ich hiermit fertig bin, dann kannst du ihn haben, versprochen, weil du lieb gewesen bist*, und sie lächelt um ihre nassen Finger herum, die kleinen Zähne so gerade und gleichmäßig wie ungekochte Reiskörner, und ich weiß, dass sie mich hört.

»Mike, bist du dir auch sicher mit dem Zeug?«, fragt Misty.

»Das geben sie einem im Krankenhaus«, sagt Michael.

»Ich hab noch nie gehört, dass man dafür die Sorte nimmt, mit der man grillt.«

»Tja«, sagt Michael.

»Und wenn ihr davon noch schlechter wird?«

»Weißt du, was sie gemacht hat?«

»Ja«, sagt Misty und verschluckt das Wort beinahe, so ruhig ist ihre Stimme.

»Dann weißt du auch, dass sie unbedingt was braucht.«

»Ja, ich weiß.«

»Was andres hab ich nicht«, sagt Michael, und irgendwie is seine Stimme fest, wie aushärtender Beton, als hätte er eine Frage beantwortet: endgültig.

»Fertig«, sage ich.

»Das ganze Stück?«

Ich halte die Untertasse hoch, damit er sie sehen kann, damit er das Häufchen schwarz-graues Pulver sieht, das stark nach Schwefel riecht. Wie faule Erde. Wie im Bayou, wenn das Wasser niedrig steht, wenn das Wasser nach dem Vollmond abfließt oder wenn's nich geregnet hat und der schlammige Grund, in den sich die Krebse eingraben, unter dem blauen Himmel schwarz und zäh wird und anfängt zu stinken. Michael nimmt das Pulver. Er reißt das Plastik vom Milchflaschendeckel, öffnet ihn mit einem Knack und trinkt zwei große Schlucke. Ich hab solchen Hunger, dass ich die Milch in seinem Atem riechen kann, sie im ganzen Auto rieche, als er die Kohle nimmt und sie in die Milch schüttet, den Deckel wieder draufmacht und schüttelt. Die Milch wird grau. Er macht den Deckel wieder auf, und ein neuer Geruch breitet sich im Auto aus, die Art von Geruch, bei dem mein Rachen ganz dick wird, ein Geruch, von dem ich schlucken muss, also schlucke ich.

»Jesus, das stinkt ja verboten!«, sagt Misty. Sie zieht sich ihr T-Shirt über die untere Hälfte ihres Gesichts, wie einen Schleier.

»Es soll auch nich gut riechen, Misty«, sagt Michael. Er richtet Leonie auf, und ihr Kopf fällt nach hinten. Ich erwarte, dass ihre Augen zu sind, aber das sind sie nicht: Sie sind weit offen, und die Lider flattern so schnell wie die Flügel eines Kolibris. Weiß und offen, ein Schock. »Komm schon, Baby, du musst das hier trinken.«

Leonie dreht und windet sich, als hätte sie keine Knochen, ihr Körper krümmt sich wie ein Wurm.

»Bonbon?«, fragt Kayla.

Michaels Nasenlöcher beben, und seine Lippen sind breit gezogen, als wollte er lächeln, aber sie machen keinen Bogen. Seine Zähne glänzen gelb und nass wie bei einem Hund. Er wird nichts mitkriegen. Seine ganze Aufmerksamkeit ist bei Leonie, ihrem sich windenden Hals und ihren Händen, die versuchen, ihn abzuwehren.

Ich wickel den Lutscher aus. Er ist rot und glänzt, und ich verstecke ihn in der hohlen Hand, als ich ihn Kayla rübergebe. Wenn Michael fragt, wo sie ihn herhat, dann sag ich, ich hab ihn auf dem Autofußboden gefunden.

»Was ist das?«, fragt Richie.

»Komm, hilf mir, Misty«, sagt Michael. Die Milch tropft von seinem Unterarm. Leonie wehrt sich. »Halt ihr die Nase zu!«

»Scheiße«, sagt Misty und schon ist sie vom Rücksitz auf den Vordersitz umngezogen und dann halten sie beide Leonie fest, und Michael gießt, so viel er kann, in Leonies Mund, und sie schluckt und keucht und würgt, und überall ist graue Milch.

»Arm!«, sagt Kayla und klettert auf meinen Schoß. Ihr Haar ist weich an meinem Gesicht, und ich rieche den Lutscher in ihrem Atem, zuckrig und sauer, und als sie den Kopf dreht, isses, als hätte ich das Gesicht voll rauer süßer Zuckerwatte.

»Ein Lutscher«, flüstere ich. Richie nickt und streckt die Hände über seinen Kopf.

»Das is deine Mama?«, fragt er.

»Nein«, sage ich und erklär es nich, auch nich, als Michael sie aus dem Auto zieht und beide im Gras neben der Tankstelle knien und sie sich so doll übergibt, dass ihr Rücken krumm wird wie bei einer wütenden Katze.

Ich singe mit Kayla Kinderlieder, während Leonie sich übergibt, weil ich will, dass Kayla sich auf mich konzentriert. Weil ich nich will, dass sie Leonie zusammengekrümmt und spuckend sieht, auch nich, dass sie Michael mit diesem verkniffenen Gesicht sieht, als würde er gleich anfangen zu weinen, und sie soll auch nich sehen, wie Misty mit Bechern voll Wasser zwischen der Tankstelle und dem Grasstreifen, wo sie hocken, hin- und herrennt, mit schriller Stimme und ganz rot im Gesicht. Aber ich singe die Lieder ganz falsch; es is schon so lange her, seit Leonie sie mir vorgesungen hat, dass ich mich nur an einzelne Fetzen erinnern kann, wenn kurz ein Moment aufscheint, in dem ich auf ihrem Schoß saß und wir beide gesungen haben, in der Küche, wo der Dampf von kochenden Zwiebeln, Paprikaschoten, Knoblauch und Sellerie in der Luft hing und es so köstlich roch, dass ich am liebsten die Luft gegessen hätte. Mam lachte über meine Aussprache, darüber, dass ich Kühe Tühe nannte und Katzen Tatzen. Ich muss ungefähr so alt wie Kayla gewesen sein, aber ich konnte auch Leonie riechen, ihren Atem, das rote Zimtkaugummi, das sie immer kaute, wenn sie an meinem Ohr sang. Selbst als ich älter wurde und sie mir keine Küsse mehr gab, dachte ich jedes Mal, wenn jemand dieses Kaugummi kaute, an Leonie, an ihre weichen, trockenen Lippen auf meiner Wange. Kayla ist es egal, ob ich die Lieder aus dem Gedächtnis zusammensetze wie Puzzleteile, die nur fast zusammenpassen: Old MacDonald hat ein Lama, eine Kuh sitzt im Bus und muht, während die Räder sich im Kreis drehn, und die klitzekleine Spinne kriecht in das Rohr und schmollt. Ich mache zu allen Liedern eine Pantomime, aber Kaylas Lieblingsspiel ist eine Spinne, die aufwärts krabbelt, weil ich dabei die Daumen kreuze und meine gespreizten und gekrümmten Finger bewege und im Auto wirklich eine Spinne ist, die nur ein paar Zentimeter von Kaylas Gesicht entfernt gegen den Lauf der Wassertropfen an der Scheibe hochkrabbelt. Aus Dummheit. Als der Junge anfängt zu reden, singe ich flüsternd weiter, und Kayla singt auch flüsternd, weil sie denkt, es ist ein Spaß, und ich höre zu. Dann hört Kayla auf zu singen und hört auch zu, aber als ich auch aufhöre, wedelt sie mit den Armen und quengelt, daher singe ich weiter.

»Ist Riv alt?«, sagt Richie.

Ich nicke trällernd.

»Er war dünner als du. Größer. Hatte irgendwas an sich. Er fiel auf. Nicht bloß, weil er jung war. Sondern weil er Riv war.«

Die Sonne kriecht über den Himmel. Die Sonne scheint am Gesicht des Jungen vorbei, um auf Kayla zu landen und ihre Augen zum Leuchten zu bringen.

»Sind viele Männer da, die nich besonders nett sind. Damals und jetzt auch. Lauter ungute Männer. Die Art Männer, die sich besser fühlen, wenn sie dir was Fieses antun. Als würde das irgendwas in ihnen lindern.«

Wo die Sonne das Gesicht des Jungen treffen und zum Glühen bringen sollte, scheint sie es nur einen Braunton dunkler zu machen.

»Da drinnen schlagen sie dich. Manche gucken Jungs in deinem Alter an und sehen jemand, dem sie Gewalt antun können. Jemand, der innen weich und rosig ist. Riv hat versucht, mich davor zu bewahren. Aber ganz hat er es nicht geschafft, und ich war zu klein. Ich hab's nicht ausgehalten. Musste immer an meine Geschwister denken, ob sie wohl was zu essen hatten. Wollte mal erleben, wie es sich anfühlt, aufzuwachen und nicht das Gefühl zu haben, dass ein Dornbusch in mir drinsteckt.«

Es ist ein Braun, das fast schwarz ist.

»Ich konnte damit nicht leben. Also hab ich beschlossen, wegzulaufen. Hat Riv dir das erzählt?«

Ich nicke.

»Hab's wohl nicht geschafft.« Richie lacht, und es ist ein schleppendes, hinkendes Glucksen. Dann wird er wieder ernst, sein Gesicht Nacht im hellen Sonnenlicht. »Aber ich weiß nicht, wie. Ich muss wissen, wie.« Er schaut hoch zum Autodach. »Riv wird es wissen.«

Ich will nichts mehr von dieser Geschichte hören. Ich schüttle den Kopf. Ich will nicht, dass er mit Pop redet, ihn nach damals fragt. Pop hat mir nie erzählt, was mit Richie passiert ist, als er weggelaufen ist. Jedes Mal, wenn ich danach frage, wechselt er das Thema oder bittet mich, ihm mit irgendwas im Garten zu helfen. Und ich verstehe, was mit ihm los ist, wenn er wegguckt oder weggeht und erwartet, dass ich ihm folge. Ich weiß, was Pop sagen will: *Ich möchte nicht darüber reden. Es tut mir weh.*

»Was ist denn?«, fragt Richie. Er sieht verwirrt aus.

»Sei still«, sage ich leise. Und dann nicke ich Kayla zu, die ihre Finger bewegt und sagt: »Spinne, Spinne.«

»Ich muss ihn noch mal sehen«, sagt er. »Ich muss es wissen.«

Michael hat Leonie wie ein Baby hochgehoben, einen Arm in ihren Kniekehlen, den andern unter ihren Schultern. Ihr Kopf fällt nach hinten. Er spricht an ihrem Hals, während er sie zum Auto trägt. Sie schüttelt den Kopf. Misty wischt mit Papiertüchern ihre Stirn ab. Richie kommt ein Stückchen hoch, als hätte er einen Körper, hätte Haut und Knochen und Muskeln, müsste sich kurz recken, ehe er sich wieder auf seinem zu kleinen Platz auf dem Boden zusammenfaltet.

»Dann kann ich nach Hause.«

Es ist Nachmittag. Die Wolken sind weg, der Himmel weit und blau getüncht, und überall ist weiches weißes Licht, in dem Kayla golden aussieht und ich rot. Alles saugt dieses Licht auf, nur Richie schüttelt es ab. Die Bäume rasseln.

»Du bist nicht mal aus Bois.« Ich sage das, als wär es eine Tatsache, obwohl ich weiß, dass es eine Frage ist.

Richie beugt sich vor, kommt so nah, dass mich sein Atem, wenn er einen hätte, direkt ins Gesicht treffen würde, sein Geruch in meine Nase steigen würde. Ich hab mal Bilder von Zahnbürsten aus den Vierzigerjahren gesehen. So groß wie Haarbürsten, und die Borsten sehn aus wie Metall. Ich frage mich, ob es dort überhaupt welche gab, in Parchman, oder ob sie auf einem Zweig rumgekaut haben, bis er weich und faserig war, und sich damit die Zähne abgerieben haben, so wie Pop es in seiner Kindheit machen musste, das hat er mir erzählt.

»Es gibt Sachen, von denen denkt man, man kennt sie, aber man kennt sie nicht.«

»Was denn?« Ich spucke das schnell aus, weil Misty jetzt die Vordertür aufmacht und Michael Leonie auf den Beifahrersitz legt, und ich weiß, den Rest meiner Worte muss ich still sagen.

»Zuhause ist nicht immer nur ein Ort. Das Haus, in dem ich aufgewachsen bin, ist nicht mehr da. Da is nur noch ein Feld und ein Wäldchen, aber selbst wenn das Haus noch da wäre, darum geht's nicht.« Richie reibt seine Fingerknöchel aneinander. »Ich weiß nich.«

Ich hebe die rechte Augenbraue. Mam kann das, und ich kann das. Pop und Leonie nicht.

»Zuhause hat was mit der Erde zu tun. Ob die Erde sich für dich öffnet. Ob sie dich so nah an sich zieht, dass der Abstand zwischen ihr und dir schmilzt und ihr eins werdet und sie wie dein Herz schlägt. Gleichzeitig. Wo meine Familie gewohnt hat … da is sie eine Wand. Ein harter Boden, Holz. Dann Beton. Keine Öffnung. Kein Herzschlag. Keine Luft.«

»Na und?«, flüstere ich.

Michael lässt den Motor an und fährt von dem schmalen Kiesparkplatz neben der Tankstelle runter. Wind massiert meine Kopfhaut.

»Dies ist meine Art, es zu finden.«

»Was zu finden?«

»Ein Lied. Der Ort ist das Lied, und ich werde Teil des Lieds sein.«

»Das macht überhaupt kein' Sinn.«

Misty wirft mir einen Blick zu. Ich gucke aus dem Fenster.

»Kommt noch«, sagt Richie. »Deswegen kannst du Tiere hören und Sachen sehen, die gar nich da sind. Es gehört zu dir. Es ist alles, was in dir und außerhalb von dir ist.«

»Was noch?« Ich senke meine Hand und meinen Mund.

»Was?«

»Was kenn ich sonst noch nich?«

Richie lacht. Es ist das Lachen eines alten Mannes: ein krächzendes Pfeifen.

»Zu viel.«

»Die Hauptsachen«, sage ich mit den Lippen.

»Zuhause.«

Ich rolle mit den Augen.

»Die Liebe.«

Ich zeige auf Kayla. Richie zuckt die Achseln.

»Es gibt noch mehr«, sagt er. Er rutscht rum, als wär ihm der Boden zu hart, als würde er nicht gern über Liebe reden. Und wie er mich dann anschaut, wie die Sekretärin in der Schule, als ich sieben war und mir ein Missgeschick passiert ist und ich mir in die Hose gemacht hatte und Leonie nicht mit frischen Sachen für mich gekommen ist, sodass ich eine Stunde lang zitternd auf einem harten orangenen Plastikstuhl im Büro saß, bis sie Mam angerufen haben, und sie kam und mich bei der Hand nahm und mich von der Klimaanlage nach draußen in die Wärme brachte. So als täte ich ihm leid, wegen dem, was ich noch lernen muss.

»Und die Zeit«, sagt er. »Du hast keinen blassen Schimmer von der Zeit.«

9. Kapitel

RICHIE

Ich weiss, dass Jojo noch unschuldig ist, denn ich sehe es an seiner unversehrten Rundlichkeit: seinem glatten Gesicht, prall vom Babyspeck; dem runden, weichen Bauch; den Händen und Füßen, die so weich sind wie die seiner kleinen Schwester. Er sieht noch jünger aus, wenn er schläft. Seine Schwester liegt halb auf ihm, und beide schlafen wie junge Wildkatzen: die Münder offen, Arme und Beine ausgebreitet, die Kehlen ungeschützt. Als ich dreizehn war, wusste ich viel mehr als er. Ich wusste, dass Fußeisen in die Haut einwachsen konnten. Ich wusste, dass Leder durchs Fleisch schneiden konnte wie durch Butter. Ich wusste, dass Hunger wehtun konnte, mich wie einen Kürbis aushöhlen konnte und dass der Anblick meiner hungernden Geschwister noch einen andren Teil von mir aushöhlen konnte. Mein Herz verzweifelt durch meine Brust jagen konnte. Ich betrachte Jojo und Kayla, wie sie ausgestreckt daliegen und schlafen und frage mich, ob ich je so geschlafen habe, als ich klein war. Ich frage mich, ob Riv mich je betrachtet und auf der Pritsche neben seiner ein so wildes, naives Wesen gesehen hat. Ich frage mich, ob er Mitleid hatte. Oder ob es eher Liebe war. Jojo stößt einen Schnarcher aus, der zu einem Schnauben wird und dann verstummt, und ich spüre etwas in meiner Brust, da wo mein Herz säße, wenn ich noch am Leben wäre, das weich wird bei seinem Anblick.

Als ich klein war, habe ich das mit der Zeit auch nicht verstanden. Woher hätte ich wissen sollen, dass Parchman mich, nachdem ich gestorben war, vom Himmel holen würde? Wie hätte ich ahnen können, dass Parchman mich an sich ziehen und nicht mehr loslassen würde? Und wie hätte ich verstehen sollen, dass Parchman Vergangenheit, Gegenwart und Zukunft in einem war? Dass die Geschichte und die Geisteshaltung, die diesen Ort aus der Wildnis herausgeschält hatten, mir zeigen würden, dass die Zeit ein unermessliches Meer ist und dass alles gleichzeitig geschieht?

Ich saß in der Falle, genau wie in dem Raum aus Kiefern, in dem ich aufgewacht war. Genau wie vorher, ehe die weiße Schlange und der schwarze Geier mich holen kamen. Parchman hatte mich erneut gefangen genommen. Ich wanderte in dem neuen Gefängnis herum, Nacht für Nacht. Es war ein Ort, der von Schlackenbetonblöcken und Zement begrenzt wurde. Ich sah die Männer im Dunkeln ficken und kämpfen, so ineinander verschlungen, dass ich nicht mehr sagen konnte, wo der eine aufhörte und der andere anfing. Ich habe so viele Erdumdrehungen in dem neuen Parchman verbracht. Ich hielt Ausschau nach dem dunklen Vogel, aber er war abwesend. Ich verzweifelte, grub mich in die Erde ein, schlief, und beim Aufwachen erblickte ich das neugeborene Parchman: Ich schaute zu, wie Männer in Ketten das Land rodeten und die ersten Holzklötze für die ersten Baracken der Gunmen und Trusty Shooters in die Erde rammten. Ich dachte, ich wäre in einem bösen Traum. Ich dachte, wenn ich mich einbuddelte und schlief und wieder aufwachte, wäre ich wieder im neuen Parchman, aber stattdessen erwachte ich nach diesem Schlaf im Delta, bevor es das Gefängnis gab, und Ureinwohner zogen über die fruchtbare Erde, jagten und machten Pausen, um Stickball zu spielen oder zu rauchen. Verstört grub ich mich wieder ein und schlief und wachte wieder im neuen Parchman auf, sah Männer mit langem Haar, das zu Zöpfen am Kopf geflochten war, die stundenlang in kleinen fensterlosen Räumen saßen und große schwarze Kästen anstarrten, durch die Träume strömten. Ihre Gesichter in dem blauen Licht waren so reglos wie die von Leichen. Ich grub mich ein und schlief und wachte noch viele Male auf, ehe mir klar wurde, dass darin das Wesen der Zeit bestand.

Es war eine kleine Gnade, dass ich nie im alten Parchman auftauchte, dem, wo Riv und ich gelebt hatten. Dieses Parchman besuchte ich nur in meinen Erinnerungen, Erinnerungen, die an die Oberfläche stiegen wie Fäulnisblasen im Sumpf. Riv hatte in Parchman eine Frau; sie ist ein goldener Stern in der dunklen Decke der Erinnerung, die mich beim Schlafen einhüllt. Sie war eine Prostituierte, die die Schwarzen Männer im Gefängnis bediente, und sie sah aus, als könnte sie meine Mama sein, genauso dünn wie ich, genauso dunkel, die Augen so tintenschwarz wie die Bäume bei Anbruch der Nacht. Sie trug viel Gelb. Ich habe Riv mal gefragt, warum er sie so gern mochte, und er hat mir gesagt, das wäre etwas, das ich verstehen würde, wenn ich älter war. Ich fragte ihn, ob er sie liebte, und er schüttelte den Kopf, und ich fragte mich, ob es unten am Golf eine gab, die er liebte, irgendein Salzwassermädchen.

Es war die Frau in Gelb, die Sunshine Woman, wie sie von den Männern genannt wurde, die mir und Riv von den Lynchmorden erzählte. Es war ihr letzter Tag in Parchman, aber das wusste keiner von uns, und sie saß mit verschränkten Armen und einer Hand über dem Mund da und beobachtete die Trusty Shooters. Wir saßen in einer Ecke vom Hof, im Schatten eines Schuppens, und sie erzählte uns von dem letzten Mann, der erhängt worden war. *War ein Schwarzer,* sagte sie, *von außerhalb von Natchez.* Ist eines Tages mit seiner Lady in die Stadt gefahren und hat den

Bürgersteig nicht frei gemacht, als eine Weiße Frau ihnen entgegenkam. *Ist zu nah an sie rangekommen,* sagte Sunshine Woman, *hat sie ganz dicht gestreift. Konnte durch ihre Kleider spürn, wie weich sie war,* sagte Sunshine Woman. *Die Weiße Frau hat ausgespuckt, den Schwarzen Mann und seine Frau verflucht, und die Schwarze Frau hat Sorry gesagt. Dass ihr Mann es nich absichtlich getan hat.* Sunshine Woman glaubte, in Wirklichkeit wollte er nur nicht, dass seine Frau auf die Straße treten musste, denn die war voller Pfützen, weil es doll geregnet hatte und alles unter Wasser stand. Vielleicht war der Schwarze Mann stolz gewesen, dachte, er könnte seine Lady zuvorkommend behandeln, sie weitergehen lassen, damit sie nicht schmutzig wurde. *Sie hatte ihr schönstes Kleid an,* sagte Sunshine Woman. Die Weiße Frau ging nach Hause und erzählte ihrem Mann, dass der Schwarze Mann sie belästigt und die Schwarze Frau sie respektlos behandelt hatte. Der Schwarze Mann und seine Frau waren auf dem Heimweg, als der Mob sie einholte. *Das sind sie,* sagte die Weiße Frau, *das da sind die beiden.* Sunshine Woman sagte, es waren über hundert. Die Leute aus dem Ort sahen die vielen Lichter da draußen, die Fackeln und die Laternen, die die Nacht so hell machten wie die Dämmerung.

Und dann fing Sunshine Woman an zu flüstern. Sie sagte, ihre Leute sind am nächsten Tag in den Wald gegangen und haben sie gefunden. Erzählte, dass die Meute sie so schlimm zugerichtet hatte, dass ihre Augen in ihren geschwollenen Köpfen nicht mehr zu sehen waren. Überall auf dem Boden lagen Wurstverpackungen und Wachspapier und abgenagte Maiskolben. Dem Mann fehlten die Finger, die Zehen und die Genitalien. Der Frau fehlten die Zähne. Beide waren aufgehängt worden, und die Erde um die Wurzeln des Baums herum rauchte, weil die Meute das Paar auch noch angezündet hatte. *Hier is man nich sicher,* sagte Sunshine Woman, *und deswegen siehst du mich hier heut zum letzten Mal, Riv. Ich geh in den Norden, nach Chicago, mit Tante und Onkel,* sagte sie, *und du bist ein Trottel, wenn du nich auch dahin kommst, sobald du hier raus bist.*

Riv sah aus, als hätte er etwas Ekliges verschluckt, ein Insekt oder einen Stein im Essen, und er sagte: *Nee, Sunshine Woman, ich muss zurück in den Süden.* Riv schaute zu mir rüber und sagte: *Vielleicht hättest du diese Geschichte lieber nich uns beiden erzählen sollen. Vielleicht hättest du damit warten sollen.*

Er's erwachsen genug, um hier zu sein, Riv, sagte Sunshine Woman. *Also isser auch erwachsen genug, um Bescheid zu wissen.*

Da hatte Riv seinen Arm aus ihrem gezogen und war in die Sonne hinausgetreten.

Bloß dass er hier is, heißt noch lange nich, dass er das aushält. Sollte er auch nich müssen, sagte Riv.

Sunshine Women wirkte enttäuscht von Riv, wütend, aber sie schob ihre Hand trotzdem unter seinen Arm, obwohl es aussah, als täte es ihr weh, und sagte: *Tut mir leid, Riv. Tut mir leid, Junge.* Dann zog sie Riv weg, und sie ließen mich im Schatten des Gebäudes stehen. Ich schaute an dem verrosteten Blech der Wände rauf, und mir wurde klar, dass ich Sunshine Woman hätte sagen können, dass sie mir nichts erzählt hatte, was ich nicht schon wusste. Ich fragte mich, ob Riv dann wohl weniger sauer auf sie gewesen wäre. Einmal, als ich im Wald mit meinen Geschwistern spielte, entdeckten wir an einem Baum etwas, was mal ein Mann gewesen war. Er war ein kleiner Mann, so klein wie ich, aber zäh wie Gummi von der Verwesung, und er stank, und sein Mund stand offen, als würde er grinsen. Dieses Grinsen war der Teufel. Meine kleinen Brüder und Schwestern rannten schreiend nach Hause, und als ich heimkam, gab mir meine Mama eine Ohrfeige, weil ich der Älteste war und mit den anderen dahin gegangen war, wo wir nichts zu suchen hatten. Aber als ich darüber nachdachte, wie Riv Sunshine Woman zurechtgewiesen hatte, wie er von ihr abgerückt war, um mich zu beschützen, da fing ich an, zu kapieren, was Liebe bedeutet. Ich verstand allmählich, dass das, was Riv und Sunshine Woman machten, kein Ausdruck von Liebe war, aber dass Riv für mich in die Sonne getreten war, schon. Ich fühlte mich schlapp und setzte mich auf die Erde, wegen der Schwere der Sache. Ich wollte Sunshine Woman nachrufen, ihr sagen, dass ich es machen würde: Ich würde in den Norden gehen, wenn ich freikam. Riv schaute zu mir zurück, und seine Augen waren glasig und dunkel; es war so, als könnte er meine Gedanken hören, als wüsste er, was ich sagen wollte. Während ich zusah, wie Sunshine Woman Riv von mir wegzog, spürte ich ein Stechen in den Zehen, in meinen Fußsohlen, in den Beinen, im Po und den Rücken rauf, wo es in meinen Knochen in Flammen aufging, die sich durch meine Rippen leckten, ein freies und mächtiges Gefühl, wie eine Stimme, die sich aus einer Kehle befreit hat, ein Schrei, der überall in mir tönte, und da wusste ich, dass ich weglaufen würde.

Ich fing an, Zuhause zu verstehen, als Riv und ich nebeneinander schliefen und Riv mir im Dunkeln Geschichten erzählte. Einmal erzählte River mir vom Ozean. Er sagte: *Wir haben echt viel Wasser da, wo ich her bin. Es kommt in Flüssen aus dem Norden zu uns runter. Sammelt sich in Bayous. Rauscht runter bis zum Ozean, und der reicht bis an die Ränder der Erde, die man sehn kann. Er wechselt die Farbe,* sagte er, *wie eine kleine Eidechse. Manchmal sturmblau. Manchmal eisgrau. Frühmorgens silbern. Man guckt sich das an, und dann weiß man, dass es einen Gott gibt,* sagte er zu mir, während die anderen Gunmen husteten und sich im Bett wälzten. *Vielleicht kannst du eines Tages, wenn du und ich hier raus sind, mal runterkommen und ihn sehen,* sagte Riv.

Kayla hat eine Hand um Jojos Hals gelegt, und er wirft einen Arm über ihren Rücken, und ich frage mich, ob sie wohl den gleichen Traum träumen. Ich frage mich, ob sie von zu Hause träumen: von dschungelwirren Bäumen, die das Gewicht des Himmels tragen. Von Bächen, die in Flüsse münden, die ins Meer münden. Ich frage mich, ob der Grund, warum ich Parchman nicht verlassen konnte, ehe Jojo kam, der war, dass es eine Art Zuhause für mich war: schrecklich und prägend wie die eiserne Kette, an der Hunde liegen und die sie dazu treibt, hysterisch zu bellen und im Kreis zu rennen und sich bis zu den Graswurzeln in die Erde zu wühlen, um kleinere Tiere zu zerreißen, um alle erreichbaren Lebewesen zu töten.

Heute, als Jojo nach Parchman gekommen ist, bin ich vom Flüstern der weißen Schlange aufgewacht, die sich zusammen mit mir ein Nest in der Erde gegraben hatte, damit sie in mein Ohr flüstern konnte. Damit sie sich im Dunkeln um meinen Kopf winden und flüstern konnte: *Wenn du dich erhebst, kann ich dich über die Wasser dieser Welt hinweg in eine andere tragen. Dieser Ort bindet dich. Dieser Ort blendet dich. Behalt die Schuppe, selbst wenn du nicht fliegen kannst. Geh in den Süden, zu River, zum Angesicht des Wassers. Er wird es dir zeigen. Geh in den Süden.* Sie wickelte sich um mich und stachelte mich an, nach oben zu klettern, aus der Erde heraus, dem Geruch von Rivs Blut nach oben zu folgen, so schwer wie der Duft von aufgeblühten Spinnenlilien. Als ich Jojo und Kayla auf dem Parkplatz entdeckte, verwandelte sich die Schlange auf meiner Schulter in einen Vogel, der aufstob und mit dem Wind davonflog, schnell in Richtung Süden aufbrach, zu einer einsamen Reise. Als Kayla im Schlaf wimmert und Jojo ihr beruhigend über den Rücken streicht, senkt sich ein Schatten und huscht über sie hinweg. Oben am Himmel schwebt der Schuppenvogel, ein dunkel schimmerndes Licht.

Ich werde dir folgen, sage ich. Ich hoffe, er kann mich hören. Ich sage: *Bald komme ich nach Hause.*

10. Kapitel

LEONIE

Als wir ganz frisch zusammen waren, verbrachten Michael und ich einen Monat lang die Nächte im Auto auf dem Anleger im Bayou; wir küssten uns, sein Gesicht an meinem, die weiche Haut im Wind, der salzig-süß durch die offenen Fenster hereinwehte. Es war ein Monat, in dem wir überall herumfuhren, außer in der Nähe seines Hauses im Kill, und er mich eine Stunde vor Anbruch der Dämmerung wieder zu Hause absetzte. In einer dieser Nächte sprang ich von der Klippe am Flussufer. Ich nahm Anlauf vor dem Sprung, um nicht auf dem steinigen Ufer zu landen; ich fiel in das fedrige, dunkle Herz des Wassers und tauchte bis auf den Grund ein, wo der Sand eher schlammig als körnig war und untergegangene Bäume langsam verrotteten, innen schon weich und schleimig. Ich schwamm nicht nach oben; der Sprung hatte meine Arme und Beine betäubt, sie waren von dem donnernden Aufprall auf dem Wasser wie gelähmt. Ich ließ mich vom Wasser nach oben tragen. Es war ein langsamer Aufstieg: aufwärts, immer höher, auf ein milchiges Licht zu. Ich weiß das noch ganz genau, denn ich hab es nie wieder gemacht, dieses lähmende Auftauchen hatte mich erschreckt. Genau so fühlt es sich jetzt an, mit dem Kopf auf Michaels Schoß aufzuwachen, seine Finger immer noch auf meiner Kopfhaut zu spüren, das Rumpeln des Autos, das Licht, das in grellen, schrägen Strahlen durch die Fenster hereinfällt. So fühlt es sich an, aus einer dunklen Tiefe aufzutauchen. Ich komme ein Stück hoch, lege meine Stirn auf Michaels Oberschenkel und stöhne.

»Hey.« Ich höre das Lächeln in seiner Stimme; das Wort klingt höher, dünner. Ich bin zu dicht an seinem Schritt.

»Hey«, sage ich und richte mich weiter auf. Als ich schließlich aufrecht sitze, fühlt es sich falsch an. Als wären alle Knochen in meiner Wirbelsäule, alle Verbindungsstücke umgestoßen und schief wieder zusammengesetzt worden.

»Wie geht's dir?«

»Was?«

Michael streicht mir das Haar aus der Stirn, und ich mache bei der Berührung die Augen zu. Meine Kehle brennt. Michael schaut in den Rückspiegel und zieht mich dann zu sich heran, sodass mein Kopf an seiner Schulter liegt, seine Lippen an meinem Ohr.

»Die Polizei hat uns angehalten, weißt du noch? Du hast das Zeug von Al verschluckt, weil wir keine Zeit hatten, es loszuwerden. Der Fußboden war total vollgemüllt. Du solltest dein Auto mal sauber machen, Leonie.« Er klingt wie Mama, als er das sagt.

»Ich weiß, Michael. Und dann?«

»Ich hab dir an der Tankstelle Milch und Kohle besorgt. Du hast gekotzt.«

Ich schlucke, und meine Zunge tut unten an der Wurzel weh.

»Mein Mund tut weh.«

»Du hast viel gekotzt.«

Die Welt draußen besteht aus wackligen grünen Schlieren in der Farbe von Michaels Augen, der Farbe der Bäume, aus denen im Frühling das Leben hervorplatzt. Die Erinnerung, die mich aus dem Dunkel nach oben getragen hat, die Erinnerung an den Sprung von der Klippe, ist ein grünes Sirren, aber nichts davon ist in mir. Nur schlaffe Glieder, wie Wassereichenzweige, trocken und moosig, zu Asche verbrannt, schwelend. Ich fühle mich falsch.

»Wie lange noch bis nach Hause?«

»Eine Stunde ungefähr.«

Sogar die Kiefern mit ihrem beständigen, verhaltenen Grün wirken heller. Durch sie sehe ich, dass die Sonne bald untergeht.

»Weck mich dann.«

Ich lege mich in die Asche und schlafe ein.

Als ich aufwache, hat Michael alle Fenster aufgemacht. Ich habe stundenlang geträumt, so kommt es mir vor, davon, wie ich in einem langsam schlapp werdenden Schlauchboot auf der endlosen Wasserfläche des Golfs von Mexiko treibe, weit draußen, wo die Fische größer sind als die Menschen. Ich bin nicht allein in dem Boot, Jojo und Michaela und Michael sind auch da, wir sitzen dicht gedrängt. Aber das Boot muss ein Loch haben, denn die Luft geht raus. Wir sinken, und unter uns gleiten Mantarochen durchs Wasser, und Haie schubsen uns herum. Ich versuche, alle über Wasser zu halten, obwohl ich selbst kämpfen muss, um oben zu bleiben. Ich sinke unter die Wasseroberfläche und schiebe Jojo nach oben, damit er über den Wellen bleibt und atmen kann, aber dann geht Michaela unter, und ich schiebe sie nach oben, und Michael geht unter, also schiebe ich ihn an die Luft, während ich selbst untergehe und strample, aber sie bleiben nicht oben: Sie wollen untergehen wie Steine. Ich stoße sie an die Oberfläche, in den geteilten Himmel, damit sie leben können, aber sie entgleiten mir immer wieder. Der Traum ist so real, dass ich ihre nassen Kleider förmlich an meinen Händen spüre. Ich versage. Wir ertrinken alle.

»Geht's dir besser?«, fragt Michael.

Der Himmel ist jetzt rosa, und alle sehen mitgenommen aus,

sogar Misty, die eingeschlafen ist; ihr Gesicht liegt platt gedrückt an der Scheibe, das Haar fällt über ihre Stirn an Nase und Wange entlang, wie ein gelbes Kopftuch.

»Glaub schon«, sage ich.

Und so ist es auch, abgesehen von dem Traum. Der bleibt da, eine Wunde im Gedächtnis, die wehtut, wenn ich sie anfasse. Ich drehe den Kopf, um nach Michaela zu sehen. Ihr T-Shirt klebt kalt und nass an ihrem kleinen heißen Körper.

»Wir könnten die Kinder absetzen. Noch was essen, bevor wir nach Hause fahren.«

»Nach Hause?«

»Zu deiner Mama und deinem Daddy«, sagt Michael.

Ich wusste, dass wir dorthin fahren, wusste, dass wir sonst nirgendwo hinkonnten. Nicht in den Kill, zu seinen Eltern, die Michaela noch nie leibhaftig gesehen haben. Wir können nicht da hin, wo wir nicht willkommen sind. Aber ich hatte wohl an eine Wohnung gedacht. Sobald wir uns aufgerappelt haben, werden wir uns darum kümmern, aber ich hatte es mir so plastisch vorgestellt, dass ich nur diese Wohnung im Sinn hatte, wenn ich ans Nachhausekommen dachte. Ich stellte mir vor, wie wir in einer der größeren Städte an der Golfküste wohnten, in einem der dreistöckigen Häuserkomplexe mit Treppen aus Metall und Beton, die von einem Stockwerk zum nächsten führten. Wir hätten große, weiß getünchte Zimmer mit Teppichboden, Platz, Anonymität und Ruhe.

»Ja«, sage ich.

»Du bist also dafür?«

Michaela tritt gegen die Lehne meines Sitzes. Ihr Haar klebt an ihrem Kopf, und sie kaut auf einem Lutscherstiel herum, der sich langsam auflöst, sodass ein paar Fetzen der aufgeweichten Pappe in ihren Mundwinkeln hängen bleiben. Ich lächle sie an, warte, dass sie zurücklächelt, aber sie tut es nicht. Sie tritt noch mal und entblößt die Zähne um den Lutscherstiel herum, aber es ist kein Lächeln.

»Michaela, hör auf, gegen Mamas Sitzlehne zu treten.«

»Oni«, sagt sie, saugt an dem Stiel und wirft beide Hände in die Luft. Jojo schaut vom Fenster weg, auf ihre kickenden Füße, und runzelt die Stirn. »Oni!«, schreit sie.

»Sie sagt deinen Namen«, sagt Michael.

»Mama«, sage ich zu Michaela.

»Oni«, sagt Michaela, und ich tauche kurz wieder in den Traum vom Ertrinken ein und spüre ihren heißen, nassen Rücken, der wie eine Boje auf meinen Handflächen schwebt und wegrutscht, wegrutscht.

»Ja«, sage ich zu Michael. »Setz sie ab.«

Michael biegt von der schmalen, von Bäumen überdachten Straße in eine andere, ähnliche ab, das Wasser tropft von den Blättern auf unsere Windschutzscheibe, und ich erkenne am Geäst, dass wir in Bois sind. Ein Stück vor uns gehen zwei Gestalten die Straße entlang, und als wir durch den grünen Tunnel weiterfahren, sehe ich den kleinen, muskulösen Mann, der einen schwarzen Hund an der Leine führt. Und neben ihm eine dünne kleine Frau mit zobelbraunem Ringelhaar, das sich wie eine schillernde Schmetterlingswolke bewegt. Erst als wir fast neben ihnen sind, erkenne ich die beiden. Es sind Skeetah und Eschelle, zwei Geschwister aus der Nachbarschaft. Die beiden gehen im Gleichschritt, mit federndem Gang. Esch sagt etwas, und Skeetah lacht. Wir fahren an ihnen vorbei, während die Dämmerung die Straße verdunkelt.

Michaela tritt wieder gegen meinen Sitz, und ich drehe mich um und gebe ihr einen so heftigen Klaps aufs Bein, dass meine Handfläche brennt. Neid paart sich mit Wut. Dieses Mädchen hat's so gut: Sie hat alle ihre Brüder.

Das Haus sieht aus, als wäre es in die Erde eingesunken. Der Dachfirst schief. Jojo wirkt größer als bei unserer Abfahrt, als er am Türknauf rüttelt und dann durch die dunkle Tür verschwindet. Doch kurz darauf erscheint er wieder und kommt auf das Auto zu, und inzwischen ist es so dunkel, dass ich sein Gesicht nicht erkennen kann. Selbst als er ans Autofenster tritt und Michael die Deckenlampe anmacht, ist sein Gesicht mit einem schwarzen Film bedeckt.

»Sie sind nicht da«, sagt er.

»Mama und Pop?«, frage ich.

»Ja.«

»Haben sie eine Nachricht dagelassen?«

Jojo schüttelt den Kopf.

»Steig wieder ein«, sagt Michael.

»Was?«, frage ich. Ich bin so müde, dass es sich anfühlt, als hätte mir jemand ein nasses Handtuch aufs Gehirn gelegt, dessen Gewicht die Gedanken erstickt.

»Wir können hier warten.« Jojo bleibt stehen.

»Steig wieder ein«, sagt Michael.

Jojos Lippen werden schmal, und er steigt hinten ins Auto. Michaela hat ihr Gesicht wieder an seinem Hals vergraben, einer ihrer Finger spielt mit einer Locke von Jojos Haaren. Michael fährt rückwärts auf die menschenleere Straße.

»Wo fahren wir hin?«, sagt Jojo.

»Wir besuchen deine Großeltern.«

Mein Herz ist ein Eichhörnchen, das in der Falle sitzt. Die feinen Härchen an meinen Armen richten sich auf und zittern. Ich sehe Michaels Daddy, fett und schwitzend, das Gewehr locker auf dem Rasenmäher, dessen Motor knirscht und heult, weil er den Mäher mit Höchstgeschwindigkeit über den Rasen treibt, um so schnell es geht zu meinem Auto zu kommen, um mich zu erwischen. Ich sehe meine Hände, schwarz und knochig, am Lenkrad. Ich sehe Givens Hände, so knochig wie meine, aber mit runden Schwielen von der Bogensehne.

»Wieso jetzt?«, frage ich.

»Ich bin wieder zu Hause«, sagt Michael. »Du weißt doch, dass sie kein einziges Mal nach Parchman gekommen sind.«

»Weil es ihnen egal war«, sage ich, obwohl ich weiß, dass es nicht stimmt.

»Nein. Sie wissen nur nicht, wie sie ihre Gefühle zeigen sollen.«

»Wegen mir. Und den Kindern«, sage ich.

Das ist ein alter Streitpunkt zwischen uns. Michael versucht es diesmal anders.

»Außerdem ist Jojo schon dreizehn. Es wird mal Zeit.«

»Er is dreizehn, und sie wollten ihn bis jetzt kein einziges Mal sehen, und Michaela auch nicht«, sage ich.

Michael sagt nichts dazu und fährt Richtung Norden. Die Luft ist kühler oben im Kill, denn dort gibt es noch weniger Häuser, dafür umso mehr dunkles Land, das unter dem schwärzer werdenden Himmel schläft.

»Vielleicht überraschen sie uns ja, Leonie«, sagt Michael.

Mein Mund schmeckt nach Erbrochenem.

»Süße.«

»Nein.«

Michael fährt rechts ran. Die Grillen toben.

»Bitte«, sagt Michael. Er streichelt meinen Nackenansatz. Ich würde am liebsten aus dem Autofenster klettern und weglaufen, einfach verschwinden.

»Nein.«

»Sie haben mich gemacht, Baby. Und wir haben die Kinder gemacht. Sie werden Jojo und Michaela anschauen und das erkennen«, sagt Michael. Ich spüre, wie meine Schultern langsam loslassen, sich entspannen, sinken.

»Was hast du ihnen gesagt?«, frage ich.

Michael betrachtet die Insekten, die über die Windschutzscheibe springen, als wären sie Libellen und die Scheibe hartes Wasser.

»Ich hab gesagt, es wird Zeit«, sagt Michael. »Dass sie, wenn sie mich lieben, auch die beiden lieben müssen, weil sie ein Teil von mir sind.« Dann schaut er mich an, seine grünen Augen sehen im Dämmerlicht braun aus, sein Haar dunkel: ein Fremder auf dem Fahrersitz. »Genau wie du«, sagt er.

Ich schlage seine Hand von meinem Hals und reibe mir die Stelle, wo er mich berührt hat, als wär dort ein Mückenstich.

»Na schön«, sage ich, und Michael fährt nach Norden, rauf zum Kill.

»Kayla hat Hunger«, sagt Jojo.

»Chip!«, sagt Michaela. Die Welt draußen ist dunkel, die Felder und Bäume pechschwarz. Ich kurbele mein Fenster hoch, das einen Sprung hat. Ich habe Misty geweckt, als wir in ihre Schottereinfahrt einbogen, und sie hat sich ihre Tasche geschnappt und ist mit einem sarkastischen »Na dann, hat echt Spaß gemacht mit euch« aus dem Auto geklettert. Sie wird mich ein oder zwei Tage hassen, aber wenn sie erst mal ihre Sachen gewaschen hat und den Geruch nach Erbrochenem nicht mehr in der Nase hat, dann ruft sie wieder an. Ich weiß das, ich hab's an der Art gesehen, wie sie sich, nachdem sie die Autotür zugeknallt hatte, noch mal zu meinem Fenster runtergebeugt, Michael angefunkelt und »Viel Glück« gesagt hat. Als ich mich über den Rücksitz beuge, um das Fenster hochzukurbeln, schaut Jojo auf den Fußboden, als hätte er was verloren.

»Ist da unten was zu essen?«

»Nein«, sagt er.

»Wir fahren zu deinen Großeltern«, sagt Michael.

»Chip«, sagt Michaela.

»Du kriegst bald was zu essen, Michaela«, sage ich. »Gib sie mir rüber, Jojo.«

Jojo schnallt sie ab und reicht sie nach vorne. Ihr Haar ist hinten ganz wirr, ihre Locken sind vom Reiben an der Sitzlehne verfilzt. Ich streiche sie nach oben glatt und versuche, sie auf dem Oberkopf zu einem Dutt zu zähmen, aber Michaela schüttelt sich und schreit wieder nach einem Kartoffelchip. Ich krame in meiner Handtasche. Am Boden ist nichts zu finden außer etwas Kleingeld und einem Pfefferminz, das ich aus der Bar mitgenommen habe. Ich wickele es aus und gebe es Michaela, und sie lutscht es und wird ruhig. Im Auto riecht es nach Minze und nach ihrem Haar, zuckersüß. Michael wird langsamer, um die Bahnschienen zu überqueren, und im selben Moment schießt ein Wildschwein aus dem Wald heraus, so groß wie zwei Männer, mit Stoßzähnen und schwarzem Fell, und rennt über die Straße, auf den schweren Hufen so leichtfüßig wie ein Kind. Michael kommt leicht ins Schlingern, und ich umklammere Michaela, aber ich kann sie nicht halten, sie fliegt vorwärts und schlägt mit dem Kopf auf das Armaturenbrett. Michael fährt mit einem Schlenker an den Straßenrand und hält an. Michaela prallt zurück, rutscht nach unten zu meinen Füßen, dann ist sie still.

»Michaela«, sage ich. Ich greife unter ihre Achseln und ziehe sie hoch, entdecke an ihrer Stirn eine dunkelrote, nässende Beule. Sie lebt, ihre Augen sind offen, und ihr Atem geht stotternd, das Weinen bleibt ihr in der Kehle stecken. Sie wimmert.

»Kayla!«, sagt Jojo.

»Jojo!« Michaela stemmt die Unterarme gegen meine Schlüsselbeine und stößt sich von mir ab, will wieder zu Jojo. Die Lichtkegel unserer Scheinwerfer werden von der Dunkelheit geschluckt, genau wie das monströse Schwein, und plötzlich fühle ich mich wie ausgebeint, schlaff und quallig, und ich habe nicht die Kraft, sie zu bändigen.

»Schscht«, sage ich, aber während mein Mund noch versucht, sie zu trösten, reiche ich sie schon nach hinten, und sie liegt wieder in Jojos Armen. Er tätschelt ihr den Rücken, und ihre Arme legen sich um seinen Hals. Michael und ich drehen uns zueinander, und ich runzele die Stirn. Wir schauen wieder nach vorne, wo die Windschutzscheibe von der feuchten Luft beschlägt.

»Jojo, schnall sie an.« Ich sage das, ohne mich umzudrehen und ihn anzuschauen, weil ich sein Gesicht nicht sehen will, aus Angst, darin den harten Ausdruck von Pop wiederzufinden: Missbilligung. Oder noch schlimmer, Mamas sanftes Mitleid.

»Bist du sicher?« Michael ist aufgewühlt: Ich sehe das daran, wie er das Lenkrad abwechselnd umklammert und wieder loslässt, so als wollte er seine Reflexe testen, die Gelenkigkeit seiner Finger prüfen. Ein Insekt knistert und prallt gegen die Windschutzscheibe, betrunken vom Licht. Dann noch eins.

»Du willst doch hin«, sage ich.

»Ja.«

»Also los.«

Es läuft kein Radio, keiner spricht. Man hört nur das Knurren und Brummen des Wagens, den Schotter unter den Reifen, die Froschversammlungen, die in Waldtümpeln und kreisrunden Gartenteichen quaken und singen. Das Haus von Michaels Eltern sieht im Dunkeln anders aus, und es ist so viele Jahre her, seit ich abends dort gewesen bin, dass ich mich nur ganz vage erinnern kann, selbst als ich es vor mir sehe: lange, gerade Schotterzufahrt, die im Mondlicht gelb wirkt und durch die Felder zum Haus führt; der Schotter schimmert, das Nachglühen einer Wunderkerze in der Nachtluft. Zwei Fenster sind erleuchtet, eins an jeder Seite des Hauses. Michael macht das Licht aus, und der Wagen schleicht knirschend die Zufahrt entlang, die rollenden Kiesel unter den Reifen knacken wie platzende Blasen. Wir parken neben Big Josephs Pick-up und einem blauen Kastenwagen mit kurzer Kühlerhaube. Ein Rosenkranz hängt am Rückspiegel. Ich mache die Autotür auf, und plötzlich muss ich pinkeln, dringend. Ich will nicht hier sein. Michael streckt eine Hand aus, und ich würde am liebsten wieder einsteigen, die Tür zuknallen und mit den Kindern wegfahren, die immer noch auf dem Rücksitz sitzen. In der Ferne bellt ein Hund.

»Los, komm«, sagt Michael.

»Komm«, sage ich zu Jojo. Er steigt aus und bleibt im Dunkeln stehen. Er ist so groß wie ich, vielleicht ein bisschen größer, und ich sehe ihn in zwei, drei Jahren, so groß wie Pop. Er hebt Michaela hoch und trägt sie vor seiner Brust: ihr Rücken sein Schild. Michaela fasst an ihre Stirn, auf der ein dunkler Blutfleck zu sehen ist, und stellt Jojo Fragen.

»Mam?«, fragt sie. »Pop? Mam? Pop?«

»Nein«, sagt Jojo. »Andere Leute.«

Aber er sagt nicht, wer sie sind, und ich will ihre Frage beantworten, will ihre Mutter sein, will sagen: *Deine anderen Oma und Opa, deine andere Familie, deine andere Mam und dein anderer Pop.* Aber ich weiß nicht, was ich sagen soll, wie ich es erklären soll, deshalb sage ich nichts und überlasse Michael die Antwort. Aber von ihm kommt auch nichts: Er steigt die Stufen zur Veranda und zur Haustür hinauf, öffnet das Fliegengitter und klopft: zwei Mal, so sicher und hart wie Pferdehufe auf Asphalt. Ich gehe hinterher, und Jojos schlurfende Schritte schurren im Dunkeln auf dem Schotter. Michael kommt die Treppe herunter, ein weißes Gespenst in der Nacht, greift nach meiner Hand und zieht mich nach oben, bis ich neben ihm vor der Tür stehe.

Michael klopft noch einmal, und ich höre, wie sich im Haus etwas bewegt. Jojo, der wie ein Tier hört, macht einen Schritt zurück in Richtung Auto.

»Komm her, Jojo«, sagt Michael.

Die Tür geht auf, und das Licht ist so hell, dass ich auf meine Füße schaue, während Michaels Hand sich in meiner hart wie Metall anfühlt, so fest zupackt, dass meine Finger bestimmt lila und weiß sind, aber ich sehe ihn, sehe Big Joseph, in Overall und einem zu engen T-Shirt, sehe seinen Salz-und-Pfeffer-Bart, die fleischigen Arme, alles viel zu viel in dem gelben Lichtschein. Ich weiche zurück. Michael zieht.

»Daddy«, sagt er.

»Junge«, sagt Big Joseph. Es ist erst das zweite Mal, dass ich ihn live reden höre, und seine Stimme überrascht mich, weil sie so hoch ist, so ganz anders als der Rest von ihm, der fest verwurzelt und geerdet wirkt, durch und durch bodenständig. Das erste Mal war im Gerichtssaal, aber damals war er für mich nichts anderes als der Onkel des Jungen, der meinen Bruder erschossen hatte.

»Hier sind wir«, sagt Michael. Er hebt unsere verschränkten Hände in die Höhe. Big Joseph schwankt, eine alte Eiche in einem schlimmen Sturm, aber sonst rührt er sich nicht, weicht nicht zurück, sagt nicht: Kommt rein. Hinter uns in der Dunkelheit fängt Michaela an zu weinen.

»Essen«, sagt sie. »Will essen, Jojo!«

Schritte kommen näher. Nicht so schwer wie die von Big Joseph, eher ein gleichmäßiges, dumpfes Pochen, und obwohl ich weiß, dass es seine Mutter ist, Maggie, zucke ich dennoch zusammen, als ich ihre Raucherstimme höre: tief und rau. Sie reißt die Tür auf, und sie sieht aus wie ein Kaninchen: ihr Kleid wie ein cremefarbenes Fell, ihre Schlappen wie weiße Tatzen. Ich habe sie zweimal außerhalb dieses Hauses gesehen und weiß, dass ihr Körper darunter auch wie ein Kaninchen aussieht: dünne Arme und Beine, kugelrunder Bauch.

»Käse, Jojo!«, schreit Michaela.

»Du hast gehört, was die Kleine gesagt hat, Joseph«, sagt sie. Ein Zucken bewegt ihr Gesicht, dann ist es ruhig. Ihr Haar ist eine rote Kappe, ihre Augen sind unwahrscheinlich dunkel. »Zeit fürs Abendessen.«

»Wir haben schon gegessen«, keucht Big Joseph.

Michaela quäkt.

»Sie aber nicht«, sagt Maggie.

»Du weißt, dass sie in diesem Haus nicht willkommen sind.«

»Joseph«, sagt Maggie, schaut ihn finster an und knufft ihn in die Schulter.

Big Joseph stößt einen kehligen Laut aus und schwankt erneut, aber dann wird mir klar, dass Maggie der Sturm ist. Big Joseph sieht mich an, als wünschte er, er hätte das Gewehr dabei, aber er tritt zur Seite. Sie haben es besprochen: Ich merke das an der Art, wie Maggie seinen Namen gesagt hat, so, wie eine Frau den Namen eines Mannes sagt, mit dem sie schon lange zusammenlebt, den sie schon lange liebt. Wie sie seinen Namen sagt, sagt alles. Ich weiß, dass sie über mich gesprochen haben, über Jojo, über Michaela. Maggie hält die Fliegengittertür auf. Sie sagt nicht *Kommt rein* oder *Herzlich willkommen*, sie steht nur da, leicht seitwärts gedreht. Als ich an ihr vorbeigehe, rieche ich den Duft von Hautcreme und Seife und Rauch, aber es ist kein Zigarettenrauch: mehr wie verbranntes Eichenlaub. Sie hat Michaels Gesicht. Ich erschrecke, als ich an ihr vorbeigehe, weil es so seltsam ist, sein Gesicht bei einer Frau zu sehen: schmales Kinn, kräftige Nase, aber die Augen sind ganz falsch, so hart wie grüne Murmeln. Im Haus stehen wir alle dicht gedrängt, weichen vor den Möbeln zurück: eine Schar verängstigter Tiere. Big Joseph und Maggie stehen nebeneinander, berühren sich fast, aber nicht ganz. Sie ist größer als auf den Bildern und er kleiner.

»Willst du uns nicht vorstellen?« Maggie schaut Michael an, und er nickt, nur ganz leicht: ein Hauch von einem Nicken.

»Doch, Ma'am. Dies …«

»Jojo«, sagt Jojo. Er hebt Michaela an. »Kayla.« Sie schaut Maggie mit ihren schönen grünen Augen an, und dann wird mir klar, dass das auch Maggies Augen sind, und ich drücke Michaels Hand, und meine Kinder kommen mir vor wie Fremde. Michaela ein goldenes, anhängliches Kleinkind, der geneigte Kopf und die klaren Augen so direkt und gnadenlos wie bei einer Erwachsenen. Und Jojo, so groß wie Michael, fast so groß wie Big Joseph, aufrechte Schultern, die gerade Linie seines Rückens ein eiserner Zaunpfahl. Er hat noch nie so viel Ähnlichkeit mit Pop gehabt wie in diesem Augenblick.

»Schön, euch kennenzulernen«, sagt Maggie, aber sie lächelt dabei nicht.

Jojo nickt nicht mal. Schaut sie nur an und setzt Michaela auf seine andere Hüfte um. Big Joseph schüttelt den Kopf.

»Ich bin eure Großmutter«, sagt sie.

In der Küche hängt eine Wanduhr, und der große Zeiger tickt beim Umrunden des Zifferblatts laut in der unbehaglichen Stille, so laut, dass ich anfange, die Sekunden zu zählen. Meine Finger drücken Michaels Hand immer fester, während seine schlaff werden und er stirnrunzelnd erst seine Mutter und dann seinen Vater anschaut. Jojo zuckt die Achseln, und Michaela steckt zwei Finger in den Mund und saugt heftig daran. Im Haus riecht es nach Zitronenreiniger und Bratkartoffeln.

Big Joseph lässt sich in einen Ohrensessel fallen und rückt damit vor den Fernseher.

»War ja klar, dass sie unhöflich sind«, sagt er.

»Daddy«, sagt Michael.

»Sagen deiner Mutter nicht mal Guten Tag.«

»Sie sind schüchtern«, sagt Michael.

»Ist schon gut«, sagt Maggie. Sie beißt die Wörter knapp ab.

Ich schwitze es anscheinend aus. Ein Feuer in meiner Brust züngelt an meinem Busen entlang. In meinem Magen ein Fels, am Grund des Feuers. Ich kneife die Beine zusammen. Ich weiß nicht, ob ich kotzen oder pinkeln muss.

»Sagt Guten Tag«, krächze ich.

Jojo schaut mich an: rebellisch. Die Mundwinkel zornig, die Augen fast geschlossen. Er schiebt Michaela ein Stück höher und macht einen Schritt in Richtung Tür. Ich weiß nicht, warum ich das gesagt habe. Michaela guckt mich an, als hätte sie gar nichts gehört; wenn sie es nicht besser wüssten, müssten sie denken, sie wäre taub.

»Was hast du denn erwartet, Maggie, bei der Mutter?«

»Joseph«, sagt Maggie.

Ich würde alles rauskotzen. Alles, alles würde rauskommen: Essen und Galle und Magen und Eingeweide und Speiseröhre, alle Organe, Knochen und Muskeln, bis nichts mehr übrig wäre als Haut. Die könnte sich dann vielleicht von innen nach außen kehren, und dann wär ich nichts mehr. Nicht diese Haut, nicht dieser Körper. Vielleicht könnte Michael auf mein Herz treten, seinem Schlagen ein Ende machen. Und dann alles zu Asche verbrennen.

»Teufel noch mal, sie sind halb sie. Und noch dazu ein Teil von diesem Knaben, diesem Riv. Alles schlechtes Blut. Hautfarbe hin oder her.« Seine Stimme ist am Ende so hoch, dass ich ihn über den Fernseher hinweg kaum verstehen kann, über die begeisterten

Sprüche eines Autoverkäufers hinweg, der ein Preiswunder nach dem anderen verkündet. Maggies Mund ist ein Strich. Sie ringt die Hände, und plötzlich hasse ich sie, weil sie gehen kann und meine Mama nicht. Und dann hasse ich Joseph, weil er meinen Daddy einen Knaben genannt hat. Ich frage mich, was er über meinen Daddy weiß, wie er Pop anschauen könnte, jede Falte in Pops Gesicht anschauen könnte, jeden Schritt, den Pop macht, verfolgen und je etwas anderes sehen könnte als einen Mann. Pop ist mindestens zwanzig Jahre älter als Big Joseph; er war schon ein erwachsener Mann, als Big Joseph noch in die Windeln gemacht hat. Wie kann Big Joseph Pop anschauen, sehen, wie steinern er ist, so als hätte er die ganze Härte der Welt in sich aufgenommen und sich davon verkalken lassen, Zentimeter für Zentimeter, bis er einem dieser versteinerten Bäume glich, und irgendwas andres sehen als einen Mann? Pop würde ihm den Arsch versohlen. Und ich sehe im Geiste Big Joseph, der über Given gebeugt steht und auf ihn herabschaut wie auf irgendein totgefahrenes Tier, der seine Vollkommenheit komplett ignoriert: den langen Arm des Bogenschützen, die hohe Stirn über den toten Augen.

»Verdammt noch mal, Daddy!«, sagt Michael.

So schnell, wie er sich in den Sessel hat fallen lassen, ist Big Joseph wieder aufgestanden und kommt auf uns zu, schaut aber Michael an.

»Ich hab dir doch gesagt, dass die hier nichts zu suchen haben. Hab dir gesagt, du sollst nicht mit 'ner Niggerschlampe ins Bett steigen!«

Michael verpasst Big Joseph einen Kopfstoß. Das Krachen ihrer beiden Schädel hallt durch den Raum, und aus Big Josephs Nase spritzt Blut, und dann wälzen er und Michael sich über den Fußboden, aber Michael schlägt nicht auf ihn ein. Sie stürzen sich aufeinander, jeder versucht, den anderen auf den Boden zu drücken, sie rollen herum wie die Kinder. Atmen schwer. Schwitzen. Weinen vielleicht. Michael sagt immer wieder: »Verdammt noch mal, Daddy, verdammt noch mal, Daddy«, und Big Joseph sagt nichts, keucht und pfeift nur so laut, dass es wie Schluchzen klingt.

»Schluss jetzt!«, brüllt Maggie. »Das reicht!« Und dann rennt sie weg, und ich kann nicht fassen, dass sie die beiden in der Küche allein lässt, aber dann kommt sie mit einem Besen zurück und fängt an, damit auf Michaels Schultern einzudreschen, weil der gerade oben liegt, und sie schreit: »Aufstehen. Aufstehen.« Und mir ist immer noch schlecht, und kalt, und ich fühle mich zu klein für das alles, und ein Teil von mir will Jojo bei der Hand nehmen und die beiden aus diesem Haus raus nach draußen zerren und die andern kämpfen lassen. Und ein anderer Teil von mir will den Mund aufreißen und lachen, weil es so lächerlich ist, alles, und ich schaue zu meinem Sohn hinüber und rechne fest damit, dass er lächelt, dass er einfach sehen muss, wie albern das alles ist, aber er guckt gar nicht dem Kampf zu. Er schaut mich an, und ich sehe etwas aufblitzen, was ich noch nie gesehen habe. Er schaut mich an, als wäre ich eine Wassermokassinotter und hätte ihn gerade gebissen, hätte meine Zähne in seinen Knöchel geschlagen und zugebissen, bis er anschwoll. Als wollte er mir den Schädel eintreten, ihn zertrümmern, mich in den roten Schlamm stampfen, bis ich nur noch Haut und Knochen bin und der Schlamm in meine Augenschlitze sickert. Als wäre er gar kein Kind von mir. Michaela klettert an ihrem Bruder hoch, immer höher, bis sie fast auf seinen Schultern sitzt, also tue ich es. Ich stolziere hinüber, greife nach Jojos Hand, obwohl ich halb damit rechne, dass er sie wegschlägt, und ziehe ihn in Richtung Tür.

»War nett, euch kennenzulernen«, sage ich, und es klingt schrill und lächerlich aus meinem Mund, angesichts der raufenden Männer und der prügelnden Maggie. Big Joseph ist jetzt oben, droht, Michael zu erdrücken, und obwohl ich am liebsten zurückgehen würde, um Michael zu helfen, tue ich es nicht. Ich mache die Tür auf und ziehe Jojo und Michaela hinter mir her. Ich werfe einen Blick zurück und sehe, wie Michael seinem Vater in den Hals boxt. Dann sind wir draußen, und der Himmel über dem Kill ist weit und offen und kalt, sternenübersät, und wir gehn die Verandatreppe runter, stehen zitternd vor dem Auto und lauschen auf das Poltern im Haus. Es kracht, dann geht ein Licht aus.

»Steigt ein«, sage ich, und Jojo klettert mit Michaela auf den Rücksitz.

»Scheiße«, lispelt Michaela, und es klingt wie ‚Sei'sse.

»Sag sowas nicht«, sage ich. Wir sitzen im Dunkeln im Auto und hören dem Zirpen der ersten Grillen und Heuschrecken zu, die in den warmen Monaten zum Leben erwachen, hören uns an, wie sie über die kühle Luft schimpfen, über die gleichgültigen Sterne, und wir warten.

Minuten vergehen. Oder Stunden. Es könnten auch Tage sein, und vielleicht haben wir den Sonnenaufgang und den Sonnenuntergang verschlafen und sind erst am Abend aufgewacht, immer wieder, während sie sich drinnen immer noch auf dem Boden wälzten und Sachen kaputtmachten. Daddy und Sohn. Bis Michael und seine Mama vor die Haustür kamen, bis Michael die Fliegengittertür eintrat und Maggie hastig hinter ihm herlief, um ihn an den Schultern zu packen. Um ihn zu sich umzudrehen. Um ihn anzubrüllen, dann mit ihm zu reden, dann zu murmeln. Michael beugt sich mit keuchendem Atem immer weiter zu seiner Mutter hinunter, bis er krumm vor ihr steht, den Kopf auf ihre

Schulter legt und sie ihm wie einem Baby über den Rücken streicht. Ihr Kleid wird schwarz an den Stellen, wo er sie berührt: Bluttupfer. Dann schluchzt Michael. Die Insekten werden still.

»Wir hätten wegfahrn sollen«, flüstert Jojo.

»Sei still«, sage ich.

»Kayla hat immer noch Hunger«, sagt Jojo.

Ich sollte wegfahren. Ich sollte Michael seiner Familie überlassen. Meine Tochter nach Hause bringen und sie füttern, ihren Magen füllen, ihr Wimmern stillen. Aber ich tue es nicht. Ich kann nicht. Maggie macht die Tür auf, verschwindet im Haus, und ich warte darauf, dass Michael zum Auto kommt, aber das tut er nicht. Er beugt sich nur vor, kreuzt die Arme und legt sie auf das Verandageländer, macht den Rücken krumm und wartet. Seine Mutter stößt die Tür wieder auf, trifft ihn beinahe, dann reicht sie ihm eine Papiertüte aus dem Supermarkt, zieht ihn an sich und redet wieder mit ihm, und bei jedem Wort klopft sie ihm mit der flachen Hand auf den Rücken. Er ist wieder Baby, und es sieht aus, als sollte er ein Bäuerchen machen. Ich blicke auf meinen Schoß. Aus dem Fahrerfenster. Zu den Bäumen am Horizont. Das Zuschlagen einer Tür, dann ein Knarren, und Michael öffnet die Autotür und schiebt sich auf den Beifahrersitz. Die Insekten werden laut und dann wieder leise. Die Tüte raschelt.

»Bist du okay?«, frage ich. Ich weiß, dass das albern klingt, aber ich sage es trotzdem.

»Fahren wir«, sagt Michael.

Das Auto stottert und springt dann an. Ich fahre langsam die Auffahrt runter, weiche schlammigen Pfützen aus, die Insekten begleiten uns sirrend. Als ich auf die Straße fahre, ist das Haus ganz schwarz. Alle Fenster sind dunkel: die Verkleidung und die Balken und Scheiben vorne so glatt und still wie ein leeres Gesicht.

Pop ist zu Hause, als ich in die Einfahrt einbiege und den Schotterweg hochfahre. Er sitzt auf der Veranda, so still wie die Schaukel und die Topfpflanzen zu beiden Seiten der Tür; er hat das Licht ausgemacht, und so ist er etwas Dunkles im Dunkeln, und dass er es ist, erkenne ich nur, weil er sein Feuerzeug mit einem Schnipsen zum Leben erweckt, dann loslässt, die Flamme flackernd ausgehen lässt und dann wieder schnipst. Als ich klein war, hat er geraucht. Hat seine Zigaretten selbst gestopft und gedreht. Aber dann hat er mich hinter dem Schuppen dabei erwischt, wie ich mir gerade eine seiner Kippen ansteckte, in der nur noch eine fingernagelgroße Menge Tabak drin war, hat mir Kippe und Streichholz aus der Hand geschlagen, und danach habe ich ihn nie wieder rauchen sehen oder Zigarettenrauch an ihm gerochen. Wie er mich angesehen hat, als die Kippe zu Boden fiel. Mit großen Augen, enttäuscht: gequält. Es war das erste Mal, dass Pop mich so angesehen hat. Ich war elf, und meine Brüste fingen gerade an zu wachsen, und meine Freundinnen in der Schule rauchten schon Gras und Schlimmeres, da wollte ich wenigstens mal eine Zigarette probieren, aber immer, wenn ich an sein Gesicht dachte, seinen schuldbewussten und gleichzeitig zornigen Blick, wünschte ich, ich hätte diese Kippe aus gerolltem Tabak nie aufgehoben, das Streichholz nie gestohlen, nie angezündet, mich nie da hinten versteckt, wo Pop mich erwischen konnte.

Und wenn Pop jetzt über etwas nachdenkt, aber niemand merken soll, dass er über etwas nachdenkt, Gedanken wälzt, dann macht er das. Flamme, Flackern, Flamme, Flackern. Während im Kill ich diejenige war, die gezögert hat, ist es jetzt Michael, der zusammengesunken und in sich gekehrt neben mir steht: als hätte ich einen Köter an einer kurzen, ausgefransten Leine bei mir. Er will Michaela aus dem Auto holen, aber bis er drüben auf ihrer Seite ist, ist Jojo schon ausgestiegen, und Michaela patscht ihm ins Gesicht und sagt immer wieder »Es-sen«, für jede Silbe einen Patscher, und die beiden gehen auf Pop zu, in die Dunkelheit. Michael und ich nehmen die Taschen mit, und als wir die Verandastufen hochsteigen, löst sich Michaela schon wieder aus Pops Armen, und Jojo trägt sie ins Haus. Aus der Nähe ist Pop ein dunkler Fleck, die Tattoos an seinem Arm scheinen im Licht des Feuerzeugs kurz auf, dann verschwinden sie wieder. Als ich klein war, schlich ich mich manchmal an ihn heran, wenn er auf dem Sofa ein Nickerchen machte, und blieb neben ihm stehen, um seinen Atem zu riechen, der nach Tabak und Pfefferminz und Moschus roch, und dann zog ich mit dem Zeigefinger, ohne ihn zu berühren, seine Tattoos nach, fuhr nur in der Luft an den Umrissen entlang: ein Schiff; eine Frau, die aussah wie Mama, in Wolken gekleidet und mit Pfeilen und einem Kiefernast in der Hand; und zwei Kraniche: einer für mich und einer für Given. Givens ist im Anflug, hat die Flügel ausgebreitet, die Füße gleiten über das Sumpfgras, während meiner steht und den Schnabel in den Schlamm steckt. Als ich fünf war, zeigte Pop auf meinen und sagte: Diesen hab ich mir für dich machen lassen: *Die bringen Glück, wenn man sie sieht, sie bedeuten, dass alles im Gleichgewicht ist, dass es genug regnet und Fische gibt und der Marschboden voller Leben ist, dass das Gras im Bayou bald wieder grün wird. Sie sind ein Zeichen für Leben.* Die Flamme flackert, und die Vögel werden von der Dunkelheit verschluckt. Pop sagt etwas, und ich sehe seine Zähne.

»Deine Mama hat nach dir gefragt.«

»Sir«, sagt Michael. Ich spüre das Wort so sehr, wie ich es höre, ein heißer Luftzug, der meine Schulter streichelt.

»Michael«, sagt Pop. Er räuspert sich. »Ist bestimmt schön, wieder zu Hause zu sein.«

»Ja, Sir.«

»Deine Mama –« Pops Stimme versagt.

»Wir suchen uns eine Wohnung«, unterbricht Michael ihn. »Bald.«

Pop schnipst und sein Gesicht leuchtet auf. Er runzelt die Stirn, dann erstirbt die Flamme.

Die Nacht ist ländlich dunkel.

»Das hat Zeit bis morgen.« Pop steht auf. »Leonie, geh rein zu deiner Mutter.«

Mama liegt mit dem Gesicht zur Wand im Bett, ihre Brust ist still, die löffelförmigen Knochen ihres Schlüsselbeins zeichnen sich dicht und hart unter der Haut ab: ein rostiges Grillgitter über einer kaputten Feuerstelle. Ihre Arme sind nur Knochen, die Haut und die dünnen Muskeln darüber sind an seltsamen Stellen zusammengerutscht: zu weit weg vom Ellbogen, zu nah an ihrem Hals. Sie schluckt, und ich spüre, wie eine Welle der Erleichterung mich durchspült, und merke, dass ich Mama so genau angeschaut habe, um zu sehen, ob sie noch atmet, ob sie sich bewegt, ob sie noch da ist. Es fühlt sich an wie ein kurzer Schauer auf heiße, trockne Erde.

»Mama?«

Ihr Kopf bewegt sich ein paar Zentimeter, dann noch ein paar, und dann schaut sie mich an, die Augen allzu lebendig in ihrem Gesicht. Schmerz glitzert in der schwarzen Iris, zieht wie Rauch über das Weiße. Das einzig Leuchtende an ihr, alles andere ermattet.

»Wasser?«, bittet sie. Es ist ein heiseres Flüstern, kaum wahrnehmbar beim Lärm der Nachtinsekten, die vor dem offenen Fenster zirpen.

Ich nehme den Becher mit Strohhalm, den Pop ihr ans Bett gestellt hat. Ich hätte hier sein sollen.

»Michael ist wieder zu Hause«, sage ich.

Sie schiebt den Strohhalm mit der Zunge aus ihrem Mund und schluckt. Legt den Kopf wieder hin. Ihre Hände auf der dünnen weißen Decke sind gekrümmt wie die eines Invaliden.

»Es wird Zeit.«

»Was?«, sage ich.

Mama räuspert sich, aber ihr Flüstern wird nicht lauter: zu lange Hosenbeine, die über sandigen Boden schleifen.

»Es wird Zeit.«

»Wofür, Mama?«

»Für mich zu gehn.«

»Wie meinst du das?«

Ich stelle den Becher auf den Nachttisch.

»Diese Schmerzen.« Sie blinzelt, als ob sie eine Grimasse ziehen will, tut es aber nicht. »Wenn ich noch länger hier im Bett liege, werden sie mein Herz aufzehren.«

»Mama?«

»Ich hab alles getan, alles, was ich konnte. Alle Kräuter und Arzneien gebraut. Mich dem *mystère* geöffnet. Dem heiligen Judas, Marie Laveau, Loco. Aber sie kommen nicht durch. Der Körper lässt sie nicht rein«, sagt sie.

Ihre Knöchel tragen die Narben: abgerutschte Messer, zerbrochenes Geschirr, kiloweise Wäsche. Ich frage mich, ob ich, wenn ich ihre Hand an meine Nase halte, wohl die vielen Opfergaben riechen kann, die sie im Laufe der Jahre auf ihrem Altar dargebracht hat, die sie zum Heilen verwendet hat: Schnüre mit Paprika, Kartoffeln, Süßkartoffeln, Rohrkolben, Spinnenlilien, Nagelkraut, Dreiblütiges Labkraut, wilde Okra. Alles Grün der Erde in ihren Händen. Aber als ich an ihren sandpapiertrockenen Handflächen schnüffle, rieche ich gedroschenes Stroh, von der Wintersonne gebleicht. Tot. Sie drückt meine Hand, und es ist kläglich. Als ich ein kleines Mädchen war, hat sie mir beim Haarewaschen den Kopf massiert, mir mit ihren Fingernägeln die Kopfhaut gekratzt, während ich mit dem Kinn auf den Knien in der Badewanne saß. Mir kommen die Tränen. Ich weiß nicht, was sie mir sagen will.

»Eins ist noch übrig«, sagt sie.

»Was meinst du?«

»Das letzte *mystère.* Maman Brigitte. Lass sie zu mir kommen. Von mir Besitz ergreifen. Sie's die Mutter der Toten. Die Richterin. Wenn sie kommt, nimmt sie mich vielleicht mit.«

»Gibt es keine andere? Eine, die heilt?«, frage ich.

»Ich hab dir nich genug beigebracht. Du könntest sie nicht beschwichtigen.«

»Ich kann es versuchen.« Die Worte ranken sich aus meinem Mund und bleiben in der Luft hängen wie eine schlaffe Angelschnur, mit einem Haken dran, an dem nichts anbeißen will. Die Nachtinsekten rufen einander, umwerben und bedrohen sich, singen, und ich verstehe nichts. Mama schaut mich an, und einen Wimpernschlag lang blitzt Hoffnung auf, weit weg und hell scheinend wie der Vollmond.

»Nein«, sagt sie. »Du weißt nicht Bescheid. Du bist nie dem *mystère* begegnet. Wenn sie dich sehen, sehen sie ein Baby.«

Ich nehme meine Hand aus ihrer, und sie liegt still, die Augen zu feucht, zu groß. Flatternde Augenlider. Nicht mal ein Wimpernschlag.

»Du kannst für mich Sachen zusammentragen. Ich brauche Steine. Vom Friedhof. Genug, um einen Stapel zu machen. Und Watte.«

Ich möchte aus dem Zimmer gehen. Durch die Haustür. Direkt ins Bayou, ans Wasser, auf das Wasser treten, schimmerndes Glas unter meinen Sohlen, und immer weitergehen, bis ich hinter dem Horizont verschwinde.

»Maisgrieß. Und Rum.«

»Das war's? Du willst einfach gehen? Sobald du diesen Geist gefunden hast? Einfach so?«

Meine Stimme bricht: Mein Gesicht ist nass.

»Warum kann Pop das nicht machen?«, frage ich.

»Du bist mein Baby.« Sie atmet schwer, der Gitterrost knackt und versinkt in Reglosigkeit. »So wie ich den Schleier weggezogen habe, damit du in dieses Leben gehen konntest, hilfst du mir jetzt, ihn wieder zuzuziehen, damit ich ins nächste rübergehen kann.«

»Mama, nein –«

»Hilf mir, mich vorzubereiten.« Sie stößt einen feuchten Seufzer aus, und ich strecke die Hand aus, um ihr das Gesicht abzuwischen; die Haut unter den Tränen ist warm und nass und lebendig vom Salz, vom Wasser, vom Blut. »Ich will nicht leerer Atem sein. Bitter bis ins Mark. Ich will das nicht, Leonie.«

»Mama.«

Der Becher fällt vom Nachttisch, eine Wasserpfütze breitet sich um meine Schuhe aus. Die Laubheuschrecken klappern beifällig oder missbilligend, ich weiß es nicht.

»Bitte, Liebes«, sagt Mama.

Ihre Augen wild und weit. Sie stöhnt, und irgendetwas, vielleicht der Schmerz, geht durch sie hindurch, bewegt ihre Beine unter der Decke, lässt sie dann still werden: ein rauer Wind in nackten Winterästen. Das Morphin ist nicht genug.

»Lass mich etwas von mir mitnehmen. Bitte.«

Ich nicke, und dann ist ihr Kopf in meinen Händen, die Kopfhaut heiß unter meinen Fingern, und ich massiere und kratze sie, wie sie es früher bei mir gemacht hat, und ihr Mund geht auf und zu, halb vor Wonne, halb vor Schmerz. Es sind beinahe Schluchzer, die sie aber still hinunterschluckt. Wieder Erleichterung, aber diesmal wie eine Flut in der Wüste, die von oben nach unten strömt, von da, wo ich ihren Kopf berühre, über ihr ausgemergeltes Gesicht, den sehnigen Hals, die flache, kantige Brust, die Magenkuhle, die leere Schale ihrer Hüften, die langen, geschwollenen schwarzen Striche ihrer Beine, bis zu ihren flachen Füßen. Ich warte, aber an ihrem Körper verändert sich nichts. Ich rechne damit, dass sie schlaff wird, aber das passiert nicht. Dass sie eingeschlafen ist, merke ich nur an ihren Augenlidern, die glatt wie Murmeln sind, entspannt. Ich gehe hinaus und ziehe die Tür zu. Michael duscht gerade. Pop ist immer noch auf der Veranda, schickt Blitze in die Dunkelheit. Jemand hat im Wohnzimmer eine Lampe angemacht, und die Bilder von Given schauen mich an – Jahr um Jahr, mit vagem Lächeln und angewinkelten Beinen, als würde er gleich aufspringen und losrennen. Eine ganze Gruppe von Givens. Und ich wünsche ihn mir so sehr zurück, damit ich ihn fragen kann: *Was soll ich machen?*

Michaela liegt auf dem kleinen Sofa im Wohnzimmer. Sie atmet mit offenem Mund, pustet dabei Krümel in die Luft, und ein halb gegessener Cracker fällt aus ihrer Hand auf den Boden. Ich hebe ihn noch nicht mal auf. In meinem Zimmer kommt mir mein Doppelbett so klein und schmal vor wie Mamas, und wie sie drehe ich mich mit dem Gesicht zur Wand. Ich kann sie auf der anderen Seite spüren. Sie versengt mich. Ich habe es vorher nicht gesehen, aber jetzt spüre ich es: Ihre Brust ist zum Bersten gefüllt mit Holz und Kohle, durchtränkt von Feuerzeugbenzin, nicht mehr leer – die Schmerzen lodernde Flammen, denen alles zum Opfer fällt.

11. Kapitel

JOJO

Ich hob Kayla heraus und rannte zur Veranda, zu Pop und seinem Feuerzeug, das im Dunkeln wie ein Leuchtturmlicht blinkte. Ich übersprang die Stufen und landete direkt auf der Veranda, kam abrupt neben Pop zum Halt, wie die Kaninchen, die bei Sonnenuntergang ums Haus hoppeln: fressen, innehalten, dann losrennen, nur um gleich wieder zu erstarren. Mir sagen: *Mhmm, lecker, so lecker, aber ruhig, ruhig, ja, ich seh dich.* Sich zurufen: *Renn renn renn halt.*

»Junge«, sagt Pop und legt seine große, warme Hand in meinen Nacken. Meine Handgelenke sind wund. Mein Mund geht auf, und ich hole Luft. Es klingt, als hätte ich ein Schleimnetz in der Kehle. Meine Augen brennen, und ich klappe den Unterkiefer zu, beiß die Zähne zusammen, versuche, nicht zu weinen, nicht weinen, nicht weinen. Ich hole wieder Luft, und es klingt wie ein Schluchzer. Aber ich werde nicht weinen, obwohl ich mich am liebsten mit Kayla hinhocken würde, mir wünsche, das Pop mich in die Arme nimmt und an sich zieht, dass ich meine Nase an seiner Schulter platt drücken kann, so platt, dass ich keine Luft mehr kriege. Aber ich lasse es bleiben. Ich spüre seine Hand auf mir und stelle mich auf die Zehenspitzen, damit der Druck stärker wird. Ich spüre die Wärme seiner Finger. Er fährt mit der Hand meinen Rücken hinunter und lässt sie dann oben an meiner Wirbelsäule liegen, und ich bilde mir sogar ein, dass ich das Pochen in seinen Fingerspitzen spüren kann, das Blut, das unter der Haut zurückfließt.

»Pop«, sage ich.

Pop schüttelt den Kopf, reibt mir kurz über den Rücken.

»Geh und bring deine Schwester ins Bett. Wir reden morgen darüber.«

Ich und Kayla essen Cracker mit Pimento Cheese und ein paar überbackene Hühnchenschenkel mit Soße, die Pop in einer Pfanne auf dem Herd stehen hat. Ich überlege, ob ich Kayla in die Badewanne stecken soll, aber dann hör ich die Dusche laufen, und als ich Mams und Leonies Stimmen im Zimmer höre und Pops Feuerzeug auf der Veranda aufleuchtet, weiß ich, dass es Michael ist. Kayla legt ihren Kopf an meine Schulter, greift nach meinen Haaren, wickelt sich eine Locke um den Finger wie eine Nudel.

»Mam? Pop?«

Ihr Atem wird langsamer, und dann sabbert sie an meinem Hals, und ich weiß, sie ist eingeschlafen, aber ich leg sie nich hin, weil ich Richie anschaue, der Pop anschaut, der auf den schwarzen Hof schaut, zur Straße. Das Gesicht des Jungen wird im Feuer sichtbar, und ich hab so einen Blick noch nie gesehn. Hab noch nie gesehn, dass jemand einen andern so anguckt wie Richie Pop anguckt: die ganze Hoffnung in seinem Gesicht, deutlich zu sehen in dem runden Mund, den weit geöffneten Augen, der Falte auf der Stirn. Er geht immer näher an Pop ran, und er is eine Katze, neugeboren, voller Milchdurst, die zu jemandem kriecht, ohne den sie sterben müsste. Ich lege Kayla aufs Sofa und gehe nach draußen auf die Veranda. Richie folgt mir.

»Riv«, sagt er.

Pop lässt die Flamme aufblitzen, ausgehen, wieder aufblitzen.

»Riv«, sagt Richie noch mal.

Pop holt Schleim aus seiner Kehle hoch und spuckt ihn von der Veranda runter. Schaut auf seine Hände.

»Es war ruhig hier ohne euch«, sagt Pop. »Zu ruhig.« Die Feuerzeugflamme lächelt kurz, dann is sie wieder verschwunden. »Ich bin froh, dass ihr alle wieder da seid.«

»Ich wollte gar nich mit«, sage ich.

»Ich weiß«, sagt Pop.

Ich reibe mir die Handgelenke und gucke zu, wie Pops Profil im Licht aufleuchtet und wieder verschwindet.

»Hast du es gefunden?«, fragt Pop.

Richie macht einen Schritt vorwärts, und sein Blick verändert sich. Nur ganz leicht. Er schaut zwischen mir und Pop hin und her und runzelt die Stirn.

»Das Säckchen?«, sage ich.

»Ja«, sagt Pop.

Ich nicke.

»Hat es geholfen? Es ist ein Gris-Gris-Säckchen.«

Ich zucke die Achseln.

»Glaub schon. Wir hams geschafft. Aber die Polizei hat uns angehalten. Und Kayla hat die ganze Zeit gebrochen.«

Pop lässt das Feuerzeug klicken, und die Flamme lodert für eine halbe Sekunde, ihr Feuer ist hell und kalt und orange, dann geht sie aus. Pop hält sich das Feuerzeug ans Ohr und schüttelt es, dann macht er es wieder an.

»Wieso sieht er mich nicht?«, fragt Richie.

»War die einzige Möglichkeit, euch was von mir mitzugeben. Da Mam« – Pop räuspert sich – »krank ist. Und ich an diesen Ort auch nicht mehr zurückkann. Nach Parchman.«

Richie ist nur Zentimeter von Pop entfernt. Ich kann nicht mal nicken.

»Ich seh jeden Tag dein Gesicht. Wie die Sonne«, sagt Richie.

Pop steckt das Feuerzeug ein.

»Du hast mich verlassen«, sagt Richie.

Ich rutsche näher zu Pop. Richie streckt eine Hand aus, um Pops Gesicht zu berühren, und fährt mit den Fingern über seine Augenbrauen. Pop seufzt.

»Sei lieber vorsichtig, Junge. Mich hat er auch so angeguckt«, sagt Richie. Seine Zähne leuchten weiß im Dunkeln: klein und scharf wie bei einem Katzenbaby. »Und dann hat er mich verlassen.«

Ich muss gegen die Hohlräume der Stille anreden, die er erzeugt, wenn er etwas sagt: Die Insekten werden bei jedem Wort von ihm still.

»Geht's ihr besser, Pop?«

Pop kramt in seiner Tasche nach irgendwas und hält dann inne. »Manchmal vergess ich es. Vergesse ganz, dass ich nicht rauche«, sagt er. Er schüttelt im Dunkeln den Kopf: Ich höre, wie sein Haar über die Hauswand schabt, an die er sich gelehnt hat. »Ihr geht's schlechter, Junge.«

»Du warst der einzige Daddy, den ich je hatte.« Richies Stimme ist so leise wie ein Maunzen. »Ich muss wissen, warum du mich verlassen hast.«

Richie ist still. Pop auch. Ich rutsche an der Wand runter und setze mich neben Pop auf die Veranda. Ich möchte meinen Kopf an seine Schulter legen, aber dafür bin ich zu alt. Es reicht, Schulter an Schulter zu sitzen und zu spüren, wie Pop sich mit einer Hand übers Gesicht reibt und anfängt, das Feuerzeug über und unter seinen Fingern hindurchflippen zu lassen, so wie er es manchmal mit Messern macht. Um uns herum murmeln die Bäume, beinah unsichtbar in der schwarzen Nacht. Als ich höre, wie Leonie aus Mams Zimmer kommt und so laut und tief atmet, als wäre sie gerannt, Luft holt, als würde es wehtun, schaue ich in den glitzernden Himmel hoch und suche nach den Sternbildern, die Pop mir gezeigt hat.

»Das Einhorn«, sage ich, als ich es entdecke. *Monoceros.* »Das Kaninchen.« *Lepus.* »Die große Schlange.« *Hydra.* »Der Stier.« *Taurus.* Ich habe die korrekten Namen in einem Buch aus der Schulbibliothek gelesen. Ich weiß, dass Leonie vermutlich auf die Veranda hinausschaut und sich fragt, was ich und Pop hier im Dunkeln wohl machen. »Die Zwillinge«, sage ich. *Gemini.* Die Tür zu Leonies Zimmer geht auf und wieder zu, und ich hab das Bild von Michael vor Augen, der Leonie hätschelt, als sie im Auto krank war. Hab Leonie vor Augen, die nichts, überhaupt nichts unternommen hat, als der Cop mir die Handschellen angelegt hat. Richie guckt mich an, als ob er weiß, was mir durch den Kopf geht, und dann setzt er sich uns gegenüber hin, beugt sich über seine Knie, legt die Arme um den Rücken, stößt Laute aus, die wie Weinen klingen, und reibt sich seine Schulterblätter, soweit er sie erreichen kann.

»Hier waren meine Wunden. Genau hier. Von Black Annie. Und du hast sie geheilt. Aber dann hast du mich verlassen, und jetzt willst du mich nicht sehen.«

Ich leg meinen Kopf jetzt trotzdem an Pops Schulter. Mir doch egal. Pop holt tief Luft und räuspert sich, als wollte er was sagen, aber er schweigt. Doch er schüttelt mich nicht ab.

»Du hast den Löwen vergessen«, sagt Pop. Die Bäume seufzen.

Als wir reingehn, um uns hinzulegen, sitzt Richie noch da, reibt sich aber nicht mehr den Rücken. Stattdessen wiegt er sich ganz leicht hin und her, und sein Gesicht ist verzerrt. Pop macht die Tür zu. Ich rolle mich auf dem Sofa um Kayla herum zusammen und versuche, still zu liegen, den gebrochenen Jungen auf der Veranda lange genug zu vergessen, um einzuschlafen. Meine Wirbelsäule, meine Rippen, mein Rücken: eine Mauer.

»Jojo«, sagt sie und patscht mir auf die Wangen und auf die Nase. Zieht meine Augenlider hoch. Ich schrecke hoch und fall vom Sofa, und da lacht Kayla, hell und golden, strahlend wie ein junger Hund, der gerade kapiert hat, wie man rennt, ohne über die eigenen Beine zu stolpern. Froh und glücklich. Ich habe einen Geschmack im Mund, als hätte ich Kreide gegessen und an Austernschalen geleckt, und meine Augen fühlen sich körnig an. Kayla klatscht in die Hände und sagt: »Es-ssen«, und da wird mir klar, dass es nach Bacon riecht, und mir wird auch klar, dass es nich mehr so gerochen hat, seit Mam zu krank is, um zu kochen. Ich nehme Kayla huckepack, und sie klammert sich fest. Ich glaub, es is Leonie, und ich spüre, wie in mir drin etwas weich wird, ich überdenke die schlimmen Sachen, die ich am Abend vorher über sie gedacht habe, und etwas in mir sagt: *Aber sie tut's doch. Sie tut's.* Und dann geh ich in die kleine Küche, und sie isses gar nicht: Es is Michael. Er hat ein T-Thirt an, das so aussieht, als wär es beim Waschen um eine Größe eingelaufen, und die Schrift darauf ist ausgeblichen: Es ist eins von meinen. Ein altes, das Mam mir mal für Ostern gekauft hat. Er wirkt fehl am Platz, wie er da an der Arbeitsplatte steht und viel zu viel vom Morgenlicht reflektiert.

»Habt ihr Hunger?«, fragt er.

»Nö«, sage ich.

»Ja«, trötet Kayla.

Michael runzelt die Stirn.

»Setzt euch«, sagt er.

Ich setze mich, und Kayla klettert an mir hoch, setzt sich auf meine Schultern und fängt an, auf meinem Kopf herumzutrommeln.

Michael nimmt die Pfanne vom Gas und stellt sie beiseite. Er behält die Gabel, mit der er den Bacon umgedreht hat, in der

Hand, sodass Fett auf den Boden tropft, als er sich zu uns umdreht.

Er verschränkt die Arme, und wieder tropft das Fett. Der Bacon brutzelt noch in der Pfanne, und ich wünschte, er würde ihn rausnehmen und abtropfen lassen, damit Kayla und ich ihn warm essen können.

»Weißt du noch, als wir zusammen angeln waren?«

Ich zucke die Achseln, aber die Erinnerung kommt trotzdem, als würde mir einer eine Flasche Wasser über den Kopf kippen. *Nur wir Jungs*, hatte er zu Leonie gesagt, und sie hatte ihn angeguckt, als hätte er ihr ein Messer in ihre empfindlichsten Teile gerammt. Ich hatte gedacht, da würde er es zurücknehmen, würde sagen: *War nur ein Witz*, doch das tat er nicht. Es war schon spät, aber wir fuhren trotzdem noch raus zum Pier und warfen unsere Angeln aus. Mit seinen Fingern sagte er *Mein Sohn* zu mir, wenn er die Bleigewichte festmachte und die Köder aufspießte. Er lachte über mich, weil ich keine Würmer aufspießen wollte, weil ich mich nicht traute, sie anzufassen. Michael schwenkt die Gabel in meine Richtung, und er weiß, dass ich lüge. Er weiß, dass ich mich erinnern kann.

»Sowas machen wir von jetzt an öfter.«

An dem Abend hat er mir eine Geschichte erzählt. Während die Fischer mit ihren Lichtern, Speeren und Netzen Flundern fischten, sagte er: *Was weißt du über deinen Onkel Given?* Und ich sagte Michael, dass Mam mir Fotos von ihm gezeigt hatte und über ihn gesprochen hatte, mir gesagt hatte, dass er nicht mehr hier wäre, dass er in einer andern Welt wäre, dass sie mir aber nich erklärt hatte, was das hieß. Ich hab Michael das erzählt, weil es stimmte und weil ich mir wünschte, er würde mir erklären, was sie damit meinte. Damals war ich acht.

»Das bedeutet mein Nachhausekommen.«

Michael sticht in den Bacon. An dem Abend hat er mir nicht erzählt, wie und warum Onkel Given uns verlassen hat. Stattdessen hat er mir von seiner Arbeit auf der Ölplattform erzählt. Dass er gern die Nacht durchgearbeitet hat, weil, wenn die Sonne aufging, das Meer und der Himmel eins wurden und er das Gefühl hatte, in einem perfekten Ei zu sein. Dass die Haie Vögel waren, wie Habichte, die im Wasser jagen. Dass sie von dem Riff angezogen wurden, das um die Plattform rum wuchs, dass sie unter den Stützpfeilern durchschnellten, in der Dunkelheit weiß, wie Messerklingen unter dunkler Haut. Dass sie auch eine Blutspur hinter sich herzogen. Dass nach den Haien die Delfine kamen, die schnatternd aus dem Wasser in die Luft sprangen, wenn sie merkten, dass ihnen jemand zuschaute. Dass er am Tag nach dem Unfall geweint hatte, als er hörte, dass sie wegen dem Ölteppich alle am Sterben waren.

»Für dich und deine Schwester«, sagt Michael und hält das Stück Bacon hoch, das er aufgespießt hat. Es ist schon braun und steif, aber er legt es trotzdem noch mal ins heiße Fett.

Ich hab echt geweint, sagte Michael zum Wasser. Er schien sich deswegen zu schämen, aber er redete trotzdem weiter. Erzählte, dass die Delfine nach und nach starben, dass ganze Herden von ihnen an den Stränden von Florida, Louisiana, Alabama und Mississippi angespült wurden: ölverklebt, krank und voller Schorf, von innen ausgezehrt. Und dann sagte Michael etwas, das ich nie vergessen werde: *Einige Wissenschaftler von BP sagen, das hätte nichts mit dem Öl zu tun, sondern manchmal würde das bei Tieren eben passieren: Sie sterben aus unerwarteten Gründen. Manchmal viele. Manchmal alle auf einmal.* Und dann guckte Michael mich an und sagte: *Und als der Wissenschaftler das gesagt hat, musste ich an die Menschen denken. Weil Menschen auch Tiere sind.* Und wie er mich an dem Abend angeguckt hat, sagte mir, dass er nich nur an irgendwelche Menschen dachte; er dachte an mich. Ich frage mich, ob Michael diesen Gedanken auch gestern hatte, als er die Pistole sah, als er sah, wie der Cop mich runterdrückte, bis ich mich vor dem Dreck verneigt hab.

Michael nimmt den Bacon raus und legt ihn auf das Küchenpapier. An dem Abend auf dem Pier war es so, als würde der Sog des Monds und der anbrandenden Wellen die Worte aus Michael herausziehen. Er sagte: *Meine Familie hat nich immer alles richtig gemacht. Es war einer von meinen dämlichen Cousins, der deinen Onkel Given getötet hat.* Ich dachte, Michael erzählt mir nich die ganze Geschichte. Immer wenn Leonie oder Mam oder Pop über Givens Tod sprachen, sagten sie: *Er wurde erschossen.* Aber Michael sagte was anderes. *Manche glauben, es wäre ein Jagdunfall gewesen.* Er wickelte seine Angelschnur auf und machte sich bereit, um sie wieder auszuwerfen. *Eines Tages erzähl ich dir die ganze Geschichte*, sagte er. Jetzt riecht es ein bisschen nach verbranntem Speck, und Michael nimmt noch ein Stück raus; dieses ist schwarz und eingerollt.

Kayla klatscht und zieht an meinen Haaren, so, wie sie manchmal an Grasbüscheln zieht.

»Ich will nur, dass du und Michaela wisst, dass ich da bin. Dass ich dableibe. Und dass ich euch vermisst hab.«

Michael legt die Baconstreifen auf den Teller. Sie sind an den Rändern ganz schwarz und verbrannt. Es riecht verkohlt, und die ganze Küche ist voll Qualm. Er rennt zur Hintertür und macht sie auf und zu, um den Qualm zu vertreiben. Das Fett zischelt noch und verstummt dann. Ich weiß nicht, was er von mir hören will.

»Wir nennen sie Kayla«, sage ich. Ich hebe Kayla über meinen Kopf und setze sie auf meinen Schoß. »Nein nein nein nein«, sagt Kayla und tritt mit den Füßen. Meine Kopfhaut brennt. Ich lass sie auf meinen Knien auf und ab hüpfen, aber das ärgert sie bloß, und sie macht sich steif wie ein Bügelbrett und rutscht von meinen Beinen auf den Fußboden. Ihr Geschrei steigert sich zu einem sirenenartigen Heulen. Michael schüttelt den Kopf.

»Schluss jetzt, junge Dame. Steh sofort auf«, sagt er. Sein Türenwedeln bringt nich viel.

Kayla kreischt.

Ich knie mich neben sie, beuge mich runter, bringe meinen Mund dicht an ihr Ohr und spreche so laut, dass sie mich hören kann.

»Ich weiß, du bist wütend. Ich weiß, du bist wütend. Ich weiß, dass du wütend bist, Kayla. Aber ich geh später mit dir nach draußen, okay? Jetzt setz dich einfach hin und iss, okay? Ich weiß, dass du wütend bist. Komm her. Komm her.« Ich sag das zu ihr, weil ich manchmal zwischen ihren Schreien Worte höre, weil ich höre, wie sie denkt: *Warum hört er nich zu warum hört er nich zu ich fühl!* Ich schiebe meine Hände unter ihre Achseln, und sie windet sich und quengelt. Michael lässt die Tür zuknallen, kommt zu uns rüber und bleibt stehen.

»Wenn du nicht sofort aufstehst, kriegst du eine Tracht Prügel, hörst du? Hörst du mich, Kayla?«, sagt Michael. Seine Haut wird um die Augen und am Hals rot, während er mit den Armen wedelt, und der Qualm folgt ihm einfach wie eine Decke, in die er sich eingewickelt hat. Davon wird er noch röter. Ich will nich, dass er sie mit der Gabel haut.

»Na los, Kayla. Komm schon«, sag ich.

»Verdammt noch mal«, sagt Michael. »Michaela!«

Und dann beugt er sich über uns beide, sein Arm holt aus, schwenkt zurück, und er hat die Gabel fallen gelassen und schlägt Kayla hart auf den Oberschenkel, einmal, zweimal, sein Gesicht so bleich und fest wie ein Knoten. »Was hab ich dir gesagt?« Er unterstreicht jede Silbe mit einem Hieb. Kaylas Mund steht offen, aber sie weint nicht: Alles an ihr ist erstarrt, die Augen groß vor Schmerz. Ich kenne diesen Aufschrei. Ich nehm sie hoch, zieh sie weg von Michaels Hand, schwenke sie herum und zu mir ran. Ihr Rücken unter meiner streichelnden Hand ist heiß. Mein Schsch ist vergeblich. Ich weiß, was kommt. Mit einem langen, donnernden Gebrüll lässt sie den Atem los.

»Das hättest du überhaupt nich machen brauchen«, sage ich zu Michael. Er weicht zurück, schüttelt seine Schlaghand, als wäre sie taub geworden.

»Ich hab sie gewarnt«, sagt er.

»Überhaupt nich«, sage ich.

»Ihr könnt nicht hören«, sagt Michael.

Kayla windet sich kreischend, ihr ganzer Körper zieht sich zusammen. Ich wende Michael den Rücken zu und renne durch die Hintertür nach draußen. Kayla reibt ihr Gesicht an meiner Schulter und schreit.

»Tut mir leid, Kayla«, sage ich, als hätte ich sie gehauen. Als könnte sie bei ihrem Geschrei irgendwas verstehn. Ich geh mit ihr hinten auf dem Grundstück herum und sage es immer wieder, bis die Sonne höher am Himmel steht, auf uns niederbrennt, die schlammigen Pfützen zum Dampfen bring. Das Land austrocknet, und mich und Kayla verbrennt: sie zu Erdnussbutter, mich zu Rost.

Ich entschuldige mich, bis ihr Weinen nur noch ein Schluckauf ist und ich weiß, dass sie mich hört. Und ich warte, warte darauf, dass ihre kleinen Arme sich um meinen Hals legen, ihr Kopf an meine Schulter sinkt, und ich bin so vertieft in dieses Warten, dass ich den Jungen gar nicht sehe, der uns aus dem Schatten einer hohen, breit verzweigten Kiefer anstarrt, bis Kayla mir in den Arm kneift und sagt: »Nein nein, Jojo.« Im hellen Tageslicht verschluckt ihn der Schatten: kühles dunkles Bayou-Wasser, in der Farbe von Schlamm – lauwarm und blendend. Er bewegt sich und wird eins mit der Dunkelheit.

»Er füttert die Schweine. Dein Pop.«

Ich stoße hart die Luft durch die Nase und hoffe, er wird das nicht deuten. Nicht als Wunsch zu reden auffassen, und auch nicht als Wunsch, nicht zu reden.

»Er sieht mich nich. Wie kommt es, dass er mich nich sieht?«

Ich zucke die Achseln. Kayla sagt: »Es-ssen, Jojo.« Im Haus ist alles ruhig, und einen dummen Moment lang frage ich mich, wieso Leonie und Michael sich nicht streiten, weil er Kayla geschlagen hat. Und dann fällt es mir wieder ein. Wir sind ihnen egal.

»Du musst ihn nach mir fragen«, sagt Richie. Er tritt aus dem Schatten hervor, ist ein Schwimmer, der zum Atmen an die Luft kommt und im Licht glitzert. Und im Licht ist er bloß ein dürrer Junge mit zu schmalen Knochen, das Fett, das an ihm sein sollte, weggehungert. Jemand, mit dem ich Mitleid haben kann, bis sich seine Augen weiten und ich Kayla so fest drücke, dass sie aufschreit. Das Gesicht, das er macht, ist vor Hunger und Sehnsucht ganz verkniffen.

Ich schüttle den Kopf.

»Nur dann kann ich gehen.« Richie hält inne, schaut hoch in den Himmel. »Auch wenn er mich nich mehr kennt, wenn ich ihm egal geworden bin. Ich muss die Geschichte kennen, damit ich gehn kann.« Sein Afro ist so lang, dass er wie Louisianamoos herunterhängt. »Sagt der Schlangenvogel.«

»Was?«, sage ich und bereue es sofort.

»Hier ist es anders«, sagt er. »So viel Flüssigkeit in der Luft. Salz. Und ein Schlammgeruch. Ich weiß«, sagt er, »dass das andre Wasser nah is.«

Ich weiß nicht, wovon er redet. Kayla sagt: »Rein Jojo, rein.«

Richie guckt mich an, als würde er mich so sehen, wie ich ihn sehe. Wie Pop ein Schwein anschaut, wenn es Zeit zum Schlachten ist, wenn er das Fleisch abschätzt. Er nickt.

»Bring ihn dazu, dir die Geschichte zu erzählen. Wenn ich dabei bin«, sagt er.

»Nein«, sage ich.

»Nein?«, sagt er.

»Nein.«

Kayla quengelt und zieht an meinen Ohren. »Will essen, Jojo«, sagt sie.

»Es reicht, dass wir dich mitgenommen haben. Dich hergebracht haben. Was, wenn Pop die Geschichte nich erzählen will? Wenn es was ist, was er nich sagen will?«

»Kommt nich drauf an, was er will. Kommt drauf an, was ich brauche.«

Ich schaukle Kayla. Drehe mich mit ihr im Kreis, meine Füße sinken im matschigen Gras ein. Eine Kuh muht in der Nähe, und ich höre: *Frisch und grün wird alles, ja. So viel neues Gras.* Ich höre mit dem Drehen auf, als ich wieder seinen finsteren Blick sehe.

»Wenn ich die Geschichte rauskriege, dann verschwindest du aber, oder? Gehst du dann weg?« Meine Stimme schwingt sich zum Fragezeichen auf, so hoch wie die von einem Mädchen. Ich räuspere mich. Kayla zieht an meinen Haaren.

»Ich sag doch, ich will nach Hause«, sagt Richie. Er macht vor mir einen Schritt, aber er zertritt kein Gras, hinterlässt keinen Abdruck im Schlamm, und sein Gesicht ist voller Furchen: ein Stück zerknülltes Papier, eine schmuddelige Kugel, die Wörter verbirgt.

»Du hast nich geantwortet.«

»Ja«, sagt er.

Das ist nicht genau genug. Wenn er aus Fleisch und Blut wäre, würde ich etwas nach ihm werfen. Ein Stück Schlacke vom Boden aufheben und ihm entgegenschleudern. Ihn zwingen, es auszusprechen. Aber das ist er nicht, und ich will ihm keinen Grund geben, sich zu verändern, weiter ums Haus rumzuschleichen, um die Tiere, weiter das Licht zu stehlen und falsch zu reflektieren: ein Zerrspiegel. Casper, der schwarz gescheckte Straßenköter aus der Nachbarschaft, kommt um die Hausecke, bleibt wie erstarrt stehen und bellt dann. *Du riechst falsch, höre ich. Schlange kommt durchs Wasser. Schneller Biss! Blut!* Richie zieht sich in den Schatten zurück, mit ausgestreckten, geöffneten Händen.

»Gut«, sage ich.

Durch Caspers Gebell traue ich mich, mich umzudrehen. Ich weiß, dass der Hund ihn am Baum festnagelt, sodass ich die Stufen hochrennen und im Haus verschwinden kann, auch wenn ich Richies Blick spüre, der meine Schultern nach hinten zieht: eine straff gespannte Leine zwischen uns, so scharf wie eine Rasierklinge.

Der Bacon liegt auf einem mit Küchenpapier ausgelegten Teller. Ich setze Kayla an den Tisch und zerteile das Fleisch, reiße die Stellen ab, die noch ein bisschen gummiartig sind, noch ein bisschen braun. Ich reiche ihr den Bacon häppchenweise. Sie isst so viel, dass für mich nur die verkohlten Stücke übrig bleiben. Ich kriege sie nicht runter, also spucke ich alles wieder aus und mache uns Brote mit Erdnussbutter und Marmelade. Michael und Leonie sind in ihrem Zimmer, durch die geschlossene Tür klingt ihre Unterhaltung wie ein gedämpftes Schnurren. Mams Zimmer ist noch dunkel, die Jalousien sind noch zu. Ich gehe rein und ziehe sie hoch, stelle den Lüftungskasten ins Fenster und schalte ihn auf ein leises Summen. Die Luft bewegt sich. Kayla marschiert um

Mams Bett herum und singt eins ihrer Quatschlieder. Mam rührt sich, ihre Augen öffnen sich zu dünnen Schlitzen. Ich hole ihr Wasser aus dem Hahn und einen Strohhalm, halte es ihr hin, damit sie trinken kann. Sie behält das Wasser länger als normal im Mund und bläst ihre Wangen zu Ballons auf, macht sich angestrengt zum Schlucken bereit, und als es unten ist, verzieht sie ihr Gesicht, als hätte das Wassertrinken wehgetan.

»Mam?«, sage ich und ziehe einen Stuhl an ihr Bett, lege mein Kinn auf meine gefalteten Fäuste und warte darauf, dass sie eine Hand auf meinen Kopf legt, wie sie es immer macht. Ihr Mund verzieht sich zitternd, und sie tut es nicht. Ich richte mich wieder auf, stelle eine Frage und hoffe, dass sie den Schmerz in meinem Brustkorb überdeckt, der sich wie ein junger Hund im Kreis dreht, um sich schlafen zu legen. »Wie geht's dir?«

»Nicht gut, mein Schatz.« Sie spricht flüsternd. Ich verstehe sie kaum bei Kaylas Singsang.

»Hilft die Medizin nicht?«

»Bin wohl zu sehr dran gewöhnt«, keucht sie. Die Schmerzen ziehen alle Linien in ihrem Gesicht nach unten.

»Michael ist wieder da«, sage ich.

Sie zieht die Augenbrauen hoch. Ich kapiere, dass es ein Nicken sein soll.

»Ich weiß.«

»Er hat heut Morgen Kayla verhauen.«

Da schaut mir Mam direkt in die Augen, nicht an die Decke oder in die Luft, und ich weiß, sie hat ihre Schmerzen, so gut sie kann, weggedrängt und hört mir zu, hört mich genau so, wie ich Kayla höre, wenn sie durcheinander ist.

»Tut mir leid«, sagt sie.

Ich setze mich so aufrecht hin wie Pop und lege die Stirn in Falten.

»Nein«, sagt sie. »Du bist alt genug, um es zu hören.«

»Mam?«

»Schscht. Ich weiß nicht, ob es an was liegt, was ich getan hab. Oder ob es einfach in Leonie drin ist. Aber sie hat den Mutterinstinkt nich. Ich hab's gesehn, als du noch klein warst und wir beim Einkaufen warn, da hat sie sich was zu essen gekauft und es vor deinen Augen gegessen, und du saßt hungrig da und hast geweint. Da wusste ich's.«

Mams Finger sind lang und dünn. Kaum mehr als Knochen. Kühl, wenn man sie anfasst, aber ich spüre trotzdem noch Wärme, wie eine kleine Flamme in der Mitte ihrer Handfläche.

»Ich wollte nie, dass du hungrig bist, Jojo. Deshalb hab ich's versucht. Wenn sie's nicht tut, dann eben ich. Aber jetzt …«

»Is schon gut, Mam …«

»Schsch, Junge.«

Ihre Fingernägel warn früher rosa und durchsichtig. Jetzt sind sie Muscheln, rau und gelb.

»Sie wird nie für dich sorgen.«

Ihre Hände waren plump und kräftig von der ganzen Arbeit im Garten und in der Küche. Sie hebt eine Hand an, und ich ducke mich darunter, sodass ihre Handfläche auf meinem Kopf und mein Gesicht auf ihrem Laken liegt, und ich atme alles ein, obwohl es wehtut, und es riecht nach Metall und sonnenverdorrtem Gras und Innereien.

»Ich hoffe, ich hab dich gut genug gefüttert. Solange ich da war. So viel, dass du es mitnehmen kannst. Wie ein Kamel.« Ich höre das Lächeln in ihrer Stimme, ganz schwach. Ein Entblößen der Zähne. »Vielleicht ist das nich gut ausgedrückt. Wie einen Brunnen, Jojo. Zieh das Wasser hoch, wenn du es brauchst.«

Ich huste in die Decke, teils wegen dem Geruch des Sterbens, teils, weil ich weiß, dass sie stirbt; es bleibt mir im Hals stecken, und ich weiß, es ist ein Schluchzen, aber mein Gesicht liegt zwischen den Laken, und niemand sieht mich weinen. Kayla tätschelt mein Knie. Ihr Lied: stumm.

»Sie hasst mich«, sage ich.

»Nein, sie liebt dich. Sie weiß nich, wie sie's zeigen soll. Und ihre Liebe zu sich selbst, und ihre Liebe zu Michael – tja, die is im Weg. Die verwirrt sie.«

Ich wische mir die Augen am Laken ab, indem ich den Kopf schüttle, und schaue dann hoch. Kayla klettert auf meinen Schoß. Mam schaut mich direkt an. Ihre Wimpern sind nich mehr nachgewachsen, deswegen sehen ihre Augen noch größer aus, und als Mam blinzelt, wird mir klar, dass wir die gleichen Augen haben. Ihr Mund bewegt sich, als würde sie kauen, und sie schluckt und verzieht wieder das Gesicht.

»Du wirst das Problem nie haben.«

Während sie redet, will ich ihr von dem Jungen erzählen. Will sie fragen, was ich mit Richie machen soll, aber ich will sie nich beunruhigen, will ihr nich noch was aufladen, wo sie jetzt schon alles, was in ihr steckt, braucht, um die Schmerzen zu ertragen, die ich jetzt sehn kann. Als ob sie in einem Meer davonschwimmt. Als wäre ihre Haut eine Hülle, die von Seepocken leer gefressen wurde, und der Schmerz sickert hinein. Füllt sie. Zieht sie tiefer und tiefer und tiefer. Vor dem Fenster ist ein Geräusch, und die Blätter des Ventilators zerschneiden es auf dem Weg ins Zimmer. Hacken es klein. Es klingt wie ein weinendes Baby. Ich schaue raus, und unter dem Fenster geht Richie vorbei, stößt einen kleinen Schrei aus und schnappt dann nach Luft. Dann stößt er noch einen Schrei aus, diesmal klingt es wie das Jaulen einer Katze, und schnappt wieder nach Luft. Er berührt bei jeder Kiefer, unter der er durchgeht, die Borke.

»Mam? Wenn du …« Ich bring's nich über mich, es auszusprechen, also rede ich drumrum. Richie stöhnt. »Danach, wo gehst du da hin?« Richie bleibt stehen und schwankt. Er starrt zum Fenster hoch, sein Gesicht sieht aus wie ein zersprungener Teller; Casper kläfft in der Ferne, eine Reihe von schrillen Jaultönen. Richie reibt sich den Nacken. Mam schaut mich an und scheut wie ein Pferd: Bei ihr heißt das, ihre Augenlider machen ein Satz.

»Mam?«

»Du hast doch nich diesen Köter in meinen Garten gelassen, oder, Jojo?«, flüstert sie.

»Nein, Ma'am.«

»Hört sich an, als hätte er eine Katze auf den Baum gejagt.«

»Ja, Ma'am.«

Kayla rutscht von meinem Schoß, geht zum Lüfter und legt die Lippen daran. Jedes Mal, wenn Richie so ein Katzenjaulen von sich gibt, heult sie zurück. Sie lacht, wenn der Ventilator den Ton zerhackt. Richie steht auf, seine Hände massieren immer noch seinen Hals, und er geht krumm und hinkend direkt unter dem Fenster vorbei.

»Danach, Mam«, sage ich. »Was passiert, wenn du für immer gehst?«

Ich würde es nicht aushalten, wenn sie ein Geist wird. Könnte es nicht ertragen, dass sie in der Küche sitzt, unsichtbar. Könnte nicht mitansehen, wie Pop um sie rumgeht, ohne ihre Wange zu berühren, ohne sich runterzubeugen und ihr einen Kuss auf den Nacken zu geben. Könnte es nicht ertragen, zuzugucken, wie Leonie sich auf sie draufsetzt, ohne sie zu sehen, sich eine Zigarette ansteckt und Ringe in die warme, stille Luft bläst. Wie Michael ihre Schneebesen und Spatel mitnimmt, um in einem der Schuppen zu kochen.

»Das is, als würde man durch eine Tür gehn, Jojo.«

»Aber ein Geist wirst du nich, oder, Mam?« Ich muss das fragen, obwohl ich weiß, dass das Erzählen ihr wehtut. Obwohl ich spüre, dass Reden ihr Weggehen näherbringt. Den Tod, das aufgerissene Maul, bereit zum Schlucken.

Richie wischt mit der Hand über das Fliegengitter, von einer Seite zur anderen. Kayla kichert.

»Genau weiß ich's nich. Aber ich glaube, nein. Ich glaub, das passiert nur, wenn das Sterben schlimm is. Gewaltsam. Die Alten haben immer erzählt, wenn jemand auf schlimme Art stirbt, is das manchmal so furchtbar, dass selbst Gott es nicht mitansehn kann, und dann bleibt der Geist zur Hälfte da und wandert herum, sehnt sich nach Frieden wie ein durstiger Mann nach Wasser.« Sie runzelt die Stirn: zwei Angelhaken, die sich abwärts neigen. »Das is bei mir nich so.«

Ich streichle mit den Fingern Mams Arm, und die Haut bewegt sich mit. Zu dünn.

»Das heißt nich, dass ich nich hier bin, Jojo. Ich werd gleich hinter der Tür sein. Bei allen andern, die vor mir gegangen sind. Deinem Onkel Given, meiner Mama und meinem Daddy, Pops Mama und Daddy.«

Von unter dem Haus, unter den Fußbodendielen, kommt ein Knurren und ein abgehacktes Bellen, und ich weiß, dass Casper wieder da ist und sich in den Kriechzwischenraum zwischen den Blöcken aus Schlackenbeton gezwängt hat; ein schwarzer Schatten im staubigen Dunkel.

»Wie geht das denn?«

»Weil wir nich auf geraden Wegen gehn. Alles passiert gleichzeitig. Alles. Wir sind alle gleichzeitig hier. Meine Mama und Daddy und ihre Mamas und Daddys.« Mam schaut zur Wand, schließt die Augen. »Mein Sohn.«

Richie weicht vom Fenster zurück und geht rückwärts, stolpernd, wie ein alter Mann. Mit ausgestreckten Armen. Casper sagt: *Falsch! Kein Geruch. Vogel ohne Flügel. Wurm auf Beinen. Zurück!* Ich höre auf zu streicheln. Mam schaut mich an, als könnte sie mich durch die Schmerzen ganz klar sehen. So wie sie mich einmal angeschaut hat, als ich noch kleiner war und sie angelogen hab, nachdem ich beim Weitpinkelwettbewerb auf dem Jungsklo in der Schule erwischt wurde.

»Hast du sowas schon gesehen? Sowas wie einen Geist?« Mam atmet pfeifend. »Was, was dir komisch vorkam?«

Richie klettert am Baumstamm hoch wie an einem Seil. Umfasst die junge Kiefer mit den Fußsohlen, legt die Hände flach an die furchige Rinde und schiebt und zieht sich Stück für Stück hoch. Schwingt dann sein Bein über einen niedrigen Ast und setzt sich darauf, ohne die Arme und Beine vom Stamm wegzunehmen. Der Baum hält ihn wie ein Baby. Er jault Casper an.

»Nein, Ma'am.«

»Ich hab die Gabe nie gehabt. Die Toten zu sehen. Ich konnte Menschen lesen, die Zukunft oder die Vergangenheit in ihren Körpern sehn. Hab an ihren Liedern erkannt, was nich stimmte oder was sie brauchten: auch bei Pflanzen und Tieren. Aber die Toten konnte ich nich sehen. Habs mir so sehr gewünscht, nach Givens Tod …«

Richies Jaulen geht in ein Summen über. Er singt Casper etwas vor, und es hat einen Text, aber ich verstehe ihn nicht. Als wär die Sprache von innen nach außen gekehrt. Ein gehäutetes Tier: ein umgedrehter Pelz. Ich kann nichts dagegen tun. Ich schlucke wie wild gegen das Bedürfnis an, alles, was ich je gegessen habe, wieder ausspucken. Kayla wischt jetzt auch über das Fliegengitter, genau wie Richie es gemacht hat, hin und her. Summt dabei.

»Nein, Ma'am.«

»Könntest du aber. Du könntest die Gabe haben. Die Hellsicht.«

Mam dreht den Kopf zur Seite, hört Richies Gesang. Eine Grimasse, so als würde sie, wenn sie sich ohne Schmerzen bewegen könnte, den Kopf schütteln. Nein.

»Ist da draußen was?«

Ich schüttele für sie den Kopf. Casper heult.

»Bestimmt nicht?«

Die Ventilatorblätter zerschneiden Richies Lied. Ich spüre jede Welle seines dunklen Raunens auf der Haut: eine böse Berührung. Eine Ohrfeige von Leonie. Ein Boxhieb in die Brust von Michael. Ein älterer Junge namens Caleb, der sich im Bus neben mich in die letzte Reihe setzte, seine Hand auf meinen Schoß legte und meinen Schwanz drückte, bis ich ihm meinen Ellbogen in den Hals gerammt hab und der Busfahrer mich aufgeschrieben hat, weil Caleb röchelnd in den Gang fiel. Ganz böse.

»Nein, Ma'am«, sage ich. Ich lasse sie nicht untergehen.

12. Kapitel

RICHIE

Riv umarmt sie sogar, wenn er gar nicht im selben Zimmer ist wie sie, sogar wenn er sie gar nicht berührt. Den Jungen, Jojo, und das Mädchen, Kayla. Riv bleibt dicht bei ihnen. Er sorgt dafür, dass sie morgens etwas zu essen bekommen: Haferbrei und Würstchen. Er schneidet dünne Butterscheiben ab und schiebt sie in das dampfende Innere der Biscuits, die er zusammenmischt und knetet und backt. Die Butter schmilzt und läuft an den Seiten heraus, und ich würde alles geben, um einmal Brot zu kosten, das mit so viel Sorgfalt gebacken wurde: Ich stelle es mir saftig und knusprig vor. Kayla schmiert sich Butter ins Gesicht, und Riv lacht über sie. Jojo hat Essen im Mundwinkel, und Riv sagt, er soll es abwischen. Dann gehen sie in Rivs Garten und pflücken Erdbeeren und Brombeeren und jäten, bis die Sonne hoch am Himmel steht. Sie essen die Beeren direkt vom Busch. Ich rechne damit, Flügelschatten über ihnen zu sehen, aber es ist nichts da außer: der Garten, grün und köstlich. Lebenspendende Pflanzen, die die Süße ihrer Früchte anpreisen. Jojo sitzt in der Hocke und kaut. Ich beuge mich über ihn.

»Verrat mir«, sage ich, »wie sie schmecken.«

Er beachtet mich nicht.

»Bitte.«

Er schluckt, und ich kann die Antwort in seinem Gesicht lesen.

Nein. Wie er den herrlichen Geschmack für sich behält, ein köstliches Geheimnis.

»Ich möchte mich erinnern«, sage ich. »Frag Riv. Bitte ihn, es dir zu erzählen.«

»Schluss jetzt«, sagt Jojo und zieht ein Unkraut mit langer Wurzel heraus.

»Was sagst du?«, fragt Riv. Bei ihm zerschneiden die Unkrautwurzeln die Erde wie Messerklingen einen Kuchen.

»Ich mach Schluss, ich hab genug Beeren gegessen«, sagt Jojo. »Ich bin satt.« Er schaut durch mich hindurch und bückt sich, um einen verirrten Grasbüschel herauszuzupfen.

Leonie und Michael fahren weg, ohne vorher in den Garten zu kommen. Das rote Auto erwacht grummelnd zum Leben, brummt die Straße hinunter, und sie verschwinden in dem Tunnel aus Bäumen. Ich überlege kurz, ob ich zu ihnen ins Auto steigen soll, nur um zu sehen, wo sie hinfahren, aber ich lasse es bleiben. Ich folge lieber Jojo und Riv und Kayla. Ich trete in die Fußstapfen des Jungen, und ich beobachte sie. Ich beobachte, wie Riv sie um Furchen und Mulden herumführt, wie er ihnen Bohnen zum Abendessen kocht, wie er dafür sorgt, dass sie sauber sind, wenn sie sich schlafen legen. Wenn ich diese Familie beobachte, greift etwas nach meinen Eingeweiden, zwirbelt und zieht ganz fest. Es tut weh. Es tut so weh, dass ich nicht hingucken kann, also lasse ich es. Ich gehe nach draußen. Die Nacht ist wolkig. Ich würde mich am liebsten in die Erde einbuddeln und schlafen, aber ich bin so nah dran. Ich bin so nah dran, dass ich schon höre, wie sich die Wellen der Wasser, über die der Schuppenvogel mich führen wird, im Wind überschlagen. Also krieche ich stattdessen unter das Haus und lege mich unter dem Wohnzimmer, wo sie alle schlafen, in den Sand, mache mir ein Bett aus Erde. Und ich singe Lieder ohne Worte. Die Lieder kommen zu mir durch dieselbe Luft, die auch das Rauschen dieser Wasser zu mir trägt: Ich öffne den Mund, und ich höre das Brausen der Wellen.

Ich sehe dies:

Auf der anderen Seite der Wasserfläche ist Land. Es ist grün und hügelig, dicht mit Bäumen bewachsen, von Flüssen zerschnitten. Die Flüsse fließen rückwärts: Sie beginnen am Meer und enden im Land. Die Luft ist golden: das Gold der auf- und untergehenden Sonne, ein permanentes Pfirsichrosa. An Berghängen, in Tälern, an Stränden stehen Häuser. Sie sind tiefblau und dunkelrot, watteweiß und sattlila. Es sind Jurten und Lehmhütten und Tipis und Langhäuser und Villen dabei. Manche sind zu kleinen Dörfern gruppiert: anmutige Ansammlungen von runden, stabilen Hütten mit Kuppeldächern. Und es gibt Städte, Städte mit Plätzen und Kanälen und Gebäuden, die Minarette und Walmdächer und Giebeldächer tragen, mit steinernen Monstern daran, und wuchtige Wolkenkratzer, die aussehen, als müssten sie einstürzen, so seltsam ranken sie hoch in den Himmel. Und doch tun sie es nicht.

Es gibt Menschen: winzig und klar. Sie fliegen, gehen, gleiten und rennen. Sie sind allein. Sie sind zusammen. Sie steigen auf die Gipfel. Sie schwimmen in den Flüssen und dem Meer. Sie gehen Hand in Hand in den Parks spazieren, auf den Plätzen, verschwinden in den Gebäuden. Sie sind niemals still. Allgegenwärtig ist ihr Gesang: Sie bewegen nicht die Lippen, und doch geht er von ihnen aus. Ein Crooning im gelb-rosa Licht. Es kommt aus der schwarzen Erde und aus den Bäumen und dem stets erleuchteten Himmel. Es kommt vom Wasser. Es ist das schönste Lied, das ich je gehört habe, aber ich verstehe kein Wort.

Ich ringe nach Luft, als die Vision vergeht. Die dunkle Unterseite von Rivers Haus taucht vor mir auf: knarrend, dann still. Ich schaue nach rechts und sehe das Wasser aufblitzen, die Flüsse, die Wildnis, die Städte, die Menschen. Dann Dunkelheit. Ich schaue nach links und sehe wieder diese Welt, dann ist sie weg. Ich greife in die Luft, aber meine Hände treffen ins Nichts; sie stoßen keine Türen zu dieser goldenen Insel auf.

Abwesenheit. Isolation. Ich klage.

Als ich bei Sonnenaufgang unter dem Haus hervorkrieche, schlagen Leonie und Michael gerade die Autotüren zu und gehen zum Haus. Die Bäume stehen still und schweigend im blauen Licht der Morgendämmerung, die Luft ist noch feuchter als am Tag zuvor. Die Sonne ein vager Lichtschein zwischen den Baumstämmen. Jetzt ist das Geräusch des Wassers am stärksten: Der andere Ort lauert am Rand meines Blickfelds. Während die beiden halb gehen, halb vorwärtsstolpern, schaut Leonie über ihre Schulter, so als wäre jemand hinter ihr, auf ihrer rechten Seite. Ich presche vor, weil ich etwas aufblitzen sehe. Einen Atemzug lang ist da jemand, jemand mit einem Gesicht wie Jojos, schlaksig und groß wie Riv, jemand, der die gleichen Augen hat wie die Salzwasserfrau, die im Bett liegt. Und dann, nichts. Nur noch Luft. Leonie und Michael bleiben an der Tür stehen, umarmen sich murmelnd, während ich die Stelle umkreise, an der ich den Blitz gesehen hab. Die Luft fühlt sich an wie Nadeln.

»Du musst schlafen, Süße«, sagt Michael.

»Das geht nicht. Noch nicht«, sagt Leonie.

»Leg dich doch mit mir hin.«

»Ich muss noch was erledigen.«

»Echt?«

»Ich bin bald wieder da«, sagt Leonie. Sie küssen sich, und ich wende mich ab. Die Art, wie Michael ihren Nacken anfasst und Leonie sein Gesicht in ihre Hände nimmt, wirkt verzweifelt. So verzweifelt und bedürftig, dass es privat bleiben muss. Er verschwindet im Haus, und sie geht zur Straße. Ich kann nicht anders, ich muss ihr folgen. Hintereinander gehen wir unter den Kronen der Eichen, Zypressen und Kiefern am Straßenrand entlang. Die Straße ist so alt, dass sie schon fast zu Schotter zerfahren ist. Ab und zu steht an der Seite ein Haus, still und verschlossen: In einigen unterhalten sich Leute leise, kochen Kaffee oder braten Eier. Kaninchen, Pferde und Ziegen grasen, nehmen ihre Morgenmahlzeit ein: Ein paar Pferde kommen ans Gatter ihres Auslaufs und stecken die Köpfe über den Zaun, und Leonie streicht ihnen im Vorbeigehen mit der Hand über die feuchten Nüstern. Die Häuser folgen dichter aufeinander. Leonie überquert die Straße, und ich sehe ihr Ziel: ein Friedhof. Die Grabsteine sind Halbovale, in die Erde eingegraben. Manche tragen Bilder, Bilder von den Toten, die einst gelebt haben. Sie bleibt an einem Grab weiter vorne auf dem Friedhof stehen, wo die kürzlich Verstorbenen begraben sind, und als sie davor auf die Knie sinkt, sehe ich den Jungen, den ich heute Morgen hinter Leonies Schulter gesehen habe, aber jetzt ist er in Marmor gemeißelt, und unter dem Bild von seinem Gesicht steht ein Name: Given Blaise Stone. Leonie zieht eine Zigarette aus der Tasche und zündet sie an. Sie riecht nach Ruß und Asche.

»Du bist nie hier.«

Vögel erwachen in den Bäumen.

»Würdest du es tun, Given?«

Sie rascheln und stieben auf.

»Sie gibt auf.«

Sie zwitschern und landen erneut.

»Würdest du es tun?«

Die Vögel schwirren über unseren Köpfen herum. Sie unterhalten sich piepsend.

»Würdest du ihr geben, was sie sich wünscht?«

Leonie weint jetzt. Sie ignoriert ihre Tränen, lässt sie von der Kinnkante auf ihre Brust fallen. Erst als die Haut auf ihrem Schlüsselbein ganz fleckig ist, wischt sie sie ab.

»Vielleicht bin ich zu egoistisch.«

Ein kleiner grauer Vogel landet am Rand der Grabstelle. Er stochert gründlich in der Erde, zwei Mal, sucht nach Frühstück. Leonie stößt einen Seufzer aus, der sich überschlägt und in ein glucksendes Lachen übergeht.

»Du wirst natürlich nicht kommen.«

Sie bückt sich und hebt einen Stein auf, der oberhalb von Givens Grab im Sand eingebettet liegt, zieht ihr T-Shirt heraus, hebt mit einer Hand den Saum hoch und legt den Stein in die Tasche, die aus dem durchhängenden Stoff entsteht. Sie richtet sich auf und spricht mit der Luft, und der Vogel hüpft davon und fliegt weg.

»Was hab ich eigentlich erwartet?«

Leonie wandert zwischen den Grabsteinen herum und hebt von allen Gräbern Steine auf, von denen, wo sich eben erst die grobe Erde setzt, bis zu denen in der Mitte und weiter hinten auf dem Friedhof, wo die Grabsteine von Wind und Wasser abgewetzt und die Namen flache Gravuren sind. Die Vögel kreisen in Schwärmen am Himmel, ziehen weiter auf der Suche nach reicherem Boden. Als Leonie nach Hause geht, ist ihr T-Shirt-Korb schwer von Steinen, und sie weint. Die lange Straße ist still. Ihre Tränen färben die Steine dunkel. Sie sind noch nass, als sie ins Haus geht, vorbei an Jojo, Riv und Kayla, die im Wohnzimmer noch schlafen, in das Zimmer ihrer Mutter. Dort riecht es nur nach Salz: Meer und Blut. Sie kniet sich hin und lässt die Steine auf den Boden kullern, schaut die Salzwasserfrau, die erschreckt aufgewacht ist, an und sagt:

»Okay.«

Die Tränen und das Meer und das Blut könnten ein Loch durch die Nase brennen. Die Salzwasserfrau, die Frau, auf die Leonie über die Steine hinweg zukrabbelt, während sie immer wieder *Mama, Mama* sagt, schaut Leonie so verständnisvoll, nachsichtig und liebevoll an, dass ich das Lied wieder höre; ich kenne diesen Gesang. Ich habe ihn von dem goldenen Ort jenseits der Wasser herüberhallen hören. Ein riesiges Maul geht in mir auf und schreit; ich bin ein leerer Magen.

Der Schuppenvogel landet krächzend auf dem Fensterbrett.

13. Kapitel

JOJO

LETZTE NACHT IST RICHIE unter das Haus gekrochen und hat gesungen. Ich hab ihm durch den Fußboden zugehört, und ich konnte nicht schlafen. Pop hat uns im Schlaf den Rücken zugedreht und die ganze Zeit gehustet. Kayla ist alle halbe Stunde weinend aufgewacht, und ich hab den Klang des Gesangs mit beruhigenden Schschs überdeckt. Wir haben heute alle lange geschlafen, aber als ich vom Sofa aufstehe, ist Pop schon auf. Kayla wirft ihre Arme auf den Platz, wo ich gelegen habe, und ich zieh das Laken wieder über sie. Es ist schon fast Mittag, als ich raus auf den Hof gehe und den Jungen in dem Baum vor Mams Fenster hocken sehe. Irgendwo hinten auf dem Grundstück höre ich Pops Axt durch die Luft sausen und auftreffen.

»Los komm«, flüstere ich.

Ich schaue nicht zum Baum hoch, als ich das sage, schaue nicht zu, wie der Junge sich Stück für Stück runterlässt, abspringt und kein Geräusch macht, keinen Sand aufwirbelt. Wenn er ein echter Junge wär, würden dabei dünne Borkenfetzen abplatzen und nach unten rieseln wie trockener Regen. Tun sie aber nicht. Er stellt sich mit krummen Schultern neben mich. Er weiß, dass ich mit ihm rede. Ich führe ihn über den sonnengefluteten Hof nach hinten in den schattigen Wald, wo Pop ist. Ein Ton wie ein Hammerschlag schallt durch die Stille. Dann noch mal. Pop schlägt auf irgendwas ein. Ich bemühe mich, zu gehen wie er: Kopf hoch,

Schultern zurück, mein Rücken eine Latte, aber mein Kopf fällt nach unten, mein Rücken krümmt sich. Alles an mir zieht abwärts. Immer, wenn Pop mir seine und Richies Geschichte erzählt hat, hat er im Kreis geredet. Hat mir immer wieder den Anfang erzählt. Hat mir immer wieder die Mitte erzählt. Ist um das Ende gekreist, wie ein großer schwarzer Bussard um tote Tiere kreist, um überfahrenes Damwild, Opossums, Gürteltiere oder Wildschweine, die sich in der Hitze von Mississippi aufblähen und anfangen zu gären.

Pop haut eins der alten Gehege in Stücke: schlägt mit dem Vorschlaghammer an eine der Ecken, bis es bricht und in sich zusammenfällt, schon halb im Sand begraben. Ich bleibe stehen, Richie geht noch zwei Schritte und bleibt dann auch stehen. Ich weiß nich, ob er das Sonnenlicht nun schluckt oder abschüttelt; jedenfalls isses so, als würde sein Schatten auf seiner Haut liegen, als dunkle Ganzkörpermaske, und immer mit ihm gehn. Sein Haar is das längste, das ich je gesehen hab, und es steht wie Schmarotzermoos von seinem Kopf ab. Pop lässt den Hammer niedersausen, und es kracht, die Bruchstücke sind nur noch Splitter. Sein Schweiß ist wie eine Politur.

»Da warn Termiten drin. Die ham alles ausgehöhlt«, sagt Pop. »Wenn die fertig sind, bleibt da nichts mehr drin und nichts mehr draußen.«

»Brauchst du Hilfe?«, frage ich.

»Schieb die Bretter da zusammen«, sagt Pop.

Er schwingt noch einmal den Vorschlaghammer und spaltet das Holz an den Verbindungsstellen. Ich kicke die Bretter zu einem Haufen zusammen: Wo mein Fuß trifft, fliegt Staub. Termiten stieben auf und schwärmen durch die Luft. Ihre weißen Flügel blitzen. Pop holt wieder aus. Ächzt.

»Pop?«

»Ja.«

»Du hast mir nie das Ende von der Geschichte erzählt.«

»Von welcher Geschichte?«

»Über diesen Jungen, Richie.«

Der Hammer landet im Sand. Pop trifft nie daneben. Er schnaubt und schwingt den Vorschlaghammer wie einen Golfschläger, schätzt das Gewicht ab. Prüft den Schwung. Eine Termite landet auf meiner Wange, und ich schlage sie weg, versuche, nicht die Stirn zu runzeln, mein Gesicht so glatt wie Pops zu halten.

»Was war das Letzte, was ich dir erzählt hab?«

»Du hast gesagt, ihm ging's schlecht. Er war gerade ausgepeitscht worden, und er hatte Fieber und musste sich übergeben. Du hast gesagt, er hat gesagt, er wollte nach Hause.«

Richie steht da, ohne von den Termiten belästigt zu werden. Sie schweben auf einer unsichtbaren Luftströmung von ihm weg. *Find uns*, sagen sie. Ich fege sie mit der flachen Hand von mir runter, aber Pop zuckt und schnippt sie mit zwei Fingern weg.

»Das hab ich gesagt«, sagt Richie so leise, dass seine Stimme das Wischgeräusch meiner Hand auf meinem Gesicht sein könnte, oder Pops Finger, der über seine Augenbraue fährt.

Pop nickt.

»Er hat versucht, zu fliehen. Oder nein, er hat's nich versucht. Er hat's getan.«

»Er ist ausgebrochen?«

Pop holt aus. Das Holz zersplittert krachend.

»Ja«, sagt Pop. Er tritt gegen das Holz, aber es ist keine Kraft darin.

»Er ist also nach Hause gegangen?«

Pop schüttelt den Kopf. Guckt mich an, als wollte er feststellen, wie groß ich bin, wie groß meine Hände sind, wie lang meine

Füße. Ich kann jetzt schon seine Schuhe tragen: Manchmal, wenn er mich bei Regen rausschickt, um was zu erledigen, ziehe ich die Stiefel an, die er auf dem Boden der Vorratskammer neben der Hintertür stehen hat. Ich schau ihn an und ziehe die Augenbrauen hoch. Sage ihm, ohne es auszusprechen: *Ich kann das hören. Ich kann zuhören.*

»War ein Gunman namens Blue, der's getan hat. Es war ein Baseball-Sonntag; es warn Besucher da. Ein paar leichte Mädchen, ein paar von den Ehefrauen der Männer. Aber Blue hatte nie irgendwen. Wurde Blue genannt, weil er so dunkel war, dass er in der Sonne, in der Arbeitskette, wie eine Pflaume schillerte. Aber er war nich ganz richtig im Kopf; deshalb wollte keine der Frauen mit ihm sprechen. Keine Besuche bei ihm annehmen. Deshalb hat er sich draußen bei den Klos eine der weiblichen Insassen geschnappt und sie in eins der Häuschen gezerrt.« Pop hält inne, schaut zum Haus hinüber.

»Was hat er gemacht?«, frage ich.

»Er hat sie vergewaltigt«, sagt Pop. »Sie war eine starke Frau, ihre Hände waren genauso schwielig wie seine vom vielen Pflücken und Nähen, aber gegen ihn kam sie nich an. Wenn man so hart auf den Kopf geschlagen wird, das haut einen um. Ihr Gesicht – sie war kaum noch zu erkennen. Und vielleicht wär Blue gar nichts passiert deswegen, wenn sie nicht die Favoritin der Frau vom Sergeant gewesen wäre. Die rief immer sie, wenn sie Wäsche aufzuhängen hatte oder der Boden geschrubbt oder die Kinder betreut werden mussten. Blue hatte genug Grips, um das zu wissen. Also ließ er sie da, zog ihr den gestreiften Rock über den Kopf, um das blutige Gesicht zu verbergen, sodass der Stoff schmutzig und rot wurde. Ihr Atem schlug Blasen, und so ließ er sie zurück. Um abzuhauen. Aber ehe er richtig weg war, stieß er auf Richie. Ich weiß nicht, wo. Ob Richie in der Küche oder bei den Klos war oder gerade Werkzeug hin und her trug, jedenfalls, als Blue sich aus dem Staub machte, war Richie bei ihm.«

»Ich hab sie entdeckt«, sagt Richie. »Er stieg gerade von ihr runter. Mit großen blutigen Händen. Einer der stärksten Gunmen; konnte beim Pflücken fast jeden übertreffen. Er sagte zu mir: *Willst du ein Gesicht wie sie, Junge?* Ich sagte Nein. Und er wedelte mit seiner großen Hand und sagte: *Komm.* Teils bin ich mitgegangen, weil ich nich wollte, dass er mir das Gesicht so rot haut wie ihr. Und teils auch, weil ich es dort nicht mehr aushielt. Weil ich wegwollte.«

Der Wald um uns ist ein dichtes dunkelgrünes Gewirr: tief hängende ausladende Eichen, Ranken, die sich um die Stämme winden und von den Ästen baumeln, Giftsumach und Tupelobäume und Zypressen und Magnolien, die rundherum in die Höhe wachsen wie eine kreisförmige Wand.

»Hast du sie verfolgt?«, frage ich.

Richie beugt sich so weit zu Pop rüber, dass er hinfallen würde, wenn er lebendig wäre. Sein Kiefer bewegt sich hin und her, die Zähne reiben aufeinander.

»Ja.« Pop drückt den Hammergriff so fest, dass seine Knöchel weiß werden, dann lässt er locker. Er drückt wieder, lässt wieder locker.

»Ja«, sagt Richie. »Ja.«

Ein Kranich, grau, mit rosigen Knien, durchtrennt die Luft über unseren Köpfen. Er kreischt oder ruft nicht. Er sagt nichts.

»Und dann?«

Pop schätzt mich wieder mit den Augen ab. Ich schiebe die Schultern zurück, sehe zu, dass mein Kinn fest bleibt.

»Jojo?«

Ich nicke.

»Ein Mann wie Blue? Is 'n Mann wie Hogjaw.«

Hogjaw: der große, brutale Weiße Mann, der mit Pop und den Hunden gearbeitet hat. Pop holt aus, und eine weitere Ecke des Geheges fällt in sich zusammen.

»Hat keine Achtung vor dem Leben. Vor keinem Leben.«

Richie macht den Mund auf und zu. Bewegt die Zunge zwischen den Zähnen. Sieht aus, als würde er Luft essen.

»Ich musste sie verfolgen.«

Pops Worte runterschlucken.

»Sonntags wurden die Frauen nicht so beachtet. Hat fünf Stunden gedauert, bis man sie gefunden hat, bis einer festgestellt hat, dass Blue und Richie fehlten und der Sergeant sich alles zusammengereimt hat«, sagt Pop. »Das ist genug Zeit, um die fünfundzwanzig Kilometer bis zur Grenze von Parchman zu rennen. Die freie Welt zu erreichen. Während der Gefängnisdirektor noch rumbrüllte, in Kleidern, die so nass warn, als wäre er damit baden gegangen. *Die nächste ist eine Weiße Frau!* sagte er.«

»Es war genug Zeit«, sagt Richie. Seine Stimme rau und hohl, wie das Quaken eines Froschs. Durstig nach Regen. »Er rannte so schnell. Manchmal konnte ich ihm nur nach dem Gehör folgen. Er sprach die ganze Zeit mit sich selber. Nich sich selber. Mit seiner Mama. Hat ihr gesagt, er kommt nach Hause. Dass sie für ihn singen soll. *Sing für deinen Sohn*, hat er gesagt. *Sing.*«

Der Hammer saust durch die Luft. Die Termiten winden sich in ihrem zerstörten Zuhause.

»Ich war nicht schnell genug. Er stieß auf ein Mädchen, das Wasser aus einer Quelle holte. Schlug sie nieder«, sagt Pop. »Hat ihr das Kleid von oben bis unten zerrissen. Sie ist nach Hause gerannt, hat es sich vorn zusammengehalten. Ein kleines Weißes Mädchen mit roten Haaren. Hat ihrem Daddy erzählt, dass ein verrückter Nigger sie überfallen hat.«

»Ich hab ihn abgehalten«, sagt Richie. »Hab ihn mit einem Ast gehauen. So doll, dass er von ihr runterging. Doll genug, um mir einen Boxhieb ins Gesicht einzufangen.«

»Inzwischen hatte es sich rumgesprochen. Richie und Blue waren lange und weit gelaufen, bis die Sonne unterging, und die Weißen sammelten sich. Alle Männer. Kleine Jungs in Latzhosen, jünger als Richie, hingen hinten an den Pick-ups. Als wären es Hunderte. Im Schein der Rücklichter sah's so aus, als läge roter Dunst auf ihren Gesichtern, aber alles andre an ihnen sah im Dunkeln schwarz aus: Kleidung, Haare, Augen. Ich sah's ihnen an: Jeder Einzelne von ihnen schien sich eifrig vorzubeugen, so wild warn sie auf die Jagd. Wie die Bluthunde. Und das Gelächter. Sie konnten gar nicht mehr aufhören. Und da wusste ich, dass sie zwischen den beiden, zwischen Blue und Richie, keinen Unterschied erkennen würden. Sie würden bloß zwei Nigger sehen, zwei Bestien, die eine Weiße Frau angefasst hatten.«

Richie ist noch nie so still und schweigsam gewesen. Sein Mund ist offen, erstarrt. Die schwarzen Augen aufgerissen. Er steht auf Zehenspitzen, und er könnte aus Stein sein. Aber bei Pop ist alles in Bewegung: seine Hände, wenn er spricht; seine Schultern nach vorn geklappt, so weich wie eine welkende Blüte in den heißesten Stunden des Tages. Das habe ich noch nie bei ihm gesehen. Sein Gesicht, alle Falten und Linien in seinem Gesicht, ineinandergerutscht wie die großen Furchen in der aufgesprungenen Erdkruste. Was hervorbricht: Schmerz. Der Vorschlaghammer gefallen.

»Ich trieb die Hunde bis hinter den Zaun, hinter die Grenze von Parchman, raus ins Delta. Über die Ebene, wo nur noch Gestrüpp wächst, der Boden kahl geworden ist von den schwarzen Händen. Den vielen schwarzen Händen. Die Erde so schwarz wie die Hände, und bröcklig. Wenn sie unter dem Fuß nachgibt, bleiben deutliche Spuren zurück. Ich folgte ihren Spuren, und die

Hunde folgen ihrem Geruch, durch die struppigen Baumgruppen, über die tückischen Felder, an der Quelle und den Schuppen vorbei auf weitere Felder und zu weiteren Schuppen, wo sich Weiße Männer und Jungs sammelten und ausschwärmten. Sich wie eine Einheit bewegten. Mordgierig.«

Pop senkt den Kopf, wischt den Schweiß an seiner Schulter ab. Er stampft mit dem Fuß, wie ein Pferd, das warnen will, bevor es tritt.

»Und dann?«, bohre ich nach.

Pop schaut nicht hoch.

»Der Direktor und die Sergeants waren auf der Straße, fuhren den Hunden im Auto hinterher. Folgten ihrem Gebell. Die ganzen Männertrupps hatten auch ihre Hunde dabei, und es war ein Junge, der Blue aufstöberte. Er saß auf einem Baum, in einer Baumgruppe westlich von mir. Ich kniff unwillkürlich die Augen zu bei dem Gejohle, das losging, als sie ihn entdeckten. Sie feuerten ihre Gewehre ab, und der Direktor und die Sergeants und Trusty Shooters fuhren und ritten in ihre Richtung. Ich hielt meine Hunde bei Fuß. Wartete ab. Weil sie nich nach Westen liefen. Ihre Schnauzen zeigten nach Norden, und ich wusste, dass sie Richie verfolgten. Keine fünf Minuten vergingen, da sah ich schon das Feuer, das die Männer gemacht hatten, und da wusste ich Bescheid. Wusste, was los war, noch bevor ich Blues Schreie hörte.«

Richie blinzelt. Seine Finger sind gespreizt wie die Flügel eines Vogels. Sein Blinzeln ist erst langsam, aber als Pop weiterredet, wird es immer schneller, bis die Wimpern so schnell flattern wie die Flügel eines Kolibris und ich nur noch seine Augen sehe, seine schwarzen Augen, die von einem dünnen Schleier überzogen sind.

»Einer der Trustys hat mir später erzählt, dass sie ihm Teile abgeschnitten haben. Finger. Zehen. Ohren. Nase. Dann ham sie angefangen, ihn zu häuten. Da bin ich den Hunden gefolgt, hab sie still rennen lassen, quer über den Himmel, der sich von Blau nach Schwarz verfärbte, quer über die Felder, zu einer anderen Baumgruppe. Und dort hockte Richie, unten an einem der Bäume, hatte eine Hand auf sein blaues Auge gelegt. Er weinte. Hatte die Nase in die Luft gereckt und hörte Blue und der Meute zu.«

Richie ballt die Fäuste, lässt wieder los. Ballt die Fäuste. Spreizt die Finger zu Flügeln.

»Das Gleiche hätten sie mit ihm gemacht. Sobald sie mit Blue fertig waren. Sie wollten sich den Jungen schnappen und ihm ein Stück nach dem andern abschneiden, bis er nur noch ein matschiges, blutiges, schreiendes Ding war, und dann wollten sie ihn an einem Ast aufhängen.«

Pop schaut mich an. Er zittert, durch und durch.

»Er war doch noch fast ein Kind, Jojo. Selbst Tiere töten sie besser.«

Ich nicke wieder. Richie schlingt die Arme um sich selbst, umarmt sich immer fester, und seine Arme und Finger werden dabei unglaublich lang.

»*Ich hab gesagt: Alles wird gut, Richie.* Und er: *Hilfst du mir? Riv, wo soll ich langrennen?* Ich ließ die Hunde bei Fuß sitzen. Streckte meine Hände nach ihm aus, die Handflächen nach oben. Bewegte mich langsam. Tröstete ihn. Sagte: *Wir holn dich hier raus. Wir bring' dich von hier weg.* Berührte seinen Arm: Er war glühend heiß. *Kann ich nach Hause, Riv?*, fragte er. Ich hockte mich neben ihn, die Hunde winselten, und ich sah ihn an. Er hatte noch Babyhaare auf der Stirn, Jojo. Feine weiche Haare, die er schon hatte, als er noch am Busen seiner Mama lag. *Ja, Richie. Ich bring dich nach Hause,* sagte ich. Und dann nahm ich mein selbstgemachtes Messer, das ich immer in meinem Stiefel hatte, und rammte es in seinen Hals. In die große Ader auf der rechten Seite. Hielt ihn im

Arm, bis das Blut nicht mehr spritzte. Er sah mich an, mit offenem Mund. Ein Kind. Das Gesicht voll Tränen und Schnodder. Erschrocken und ängstlich, bis er still war.«

Pop spricht zu seinen Knien. Richies Kopf ist nach hinten gefallen, sodass er in den Himmel schaut, in die große blaue Weite jenseits der Umarmung der Baumkronen. Seine Augen gehen noch weiter auf, die Arme klappen aus, die Beine spreizen sich, und er sieht mich und Pop gar nicht, sein Blick wandert zu allem, was jenseits von uns ist, jenseits der Strecke, die wir mit dem Auto gefahren sind, jenseits der Stelle, wo die Kiefern in Felder und Baumwolle und knospende Frühjahrsbäume übergehen, jenseits der Highways und Ortschaften, zurück zu den Sümpfen und Baumgruppen, die Hunderte von Jahren alt sind. Zuerst denke ich, er singt wieder, aber dann wird mir klar, dass es ein Heulen ist, das zu einem Schrei anschwillt und dann zu einem Brüllen, und das Entsetzen über das, was er sieht, steht ihm ins Gesicht geschrieben. Ich kneife die Augen zusammen und kann Pop kaum noch verstehen durch Richies Wehklage.

»Ich hab ihn auf die Erde gelegt. Zu den Hunden *Fasst* gesagt. Sie rochen das Blut. Schlugen ihre Zähne in ihn.«

Richie brüllt lauter. Casper ist irgendwo auf der Straße, bellt wütend. Die Schweine quieken. Das Pferd stampft im Stall. Pop ringt die Hände, als wüsste er nicht, was er mit ihnen machen soll. Als wäre er sich nicht sicher, wozu sie in der Lage sind.

»Ich hab mir jeden Tag die Hände gewaschen, Jojo. Aber das verfluchte Blut ist nie mehr abgegangen. Wenn ich mir die Hände vors Gesicht halte, riech ich es noch unter der Haut. Habs gerochen, als der Direktor und der Sergeant uns erreichten, während die Hunde noch kläfften und sich die Mäuler leckten. Sie hatten ihm die Kehle rausgerissen, die Sehnen. Habs gerochen, als der Direktor zu mir sagte, gut gemacht. Habs gerochen an dem Tag, als sie mich rausgelassen haben, weil ich die Hunde geführt hatte, die Richie eingeholt und totgebissen hatten. Habs gerochen, als ich nach wochenlangem Suchen endlich seine Mama fand, nur damit ich ihr sagen konnte, dass Richie tot war, und sie mich mit versteinerter Miene angucken und mir die Tür vor der Nase zuschlagen konnte. Habs gerochen, als ich mitten in der Nacht nach Hause kam, habs durch den säuerlichen Geruch des Bayou und den Salzgeruch des Meers hindurch gerochen, habs noch Jahre später gerochen, wenn ich mit Philomène ins Bett gegangen bin, wenn ich meine Nase am Hals deiner Großmutter vergraben und ihren Geruch eingeatmet habe, als könnte er diesen anderen Geruch auslöschen. Konnte er aber nicht. Als Given starb, dachte ich, ich müsste darin ertrinken. Hat mich blind gemacht, so wahnsinnig, dass ich nicht mehr sprechen konnte. Nichts konnte das auch nur im Geringsten lindern, bis du gekommen bist.«

Ich umarme Pop, wie ich Kayla umarme. Er legt das Gesicht auf seine Knie, und sein Rücken bebt. Wir hocken beide vorgebeugt da, während Richie immer dunkler wird, bis er ein schwarzes Loch im Garten ist, so als hätte er über all die Meilen und all die Jahre hinweg alles Licht und alles Dunkel in sich aufgesogen, bis er schwarz lodert, und dann nicht mehr. Dann ist da, wo er war, sanfte Luft und goldenes Sonnenlicht und schwebende Pollen, und ich und Pop umarmen uns im Gras. Die Tiere beruhigen sich grunzend, schnaubend und winselnd. *Danke,* sagen sie. *Danke danke danke,* singen sie.

14. Kapitel

LEONIE

Als ich mit meiner Ladung Friedhofssteine nach Hause kam, fuhr Michael in meinem Wagen weg. Die Steine in meinem T-Shirt waren schwer, erinnerten mich an das Gewicht von Jojo und Michaela, an das Gefühl, einen anderen Menschen in meinem Bauch zu tragen. Nachdem ich die Steine, die ich in Mamas Zimmer abgeladen hatte, eingesammelt habe, stürme ich durch die Tür und stoße direkt auf Phantom Given. Er hat den Kopf auf die Seite gelegt und schaut die Durchschusslinie des Hauses entlang, durchs Wohnzimmer, durch die Küche, zur Hintertür hinaus. Er lauscht. Ich bleibe auf der Stelle stehen.

»Was?« Das Wort schießt aus mir heraus wie ein kleiner Dartpfeil. Obwohl ich weiß, dass es die Nachwirkungen von dem Meth sein müssen, das ich geschluckt habe, fühle ich mich so nüchtern wie ein Bleigewicht, und trotzdem steht plötzlich Given im Wohnzimmer, groß und wie glänzend poliert. Sein Mund bewegt sich, als würde er nachsprechen, was jemand anders sagt, und wenn er reden könnte, wäre es ein Murmeln. Was immer er hört, was immer er imitiert, bringt ihn dazu, zur offenen Zimmertür zu rennen, auf der Schwelle zur Küche stehen zu bleiben, den Kopf zu senken und nach dem Türrahmen zu greifen. Als ich ihn das letzte Mal dort gesehen habe, war er lebendig. Das Blut pulsierte in ihm wie ein Trommelrhythmus. Er und Pop hatten sich gerade wegen irgendwas gestritten, wegen dem Nova oder seinen mittelmäßigen Noten oder der Tatsache, dass er abgesehen vom Bogenschießen für nichts irgendeine Begeisterung aufbringen konnte, außer fürs Footballspielen. *Du musst zielstrebiger werden, mein Sohn,* hatte Pop zu ihm gesagt. Given hatte auf dem Sofa gesessen, und jetzt sah er zu, wie Pop mit hängenden Schultern durch die Hintertür rausging, und flüsterte mir augenzwinkernd zu: *Und du musst endlich den Stock aus deinem Arsch nehmen, Pop.*

Given-nicht-Givens Schulterblätter schieben sich unter seinem T-Shirt wie zwei Fäuste zusammen. Er schüttelt einmal den Kopf über mich. Dann wieder über das, was er anscheinend hört.

»Ich werd verrückt«, sage ich mir. »Scheiße, ich werd echt verrückt.«

Ich gehe an Given vorbei, um durch die Fliegengittertür nach draußen zu schauen. Pop und Jojo stehen gebückt beim Schweinestall und reden miteinander. Ich verstehe aus dieser Entfernung gar nichts, aber Given schon, und was immer er hört, lässt ihn den Kopf schütteln, immer schneller, und seine Faust schlägt immer wieder geräuschlos gegen den Türbogen. Sie hinterlässt keine Spuren. Ich rechne damit, zu spüren, wie sein T-Shirt meinen Arm streift, als ich vorbeigehe, aber ich spüre nichts als dunstige Kühle. Givens Lippen bewegen sich, und ich kann lesen, was er wortlos sagt. *Pop,* sagt er. *Oh, Pop.* Ich kneife die Augen zusammen. Es sieht so aus, als ob Jojo Pop über den Rücken streicht. Pop umarmt, und mir wird klar, dass ich Pop noch nie auf dem Boden sitzen gesehen habe, es sei denn, er hat gerade irgendwas ausgesät oder mit einem Tier gerungen oder Unkraut gejätet.

Hundegebell hallt durch die ächzende Küche, und Given zuckt zusammen und dreht sich zu mir um, formt mit den Lippen ein Wort, öffnet die Hände und macht mir Zeichen, als könnte er mir eine Antwort entlocken. *Wer?,* sagt er. *Wer ist das?* Er rennt zum

Fliegengitter. Casper bellt erneut, ein Laut, der sich zu einem panischen Winseln aufschwingt. Pop scheint immer tiefer in sich zusammenzusacken, Jojo versucht, ihn zu stützen. Diese Welt ist mir fremd. Given hält die Arme vor sich hoch, als könnte er irgendetwas abwehren. Ich frage mich, ob diese Vision von meinem Bruder ein Nachbeben meines Highs von gestern ist, ein zitterndes, einmaliges Meth-Beben, ob durch die heftige Dosis, die ich gestern geschluckt habe, mein Körper und mein Geist aus den Nähten geplatzt sind, vollständig aufgetrennt wurden. Given ist noch da. Während das Hundegebell lauter wird, blutet Given. Ich sehe keine Wunden, trotzdem blutet er, aus dem Hals, aus der Brust. Wo die Kugeln ihn getroffen haben. Er stützt sich am Holzrahmen der geschlossenen Fliegengittertür ab, seine Arme und Beine wirken angestrengt. Irgendwas zieht ihn nach draußen. Pop und Jojo sind vornübergebeugt, und der Hund bellt immer noch, aber ich sehe nichts, rein gar nichts, bis ich blinzele, und wie einen dunklen Blitz im Augenwinkel sehe ich eine wirbelnde schwarze Wolke im Garten zur Erde sinken, aber dann blinzele ich noch einmal, und sie ist weg. Given sackt in sich zusammen und fährt mit den Händen immer wieder über die Türschwelle; das hat er auch gemacht, als er am Leben war, hat das Holz sämtlicher Türschwellen im Haus durch dieses Reiben blank gewetzt. Er erstarrt und schaut mich an, und ich wünschte, er wäre lebendig, aus Fleisch und Blut, denn dann würde ich ihm einen Tritt geben. Weil er nicht reden kann. Weil er sieht, was immer er da draußen im Garten sieht oder hört, und es nicht mit mir teilt. Weil er jetzt hier ist, weil er in der wachen, nüchternen Welt Platz beansprucht, direkt hier vor mir. Weil er die Welt umkippen lässt – Vögel fliegen gegen Glasscheiben, Hunde bellen, bis sie sich vor Angst einpissen, Kühe sacken auf der Weide in sich zusammen und stehn nicht wieder auf –, und immer noch augenzwinkernd lächelt, mit jedem Grübchen und jedem entblößten Zahn den Witz zu verstehen gibt. Weil er gestorben ist. Auf jeden Fall dafür. Given schüttelt wieder den Kopf, aber diesmal langsam – und trotzdem verschwimmt sein Gesicht. Ich strecke die Hand aus und mache einen Schritt auf ihn zu, um ihn zu schubsen vielleicht, um zu sehen, ob ich seine braunen Arme spüren kann, die Schwielen an seinen Händen, die wie Betonflecken aussehen, aber Michaelas Aufschrei durchschneidet die Luft, und er ist weg.

Michaela hat sich auf dem Sofa aufgerichtet, stolziert darauf hin und her und schreit. Schlafzerzaustes Haar, schlafverquollenes Gesicht. Ihre Beinchen noch tapsig vom Aufwachen, sie stolpert, fällt aufs Gesicht und brabbelt ins Kissen.

»Der Junge, der schwarze Vogel«, schluchzt sie.

Ich knie mich neben das Sofa, klopfe ihr auf den kleinen heißen Rücken.

»Welcher Junge, Michaela?«

»Der schwarze Vogel. Der Schwarze Junge.«

Sie steht auf, läuft zu der Armlehne des Sofas, die am weitesten von mir entfernt ist, setzt sich grätschend darauf und rutscht runter.

»Er kann fliegen!«

So ist es immer, wenn sie aufwacht, sie schleppt ihre Träume wie eine Bettdecke hinter sich her. Sie ist noch verschlafen. Ich greife sie unter einer Achsel, schwinge sie in die Luft, lege ihren Kopf an meine Schulter.

»Schlaf weiter«, sage ich.

Als Michaela strampelt, graben sich ihre Zehen wie kleine Schaufeln in meinen Bauch, als würden sie versuchen, ihn aufzubrechen. Früher haben meine Schritte sie in den Schlaf gewiegt.

Im Mutterleib hat sie mit blinden blauen Augen geträumt. Jetzt schlägt sie um sich, haut mir mit einer Hand auf den Mund und will nicht auf meinem Arm bleiben.

»Er will Mam!«, schreit sie, und da werden meine Arme schlaff, und Michaela rutscht wie eine weiche Nudel an meiner Brust nach unten. Sie landet rennend, läuft direkt zu Mamas Tür und pocht mit ihren kleinen Fäusten daran. Ihre Augen rollen wie bei einem panischen Fohlen.

»Michaela.« Ich knie mich hin. »Kein Mann will Mama wegholen.« Ihre kleinen knochigen Knie schleifen über das Holz, während sie am Türknauf hängt und versucht, ihn mit ihrem Gewicht zu drehen. Was ich sage, ist durch die Mangel gedrehte Wahrheit: Kein Mann will Mama holen, aber das, was sie mir auferlegt hat, wird sie von uns führen. Ich rutsche auf Knien zu Michaela hinüber, scheuere mir auf den Dielen die Knochen wund und staune über die Angst, die sich wie kochend heißer Maisbrei in meiner Brust ausbreitet. Ich staune über mein pummeliges Kleinkind, das mit den Zehen an der Tür kratzt, und mache mir Gedanken über die Zukunft und was sie mir abverlangen wird. Und ihr. Michaelas Griff am Türknauf lockert sich, und ich drehe ihn, öffne die Tür, zeige mit geöffneter Handfläche auf Mama. »Siehst du?«

Ich bin nicht gefasst auf das, was ich sehe.

Mama hängt halb aus dem Bett, halb liegt sie drin, ihre Zehenspitzen berühren den Boden, ihre Beine sind in die Laken verwickelt, die sich um sie gewunden haben, an manchen Stellen straff gespannt und dünn wie ein Seil, an anderen breit und fließend: Mama ist gefangen wie ein wertvoller Fächerfisch. Der, der durch die Luft segelt, silberweiß, das seidige Gefühl vom Salzwasser noch auf der Haut: Der, der in der Sonne zittert und kämpft. Es ist kühler im Zimmer, als ein Frühlingsmorgen erwarten lässt, so kühl wie an einem Novembermorgen, und doch schwitzt Mama, stöhnt und strampelt. Michaela springt ins Zimmer, schnüffelt, macht zögerliche Schritte und streckt die Arme zur Decke aus. Sie flüstert ein einziges Wort, immer wieder.

»Vogel«, sagt sie.

Es riecht, als wäre Mama von innen nach außen gekehrt worden. Nach Pisse und Kot und Blut. Nach Eingeweiden kurz vor dem Verwesen. Ihr Blick ist wild. Ihre Arme stecken in den Laken fest. Mama versucht, sie abzuschütteln.

»Mama?«, sage ich, und meine Stimme klingt so hoch und piepsig wie Michaelas. »Lass mich helfen.«

»Zu spät«, sagt Mama. »Zu spät, Leonie.«

Ich muss ihren Arm fest greifen, um ihn zu befreien. Meine Finger hinterlassen eine Reihe von flachen Mulden in ihrer Haut, jede meiner Berührungen bleibt sichtbar. Mama stöhnt. Ich versuche, weniger stark zu drücken, ihr weniger wehzutun, aber es geht nicht.

»Wie meinst du das?«, sage ich.

Mama blutet unter der Haut. Überall, wo meine Hand hinlangt, ist Blut. Furchen im Sand, die sich mit Meerwasser füllen. Darunter: Verderben.

Mama schaut durch mich hindurch, in die Ecke, wo Michaela sich hingesetzt hat, still jetzt bis auf das Lied, das sie singt, während sie die Augen zusammenkneift und dann Mama anstarrt. Mamas Blick gleitet über mein Gesicht, nach oben zur Decke, nach unten auf ihren zerstörten Körper. Weg, weg.

»Ich habe ihn gehört«, flüstert sie. »Dachte, es wäre …« Sie keucht. »Eine Katze.«

»Wen, Mama?«

»Hab sie noch nie gesehen. Nur manchmal gehört.«

»Was?«

»Als würde jemand drei Türen weiter reden. In einem andern Zimmer.«

Ich kriege eine Hand frei, zur Faust geballt.

»Er sagt, er kommt mich holen.«

So viele blutige Blütenblätter.

»Nicht lè mistè.« Kein Geist. Kein Gott. Kein Mysterium.

Auf ihrem Handgelenk.

»Er is lè mò.« Der Tote.

Ihrem Unterarm.

»Jung. Voller Pisse und Essig.«

Faulende Blumen.

»Rachgierig wie ein geprügelter Hund.«

Verrottete Fülle.

»Schleppt das ganze Gewicht der Geschichte hinter sich her.«

Ihr Atem winselnd.

»Wie einen Baumwollsack voll Blei.«

Sie hat recht.

»Und doch bloß ein Kind.«

Ich komme zu spät.

»Hungrig nach Liebe.«

Der Krebs hat sie gebrochen.

»Sagt, ich soll seine Mama sein.«

In der Mitte durchgebrochen.

»Ich dachte immer ...«

Mama krallt sich an meinem Arm fest, während ich ihre zweite Hand befreie.

»Es würde dein Bruder sein.«

Ich halte inne.

»Der erste Tote, den ich sehe ...«

Ich bekomme keine Luft.

»Würde er sein.«

Given ist in der Zimmerecke, hat sich an der Nahtstelle, wo die Wände sich treffen, ausgestreckt. Er schwebt über Michaela, starr und grimmig wie Pop, und zum ersten Mal habe ich Angst. Als er lebendig war, steckte in allen seinen Zügen Witz, ein Humor, der sich durch seine Knochen zog, den jeder in seiner Schulterhaltung, seinem Kopfschütteln, seinem Lächeln erkannte. Davon ist nichts mehr da. Das Gewicht der Zeit, das er im Leben nie tragen musste, hält ihn jetzt starr aufrecht, hüllt ihn in Düsternis, schnitzt ihm scharfe Kanten, die an Pop erinnern. Er schüttelt den Kopf und spricht.

»Nicht.«

Michaelas Lied wird leiser.

»Deine.«

Mama wehrt mich jetzt ab.

»Mutter.«

Mama schaut durch mich hindurch zu der rissigen Zimmerdecke, die mit Tausenden kleiner Stalaktiten übersät ist, wie das Dach einer Höhle. Pop hat Stunden damit verbracht, einen Besen in die Farbe zu tauchen und die Borsten dann an die Decke zu drücken, Kreise, Schleifen und Wirbel zu ziehen, die Farbe zu Sternen und Kometen zu formen. Mama macht den Mund auf und zu, ohne einen Laut von sich zu geben. Ich folge ihrem Blick, sehe aber nichts als die Decke, die armselige Trockenwand, die von der Feuchtigkeit langsam ergraut. Aber Michaela, die flüsternd ihr Lied singt und dazu die Finger bewegt, wie sie es immer macht, wenn sie »Funkel funkel kleiner Stern« singt, schon.

»Nicht.« Und Given, der spricht, während die Flächen in seinem Gesicht sich zueinander neigen und messerscharf werden, auch.

»Deine.«

Und Mama ebenfalls. Ihre Augen wandern zu der Zimmerecke, wo Given schwebt. Sie entblößt die Zähne wie zu einem Lächeln, einer grinsenden Grimasse.

»Mutter«, schließt Given.

Mama schlägt mich ins Gesicht. Die Stelle brennt. Mit der flachen Hand ohrfeigt sie mich auf der anderen Seite, und in meinem Ohr pulsiert das Blut. Ihre rechten Finger greifen nach meiner Wange, krallen sich in meine Augenbrauen, und sie hält mein Gesicht gerade, flüstert dabei gegen das an, was über uns ist, hinter meinem Rücken, das Furchtbare, was immer es ist, das sie mitnehmen will. Ich höre über mir ein Flüstern.

»Komm mit mir, Mama«, sagt er. »Komm.«

»Nein«, sagt sie.

Ihre Finger ziehen meine Augenlider hoch, noch höher, schmerzhaft.

»Nicht mein Junge«, sagt sie.

Ein Gefühl, als würde sie die Haut abschälen.

»Given«, haucht sie.

Ich entreiße ihr meinen Kopf.

»Baby. Bitte.«

Es ist das Wort *Baby*, bei dem ich vom Bett aufspringe. Weil ich jetzt, da sie es ausspricht, wieder ihr Baby bin, zahnlos und dick, mit feuchten Augen, und sie ist wieder heil und voll süßer Milch. Ihre Hände gleiten von mir ab wie die Hüllblätter von einem Maiskolben und landen ebenso trocken und brüchig auf dem Bett, bevor sie sie hochreißt und die Handflächen nach vorne ausstreckt.

»Nein, Junge, nein«, sagt Given.

Ich hebe die zu Boden gefallenen Friedhofsteine auf und lege sie auf den Altar, zu dem Rest, den ich bereits zusammengetragen habe. Aus dem Badezimmer: Wattebäusche. Aus dem Küchenschrank: Maismehl. Von meinem gestrigen Besuch im Spirituosenladen: Rum.

»Sag sie auf«, sagt Mama. Sie hat die Hände wieder sinken lassen. »Die Litanei«, sagt sie wieder, und ihr Atem rasselt in ihrer Kehle. Sie dreht den Kopf nicht zur Seite, um zu der Wand hinter mir zu schauen, wo Given steht und auf etwas Unsichtbares eindrischt, das ihn dort festhält. Ihr Mund geht auf: ein stummer Schrei. Michaela weint auf eine Art, wie ich sie noch nie habe weinen sehen: Ihr Mund bewegt sich, aber kein Laut kommt heraus. Es gibt keine Zeit. Dieser Moment hat alles verschlungen: die Vergangenheit, die Zukunft. Sage ich die Worte? Ich blinzele, und oben an der Decke ist ein Junge, ein Junge mit dem Gesicht eines Kleinkinds. Ich blinzele erneut, Sand scheuert in meinen Augen, und da ist nichts.

»Mama«, bringe ich heraus, und es klingt schwach und bedürftig wie ein Baby. »Mami.« Mein Weinen und Mamas Flehen und Michaelas Wimmern und Givens Brüllen füllen den Raum wie eine Flut, und es muss draußen genauso laut gewesen sein wie hier drinnen, denn Jojo kommt herbeigelaufen und stellt sich neben mich, und Pop erscheint im Türrahmen.

»Du hast gekriegt, was du wolltest. Jetzt hau ab«, sagt Jojo.

Im ersten Moment denke ich, er spricht mit mir, aber dann schaut er durch mich hindurch und nach oben, und ich weiß, mit wem er spricht. In seiner Stimme liegt Kraft, so viel, dass ich zu sprechen anfange, obwohl ich noch weine, und Mama hochziehe und an mein Herz drücke.

»Für Maman Brigitte, Mutter der Ghede. Herrin der Friedhöfe und Mutter aller Toten.« Ich atme schwer, und heraus kommt ein abgehacktes Schluchzen.

»Nich, Leonie«, sagt Jojo. »Du weißt nicht Bescheid.« Er starrt an die Decke.

»Leonie«, keucht Mama.

»Grande Brigitte, Richterin. Dieser Altar aus Steinen ist für dich. Nimm unser Opfer an«, sage ich. Mamas Augen rollen, rollen langsam zur Decke, wo der Junge mit dem glatten Gesicht gelauert hat, bedürftig und zusammengerollt wie ein Baby.

»Sei still, Leonie. Bitte«, sagt Jojo. »Du siehst es nicht.«

Mamas Augen rollen langsam zu der Wand, wo Given jetzt nicht mehr um sich schlägt. Sie wenden sich mir zu, flehentlich. »Tritt ein«, sage ich.

»Geh weg«, sagt Jojo. Er schaut hoch, dahin, wo der Junge aufgeblitzt ist. »Hier gibt's keine Geschichten mehr für dich. Hier schuldet dir keiner mehr was.« Er hebt eine Hand in Richtung Given, und es ist, als hätte Jojo ein Tor aufgeschlossen und geöffnet, denn Given durchbricht, was ihn zurückgehalten hat.

»Du hörst, was mein Neffe sagt«, sagt Given. »Geh jetzt, Richie.«

Ich sehe nichts, aber irgendetwas muss passiert sein, denn Given geht unbehelligt auf das Bett zu. Pop ist an der Wand nach unten geglitten, alles Aufrechte an ihm bricht ein, als er Mama anschaut, sich zwingt, Mama anzuschauen, ausnahmsweise. Er ist die ganze Zeit um sie gekreist wie ein Mond, hat auf dem Sofa geschlafen, mit dem Rücken zur Tür, hat Hof und Wald abgesucht nach beschädigten Ställen und Gehegen und Geräten, um zu reparieren, was er kann, im Angesicht dessen, was er nicht reparieren kann.

Mamas Atem ist ein launischer Wind, der immer langsamer und seltener kommt. Ihre Augen nur noch Schlitze. Ihr Körper: zerstört und still. Jojo macht Platz für Given. Er nimmt Michaela hoch, die »Onkel« ruft. Jojo schluckt und schaut Given direkt an. Jojo sieht ihn. Er erkennt ihn. Er nickt, und Given ist wieder Given, nur einen Atemzug lang, denn er lächelt, und der Witz wird wieder in seinen Grübchen sichtbar.

»Neffe«, sagt Given.

Mamas Atem ist nur noch ein Röcheln. Sie schaut mich an, das Gesicht verzerrt.

»Tritt ein und tanz mit uns«, flüstere ich.

Given ist neben dem Bett, steigt hinein, rollt sich um sie zusammen und sagt: »Mama«, sagt: »Ich hol dich ab, Mama«, sagt: »Ich bin gekommen, Mama«, und Mama macht einen langen, scharfen Atemzug, ihr Atem, ihr Blut, ihr Geist wild wie eine Motte in einem Spinnennetz, und dann »Schsch«, »Ich bin mit dem Boot gekommen, Mama«, sagt Given, und dann bewegt er seine Hand über ihr Gesicht, von ihrem lufthungrigen Kinn zu den bebenden Nasenlöchern zu ihren Augen, offen und offen, die von mir zu Given zu Jojo und Michaela zu Pop an der Tür und dann wieder zu Given wandern. Givens Hand schwebt über ihrem Gesicht, als wäre er ein Bräutigam und Mama eine Braut, als hätte er soeben den Schleier von ihrem Kopf gezogen und zu Boden fallen lassen, damit sie sich anschauen können, voller Liebe, so klar und süß wie die Luft zwischen ihnen. Mama bäumt sich auf und wird still.

Die Zeit brandet ins Zimmer wie eine Sturmflut.

Ich heule auf.

Wir weinen im Chor. Pop zusammengesunken im Türrahmen, ich noch mit Mamas warmem Nachthemd in den Händen, und Michaela mit dem Gesicht an Jojos Schulter. Nur Jojo nicht. Seine Augen glänzen, aber es läuft nichts raus, nicht mal, als er fragt: »Was hast du gesagt?«

Ich kann nicht sprechen. Kummer ist wie zu schnell heruntergeschlucktes Essen, das im Hals stecken bleibt und das Atmen fast unmöglich macht.

»Leonie!«

Wut macht sich in mir breit: Öl auf Wasser.

»Sie hat drum gebeten«, sage ich.

»Nein.« Jojo schaukelt Michaela auf seinem Arm, schaut Mama an, als warte er darauf, dass sie die Augen wieder aufschlägt, den Kopf dreht und *Jojo, du Dummerchen* sagt. »Deine Worte. Die haben einen Fluss reingelassen. Der hat sie und Onkel Given mitgenommen.«

»Ja.« Er versteht nicht, was es bedeutet, in den Augen der eigenen Mutter zum ersten Mal etwas richtig gemacht zu haben, als man ihre Götter herbeirief. Sie gehen ließ.

Pop rutscht am Türrahmen hoch, um aufzustehen. Aber sein Rücken ist noch krumm: die Schultern ein Halbrund. Sein Kopf schaukelt wie ein Pendel auf seinem Hals. Seine Kehle: gebrochen.

»Es stimmt, Jojo.« Pops Stimme ist das Einzige an ihm, was ein bisschen Festigkeit besitzt: ein armiertes Messer. »Sie konnte die Schmerzen nicht mehr ertragen.«

»Mam hätte uns nie verlassen. Nicht mal mit Onkel Given.«

Jojo gewinnt, was Pop an Haltung verloren hat. Zuerst eine Spannung in den Oberschenkeln, die alle o-beinige, vorpubertäre Weichheit in Granit verwandelt.

»Hat sie aber«, sage ich.

Dann in der Brust, bis seine Schultern so gerade wie ein Stemmeisen sind.

»Sie hat gesagt …«, sagt Jojo.

»Es war eine Erlösung, mein Junge«, sagt Pop.

Und dann im Kopf, bis das Kindergesicht, der letzte Rest des Babyspecks, zu Stahl erstarrt, aufrüstet für die Schlacht. Nur Jojos Augen stechen heraus, haben noch etwas Jungenhaftes an sich.

»Was willst du von mir?«, frage ich. »Soll ich sagen tut mir leid?«

Diese Augen.

»Soll ich sagen, ich wollte das nicht?«

Ich kann meine Stimme nicht beherrschen. Ein hoher Pfeifton, dünn wie eine Peitsche. Ein brennendes Seil schlängelt sich von meinen Augen durch die Nasenhöhle und die Kehle nach unten und rollt sich im Magen zu einer Schlinge zusammen. Mama ist noch warm.

»Werd ich nämlich nich tun. Ich hab gemacht, was sie von mir verlangt hat«, sage ich.

Sie könnte auch nur schlafen. Ich habe ihr Gesicht seit Jahren nicht mehr so entspannt, so weich gesehen. Ich möchte sie mit einer Ohrfeige aufwecken, weil sie mich gebeten hat, sie gehen zu lassen. Ich möchte Jojo ohrfeigen, weil er mich anguckt, als hätte ich eine andere Wahl gehabt. Und ich möchte Given von den Toten auferstehen lassen, ihn wieder Fleisch werden lassen, nur damit ich ihn ebenfalls ohrfeigen kann, weil er weggegangen ist. Weil er sie mitgenommen hat. Zu viel blanker Himmel, wo einst ein Baum stand. Alles falsch. Die Schlinge wird enger.

»Nichts«, sagt Jojo. »Du kannst mir nichts geben.«

Er schaut dabei Mama an, und ich höre auf, ihr das Haar aus dem reglosen Gesicht zu streichen. Und dann schaut er mich an, so hart wie Pop und so weich wie Mama. Kritik und Mitleid. Ich bin ein Buch, und er kann jedes Wort lesen. Ich weiß das. Er sieht mich. Er weiß alles.

»Mädchen«, sagt Pop.

Und dann zieht sie sich ganz zusammen, und ich tobe, voller Hass auf die Welt, und ich lasse Mama auf die Matratze sinken, springe auf und stürze mich auf Jojo, der zurückweicht, aber er ist nicht schnell genug, denn ich bin schon bei ihm, und als ich ihm ins Gesicht schlage, schießt Schmerz in meine Handfläche, vibriert in meinen Fingern. Also mache ich es noch mal. Und dann noch mal, bis mir klar wird, dass Michaela auf seinem Arm schreit, an seiner Brust hochkrabbelt, um sich vor mir in Sicherheit zu bringen. Und Jojo steht kerzengerade, so aufrecht wie Pop, der kleine Junge ist ganz aus seinem Blick verschwunden: Die Flut ist verebbt, die Sonne trocknet das Restwasser weg, hinterlässt heißen Sand, der zu Beton gebacken wird. Und dann ist Pop bei mir, beugt sich über mich wie ein Drachen, der vom Himmel fällt, packt meine Arme und legt sie aneinander, sodass meine Handflächen sich berühren.

»Das reicht«, sagt Pop. »Schluss jetzt, Leonie.«

»Du hast keine Ahnung«, sage ich. »Du weißt nichts!« Jojo reibt sein Gesicht an Michaelas kleinem T-Shirt, und ich will so viel auf einmal. Ich will ihn noch mal schlagen, und ich will ihn an mich drücken und meine Hand auf seinen Kopf legen, wie ich es getan habe, als er noch ein haarloses Baby war, und ich will zu Jojo sagen, *Wir sind eine Familie*, und ich will ihn fragen: *Was hast du gesehn, Junge, was hast du gesehn?* Aber ich tue nichts davon. Stattdessen reiße ich mich von Pop los, gehe an Jojo und Michaela vorbei und lasse Mama auf dem Bett zurück, mit dem Gesicht zur Decke, die Augen offen, alle Wärme aus ihrer Mitte entwichen. Im Herzen kalt; die Zeit kriecht wie ein Wurm durch ihre hart werdenden Adern.

Als Michael zurückkommt, sitze ich auf der Veranda. Er überspringt die Stufen und landet neben mir. Das Holz knarrt, als er aufkommt, und ich stelle mir vor, wie es zersplittert, von der Hitze morsch geworden, und ich einbreche und auf die lehmige Erde darunter falle, die aufgeht und zu einem tiefen Loch wird: einem bodenlosen Brunnen. Es ist der erste heiße Frühlingstag, ein Vorgeschmack auf die Vernichtung, die im Sommer in der Luft liegt, die alles und jeden beugen und in die Knie zwingen wird.

»Baby?«

»Lass uns abhaun.«

»Was? Ich bin doch grad erst wiedergekommen. Ich dachte, wir könnten heute mit den Kindern an den Fluss fahren.«

»Mama is tot.« Ich kann nicht verhindern, dass meine Stimme zwischen den letzten beiden Wörtern bricht. Kann nicht verhindern, dass statt des Seufzers ein Schrei aus meinem Mund dringt.

Michael setzt sich neben mich auf die Planken, zieht mich auf seinen Schoß: Arme, Rumpf, Beine, alles, so als wär ich ein großes Baby, und ich kuschel mich an ihn und weiß, dass er mich halten kann. Mich halten wird. Ich vergrabe die Nase an seinem stoppeligen Hals.

»Lass uns abhaun.«

»Schsch«, murmelt er.

»Zu Al.«

Michael weiß Bescheid. Er weiß, worum ich wirklich bitte: die Saat im fleischigen Herzen der Frucht.

»Wir können einfach wegfahren.«

Um high zu werden. Um Given wiederzusehen. Schon als ich das denke, weiß ich, dass er nicht kommen wird. Dass er bleiben wird, wohin auch immer er mit Mama gegangen ist. Doch der Teil von mir, den Mama über den Tisch hinweg so mitleidig angesehen hat, dieser Teil gibt die Hoffnung nicht auf.

»Nein, das können wir nicht«, sagt er.

»Bitte.« Das Wort ist klein und sauer, wie ein Rülpser. Es hängt zwischen uns. Michael verzieht das Gesicht, als könne er das Entsetzen und die Trauer in dem Wort förmlich riechen, als wäre das alles zu diesen beiden beißenden Silben destilliert.

»Die Kinder.«

Der Himmel hat die Farbe von sandigem rotem Lehm angenommen: ein cremiges Orange. Die Hitze des Tages ist auf dem Höhepunkt: Die Insekten sind aus dem Winterschlaf erwacht. Ich halte die Welt nicht aus.

»Ich kann nicht«, sage ich, und dahinter stehen so viele andere Wörter. *Ich kann jetzt nicht Mutter sein. Ich kann nicht Tochter sein. Ich kann mich nicht erinnern. Ich kann nicht verstehen. Ich kann nicht atmen.* Und er hört sie, denn er beugt sich vor und steht mit mir auf, hebt mich hoch und trägt mich von der Veranda zum Auto. Er lädt mich auf dem Beifahrersitz ab, schließt die Tür und setzt sich ans Steuer. Das Auto lässt die Welt auf das schrumpfen: auf mich und ihn in dieser gläsernen Kuppel, das verhasste Licht und die Hunde, die sich in Gräben ducken, fügsame Kühe und dicht gedrängte Bäume, die Erinnerung an meine Worte, an Mamas graues Pergamentgesicht, an Jojos und Michaelas Reaktion auf meine Schläge, an Pops Zusammensacken und an Givens zweiten Weggang. Unsere Welt: ein Aquarium.

»Nur eine Spritztour«, sagt Michael.

Aber ich weiß, wenn ich weiter bettele, die Luft im Auto mit meinem *Bitte, Bitte* verpeste, wird er zu Misty fahren, sie dazu bringen, ihre Freunde im Norden anzurufen, Al anrufen und einen letzten Anruf bei Pop machen, um ihm zu sagen: *Nur für ein paar Tage.* Dass er stundenlang in das schwarzerdige Herz des Staates fahren wird, zurück in die Nähe des Käfigs, in dem er gefangen war, dass er so weit fahren wird, dass sich der Horizont vor uns öffnet wie eine Austernschale. Dass er es tun wird, wenn ich ihn darum bitte. Weil ein Teil von ihm auch der tränenreichen Umarmung seiner Mutter, dem Streit mit seinem Vater, meinem mit Tod erfüllten Haushalt entkommen möchte. Wir rollen vorwärts, und der Luftzug an den offenen Fenstern bringt die Scheiben zum Zittern, macht sie lebendig wie eine Molluskenbank, die in der Strömung wallt: ein Schimmer aus Schaum und Sand. Die Reifen drehen sich schneller und Split stiebt auf. Wir halten uns an den Händen und tun so, als könnten wir vergessen.

15. Kapitel

JOJO

Ich schlafe jetzt in Leonies Bett. Ich brauch nicht mehr zu fürchten, dass sie mich mit einem Fausthieb in den Rücken aufweckt und mich aus dem Bett wirft, weil sie sowieso nie da ist. Nicht richtig. Sie kommt jede Woche zurück, bleibt zwei Tage und fährt dann wieder weg. Sie und Michael schlafen auf dem Sofa, beide dünn wie Fische, sehn aus wie zwei graue Sardinen und liegen genauso dicht gedrängt. Sie rührn sich gar nich, wenn ich morgens an ihnen vorbei zur Haustür geh, um Kayla zum Head-Start-Bus zu bringen. An manchen Tagen sind sie schon weg, wenn ich wiederkomme, um meine Schultasche zu holen. Ich weiß nur wegen der langen Kuhle im Sofa, dass sie da warn.

Sie schlafen auf dem Sofa, weil Pop jetzt in Mams Zimmer schläft. Das Krankenhausbett hat er an dem Tag rausgeworfen, als wir sie beerdigt haben. Hat es hinter das Haus geschleppt, in den Wald, und verbrannt. Hat gesagt, ich soll mich dort nicht blicken lassen, aber ich hab den Rauch gesehn. Hab die Flammen schlagen hörn. Manchmal, nachts, wenn Kayla an meiner Schulter schläft, so tief, dass ihr Kopf so schwer is wie eine Melone, geh ich in die Küche, um mir ein Glas Wasser zu holen, und dann hör ich Pop durch die Tür, hör seine Stimme, die sich durch das Schlüsselloch fädelt. Erst dachte ich, er betet, aber dann hab ich gemerkt, dass das nich stimmt, weil seine Stimme immer hoch-

und runterging. Hörte sich an, als ob er mit jemandem sprechen würde. Am nächsten Tag hab ich ihn gefragt, als ich aus der Schule kam und er an seinem üblichen Platz auf der Veranda saß, wo er immer wartet, während Kayla neben ihm auf der Schaukel sitzt.

»Pop?«

Er knackte Pekannüsse. Er guckte zu mir hoch, aber seine Hände machten weiter, brachen die Schale in Stücke und holten den Kern heraus. Jede zweite ausgelöste Nusshälfte gab er Kayla, und sie steckte sie ganz in den Mund und lächelte mich dann kauend an.

»Hast du gestern Nacht mit jemand gesprochen?«

Er hielt inne, eine halbe Nuss in der Hand. Kayla stupste seinen Arm an.

»Pop«, sagte sie. »Die will ich, Pop.«

Er gab ihr die Nuss.

»Hat Leonie angerufen?«, fragte ich.

»Nein«, sagte er.

»Hätt ich mir gleich denken können«, sagte ich und spuckte von der Veranda in den Sand. Ich wünschte, sie wäre da, stellte mir vor, wie es wohl wäre, sie direkt anzuspucken. Ob sie es überhaupt mitkriegen würde.

»Lass«, sagte Pop und knackte weiter Nüsse. »Sie ist immer noch deine Mutter.«

»Michael?«, fragte ich.

Pop wischte den bitteren Staub, der die Nüsse umgibt, von seiner Hand und schüttelte den Kopf, und von da an, wenn ich durch die Tür oder durch die Wände hörte, wie seine Stimme wie Rauch in die Nacht aufstieg, fragte ich erst gar nicht mehr. Denn am Schlenkern seines Kopfes, dem Schwingen, dem Einknicken seines faltigen Halses konnte ich es ablesen, ich sah ihn, wie er im

Dunkeln in dem Bett lag und an die Decke starrte, dorthin schaute, wo sie hingeschaut hatte, als sie starb, mit starrem Blick, und ich hörte, wie er ihren Namen rief, einen Namen, den ich ihn seit vor dem Krebs nicht mehr hatte sagen hören: *Philomène.* Und dann: *Phillie.* Und da wusste ich, was er tat, wenn er glaubte, wir schliefen. Etwas Ähnliches wie beten, aber nicht zu Gott. Wusste, dass er redete und fragte, in den Kratern und Bergen der Zimmerdecke nach ihr suchte. Nach Mam. Kayla tätschelte wieder seinen Arm, wollte aber keine Nuss, sondern streichelte ihn nur, so als wär Pop ein junger Hund, Floh-geplagt, halb kahl und hungrig nach Liebe.

Manchmal, spät nachts, wenn ich zuhöre, wie Pop im Dunkeln sucht und Kayla neben mir schnarcht, habe ich das Gefühl, Leonie zu verstehen. Ich hab das Gefühl, ein bisschen zu verstehen, was sie empfindet. Irgendwie vielleicht zu wissen, warum sie nach Mams Tod weggegangen ist, warum sie mich geschlagen hat, warum sie abgehauen ist. Ich spüre es auch in mir. Ein Kribbeln in den Händen. Ein Zucken in den Beinen. Ein Flattern in der Brust. Eine Unruhe. Noch tiefer drinnen. Das Gefühl macht mich jedes Mal, wenn ich spüre, dass ich weggleite, wieder hellwach. Wirbelt mich durch die Luft wie einen Ball. Gegen drei Uhr morgens lässt es mich los, und ich schlafe ein.

Tagsüber spür ich es nicht. Meistens. Aber irgendwie ist es plötzlich wieder da, wenn der Himmel sich pfirsichrosa verfärbt und die Sonne langsam untergeht, hinter dem Horizont versinkt wie ein Stein im Wasser. Also gewöhne ich mir an, spazieren zu gehen, wenn ich merke, dass es kommt. Aber nicht durch die Straßen, wie mein verrückter Großonkel. Ich gehe hinten in den Wald. Folge den Pfaden bis hinter die Grenze von Pops Grundstück, runter in das beschattete Halbdunkel unter den Kiefern, wo die braunen Nadeln wie ein Teppich auf dem roten Lehmboden liegen und kein Geräusch entsteht, wenn ich laufe.

Eines Tages stoße ich auf einen Waschbären, der an einem umgefallenen Baum kratzt, um Raupen im Stamm aufzuspüren. Er zischt: *Meins, meins, alles meins.* An einem andern Tag fällt eine dicke weiße Schlange vor mir auf den Weg, sie fällt vom Ast einer knorrigen Eiche, kriecht dann zurück zur Wurzel schlängelt sich gleich wieder am Baum hoch, um neugeborene Eichhörnchen und frisch geschlüpfte, schwachschnäbelige Vögel zu jagen. Schuppen schaben über die Borke: *Der Junge schwebt und wandert umher. Steckt immer noch fest.* Und am nächsten Tag kreist über mir ein Geier, stark, mit schwarzen Federn, der ruft: *Hier lang, Junge. Hier ist der Durchgang. Hast du noch die Schuppe? Hier lang.* Und dann wird dieses Gefühl von Unzufriedenheit, von bohrender Trauer, ein bisschen schwächer, denn ich weiß, dass ich sehe, was Mam gesehen hat. Ich höre, was sie gehört hat. Bei diesen Begegnungen ist sie mir ein bisschen näher. Bis ich den Jungen sehe, der zusammengerollt zwischen den Wurzeln einer großen Lebenseiche liegt, halb tot und halb schlafend aussieht und ganz geisterhaft.

»Hey«, sagt Richie.

Manchmal sehe ich mehr als Mam.

»Grr«, sage ich.

Ich bin stinksauer. Denn als ich seine großen Ohren sehe und seine dürren Arme und Beine, die so zerbrechlich sind wie abgebrochene Zweige, wird mir klar, dass ich auf Mam gewartet habe. Gehofft habe, ich würde ihr auf einem meiner Spaziergänge begegnen. Und als ich ihn sehe, weiß ein Teil von mir, dass es nie Mam sein wird, nie sie, die auf einem Baumstamm, einem verfaulten Stumpf sitzt und auf mich wartet. Dass ich sie nie wiedersehen und auch nie wieder hören werde, wie Onkel Given mich Neffe nennt.

Der Wind kommt herunter ins Zwielicht, erwischt mich mit einem riesigen Flügel und steigt wieder hoch.

»Was machst du denn hier?«, sage ich.

»Ich bin hier«, sagt er. Er fährt sich mit der Hand durch das Haar, und es ist glatt wie ein Stein im Regen.

»Das seh ich.«

»Nein.« Richie lehnt sich zurück, als wäre der Stamm ein Thron. »Ich dachte ...« Er schaut den Pfad hinter mir hinunter. Schaut zu meinem Haus. Gibt einen Laut von sich, der wie Atem klingt, aber er atmet nicht.

»Was?«

»Ich dachte, wenn ich es wüsste, könnte ich. Die Wasser überqueren. Zu Hause sein. Ich könnte« ... das Wort klingt wie ein zerlumpter Lappen ... »dort vielleicht. Etwas Anderes werden. Könnte vielleicht. Das Lied werden.«

Mir ist kalt.

»Ich höre es. Manchmal. Wenn die Sonne. Untergeht. Wenn die Sonne. Aufgeht. Das Lied. In Fetzen. Die Sterne. Eine Aufnahme. Den Himmel. Eine grandiose Aufnahme. Das Leben. Von den Lebenden. Von denen im Jenseits. Seh es aufblitzen. Den Klang. Jenseits der Wasser.«

»Aber?«

»Ich kann's nicht.«

»Nicht ...«

»Ich kann nicht. Reinkommen. Ich hab's versucht. Gestern. Es muss Not geben, einen Mangel. Wie ein Schlüsselloch. Das es möglich macht, dass ich reinkomme. Aber nach alldem – deine Mam, dein Onkel. Deine Mama. Kann ich's nicht. Du hast« ... er macht wieder den Atemlaut ... »dich verändert. Is keine Not da. Jedenfalls keine, die groß genug is für einen Schlüssel.«

Eine Wespe schwirrt um meinen Hals, will landen und saugen. Ich wedele sie weg, und sie kommt wieder, bis ich nach ihr schlage, spüre, wie der harte kleine Leib von meiner Handfläche abprallt und dann in der Dämmerung verschwindet, auf der Suche nach leichterer Beute.

»Es gibt so viele«, sagt Richie. Seine Stimme ist so träge wie Melasse. »So viele von uns«, sagt er. »Treffen. Die falschen Töne. Wandern gegen. Das Lied.« Er klingt müde. Er legt sich hin und schaut von seinem Bett zu mir hoch. Sein Kopf knickt falsch ab von der Wurzel, die gegen seinen Nacken stößt. Ein hartes Kissen. »Stecken geblieben. Hast du. Die Schlange gesehn? Wusstest du Bescheid?«

Ich schüttele den Kopf.

»Ich«, sagt er schleppend, »auch nicht. So viele weinen. Verlassen. Verloren.«

Sein Blinzeln: eine Katze kurz vor dem Einnicken.

»Jetzt verstehst du.« Er macht die Augen zu. Stößt ein Ochsenfrosch-Quaken aus. »Jetzt verstehst du das Leben. Jetzt weißt du. Was der Tod ist.« Er ist so still wie der Schlaf, aber er bewegt sich. Eine lange braune Schnur, wellig, wie Wasser. Und dann sehe ich es. Er schlängelt sich am Baum hoch wie die weiße Schlange. Er windet sich um den Stamm, hin zu den Ästen, streckt sich auf einem davon aus, wieder bequem zurückgelehnt. Und die Äste sind voll. Sie sind voll von Geistern, zwei, drei, bis ganz nach oben in die Krone, bis zu den ausgefransten Blättern. Es sind Frauen und Männer, Mädchen und Jungs. Manche noch fast Babys. Sie hocken da und schauen mich an. Schwarz und braun, und das nächste fast-Baby qualmweiß. Keiner von ihnen legt seinen Tod offen, aber ich sehe ihn in ihren Augen, in den großen schwarzen Augen. Sie hocken da wie Vögel, aber sie gucken wie Menschen. Sie sprechen mit den Augen: *Er hat mich vergewaltigt und gewürgt bis ich tot war ich hab die Hände hochgenommen und er hat achtmal auf mich geschossen sie hat mich im Schuppen eingesperrt und dort verhungern lassen während ich zuhörte wie meine Kinder im Garten mit ihr spielten sie kamen mitten in der Nacht in meine Zelle und haben mich erhängt sie merkten dass ich lesen konnte und da zerrten sie mich nach draußen zur Scheune und stachen mir die Augen aus bevor sie mich totschlugen ich musste mich übergeben und er sagte ich wär das Letzte und Jesus sagt lasset die Kindlein zu mir kommen also lass sie gehn und er hielt mich unter Wasser dass ich nich mehr atmen konnte.* Augen blinzeln, während die Sonne hinter der Waldgrenze brennt und funkelt, sodass die Geister ihre Farbe einfangen, das Rot reflektieren. Die Sonne verwandelt die Sachen, die sie tragen, in ein purpurrotes Federkleid: Lumpen und Kniehosen, T-Shirts und Tignons, Fedoras und Hoodies. Ihre Augen fallen zu und gehen alle gleichzeitig wieder auf, schauen auf mich herab und dann hoch in den Himmel, während der Wind sie klagend umweht, und jetzt sind ihre Münder geöffnet, das luftige Brausen ihr Lied, ein Hauchen: *Ja.*

Ich stehe da, bis die Sonne weg ist. Ich stehe da, bis ich durch das Salz und den Schwefel die Kiefern rieche. Ich stehe da, bis der Mond aufgeht und ihre Münder sich schließen und sie eine Schar von Silberkrähen sind. Ich stehe da, bis der Wald zu einer schwarz zusammengepressten Vielheit wird. Ich stehe da, bis ich mich bücke, einen hohlen Stock finde, mich in Richtung Haus wende und die Luft vor mir schlage, weg von den Toten, bis ich auf Pop stoße, der Kayla auf dem Arm hat. Sie strahlen so hell wie die Geister im Dunkeln.

»Wir ham uns Sorgen um dich gemacht«, sagt Pop.

Ja, hauchen sie.

»Du bist nicht wiedergekommen«, sagt er. Ich zucke die Achseln, obwohl er es nicht sehen kann. Kayla windet sich.

»Runter«, sagt sie.

»Nein«, sagt Pop.

»Runter, Pop. Bitte«, sagt sie.

»Gehn wir«, sage ich. Bei dem Gedanken, dass es diesen Geisterbaum gibt, brennt meine Haut auf dem Rücken, so als würden Hunderte von Ameisen an meiner Wirbelsäule aufwärtskrabbeln auf der Suche nach weichen Stellen zwischen den Knochen, wo sie zubeißen können. Ich weiß, der Junge ist da, beobachtet uns, winkt wie Gras unter Wasser.

»Bitte«, sagt Kayla, und Pop lässt sie runter.

»Nein, Kayla«, sage ich.

»Doch«, sagt sie, und dann tapst sie mit unsicheren Schritten an mir vorbei über den dunklen Erdboden. Sie schaut den Baum an, reckt die Nase in die Luft. Legt den Kopf in den Nacken, um sehen zu können. Ihre Augen Michaels, ihre Nase Leonies, die Schulterhaltung Pops, und wie sie hochschaut, als wollte sie den Baum vermessen, ganz Mam. Aber etwas an der Art, wie sie steht, die Art, wie sie all die Teile von allen vereint und zusammenhält, ist ganz sie selbst. Kayla.

»Geht nach Hause«, sagt sie.

Die Geister schaudern, gehen aber nicht weg. Sie wiegen sich wieder mit offenen Mündern. Kayla streckt einen Arm in die Luft, mit offener Handfläche, als wollte sie Casper beruhigen, aber die Geister werden nicht still, erheben sich nicht, steigen nicht auf und verschwinden. Sie bleiben da. Also fängt Kayla an zu singen, ein Lied aus unzusammenhängenden, halb verstümmelten Wörtern, nichts, was ich verstehen kann. Nur die Melodie, schwach, aber genauso laut wie das Rauschen und Rascheln der Bäume, die ihr Geflüster übertönen, sich aber zugleich mit ihm verweben.

Und die Geister öffnen ihre Münder weiter, und ihre Gesichter schlagen an den Rändern Falten, sodass es scheint, als würden sie weinen, aber das können sie nicht. Und Kayla singt lauter. Sie winkt beim Singen mit einer Hand, und ich kenne das, kenne diese Bewegung, weiß, dass es dieselbe ist, mit der Leonie mir den Rücken gestreichelt hat, mit der sie Kayla den Rücken gestreichelt hat, wenn die Welt uns Angst einjagte. Kayla singt, und die Menge der Geister beugt sich vor und nickt. Sie lächeln, und darin ist so etwas wie Erleichterung, so etwas wie Erinnerung, so etwas wie Entspannung.

Ja.

Kayla zupft an meinem Arm, und ich hebe sie hoch. Pop dreht sich um. Ich folge ihm, während er nach Waschbären, Opossums und Kojoten Ausschau hält, einen Zweig nach dem anderen umbiegt und uns zurück zum Haus führt. Kayla summt auf meiner Schulter, macht »Schsch«, so als wäre ich das Kleinkind und sie der große Bruder, macht »Schsch«, als ob sie sich an das Rauschen des Wassers in Leonies Leib erinnert, das Rauschen aller Wasser, und jetzt singt sie es.

Nach Hause, sagen sie. *Nach Hause.*

Danksagung

Ich möchte Kathy Belden danken, meiner Lektorin, die immer die nötigen Fragen stellt und mich so zu den wesentlichen Antworten bringt. Ohne sie wäre ich eine schlechtere Schriftstellerin, und ich bin ihr sehr dankbar dafür, dass sie mich auf meinem Weg begleitet. Ich danke auch ihrer Assistentin Sally Howe, die meine Zerstreutheit wettmacht und für mich alles in Ordnung hält. Ich wäre verloren ohne meine Agentin Jennifer Lyons, die sich unablässig dafür einsetzt, dass meine Arbeit eine breite Leserschaft erreicht, und die schon seit den holprigen Anfängen an mich glaubt. Kate Lloyd und Rosaleen Mahorter, meine Presseagentinnen bei Scribner, sind scharfsinnig, verständnisvoll und freundlich, und ich weiß zu schätzen, wie viel sie tun, damit meine Bücher Erfolg haben. Mein Dank gebührt auch Nan Graham für den Entschluss, meine Arbeit zu fördern und in meine Schriftstellerkarriere zu investieren. Danken möchte ich außerdem den Mitarbeitern der Lyceum Agency, die sehr wichtig sind, um meine Bücher und meine Botschaft zu verbreiten. Dasselbe gilt für meine ehemalige Presseagentin und gute Freundin Michelle Blankenship, die einen Großteil meiner Arbeit dem Publikum vorgestellt hat und die bis heute an mich glaubt und sich um mich kümmert. Mein Institutsleiter an der Tulane University, Professor Michael Kuczynski, ist großzügig und aufmerksam. Ohne ihn und meine Kollegen an der Uni hätte ich nie die Zeit und die Mittel gefunden, um dieses Buch zu schreiben. Meine Studenten sind außergewöhnlich, und ich fürchte, sie bringen mir mehr bei als ich ihnen. Meine Schriftstellerkollegen inspirieren und fordern mich immer wieder und geben mir Halt: Elizabeth Staudt, Natalie Bakopoulos, Sarah Frisch, Justin St. Germain, Stephanie Soileau, Ammi Keller, Harriet Clark, Rob Ehle, J.M. Tyree und Raymond McDaniels. Ich verehre sie und hätte beim Schreiben und Überarbeiten dieses Romans niemals auf sie verzichten können.

Schließlich möchte ich noch meiner Familie danken: meiner Mutter, die mich liebt und nährt und umarmt; meinem Vater, der mich lehrt, ein freier Geist zu sein; meiner Großmutter Dorothy, die mir zeigt, wie man eine Geschichte gut erzählt; meinem Bruder Joshua, der eine Liebe entzündet, die wie ein Feuer in mir brennt; meinen Schwestern Nerissa und Charine, die mit mir und für mich kämpfen; meiner Patentante Gretchen, die Blumen und Menschen zum Blühen bringen kann; meinem kleinen Bruder/Cousin Aldon, der sich an alles erinnert, was ich vergessen habe, und der mir hilft, es mir ins Gedächtnis zu rufen; meinem Cousin Rhett und meiner Cousine Jill, die mit mir aufgewachsen sind und immer noch mit mir aufwachsen; meinem Freund Mark, der mir beim Möbelaussuchen hilft und mich stützt, wenn ich nicht mehr stehen kann; meiner Freundin Mariha, die mich fest an die Hand nimmt und unbedingt dafür sorgen will, dass ich nicht vor meiner Zeit sterbe; meinen Nichten und Neffen, mit denen ich herumalbern kann und die mir Hoffnung geben – De'Sean, Kalani und Joshua D.; meinem Partner Brandon, der mich zum Lachen bringt, wenn ich es nötig habe; meinen Kindern, die mich lehren, geduldig zu sein, zu lieben, Halt zu geben und Glück zu empfinden – Noemie und Brando. Zum Schluss möchte ich allen in meiner Gemeinde in DeLisle, Mississippi, danken, die mich zu meinen Geschichten inspirieren und mir ein

Gefühl der Zugehörigkeit schenken. Ich bin für jeden Einzelnen von Euch unendlich dankbar.

Ich liebe Euch alle.

Die Originalausgabe erschien unter dem Titel *Sing, Unburied, Sing* bei Scribner. An Imprint of Simon & Schuster, New York 2017
Zitat Eudora Welty aus *Vom Wagnis, die Welt in Worte zu fassen*, Übersetzung Karen Nölle, Gräfelfing 2011
Zitat Derek Walcott: Stanza IV aus »The Gulf«, *The Poetry of Derek Walcott, 1948–2013*, herausgegeben von Glyn Maxwell. © Derek Walcott 2014. Mit freundlicher Genehmigung des Verlags Farar, Straus and Giroux

Umschlaggestaltung: lowlypaper – Marion Blomeyer
Typografie und Satz: frese-werkstatt.de
Druck und Bindung: Pustet, Regensburg
ISBN 978-3-95614-224-6